U1058988

毛球球 著

限定天真

Xian Ding
Tian Zhen

沈阳出版发行集团
沈 阳 出 版 社

太阳不知道自己是太阳，明明他才是需要仰望的那一个。

一声哨响，篮球赛正式开始。几十秒后，路执截过九班某男生手上的球，面无表情地一扬手，球腾空飞起，落进了篮球筐中——两分球。

方砚唯坐在窗台上给琵琶调音，平时躁动不安分的人眉眼之间也有了安静恬淡的意思，像旧时的明秀少年。

限定天真

目录 CONTENTS

我想看看你过得好不好

如果好，看完你，我就离开

若是不好，我就留下来

可是后来我发现，不管你过得好不好

当我再见你的那一刻

我就没办法再离开了

第一章

遇　见

鹭屿中学，学生论坛。

搜索关键词“路执”。

以下为搜索结果，共301条。

最新帖子——

【恭喜我校路执同学获得市三好学生。】

【路执这次月考又是全科年级第一，乾坤未定，他是黑马，我是牛马。】

最新回复筛选如下——

123L：高二（1）班的路执同学，请问我到哪里可以偶遇你！！！

124L：啊？周一是路执执勤，都给我小心点。他是鬼吗？我蹲天台吃个外卖他都能抓到。

125L：重金求路执同款大脑。

“什么乱七八糟的。”办公室里，方砚唯倚着窗台，退出了论坛，“这路执还真是个大学霸。”

五分钟前，方砚唯接到了妈妈方嘉弥的越洋电话。

“落地了是吧？我给你找了个好人家。”方女士说，“你一会儿就给我搬过去。”

“摊牌不装了？”方砚唯的第一反应是这个，“你把我卖了多少钱？”

“……再胡说八道我撕烂你的嘴。”方女士责怪道，“是我朋友的儿子路执，成绩好，乖巧懂事，你在鹭屿读书期间去他家住。”

简言之，学霸的家里有学神瑞气，但凡他方砚唯犹豫一下，都是对学习的不尊重。

方女士一通言语输出加血脉压制过后，方砚唯不得不答应下来。他继续翻论坛搜索结果，试图找张这位“儿子”的照片品品面相，还真让他找见了一张。

【高二（1）班路执同学：讲文明话，做文明事，主题晨会缩影。】

照片是拉远了拍的，看不清脸，只能隐约看见台上站着个男生，校服拉链拉到了领口，穿着板正。保守估计是老师们最喜欢的那种文明书呆子，说话斯文，温声细语，跟他这种没赶上人类进化的学渣是两路人。

办公室门前的风铃响了一声，一班班主任陈桑榆提着一个塑料袋子踱进来。

“方砚唯同学，这是你的春夏季校服，在学校内要穿好。”陈老师递出袋子，又从抽屉里抽出一本厚厚的册子，“这是咱们的校规，牢记。”

眼前的少年倚着窗台，穿着身黑色卫衣，斜挎着一只黑色书包。

他白皙的脸颊上带着几道伤口，下颌上斜斜地贴着一张白色的创可贴，眼尾有一片擦伤的晕红，浅棕色的额发自然地低垂着，睫毛很长，敛着的目光看起来不太友好。

方砚唯接过那本《鹭屿中学校规》，一手拎着，一手哗啦啦地翻了翻：“就这么点儿？”

陈老师心里咯噔一声：“……不够吗？”

陈老师带过五六届学生了，多少有点识人的经验，眼前这位学生看着就像是个坏学生的潜力股。

校规十二卷，卷卷有爷名的那种。

“不是，我就问问。”方砚唯说，“没事的话，我先走了。”

“哎，你等等。”陈老师拦住他，“我拉你进一下一班的微信群，有事会在群里通知，但平时上课不能玩手机。”

少年修长白皙的手指抓着手机，递出一张二维码，指腹上还有一道未完全愈合的刀伤。

陈老师的眼皮跳了跳。

几分钟后，鹭屿中学高二（1）班的班级群里——

【班主任陈老师】邀请【极品清纯男高】加入群聊。

【莫莉】：?

【陈辰】：？？

【吴月】：？？？

【杨华】：@班主任陈老师，老陈你被盗号了?

【何岁岁】：@极品清纯男高，让我见见世面?

陈老师：“……”

“你这名儿……”他斟酌着用词，“有点儿特别啊。”

“有个傻……有个朋友闹着玩儿改的。”方砚唯说，“最近赶上app维护，改不了了。”

他把群聊备注改成了“方砚唯”三个字，转身出了办公室。

见他走远，办公室里留校批改月考试卷的几个老师面面相觑——

“这孩子，看着可不好管啊。”隔壁班班主任说，“我听说他转学是因为跟继兄打架，闹得挺大的？”

“他妈妈方嘉弥是我们鹭屿中学的荣誉校友。”陈桑榆说，“慢慢来吧。”

“同样是荣誉校友的儿子，你们班路执可太争气了。”隔壁班班主任说，“稳居全年级第一，甩第二名老远，还很听老师家长的话，从不跟不三不四的学生混在一起，他去年转到你们班，你可真是捡到宝了。”

“哈哈哈。”陈老师应和着笑了几声，“路执确实不错，思想很上进，比如这周末，别人都在外面野，他肯定在图书馆里认真学习。”

鹭屿中学附近的巷子里。

几个彩虹发色的社会哥把一个穿着校服的高中男生围在中间。闻者伤心，见者落泪。路人纷纷面露不忍，绕开了这条巷道。

为首的社会哥染着一头黄毛，一身看着结实的腱子肉，手臂上还镶着个大文身，叼着烟，咧着嘴，高高地扬起了手臂——帮眼前人拍掉了深蓝校服上的一小撮墙灰。

“执哥。”黄毛低声下气地说，“下周六晚上职高那帮人说要来找麻烦，您来不来？”

被他叫“执哥”的男生个子很高，身形颀长。他穿着鹭屿中学白底深蓝色的校服，两手揣在口袋里，一双黑色的眼睛看着有些冷。

“没兴趣，不来。”他说。

“真不来吗？”黄毛有些遗憾，“前年执哥你抓着他们老大的衣领往墙角掼，那狠劲儿，一战成名，新城区这帮娇花没见过世面就罢了，老城区的学校里谁不知道路执这个名字啊。”

边上一人连忙帮腔：“是啊，执哥，你去了，我们那叫不战而胜。”

三月的阳光照不进巷子深处，路执站在光影交会处，轻嗤了声，嘴角的笑意晦暗不明：“我不打架了，你们找别人去。”

“老板，要瓶汽水。”方砚唯站在学校对面的小卖部里，点了点玻璃柜台。

“要哪种？”

“随……”他正要说话，小卖部的门被推开，走进来一个流里流气的社会人士。

“老板，汽水。”那人把钱拍在柜台上，自己从冰柜里拎出瓶汽水。

金属质地的开瓶器掰出了一声脆响，那人把开瓶器扔回桌上，仰头利落地喝。

“我也要这个汽水。”方砚唯说，“我……”

他还没说完，老板开了瓶盖，把插好吸管的玻璃汽水瓶递给他，橘子味的汽水在空气中欢快地冒着泡。

小卖部的电扇有气无力地转着，他扯了下嘴角，咬着吸管，站在门口漫不经心地喝橘子汽水。

“再给我……来包烟。”他说。

屋檐下的风铃纹丝不动，他抬眼，瞧见刚刚那位“喝汽水很拽的哥”拐进了一条小巷子里。那里好像有一群人高马大的社会哥，跟一片深蓝色的校服衣角。

为首的社会哥染着一头枯草似的黄毛，嘴巴开合着，神情狰狞，仿佛正在口吐狂言，手里好像还拿着一根……长棍子！

方砚唯的头顶冒出问号。

怎么着，这是在欺负鹭屿中学的小同学？

深巷里，路执背靠着墙，听黄毛添油加醋地讲述这场纠纷的前因。

"路执，执哥。"黄毛往前走了一步，"要不您不动手，就去给我们镇个场子，行吗？"

"不去。"路执冷淡地说。

"您看看这甘蔗，我刚从我小姑家地里拔的，特别甜，专门孝敬我们执哥。"黄毛讨好地高举着甘蔗，递出去。周围几个人也七嘴八舌地劝。

路执开口："你……"

黄毛挥挥手，周围立刻安静下来，等待路执发话。

然而路执的目光越过黄毛的肩膀，停在了巷口的阳光下——那里站着个十七八岁的少年，浅棕色的头发在阳光下看起来有些偏红，他穿着黑色的卫衣，单肩挎着只书包，脸上挂着只黑色口罩，因为擦伤微红的眼尾看起来压得很长。

黄毛顺着他的目光转身，瞧见巷口的少年。

"谁啊，看什么呢？"黄毛怒吼，"再看眼睛给你摘了。"

他吼得很凶，中气十足，凡人这个时候就该退却了，但巷口站着的好像也不是一般人。

"我看你想怎么死。"巷口站着的少年说。

黄毛新奇地睁大眼睛，胆儿还挺肥。

路执的目光没动，依旧盯着巷口。浅色头发的少年嚣张得看起来像是一只耀武扬威的小红狐狸。

黄毛得罪的人多，一时间没想起来这位是什么来头。然而还没想完，他哎哟一声，屁股上先挨了一脚。

转瞬间，路执的袖口边多了一只手，少年修长白皙的手指攥着他的袖口，漂亮的眼睛看向他——然后翻了个白眼。

"你是不是傻？不跑等着被他们打？"

路执一脸淡然地看着他。

"跟谁说话呢？"黄毛破口大骂，"放尊重点！"

然后他就眼睁睁地看着身穿黑卫衣的少年抓着他们执哥的袖口，拖着人往巷口的方向去了。

黄毛一头问号。

过分了，他们执哥正要训话呢，被人强掳了？

校门口，方砚唯斜挎着书包打量他救出来的这位小同学。

嗯，不小，挺高，比他还高出了半个脑袋。

男生规矩地穿着校服，身上端正地背着一只黑色的双肩包，左手上还拿着一本书——《品德与修养》。

这书呆子不太好救。他刚伸手去拉的时候，不知道是没有喜欢的路还是路烫脚，根本拉不动。

“你还好吧？”他问，“没挨揍？”

面前人冷冷清清地嗯了一声，从口袋里掏出副黑框眼镜架到自己的脸上，没什么波澜的目光隔着一层镜片落在他身上，带了点审视的意思。

方砚唯一时无语。这人长得跟女娲炫技似的，怎么性格这么呆？

十米走单骑，救出来一个大白眼狼，方砚唯莫名有点不爽。他四下看了看，那伙五彩脑壳的社会哥似乎没有追过来的迹象。他索性摘了脸上的黑色口罩，揪着人的衣领，把人往墙边推，扯出个肆意的笑：“书呆子，我帮了你，你怎么半点反应都没有？”

男生的领口被他扯乱了些，露出修长的脖颈，下颌线条锋利流畅，薄薄的嘴唇紧抿着，鼻梁高挺，眸光很淡。似乎才出虎口又入狼窝这件事，并没有给他带来多大的影响。

方砚唯正觉得无趣，就听面前的男生开了口，声音就贴在他耳边：“想要什么反应？”

微冷的声线遇上鹭屿的海风，怪好听的，像海风在低语。

海风小声说：“那怎么办？要不我送你套模拟题？”

模拟题？这也太晦气了。

方砚唯松开男生的衣领。手机铃声响起，他扫了一眼来电人备注，接了电话。

方砚唯：“我正办事呢，你烦不烦？”

“方砚唯，你是信号不好吗？”电话那边的人问。

“刚刚在见义勇为。”方砚唯牵了牵嘴角，又回问，“什么事？”

打电话来的人叫林与宋，他转学前的同桌。

“说走就走啊你，今天学校门口还有人上门找你麻烦。”林与宋说，“你忙着办谁呢？”

“怪不得我，我后妈怀二胎，家里所有的过敏原都得送走，包括狗和我。”方砚唯说。

“走了也好。”林与宋说，“我今天看见你那个后妈的儿子了，脸色特别差，你小子临走前没少硌硬他吧。你在鹭屿好好改造，就别再乱招惹人了。”

“不会的。”他说完转头，才发现书呆子不见了。

溜得好快，怕不是哭着喊着告老师去了吧？

他余光瞥见一辆开过来的卡宴：“不跟你说了，有人来接我了，回头打游戏再叫我。”

“得嘞。”林与宋说。

车停在一栋小别墅前，方砚唯跟他妈妈的那位朋友匆匆地见了一面。

温雅阿姨正要去国外出差，推着只硕大的行李箱：“砚砚啊，你小时候我还见过你，一晃都长这么大了。”

“阿姨您好。”方砚唯有点不自在地打招呼。

“二楼的次卧在改格局，这几天你先住路执的房间，我忙完了会告诉他。”温雅说，“他本学期原本办了住校，我让他这周退了回来陪你。”

方砚唯：“谢谢阿姨，不用，我自己住也可以。”

“别担心。”温雅阿姨似乎看出了他的不自在，“路执比你大一岁，脾气好，性格温和，很好说话，有什么需要都可以和他说。”交代完这些，她就匆匆地离开了。

方砚唯进了院子直奔二楼。二楼往东的房间门口挂着个牌子，上书四个大字“学习，勿扰”。这扑面而来的学神霸气，一看就是那位路执的房间。房间跟他想象中一样整齐干净，桌面上放着一摞白花花的试卷，都只写了个名字——路执。

果然是学霸，试卷看起来都是论斤称的。

不打声招呼就睡别人的房间有些别扭，方砚唯在班级群里找到了路执的名字，丢了条好友申请过去。发完消息，他才发现他的袖口上蹭到了一点香味。木质的，像是檀香的味道。应该是刚刚从那个书呆子身上蹭过来的。

方砚唯仔细地洗了个澡，确定身上没有那股呆子味儿后，躺在路执的床上安然入睡。他做了个梦，梦见自己是鹭屿这片区域最大的大佬。狗路过都要被扇两巴掌的那种。

这梦不该在路执的床上做，有点对不起学神。

第二天方砚唯冲进教室的时候，早读已经接近尾声。

陈老师昨天在班群里简要介绍过他，大家都知道他是从云城转过来的新同学。新同学穿着件黑衣服，脸颊和嘴角都带着伤，外面套着校服外套，斜挎着书包走进来，一屁股坐在中间倒数第二排的空位置上闭目养神。一时间也没人敢找他搭话。

方砚唯有点困，这座城市太潮湿，走到哪里似乎都有海风的味道，他不习惯，昨天没睡好。

第一节课就是班主任陈桑榆的，月考刚结束，陈老师拿着试卷在评讲。

“何岁岁你给我站起来！”陈老师一声吼。

方砚唯旁边的桌椅动了动，“噌”的一声站起来一个人。

“不会写就不会写，月考自己拿红笔把卷子批了再交上来是几个意思？”陈老师气愤道，“要不是你单英语分数都超过路执了，差点让你蒙混过关，坐回去，明天给我交一份800字的检讨上来。”

方砚唯来了点兴致，从臂弯里把头抬起来，试图看看他这位勇士同桌是圆是扁。不圆不扁，看着是一个挺文静的男生。同桌也在打量他。

“方同学，你果然很帅。”何岁岁说，“你是西南地区云城那边来的，你会下蛊吗？”

方砚唯想说“我拿头给你下吗”，但瞧着对方不似掺假的期待目光，他只是问：“蛊谁？”

“我想想。”何岁岁托腮，“路执，行吗？”

“路执？”隔了一个晚上，方砚唯再度听到这个名字，“为什么是他？”

“成绩好啊。”何岁岁撇撇嘴，“这要是蛊到手，让他给你写作业。”

“就为这个？”方砚唯不写作业，并不稀罕，“又干不了别的，谁稀罕。”

“路执可不好蛊。”何岁岁说，“棺材脸大冰块，看着像是分分钟要用校规超度人的那种。”

方砚唯抬头往前看了看，搜索着可能叫路执的人。他发的好友申请路执一直没有通过，可能是不会用智能手机。

“你说话对我胃口。”何岁岁从抽屉里摸了个桃子拍在桌上，“咱俩今儿桃园结个义，今后就是兄弟。”

“要不带我一个？”有人停在他俩面前，“你俩上课说什么呢？那么大声。”

班主任陈老师不知道什么时候走了下来。

“没说什么。”何岁岁是老油条了，“只是跟方兄一见如故。”

方砚唯更是无所谓，他见得多了，上课讲话这种小事，最严重不过写份检讨。所以他垂着眼帘，没什么反应。

“路执。”陈老师不准备正面迎战，点了个人，“他俩刚刚在聊什么？”

路执？哪儿呢？

方砚唯微微睁大眼睛，沿着班主任的视线一点点转过头，看向自己后面的那个位置，跟坐在他后面的男生对上了视线——板正的校服、整齐的领口、框架眼镜、波澜不惊的黑色眼睛……

“是你？”

这不是那谁吗？昨天他从巷子里捞出来，又看着不爽拾掇了两下的男生。这书呆子竟然就是路执？

后排男生的神情淡淡的，目光从他的脸上扫过去，有点凉。

陈老师有点意外：“你俩认识？”

转而他又看向路执：“方砚唯刚刚在聊什么？”

方砚唯挑眉，在老陈看不见的地方，牵着嘴角做了个抹脖子的动作。

路执平静地看着他，像是半点都没领悟到这份挑衅。

昨天还无家可归，睡了路执的房间，方砚唯不想为难路执，于是他自己开口：“我们就是探讨了一下……”

“在聊怎么给我下蛊。”路执忽然说。

他的声音不大，语调平静，但声线冷冽清晰。

全班都安静了，然后听取“哇”声一片。

陈老师都要气笑了。

“你俩交检讨。”陈老师说，“何岁岁800字，检讨你月考自己批试卷的事，至于你，方砚唯，你写1000字。”

陈老师停顿了一下，说：“检讨一下你为什么想给路执下蛊。”

方砚唯一时无语。

方砚唯自认不是什么好人，检讨这种东西，他没写过一千，也写过八百。但今天这种类型的检讨理由，他第一次遇到。

下课铃响。

陈老师前脚刚走方砚唯就站起来，绕开何岁岁，抬脚踢在了路执同桌的课桌腿上："给我让开。"

方砚唯看着气焰嚣张，周围人都有点怵他。他扫视周围，原本偷笑旁观的同学连忙转过头去，捧起本书装模作样地背。

路执的同桌是班里的学习委员，叫徐正义。方砚唯那一脚刚好踢在这位正义同学的椅子上。

徐正义眉心一拧，拍案而起，怒目圆睁地大义凛然道："我、我去所里办点事。"然后冲向了厕所，尿遁了。

方砚唯顺理成章地接管了座位，坐到了路执旁边。

路执端正坐着，低头在草稿纸上写公式算题，仿佛置身事外，压根就不关心他们这边的动静。

他修长的手指握着笔，演算的速度很快，就是这字儿——方砚唯眯了眯眼睛，也太有"猿人"的风骨了吧。

方砚唯把椅子往后撤了撤，椅子在地上划出刺耳的声音，转头看着路执扬声问："算完了没啊？"

"还有一张试卷。"路执说。

"你是不是觉得我没脾气？"方砚唯伸手勾住路执的衣领，往上提，"我让你坐着了吗？"

手上的力道忽然轻了，路执站了起来，比他高。

还不如坐着。

"我给你下蛊？"方砚唯没忘记问正事，"我怎么给你下蛊啊？"

"你们说要给我下蛊。"路执说。

班里传来一阵议论声。

方砚唯觉得再问下去他可能会先被气死。他勾着路执的脖子，把人压向自己的方向，一字一顿地说："我才不下给你。"

上课铃响了。

方砚唯回到自己的座位上。

“方哥，勇啊，你敢跟他横。”何岁岁凑过来说。

方砚唯听见他的声音，才记起来这桩冤案的始作俑者还坐在这呢。

“一个书呆子，我不能跟他横吗？”他问，“你刚怎么没吭声？”

“不瞒你说，方哥，我这人有点社恐，下课不爱说话，只有上课和上网冲浪的时候是社牛。”何岁岁不好意思地说。

方砚唯无语地看着他。

这个班保准有大病。这么看来，路执倒像是个正常人了，一个爱告状的木头脑袋好学生罢了。

这才见过一面，路执不可能对他有意见，检讨大概是个意外。

方砚唯趴到课桌上想睡，刚低头，又闻到自己的衣服上有种很淡的檀香味。

路执正在纸上算题，笔尖一顿，觉察到前排的动静。

浅棕色头发的少年从趴姿改成了坐姿，伸了个懒腰，半闭着眼睛向后仰着，把脑袋枕在了他堆起来的书上。阳光隔着玻璃照进来，让少年浅棕色的发丝有了偏红的色泽，藏在校服领口里的白皙脖颈若隐若现，颊边的伤口更是衬得他皮肤雪白。

一只漂亮的红狐狸，怎么都藏不住招摇的尾巴。好看，可惜太嚣张了，不够安分。

方砚唯回头，目光毫无顾忌地把路执上下打量了一遍，总算在路执的左手手腕上找到了一串盘成好几圈的木珠子。

真是书呆子，怎么还戴这么老气横秋的东西。

方砚唯打了个哈欠，“不小心”撞落了路执放在桌角的书，又把脑袋转了回去。

这节课上的是物理，老师让画受力分析图。方砚唯在纸上乱画小人，末了伸手问何岁岁要橡皮。何岁岁把自己用了一半灰扑扑的橡皮丢进他伸过来的手心里。

方砚唯吓了一跳，赶紧把橡皮扔桌上：“你没有新的吗？”

“没。”何岁岁自豪地说，“这是我上幼儿园时买的，陪我长大的，一直没丢。”

方砚唯抽了张纸，隔着纸捡起橡皮，把火柴人擦掉了一个。

“云城人，你洁癖啊？”何岁岁问。

“没，我对橡胶制品过敏。”方砚唯擦完卡通画，把橡皮推了回去。

教物理课的老师姓王，是高二（2）班的班主任。王老师昨天在办公室里跟方砚唯见过一面，今天上课对这位空降的坏学生颇为忌惮。但方砚唯既没有打人，也没有刁难人，只是安静地在自己的座位上涂涂画画，手里转的笔掉落了几次，还捡得很慢很小心，什么坏事都没干。王老师非常愧疚，觉得自己先前不该对学生有成见。

上完物理课，接下来是鹭屿中学的三十分钟大课间。

下课铃响，王老师拿着书走出教室，路执从抽屉里取出学生会执勤牌，挂在脖子上，站——没站起来。

路执低头看了看桌底，面无表情地沉默着，把嘴角压平。

“走啊，岁岁。”方砚唯推着新同桌起身，扬声说，“陪我出去走走，逛逛新学校。”

他跟路执的目光在半空中相遇，一个平静深邃，一个轻佻挑衅。

方砚唯勾了勾嘴角，冲路执笑了一下，跟何岁岁出了教室。

“你冲他笑？”何岁岁疑惑地问。

“我给他找了个小麻烦。”方砚唯说。

书呆子可能是气急了，刚才还冲他略微笑了一下。

何岁岁下课时间好像真的有点社恐，问一句答一句，方砚唯便只是让他陪着，自己四处乱看。他长得招人，脸上还带伤，从各班窗户前路过，总有人回过头来看他。

鹭屿中学不算大，四栋教学楼，校园里种了许多鹭屿这边的常见植物大丝葵。

两人路过某班的教室，电子屏亮着，正放着一份主题课件《调整心态，不怕挫折》。

何岁岁多看了几眼：“这个调节心态的八种方法，我记下来，回头分你一起看。”

“我不用。”方砚唯牵了牵嘴角。

自打爸妈离婚，后妈作妖多年后，他已经很久没遇到能搞他心态的东西了。

“躲一下值日生。”何岁岁似乎看见了什么，拉他走进另一条走廊。

“为什么要躲？”方砚唯问。

“他们大课间查校风校纪。”何岁岁说，“鹭屿中学特有的规定，每天的值日生不同，都是学生会的人，每人10分的kpi，发现不合规的地方就会扣分，扣满就算值日结束。”

校规校纪，方砚唯都是一条条蹚过来的，他不以为意。

“个人被扣完10分，奖励国旗下检讨一次。”何岁岁说。

“那你们还挺宽松。”方砚唯说，“扣完10分，这不得攒好几周。”

何岁岁心说，那您是大佬，我们正常人三年也扣不到10分。

教学楼后面有一个隐蔽的小亭子，似乎是个偷懒混日子的好地方，方砚唯记下了地点。

“值日生还好，周一小心执哥就好了。”何岁岁说。

“谁？路执？”

“对，所以我让你别跟他横。”何岁岁说，“执哥扣分比较严，而且他是速战速决，就近原则，人在哪儿就抓哪儿的，头发长点儿啊，发色不对啊，这种小错他都扣。”

“书呆子就是麻烦。”方砚唯评价。还就近原则，半分不讲情面，很符合某木头脑袋的行事逻辑。

两人继续往前走。

“老陈跟他说过好几次了，让他出去扣别的班的分，别在本班扣。”何岁岁说，“所以周一的大课间，大家一般都会欢送路执出去，简称‘送瘟神’。所以不用担心，只要他出班了，我们就很安全。”

方砚唯想象了一下书呆子板着张臭脸被送出去的模样，笑了。然后笑容僵在了他的脸上。

“……今天可能没送走。”他说。

何岁岁：“什么？”

方砚唯沉默了两秒，说：“我把他鞋带绑桌腿上了。”

“不是吧。”何岁岁惊恐道，“你咋把他圈家里了。”

话音刚落，校园广播里开始播送周一执勤的扣分结果——

“……高二（1）班，何岁岁，扣1分；高二（1）班，方砚唯……嗯？”

“方砚唯扣、扣9分！”

“以上为今日学生会执勤结果，如有异议，请当面询问高二（1）班的路执同学。”

方砚唯：“……”

"我有异议！"方砚唯把路执堆在课桌上的书推到两边。

路执淡然地算着题，左手腕上的木珠串在草稿纸上擦出沙沙的声音。

"说。"路执开口。

方砚唯趴在路执的课桌上，把脑袋枕在胳膊上看路执。

"你凭什么一下子扣了我9分？"

他伸手拨了一下路执手里握着的铅笔，铅笔在路执龙飞凤舞的算式中画出一条弯弯曲曲的线。

"滥用职权啊。"方砚唯牵着嘴角说。

"校服。"他听见路执清淡的声音说，"你只穿了外套。"

铅笔停在他搭在课桌边的指尖上，敲了敲："指甲长了，容易抓伤同学。"

这也算？

"还有异议？"路执问。

"我问你，他真的不会犯错吗？"方砚唯转过头去，问旁边的何岁岁。

"他是年级第一，道德标兵，别说犯错了，人连犯错的念头都不会有。"何岁岁钦佩地说。

方砚唯想了想路执那张冷淡的脸，说："可我想看他违反校规。"

"方哥，你对咱们学霸一无所知。"何岁岁说。

方砚唯遗憾地趴回课桌上，身后是路执写字的沙沙声。

下午放学，方砚唯接到了他亲妈方嘉弥的电话。

"新学校体验如何？"方嘉弥问，"路执是不是一个不错的朋友？"

方砚唯："呵。"

命运馈赠的朋友已在暗中标好了价格。才一天，那9分扣得全年级都知道他了。

"要和路执好好相处。"方嘉弥说，"我知道你什么性子，你别欺负路执这样的好学生。"

"嗯。"方砚唯敷衍懒散地应了一声。他接着电话，没注意方向，这会儿抬眼往四周看，才发现自己到了教学楼后面靠近小亭子的那片地方。他上午踩点时，把这里标记为偷懒混日子的好去处。

方砚唯挂了方嘉弥的电话，坐在石凳上，从校服口袋里摸出自己昨天买的那盒玉溪。他撕开塑料膜，打开烟盒点了点数量，抽出一根放在手心里。

这是什么味儿的？他低头闻了闻烟丝的味道，有点呛，咳嗽了几声。不太好闻，甚至有点讨厌。

这玩意儿怎么抽来着？步骤是什么？网上有吗？

“要打火机吗？”旁边传来一个声音。

“好兄弟，来一个。”原来他忘了买这个了。这是送温暖啊。

深蓝色的校服衣角投入他的余光，路执站在他眼前，冲他伸手：“拿来。”

方砚唯：“……”这不是送温暖，是在送他走。要在平时，如果有人三番五次地这样挑衅，方砚唯早揍人了。可路执不行，他还得借住在路执家里。

“优等生。”他递出烟盒，伸手在路执左手腕的木珠串上轻轻弹了一下，“打个商量？”

路执停在半空中的手一顿，推开他的手。

方砚唯低头，看见路执修长的手指抓着一盒烟。优等生的手是拿来握笔的，看他拿着烟盒，方砚唯一时间还觉得有些违和。

刚到手还没焐热的东西被没收了，方砚唯没再吭声，转身走了。路执看着他离开的方向，暂时把烟放进了自己的口袋里。

晚自习方砚唯是不上的，林与宋他们约了他打游戏，他回了路执的房间，把作业原封不动地扔在桌上，开了手机游戏。

“方妲己。”耳机里传来林与宋的声音，“还需几天混成校园名人啊？”

“已经是了。”方砚唯说。

林与宋：“真的假的？我方哥厉害啊！”

“别乱喊我，少废话。”他说，“赶紧开。”

临海的餐吧里，架子鼓和贝斯的声音躁动，面对面的人说话都得用吼的。

黄毛正跟人激烈对骂，眼睛看见门边进来的一人，扬手高呼：“执哥！”

吧台边的社会哥们自觉地动了动，让出一个座位。

路执把校服搭在卡座上，书包丢在一边，长腿搭在高凳上，调酒师把一杯饮料放到他面前。

“执哥。”黄毛凑过来，“昨天那甘蔗你还要不要啊，我给你搬一捆？”

“没兴趣。”路执说。

“昨天那谁啊？”黄毛说，“执哥您怎么一拉就走了，我都没敢追。”

路执没说话。他给手机换了张卡，卡上显示出一连串的新消息。

【妈】：我朋友家的孩子要来我们家寄住，我让他先住你的房间。

【妈】：你别住校了，你们两个一起上学。

【妈】：哦，对了，外公外婆最近想见见你，你别让他们失望。

路执按灭了手机屏幕，他想起昨天的街角。一身嚣张气焰的少年，蹚着风，踩着深巷扬起的尘埃，匆忙地抓住他的手腕，让他快跑。

“执哥？”黄毛在一边问，“你心情不错？”

“没。”路执说。

“下周去职中吗？”黄毛趁机讨好地说，“那边高二新转来一个妞，特别正，很想认识执哥您。”

路执只掀了下眼皮：“没兴趣。”

方砚唯的游戏没能打多久，就被一通电话给搅没了。

“有事？”他问。

“你的东西跟狗的东西，我都分别寄出去了。”电话那边是他爸的声音，“你妈给的你那儿地址，估计已经到了，你记得收，你们都好好过。”

“知道了。”他挂了电话。他的人物角色在原地停留了半晌，游戏已经输了。

“不打了，我洗澡去。” 方砚唯忽然兴致全无，回了林与宋消息。

他下楼，在院门前找到了自己的快递箱子，把箱子搬上楼，打算洗完澡再拆。

家里来了客人，路执从餐吧里出来后没回宿舍，直接回了自己家。

客厅里的灯亮着，他想找瓶果汁，拉开冰箱门，露出了困惑的神色。他看见了满满一冰箱的野生蘑菇，大的小的，品种繁多。

路执的眼皮跳了跳。他上了二楼，想进卫生间里洗个脸清醒一下，推开门时，卫生间的灯也亮着。

方砚唯两手搭在灰色短袖衫的衣摆上，刚刚掀起一条边正要脱下，睁大眼睛愣愣地看着他。少年光脚踩在浴室的黑色瓷砖上，校服长裤搭在水池边缘。

路执啪的一声把门合上。

方砚唯以为路执今晚也不会回来。毕竟他的好友添加请求，路执一直没有回复。而且他今天没少找路执的麻烦，路执也没少给他添堵，两人在这种情形下见面，未免有些尴尬。

方砚唯把水流开得很大，整个浴室里都是哗哗的水声，水雾蒸腾，浴室温度高，熏得他脸颊上一片温热。然而等他擦干身上的水，才发现自己提前拿好的睡衣掉地上了，已经被水浸湿了一半。

不好办。

路执是文明人，说话斯斯文文的学霸，他这么直接出去，搞不好会被说有伤风化。所以他把浴室的门开了一条小缝。

“学霸。”

没声。

“路执。”

没声。

“执哥？”

“什么事？”浴室门外出现了一个影子。

“帮个忙。”方砚唯说，“我放你浴室门口那个纸箱，你拆开，随便从里面拎一件能套的衣服给我，我睡衣掉地上了。”

箱子里应该都是他的常用衣物，找件睡衣完全没有问题。

路执没说话，应该是去了。

方砚唯等了五分钟，也没等到他回来。

“你能不能快点？”方砚唯问。这么简单，也不能帮忙吗？

路执盯着箱子里的狗窝、狗粮、狗玩具，扫了眼浴室门，没说话。

“有那么难？”方砚唯推门打算出去了，“你除了学习还会点别的吗？”

“是挺难的，我感觉只有这个能套。”路执冷淡认真的声音从门外传来，手上勾着几个狗项圈，“要不你自己挑一个？”

“挑？”方砚唯怔怔地盯着路执手上的东西。挑什么？

反应过来那是什么后，方砚唯的脸颊发烫。他把门砰的一声合上，一言不发地套了自己落在地上半湿的睡衣出去。

那一箱糟心东西还放在路执的卧室门边。

他在箱子里翻了翻，从书桌上捡起手机，拨了姑姑家的电话。

“方方吗？”姑姑在电话里说，“我正要找你，你爸是不是两个快递一起送的驿站，单号贴混了，你的衣服寄到我们这边来了。”

方砚唯沉默了半晌，问：“姑姑，我的狗在你那儿还好吧？”

“好得很，能吃能拉，睡觉还打呼。”姑姑说，“我听你爸说你去了鹭屿念书，离家这么远，照顾好自己。”

“我知道的。”他听了几句寒暄，才挂断了电话。

路执就站在他身后不远处，听他讲这通电话。

卧室的窗开着，三月末的海风吹进来，被水浸湿的衣服贴在后背和后腰上，有丝丝缕缕的凉意。

他跟路执明里暗里地掐了一天，没捞着什么好处，还被罚了份检讨外加扣了9分，他都没觉得自己输过什么。可是这会儿，他站在路执的房间里，站在明亮的灯光下，感受着来自背后的冷淡目光，忽然觉得自己什么也不是。

路执站在万家灯火中的一盏下，而他连家都没有。

“去哪？”路执的声音自他背后传来。

“去楼下找棵树。”他的声音倦懒，“把自己挂起来风干。”

少年的背影看起来清瘦单薄，脖颈微屈，全无白天那副嚣张的模样。

“回来。”路执说。

“怎么了学霸？”方砚唯往前一步，带着点恶意说，“看我这样，你很高兴？我现在揍你一顿，是不是也没人知道？”

一件叠得整整齐齐的白色短袖衫飞过来，落在他的脑袋上。

“穿我的。”

方砚唯愣住了。刚才那一瞬间他大概想了一百句挑衅路执的话，这会儿却只能把衣服从脑袋上扒拉下来，闻着淡淡的檀香味冷冷地开口：“哦。”

等方砚唯换好衣服，路执已经端正地坐在书桌前，在翻一本很厚的书。他搬了张凳子坐过去，见路执没什么反应，又靠近了一些。

书上全是密密麻麻的字，他瞄了一眼，没看懂，又噼里啪啦地弄出了点动静。

路执两耳不闻窗外事，坐得跟入定了似的，只偶尔拨一下腕上的木珠串。

“书呆子。”方砚唯凑近了些，“我发现你这人好像也没那么讨厌。”

路执伸手推开他的脑袋：“挡我做题了。”

“你……”他正要再凑过去，路执伸手从抽屉里拿出几块新橡皮，拆了包装，一块块摆好，在两人之间摆了条线。

方砚唯一时无语，觉得无趣，伸手拿了本写着“路执”名字的作业本，翻到最中间扯了张纸。

路执停笔，掀着眼皮余光瞥过去，看见身边人趴在桌上动了动笔，在纸上写了个标题——检讨：我为什么想给高二（1）班的路执下蛊。

坐姿和态度都不怎么端正，字却写得相当秀气漂亮。

方砚唯写了个题目就困得睡了过去，迷迷糊糊间感觉有人在推他的肩膀。

“再乱动我把你头给拧下来。”他抬头，对上了一张清冷平静的脸。

“睡觉。”路执说。

“一起吗？”他倦倦地问。

“不。”路执说，“床给你，我睡楼下沙发。”

方砚唯迷迷糊糊地爬上床，隐约觉得路执好像笑了一下，但似乎又不太可能。

方砚唯自认为经过昨晚，他跟路执的关系已经得到了初步的缓和。

早晨起床，他冲下楼想问路执要不要一起去学校，才发现楼下空荡荡的，路执好像早就走了。

好学生都不用睡觉的吗？

路执家的司机把他送到鹭屿中学门口，他下车，刚好在卖蚵仔煎的摊位边遇上了何岁岁。

“弟。”他拍了拍何岁岁的肩膀。

“哥？”何岁岁回头。

“商量个事。”方砚唯说，“你帮哥改改检讨？”

何岁岁一缩脖子，拔腿就要溜，被方砚唯拉着书包带拽了回去。

方砚唯懒得看路，把手搭在何岁岁的书包上，让人拉着自己往前走，自己则是突发奇想地点开了鹭屿中学的校园论坛，搜索自己的名字。

搜索结果101条，讨论度还挺高。

【我们班的转学生，方砚唯，好帅哦。】

1L：上课时偷偷拍了个侧脸，大佬在睡觉。超小声.jpg

2L：哇真的，看起来不太好惹啊。

3L：确实，昨天除了他同桌都没人敢跟他搭话。哦不对，还有路执，路执扣了他的分。

4L：我宣布本年度校草是方砚唯了。

5L：瞎说，路执校草位置不容动摇，新来的顶多给个校花当当。狗头.jpg

“就路执那样的，还能算是你们学校的校草啊？”方砚唯问。

“方哥你这就不懂了吧。”何岁岁说，“执哥这种冷冰冰的、高高在上不搭理人的学霸很讨女生喜欢。”

“我真不懂。”方砚唯说，“光是跟他说话，我都要无聊死。跟他谈恋爱，那不得枯燥死。”

书呆子没有心。

“竟然真有人对做题那么感兴趣。”他一边编排路执，一边低头看手机，忽然感觉到何岁岁的脚步停了下来。

“你不认路？”他问，抬头跟着何岁岁的目光看过去，校门前有个中年女人在扫地，看起来是学校的保洁阿姨。

女人的周围有几个穿着鹭屿中学校服的男生，围着个男生找茬儿。那男生方砚唯刚好认识，正是他们班学委，路执的同桌——徐正义。他记得这位同学胆子好像很小，有点怕他。

一辆科尼赛克停在校门对面，车门打开，露出路执那张冷淡的脸。

“执哥。”黄毛在后座上探出脑袋，“要不我叫几个人，把住在你家那学生绑来教训一顿，吓走他，您也不至于半夜还出来睡。”

路执靠在车座上，睁开眼睛说：“你最近是不是很想闹事？”

黄毛缩了回去。他平日里横得很，在老城区拽得不行，在路执面前却不敢造次。

“我去上课。”路执扫了他一眼，拎起书包下车，“别给我找事。”

“执哥，你们这好学校还有人搁大门口闹事啊？”黄毛跟着探出头。

路执往校门的方向看去，那儿有几个男生僵持着，旁边还有个赔着笑脸的保洁阿姨。他一眼就看见了方砚唯。

方砚唯倚着棵棕榈树站着，事不关己地看着热闹，手里拎着张眼熟的作业纸，浅棕色的头发在阳光里，看起来似乎很软，头顶的一绺头发还翘着。

路执忽地想起昨天趴在桌上睡着的方砚唯，还有那清秀的字迹。

那么张扬的一个人，穿着大了一号的衣服趴在桌上，睡着的时候一点都没有白日里的嚣张，模样乖了许多。

方砚唯正津津有味地看两方争吵，一转头，身边多了个人。

“咦，你不是早就出门了吗？”他问路执。

“有点事耽搁了。”路执说。

方砚唯哦了一声，也懒得细问，接着看人争吵，半点都没有急着去教室的意思。

他看明白了，这伙人的领头人物看上了一个女生，偏偏这个女生喜欢徐正义，于是这群人就风风火火地来找徐正义的麻烦。

方砚唯喜欢看热闹，所以他没走，站在人群里多看了几分钟。不过这场争吵渐渐地转变了方向。

那为首的男生从书包里翻出一袋瓜子，撕开包装撒在地上，冲着一边的保洁阿姨咧着嘴笑：“扫啊。”

徐正义的脸色有点差。

“于梦鸾知道你妈就是个扫地的吗？”男生恶劣地说，“你也配在我面前横？”

方砚唯微微挑了下眉。

那男生一脚踢翻了路边的垃圾桶，塑料纸篓子滚到女人的脚下：“扫啊，这不都是垃圾吗？”

中年女人局促地笑了笑，提着扫帚往前，男生又一脚踹了个垃圾桶。

徐正义握着拳，气得满脸通红，想上前却被人推搡了一把，差点摔在地上。

“路执，我是不是还有1分没扣？”方砚唯问路执，“给我记上。”

路执嗯了一声。

方砚唯往前走了两步，抓起地上第三个纸篓扣在了那个男生的头上，瞬间爆发的力量压着男生的脖子，让人跪倒在地上。

路执的目光停在浅色头发的少年身上，阳光一路从云顶流淌到少年的脚下，深蓝色校服的衣角高高扬起，像海上张开的风帆。

“你这个垃圾有点大。”方砚唯把人按进一地狼藉里，“垃圾桶都装不下，你让人怎么扫？”

大课间，学校紧急追加了一场晨会，勒令早晨堵在校门口的几个学生念检讨，方砚唯排在第一个。

“写完了吗？”班主任陈桑榆催促道，“赶紧的，老师同学们都等着呢。”

“稍等，我升华一下。”方砚唯说，“最近是检讨创作的瓶颈期。”

陈老师：“……搞快点。”写这种东西有个什么瓶颈期啊。

陈桑榆从路执那边了解了今天校门前事件的整个经过，他认为这件事不全是方砚唯的错，只是方砚唯的处理方法太过嚣张显眼了。他有点担心，方砚唯会在全校检讨环节上放点什么问候校领导和同学的放肆狠话。所以他扫了眼检讨末尾，感觉还算正经，然后找了何岁岁：“你去念。”

“我是个检讨替？”何岁岁震惊道，“我方哥打的人，这福气给我我能要？”

“让你去你就去，丢的也不是你的人。”陈老师催促，“你报方砚唯的大名。”

方砚唯很配合，递出一张薄薄的作业纸。

“尊敬的各位老师、同学。”何岁岁开麦，“我，是高二（1）班的方砚唯，以下是我的检讨主题——我为什么想给高二（1）班的路执下蛊。”

何岁岁一脸问号地看向方砚唯。全体同学同样满头雾水。

“翻页，谢谢。”方砚唯坐在椅子上懒散地说，“背面那个才是今天打人的检讨。”

“你有必要这么省纸吗？”陈老师崩溃地说。

鹭屿中学　校园论坛

板块：闲聊区

【重金求一份《我为什么想给高二（1）班的路执下蛊》复印件】

1L：太想看了。

2L：那好像是他们的班级检讨吧，好神奇的主题。

3L：忽然觉得他又有点可爱。

4L：哈哈哈我跟他同班，一开始觉得他看着挺凶挺不好惹的，后来看见他被年级第一拿捏又觉得有点可爱。结果今天在校门口，真爽，我看不惯李坤那帮人很久了，还得是方砚唯。

5L：大佬的名字真的好听，感觉是带着水墨香味的。光看名字，还以为是个清秀的校园小男神。

6L：所以有人提供大佬真迹的复印件吗？

7L：我真是爱死方砚唯了，太洒脱了，那股劲儿，仿佛就没他搞不定的事情。

8L：检讨好像被路执收走了，据说撕的是路执的作业本，上面还有学神英语作文的结尾金句。

方砚唯趴在教室的课桌上，正在抄一份数学作业。

“他怎么就只写个答案？”他问旁边的何岁岁。

“执哥平时写作业都这样啊，因为他都会。”何岁岁说，“你快点抄，执哥要回来了，他作业不给人抄的。”

要在平时，方砚唯压根就不写作业。但他转学不过三天，检讨混了两份，仇人结了好几个，他怕作业再不写，方嘉弥会从国外回来念叨他。

路执从班主任办公室回来，手里拿了一沓陈老师批改完的英语作业。他顺手拿了本组的作业，按名字一一发放，其间有本没写名字的，他直接留到了最后。

路执回到座位上的时候，刚好看见方砚唯趴在课桌上，半张脸枕在臂弯里，右手飞快地往作业本上抄答案。写着他名字的作业本被方砚唯紧紧压在手心下，贴近心口的位置。

方砚唯抄到一半，感觉这阳光好像不够亮堂，还没来得及说话一个作业本就从天而降，啪地一下砸在了他的脸上。

方砚唯转头看见路执那张冷脸，不爽的感觉又来了。

“路执。”方砚唯转头，趴在路执堆起来的教辅材料上。

路执抬头：“嗯？”

“今天没有晚自习，放学我们一起回去。”方砚唯说，“我给你看点刺激的东西。”

路执的笔尖停了停。

阳光透过窗帘照进来，吻在少年浅棕色的发梢上。早晨方砚唯把人往地上按的那一幕还隐约留在他眼前。他最初并不喜欢方砚唯骄纵嚣张的性格，可这人似乎又不只是表面上看起来那般张牙舞爪。

昨天晚上，少年倔强中藏着失落的样子还在他眼前。而今天的方砚唯又像是舔完了伤口的小动物，重新骄傲起来了。少年就像一只跳脱的红狐狸，亮着爪子在他眼前横冲直撞。

“我晚上没空。”路执垂眸，声音冷淡。

几个小时后，路执盯着自家厨房冰箱里的各种蘑菇沉默了许久。

“这就是你要给我看的……刺激的东西？”他问。

“对啊。”方砚唯说，“不然呢？”

纯原生态，品种繁多，味道鲜美，吃不好随时都有看见小人跳舞的可能，不刺激吗？

“为了庆祝我们暂时成为室友。”方砚唯说，“执哥，我请你吃晚饭。”

方砚唯挑出冰箱里的新鲜蘑菇扔进篮子里，拧开水龙头。

水哗哗地落下来，冲洗着篮子里各种颜色的蘑菇。

路执无言地看着他一连串熟练的动作，半晌问：“很喜欢蘑菇？”

“喜欢啊。”方砚唯说，“我们那里的人都喜欢，我从家里带过来的，你和阿姨一直都不在，再放下去可能就坏掉了。”

“你等等我，马上就好。”方砚唯起锅烧水，“等会儿我们找个医院，坐门口吃，特别鲜。”

路执微微挑了挑眉。

高二（1）班的生物老师正在办公室里加班备课，忽然收到路执的微信消息。

【路执】：老师，有问题请教。

生物老师狂喜。他是生物教研组组长，教学严谨，知识扎实。路执是学校有名的好学生，这位年级第一肯在放学后来问问题，一定是相当肯定他的教学能力。

【鹭中生物扛把子】：你说。微笑.jpg

路执发过去一张图片。

【路执】：老师您看看，这里面有毒蘑菇吗？有点急。

【鹭中生物扛把子】：……

【鹭中生物扛把子】：谢谢，你真看得起我。

方砚唯经常给自己做饭，整个流程都很熟练，很快就把晚饭端上了餐桌。

“你不吃吗？”他看向路执。

路执没吭声。

方砚唯的脸上是藏不住的坏笑。这书呆子局促的样子太有意思了。他忽然发现了一件有趣的事情。他喜欢看路执那张看似不食人间烟火、平静无波的脸上出现点其他有趣的表情。他似乎自以为是地从这人身上找到了点孤独的影子，于是越发想找路执说话。

“不会毒死你的。”方砚唯说，“毕竟是校草，那么多人惦记着，我可不敢。”他扳回一局，嘴角的笑就有些得意。

路执淡淡地瞥了他一眼，没动筷子。

“没骗你。”方砚唯说，“真的很好吃。”

他有心招惹路执，拿起勺子舀了一小勺蘑菇汤递过去：“执哥，你试试啊。”

路执沉默了片刻，张开了嘴巴。

“是不是很好吃？”方砚唯说。

路执：“……嗯。”

晚饭后，路执坐在书桌边写作业，方砚唯忍不住还想闹他。

“学霸，你为什么叫路执？”他的指尖推了推路执的手背。

“你为什么叫方砚唯？”路执今天没不理人，而是把问题抛了回来。

“我爸是搞书法的，希望我有文化呗。”他说。

“那你应该叫方砚没。”

方砚唯：“你人身攻击？”

他正郁闷着，手机屏幕最顶端蹦出来一条消息，来自林与宋他们拉的那个小群。

这些人成天游手好闲，还在群里分享乱七八糟的内容。

“这是什么群？”路执问。

“这是我们坏学生的联络群，我们就在这里约着打人。”方砚唯信口胡扯，“你再乱扣我分，你的名字就会出现在这里，被通缉。”

“知道了。”路书呆子说。声音是木讷的，但好像没有平时那么冷。

方砚唯的嘴角弯了弯。方嘉弥给他找的这个朋友，好像没有他想象中那么无聊，木头脑袋多敲一敲好像也有回音，多威胁两下说不定就听话了。

他们说话期间路执写完了物理作业，从书包里抽出一张生物试卷接着写。

“让我抄点，不扣我分吧？”方砚唯顺手展开那份物理作业，“嘶……你考试真的不会被扣卷面分吗？”

“值日结束了。”路执从他手里抽出自己的作业，“作业要自己写，不能抄。”语调冷漠，态度坚定，听着非常有“犟人”精神。

“不听不听，王八念经。”方砚唯抓着自己的手机站起来，“你学吧，我们学渣要出去玩儿了。”

路执听着凌乱的脚步声一路往下，他站起身，从二楼的露台看下去——方砚唯穿着件黑色卫衣，踩着摇曳的树影，有些吃力地抱着一箱狗狗用品出了门。

附近宠物店的门被推开，方砚唯问：“有没有那种狗吃了就忘不了我的狗零食？”

“你拿第二排第一个那个狗饼干。”店里有人说，“保证整条街的狗吃了都管你叫爸。”

方砚唯：“不叫怎么办？”

对方愣住。

方砚唯突然觉得这声音听着耳熟，一转头，在宠物店前台看见了正在写作业的何岁岁。

“咦，方哥。”何岁岁也抬头，惊喜地问，“你养狗吗？”

“养过。”方砚唯说，“现在异地了。”

“那你别买这个，这个狗都不吃。”商人之子何岁岁从货架上拿了另外两盒零食，给方砚唯打了个五折，“方哥住附近？”

方砚唯：“嗯。”

“路执也住这片区。”何岁岁说，“他们说路执家里可有钱了，独栋别墅带小花园，也不知道我要卖多少袋狗粮才能睡到他家那种房子。”

已经睡到了的方砚唯没接话。

“对了，方哥。”何岁岁四处翻了翻，递出一张试卷，“孝敬你，你带回去抄。”

高中生的友谊简单纯粹。继早晨那一幕后，何岁岁非常肯定他这位在一个桃子见证下认的兄弟。

方砚唯正要接，眼前忽然浮现刚刚路执从他手里抽走试卷的场景。

“算了，我懒得抄。”他说。

他用记号笔在狗饼干的袋子上写了个“方”字，提上袋子正要走，又被何岁岁给叫住了。

“李坤这个人挺记仇的，我们还是注意点……”

“李坤……是哪个？”方砚唯问。

“……早晨脑袋被你按地上教训的那个。”何岁岁咳嗽了一声，“你来之前他就是咱们年级的钉子户，老师都管不着的那种，他喜欢玩阴的。”

“知道了。”方砚唯抱上盒子，离开了何岁岁家的宠物店。

他在附近的快递站里邮寄了那箱狗狗用品，拿了手机扫码付钱，发现手机屏幕上多了条新的微信消息。

【路执】通过了您的好友请求。

这书呆子原来有手机啊。

【极品清纯男高】：路执？

【极品清纯男高】：原来你会用智能手机啊？

【极品清纯男高】：本人？

【极品清纯男高】：黄豆问号.jpg

路执加了他又不说话，还挺高冷。但加了总归是好事，代表他俩迟早能说得上话。

他扫完码付钱，去了商店，正纠结要不要买雪糕，就看见屏幕上慢吞吞地吐出一条消息。

发消息的人是路执。

书呆子竟然理他了？

【路执】：小区对面右转吉祥文具店，带盒笔芯，0.7mm，黑色。

【路执】：【转账20元】

怎么还使唤上他了？

【极品清纯男高】：我看你像笔芯。

小区对面是条商业街，文具店的招牌上写着大大的两个字“吉祥”，店里的灯还亮着。

“老板，要盒笔芯。”方砚唯冲里面喊。

路执坐在二楼主卧的露台上，长腿抵在栏杆上。

“路路啊。”耳边电话里是外公慈祥苍老的声音，“我们路路真棒，这次考试又是各科年级第一，你外婆买了很多好吃的，过几天我们就来看你。”

“知道了，外公。”路执的声音平静冷淡，听不出悲喜。

夜风徐徐，吹动他漆黑的碎发。电话那边一直叫他“路路”，话语间也都是关心。他应了几声，挂断了电话。

方砚唯回来时带着一身海风的清爽味道，他慢悠悠地踱上二楼主卧，书呆子还跟他离开前一样，刻板端正地坐在书桌前。

“拿去。”他把一盒水笔芯摔到桌上。

“谢谢。”路执礼貌地说。

学习那么有意思？书里面有什么？这么好看。

眼看着路执伸手去拿桌上的笔芯盒，方砚唯伸出一只手，按住了盒子。

路执这才拿正眼看他。

“学霸。”他拨了拨路执左手腕上盘了好几圈的木珠串，带出点淡淡的檀香气，“你信佛啊？”

路执垂下眼帘，搭在他的腕上的手指白皙修长，指骨看起来很细，指腹上的刀伤看起来淡了些，边缘泛着点淡粉色。

“不信。”路执说，“五行缺木，家里人让带的。”

还能这样？

这珠子还挺香的，散发着若有若无的檀香味。

“我要看书了。”路执说。

隔壁次卧的改造还没有完工，晚上依旧是方砚唯霸占路执的床，路执睡楼下。

早晨，方砚唯打着哈欠下楼，在楼下客厅里看见了捧着本单词书的路执。

“早啊，执哥。”他困得睁不开眼睛，胡乱打了个招呼。

路执对着镜子把校服拉链拉到了最上面，弯腰穿上鞋，站在玄关处，端正得像是在罚站。

方砚唯磨蹭了半晌，才发现这书呆子好像是在等自己。

真稀罕啊。他单手挎上书包，把白底深蓝色的校服外套往肩膀上一甩，三两步蹦到路执身边，把半个身体的重量压在路执的肩膀上：“走吧！”

今天有雨，鹭屿中学正门前堵得厉害，路执家的司机带他们走了侧门。

方砚唯被路边的蚵仔煎吸引，拽着路执的书包带子，把他塞进旁边另一个队列给自己排豆浆的队。

路执一手拿着单词书，一手撑着雨伞，看方砚唯把校服顶在头上，冲进了路边摊窄小的雨篷下。

不远处，有几个男生正在朝这边打量。

“李哥。”有人用胳膊肘撞了撞李坤，指了个方向，“方砚唯。”

李坤冷笑一声：“正好，给他个教训。”

李坤想的是，趁着人多冲过去教训方砚唯一两下，再不济，他这边人多，打起来怎么都不会落下风。于是他看准目标，点火，挂挡，起步，往方砚唯所在的方向跑过去。

然后被什么东西绊了一下，重重地摔在了地上。

水泥地面混着雨水，他摔得头晕眼花，龇牙咧嘴抽着冷气想回头看看自己踩上了什么，然而路面上什么都没有。

旁边的早餐车购物团连早餐也不买了，都转过头来看他。

“你没事吧，同学？”路执不动声色地收回绊人的脚，冷淡地问，“需要找校医吗？”

李坤一脸狼狈，抬头认出来这是路执，全校老师最爱的乖学生。乖学生冷漠而形式化的关心在此时显得无比讽刺，让李坤觉得更加丢人了。

“你少管。”他恶狠狠地站起来，环视周围，“谁伸腿绊我的？”

没有人说话。

“这不是那谁吗？”方砚唯听见声音，提着刚买的蚵仔煎转头，“昨天你们班班主任说我伤着你了，你伤在哪儿了，自尊吗？”

“你冲他吼什么？”他把书呆子拉到自己背后，“你也配？”

方砚唯绕过李坤，跟路执往教学楼方向走，他打了个哈欠，挎着书包懒懒地进了教室。

路执掀了下眼皮，看着方砚唯单手揣在口袋里，慢悠悠地踱进教室。

由于班主任陈老师的坐骑不幸被棕榈叶砸了，老陈赶着去修车，上午的第二节英语课改成了自习。

“这节课做几篇英语阅读。”陈老师从窗口把试卷递进来，“路执，你跟学委帮我盯一下纪律。”

“好的。”路执接过试卷，让大家从后往前传。

全员低头，开始猛写试卷。这种时候，前排两个人的聊天声在路执的耳边就仿佛被放大了。

“听说李坤早晨又被你收拾了？”何岁岁压低了声音问。

“没。”方砚唯说，“我当时离他起码一米远，他想讹我吗？我用内力打？”这小子碰瓷呢。

路执动笔写了第一篇阅读的答案。

几分钟后。

“方哥，你家狗叫什么名字？”何岁岁再次压低声音问。

“叫方便面。”方砚唯说，“随我，小区咬架没输过。”

何岁岁：“哇，了不起。”

路执按着笔的手紧了紧，在某选项前画了个B。

“方哥。”何岁岁又问，“你们上学骑大象吗？”

方砚唯满脸问号地转过头去看他，险些翻个白眼。

“骑。”他说，“我有七头，每天换洗。”

后排传来一支笔落地的声音。

“方砚唯。”路执的声音传来。

“什么事？”方砚唯回头，双手扒拉在路执堆起来的教辅上。

路执冲后门抬了抬下巴：“站到那里。”

“凭什么？”方砚唯抓着铅笔，“没看见我一直在动笔？我在写试卷。”

班里其他人大气也不敢出。

路执端正坐着，头也没抬，目光冷清地落在自己的卷面上：“你试卷上一个字都没有，你动笔这么久，是在钻木取火？”

方砚唯轻轻“啧”了一声，在心里默念了一句不跟木头脑袋书呆子计较，拎着试卷站起来，懒散地倚在墙边，往试卷上胡乱画选项。

这路执不能处。早上还帮他排队买豆浆，现在就让他在教室后排罚站。而且刚刚不止他一个人在说话吧？学霸的耳朵是只能听见他的声音吗？

方砚唯靠在墙边，从后方看路执。这书呆子的腰挺得笔直，端坐在椅子上，右手握着笔唰唰地写，黑色短发在晨风里微摇。

不用面对面，方砚唯都能想象出路执此刻脸上的神情，那种波澜不惊的平静与事不关己的冷漠。这种清白干净的高岭之花要是哪天违反了校规校纪，说不定会吓到哭出来。

方砚唯才不会老实罚站，他拎着试卷去篮球场上逛了半圈，临近下课才闲逛回来。

路执把本组的试卷收完，发现自己座位上多了个人。

“让我抄抄。”方砚唯一脚搭在桌角上，冲路执伸手。

“自己写。”路执从他手里抽出皱巴巴的空白试卷，从徐正义的文具盒里拣了支圆珠笔，按出笔芯，在试卷上潦草地连笔写下方砚唯的名字。

他把试卷压在自己的试卷下收走了。

“执、执哥从来不给人抄作业。”徐正义大着胆子搭话。

方砚唯右手支撑着下颌，偏过脸来看人。

他的嘴唇薄，笑的时候轻佻好看，不笑的时候又有些冷和傲慢。

徐正义：“这、这个给你。”

方砚唯低头，一个很有城乡接合部花哨风格的布包被塞到他眼前。

“这是什么？”他问。

徐正义抖了抖：“我妈让我给你的，糖、糖。”

方砚唯愣了愣，这才想起来眼前这位是谁，是昨天在校门口挨李坤那帮人欺负的老实孩子。

布包里的牛轧糖糖纸清新好看，看起来不便宜。

“谢谢啊。”方砚唯说。

鹭屿中学　校园论坛

板块：闲聊区

【大课间去逛一下高二（1）班，看看方砚唯有没有你们说的那么帅。】

1L：请问怎么假装偷偷路过，才能让他多看我一眼。

2L：怎么，人刚转来没几天，就有人心动了？

3L：人在现场，帅的，方哥气场好强。

4L：我是楼主，我路过了，确实好看，手好漂亮，不过大佬在玩糖纸？

5L：他跟我们班路执好像不太对付，刚才上课还被路执罚站了，到现在都占着路执的位置没让呢。

6L：哈哈哈哈哈大佬被路执收拾了？

方砚唯在路执的位置上占了整个大课间。期间路执就站在他身侧，拿了篇文言文在背，没有感情的声音自上而下地传入方砚唯的耳朵。配合路执身上木质珠串的淡淡檀香味，方砚唯感觉自己再多坐一会儿，可能就会被原地超度。

再坐下去，不是折腾路执，而是他跟自己过不去。

“放过你了。” 方砚唯给自己找了个台阶。

徐正义正在死磕一道大题，见大佬要走，连忙手忙脚乱地收笔准备让座。

“不用。”方砚唯摆摆手，右手在窗台上一撑，轻盈地翻进了走廊。

路执从三月的暖意里收回目光，桌上留了只糖纸折的狐狸脑袋。

下课铃刚响，方砚唯早就卷好了他那扁扁的书包，压着下课铃声出了教室。

校门开着，穿着保洁衣服的女人拿着扫帚，一下又一下地清扫着地上的落叶，颊边的发丝被汗水浸湿。

方砚唯路过时，把一瓶没开封的矿泉水塞进女人放在地上的背包侧兜里。

“我刚买多了一瓶，阿姨你拿走。”他冲那边喊。

喊完他正打算开溜，迎面撞上了从保安室里走出来的路执。

“去哪儿？”路执叫住他。

方砚唯无言以对，这书呆子真把他当自家人了吗？管得还挺宽。他一把揪住路执的领口，把人推到一边。

“找个地方打打游戏。”他说，“怎么？路神想跟着一起？”

“不想。”路执说。

方砚唯眼看着人被镇住了，转身就要走。短暂的瞬间，他忽然想起来什么，嘴角弯了弯。

“书呆子，你过来。”他说，“咱们多少是同住一个屋檐下的情谊了，我带你去见见世面。”

“我要上晚自习。”路执抓着书包带子，低着头。

“别上晚自习了。”方砚唯勾着路执的脖子说，“我带你去找点儿乐子？”

方砚唯看中的地方离学校有点远，在靠近海边一家酒吧的深巷里。

方砚唯看着路执一身干净整洁的校服，再看看背景里网吧亮起来的屏幕光，违和感拉满。

这样穿着校服，规规矩矩地背着书包的学生，一看就是好人家的小孩，不适合来这种地方。

“就送到这儿吧。”他推了把路执，“不耽误路神学习了。”

路执盯着他，没动。

“怎么？”方砚唯挑眉，“不走？”

路执：“怎么走？”

方砚唯："不是吧，你不认识回去的路？"

林与宋他们催着组队开局，他没空管路执，走上前："要台机器。"

然后他听见路执用冷淡的声音对前台说："你好，这是我的身份证。"

前台网管抬头，面露惊讶。

"要个屁身份证。" 方砚唯快要笑出声，边嘲笑边从桌上捡起路执的身份证扫了一眼。

身份证照片都这么能打……咦？这书呆子满18岁了，这个月刚满的。难怪他会理直气壮地跟着进来。

"你对这里很熟悉？"路执问。

"熟，来过几次了。"方砚唯说。

他跟着林与宋他们去过云城的网咖，应该都是一个样。

路执的目光似乎瞬间有些冷，也不说话，看着他找机器。

网吧的环境不好，有人边骂娘边吞云吐雾。

方砚唯路过的时候，被呛得咳嗽了好几声。他终于找到自己的那台机器，坐下来，靠在椅背上仰头看路执："要不你去路边写会儿作业等我？"他打算只开两局，就把路执给送回去。

这网吧的电脑配置看着挺高，就是桌面布置有些复杂，他找了半天也没看见开机键在哪里。他试着按了自己桌上的一个圆形按钮。

"执……直接跟我说需要什么服务。"前台冲过来，看了眼路执冷淡的表情。

方砚唯："……"不是这个啊。

"……给他一瓶橙汁。"方砚唯冲路执偏了偏头。

"他橙汁过……"前台又看了眼路执，再度改口，"过、过来拿。"

方砚唯找到了开机键，在两张桌子之间有个方形的按钮，画着开机的图样。他伸手按了下去，电脑没有反应。他长按、用力按、大按特按，这次有反应了，旁边人的电脑关机了。

路执愣住。

方砚唯也愣住了。

正在联盟冲杀的英雄转过头来破口大骂："谁要死啊，把老子电脑关了。"

方砚唯跟暴怒的李坤对上视线，耳朵有些发烫。

路执看到眼前的少年微红着脸，一把揪住李坤的衣领，把人从座位上拎起来：

“就是要关你的，早晨跟我碰瓷的账，来算。”

李坤线上的一场恶战还没杀明白，人就被方砚唯一把掼回了现实。

脑袋发蒙之际，他越品越觉得这个新转来的方砚唯深不可测。关电脑这招太狠了，也够损。游戏不给打就算了，还把他脑袋往键盘上按，让他切实体验了一把什么叫脸滚键盘。

同李坤一同酣战的几个小弟眼看着老大被人欺负，立即撸袖子站起来，拳头高高扬起，其中一人一眼瞟到了冷眼旁观的路执。

“救命，路执，这儿有路执！”一阵慌乱的脚步声，“跑！学生会来抓人了，老师肯定就在后面！”

方砚唯一脸问号。怎么还开始跑毒了？

一群学生捞起校服外套四散奔逃，把李坤忘得一干二净。

方砚唯松开抓着李坤衣领的手，看着冷着脸的路执。他悟了。这个人是借他之手打入网吧内部，好一网打尽。难怪路执会跟他一起进来。那现在书呆子该完成任务功成身退了吧。

方砚唯右手抓着左手腕活动了一下，斜睨了一眼李坤：“滚吧。”

几经波折，他终于找到了开机键，登录游戏，加入了林与宋他们拉的队伍。

“方妲己，你慢死了。”耳麦里传来林与宋的声音，“趁我妈不在家，赶紧开。”

“别乱叫我。”方砚唯加入小队语音，“你是不知道，我想找台电脑有多难。”

“你在鹭屿还好吗？”林与宋问，“有新朋友吗？”

“还行。”方砚唯眼前浮现路执那张冰块脸，“认识了一个大冰雕。”

林与宋：“啊？”

借住在别人家里，不方便回去太晚，方砚唯估摸着到晚自习的下课时间就退了游戏，跟几个朋友说了再见。他把校服外套系在腰上，拎起书包往外走。

“老板。”他扣了扣桌子，“退个押金……”

前台摆了一桌的试卷和草稿纸，穿着白底深蓝色校服的路执戴着框架眼镜，自台灯下抬起头来，右手边摆了杯柠檬汁。

他为什么还在？那一瞬间，方砚唯的脑海中产生了这里其实是教室的错觉。

好在一个银色头发的社会哥拎着罐啤酒颠颠儿地跑了过来：“退押金是吧？我来我来。”

方砚唯站在鹭屿的星夜下，脑子有点发蒙。写完作业的路执背着书包，站在路灯下等他。他想起来了，这学霸没来过这边，所以不认识回去的路，他得把人领回去。没毛病。就是坐在网管位置上安静写作业等他的路执又倔又斯文，还有点呆，好像没平时那么讨厌了。

“路神，我们回家。”

路执没动。

生气了？方砚唯从背后趴到路执的肩膀上，把人用力往前推：“走啊，学霸。”

路执收回目光，扫掉他的手，踩着深巷的灯影往前走。

高二（1）班　班群

【陈辰】：上回说到，那恶徒李坤化身召唤师，正往峡谷冲杀，说时迟那时快，我们方少侠大喝一声……

【方砚唯】：……

【何岁岁】：现在开始到4月前我家狗粮8折，需要的戳我。

【莫莉】：物理练习卷最后一道大题谁会？拿来抄一下。

【班主任陈老师】：你们是不是觉得我是死的？

【班主任陈老师】：被棕榈叶砸的是我的车前盖，不是天灵盖。

【班主任陈老师】：@何岁岁，不许在班群里卖狗粮，另外告诉你爸，也不许在家长群里卖狗粮。

【班主任陈老师】：@莫莉，明早来办公室抄。

班主任陈桑榆突然出现，一班班级群里安静了下来。

方砚唯改戳了何岁岁的微信。

【岁岁平安】：要狗粮？

【极品清纯男高】：不买。

【极品清纯男高】：我今天好像带路执违反校规了。

【岁岁平安】：真的假的？

【极品清纯男高】：他没有去上晚自习。

【岁岁平安】：这不算。

【极品清纯男高】：不算？

【岁岁平安】：对啊，鹭屿中学的特别规定，年级前五十可以不上晚自习。

方砚唯的目光从手机屏幕移到坐在书桌前的路执身上。

没违校规啊？那我愧疚个屁。他翻了个面趴在路执的床上，踢掉拖鞋。

路执想找副耳机，转头看见自己床上有一双乱晃的脚。方砚唯趴在他的枕头上，嘴角勾着点笑，在看小视频，音量开得很小，边看边嘀咕。

“刺激。”

“压倒他！”

“用点力。”

路执冷着脸过去，从抽屉里拎出一副耳机，往方砚唯的手机屏幕上扫了一眼——两只土拨鼠在打架。

路执愣了一下。

“路神，听听力啊？”方砚唯问。这都几点了，还学。

路执摘了脸上的框架眼镜，放回书桌上，抱着一摞书往楼下走，耳机里是一段带了不少脏话的英文摇滚。

方砚唯看土拨鼠干架看到了深夜，次日上课抬头看老师都有重影。

“方哥。”何岁岁摇了摇他，“吃午饭吗？一起。”

“来了。”方砚唯睁开眼睛，倦懒地坐起来，发现课本上压着一罐小饼干。

后桌的徐正义胆怯地冲他笑了笑，旁边路执的座位是空的。

“走吧。”方砚唯说。他这几天中午都是去校门口找小餐馆对付，没往学校的食堂去。

食堂门边有个公告栏，不少学生驻足观看。

“这是什么？”方砚唯问。

“极品试卷赏析栏。”何岁岁说，“鄙人近期刚好有幸上了一次。”

方砚唯无语地看了看他。

你很得意？

方砚唯扫了一眼，在一众试卷上画猪和题目下求情的极品玩意儿里看见了路执的名字。

方砚唯：“为什么会有他？”

“作文字太潦草。”何岁岁崇拜地说，“这是我离学神最近的一次。”

方砚唯没少见路执的字，不难看，但真的潦草，连起来写就像大师画符，分分钟能镇压一只妖精的那种。

他在食堂里挑好了菜，正要找桌子，一眼就在人群中看到一个看着木讷安静的背影。

“你自己吃。”他冲何岁岁说。

鹭屿中学校风严谨，争分夺秒抓学习。食堂的六台电视一刻不停地放着名校名师的讲题视频，生怕学生错过午饭这点宝贵的时间。

路执仰着头看电视画面，一位名师扛着一把硕大的三角尺正在激情洋溢地演示如何画一道珍贵的辅助线，电视画面闪了闪，蹦出了一行字——

已连接至方块A的手机，可以开始投屏。

六台电视开始转播一段电竞比赛，众人愣了一瞬，随即食堂里便跟炸了锅似的热闹起来。

一只餐盘被重重地放到路执旁边，方砚唯坐下来，明目张胆地把手机扔在桌子上。

路执扫了眼旁边多出来的餐盘，三个菜，清炒杏鲍菇、红烧口蘑、干煸茶树菇。

“路神。”方砚唯转头，“我打扰你学习了？”

“没。”

“那就好。”方砚唯心安理得地坐在年级第一的旁边，“陪你方哥吃个饭。”他说完才想起来，这书呆子是比他大一岁的。不过没关系，男生嘛，厉害点的才是哥。

“哦，方哥。”路执掀起眼皮看了他一眼。

“谁把我电视节目给换了？”食堂里传来一声吼，教导主任从天而降，瞪着几个学校里的常见刺头，“是不是你？”

“不是我。”李坤冤枉死了。

“那是谁干的？”主任脸色很差。

李坤瞄了眼凑在路执身边的方砚唯，咬咬牙：“埋头吃饭，没看到。”

“就是你吧。”主任怀疑地说。

“我换的。”不远处传来少年清脆的声音。

方砚唯背靠着旁边的路执，举起右手，嘴角勾出微小的弧度：“主任，养猪还给放点轻松的音乐呢，您吃饭的时候总不能旁边还摆着教案吧？”

旁边有人笑了一声。

“你是哪个班的？”主任火大地问，“叫什么？”

“高二（1）班方砚唯。”少年靠着路执的肩膀，抬手捂着嘴打了个哈欠，“检讨是吧，我知道了。”

路执安稳地坐着，觉得自己身侧像是倚着只龇牙咧嘴嚣张的红狐狸。

主任气呼呼地走了。整个食堂用餐的学生肃然起敬地看向这位敢跟主任呛声的大佬。

大佬低着头，用筷子戳餐盘里的蘑菇。

“路执，你们这边的蘑菇也太难吃了吧。”

路执听着旁边人的嘀咕，收拾完自己的餐盘，戴着耳机在餐桌边坐了一会儿才站起身。

吃完饭的方砚唯又跟了上来。

“学霸。”方砚唯倦懒地扒着路执的肩膀，打了个哈欠，“宿舍钥匙交出来，想借你房间午休。”

第二章

狐　狸

“不可以。”路执说，“校规不允许。”

“校规还管我睡不睡你的宿舍？”方砚唯伸手把路执的校服拉链拉到了最底下，从校服内侧的口袋里勾出钥匙，“那也是我违反校规，我偏要去。”

他跑了好几米，转头看书呆子还原地站在正午的阳光下，校服外套敞开着，木木地看向他，似乎是不太高兴。

“我太困了。”他冲路执挥了挥手，“我睡觉很老实，不会把你宿舍弄乱的。”

知道路执不会追上来，方砚唯悠闲地晃进了男生宿舍区，找到钥匙上编号对应的宿舍房间开了门。

路执的床铺得很硬，周围还摆满了各种工具书。方砚唯一个午觉睡得腰酸背痛，额角还被枕头边戳出来的英汉大词典磕了个红痕。说起来，路执这人就是冷漠了点，对他还行。

墙上的挂钟指向两点二十，预备铃已经打过了。

下午第一节课是英语，班主任陈桑榆拿着一摞练习卷刚走进教室，门边就多了个身影。

“报告。”方砚唯说。

“你怎么不放学再来？”陈老师问。

方砚唯："那我走？"

陈老师把一张画满了红叉的试卷塞到他手里："赶紧回你座位上。"

下午第一节就上英语很容易让人昏昏欲睡，只有陈老师一个人讲得挺嗨。方砚唯倒是睡饱了，破天荒地跟着订正了几道错题。

"方哥。"何岁岁贴过来，"你们那里的人晚上会围着篝火载歌载舞吗？"

"你下次跟我回去。"他说，"我们不仅载歌载舞，还能把你架火上烤着吃。"

何岁岁做了个惊恐的表情，随后又说："对了，方哥。今天吴月的生日，他们约KTV，要不要一起？好几个女生托我邀请你……"

"老师。"后排冷漠的声音再度响起，"方砚唯一直说话，吵我听课了。"

方砚唯一回头，又对上了路执那张冷淡又无辜的脸。

"你又听见了？"他算是服了。

这路执上课只挑他的毛病，对别人的小动作视而不见，到底是什么品种的告状精。

"别在课上吵。"陈老师过来，"方砚唯去教室后面听。"

方砚唯背靠着墙盯着路执的后脑勺，无语到下课。

下午的时间过得还算快，放学的铃声打响，方砚唯捞起书包就要走，校服衣摆却被人攥住了。

"大扫除，轮到我们组了。"路执说，"校规不允许走。"

大扫除担责的是一个组，不是个人，方砚唯不会逃。但路执这种开口校规闭口校规的做派，他真的是一刻都忍不了了。

方砚唯站在窗边，拿着抹布的手接过何岁岁递过来的手套袋："咱们学校九十九条校规，我就不信他一条都不犯。"

他正要戴上手套去擦窗户，一个拖把横到他眼前。

"方砚唯，拖地。"路执说。

"凭什么？"拖地一点都不酷好吧。

"凭我兼任小组长。"路执平静地说，"打扫工作，我来安排。"

"方哥我给你拖我给你拖，你去擦黑板。"何岁岁怕他俩在这儿吵起来，被巡视的主任看见影响不好，连忙打圆场。

方砚唯拿起黑板擦，才发现自己手心里还攥着塑胶手套的透明袋子。

咦？橡胶制品？好险，还好没戴上。路执这是知道他会过敏？

一班的走廊外，一对老夫妻正在往教室里看，目光在一众穿着校服的学生脸上扫过，最终在窗边找到了路执。

“路路。”面露老态的老婆婆招手，“过来给外婆看看。”

方砚唯顺着声音看过去，是一家人其乐融融的景象。

“我们路路又长高了。”老婆婆说，“又乖，成绩又好，平安长大，以后肯定很有出息。”

说着，她把一大袋葡萄递到路执手里。

方砚唯在讲台边掸了掸黑板擦上的灰尘。

从讲台到玻璃窗不过十米的距离，他却忽然感觉有些遥远。

这就是好学生吧，好学生都是有家的。

路执仍然是一副冷冰冰的样子，只偶尔应几声，看上去也不怎么高兴。老夫妻把人夸了一遍，这才依依不舍地离开了学校，大扫除也进行得差不多了。

“谢谢，大家辛苦了。”路执站在桌边，解开塑料袋的结，“给你们吃吧。”

“学霸人真好！”何岁岁第一个上前，拎走了一串葡萄。其他几个同学也纷纷上前。

方砚唯站在讲台上没动，脸颊上蹭了块粉笔灰。

路执冲讲台上发呆的人抬了抬下巴。于是方砚唯凑过来，拍拍他的肩膀：“路神，我不吃葡萄，真想谢我，赏点别的？”

路执五指张开，用力推开他。

晚自习一下课，一班的一帮学生鬼鬼祟祟地脱离放学大部队，朝着近海的一家KTV进发。

“我爸妈今晚不在家哈哈哈。”何岁岁满脸兴奋，“我要玩儿到天亮。”

方砚唯跟着他们，神情懒散。

“好紧张好刺激。”莫莉说，“我今天要晚归啦哈哈哈。”

“咱们平时出来玩儿一次就觉得不得了。”何岁岁说，“我方哥一看就是风里来雨里去见过世面的人，多淡定啊。”

方砚唯倦倦地往前走，不说话。

何岁岁抬手一指：“看见对面那个吧没？我方哥平时都是出入那种场合的，今天来这儿是给你们几个面子。”

方砚唯顺着他指的方向看过去，一家店隐没在街对面的角落里，看起来像个音乐餐吧，玻璃窗户里灯球闪着混乱的光点，穿着夸张的男女来来往往，灯红酒绿的氛围全开，金属色的灯牌上龙飞凤舞地写了个R开头的单词。

方砚唯没去过，下次试试。

这帮学生进了包厢就玩儿疯了，占着麦疯唱。

方砚唯听着走音的歌声，独自坐在一张沙发上，两条长腿放松地搭着。

不知道谁的校服被甩了出来，挂在了桌角上，方砚唯突然就想到路执身上那件一尘不染的校服外套。

学霸这会儿应该在刻苦学习吧。

手机屏幕亮了一下，有消息进来。

【爸】：小砚，你去鹭屿了，卧室用不上。你哥哥最近想多要个房间，我给他用了啊。

【极品清纯男高】：你这么孝敬，他是你爹？

【爸】：……

桌上的果盘高高地堆着零食，何岁岁他们抱着麦，拼不过技巧就拼感情，声音大得震天响。

方砚唯打了个哈欠，光线昏暗，他随手从果盘里捞了颗糖，拆了糖纸，送进嘴里。

巧克力？还是酒心的。

一家叫“Release”店内，一身校服的路执坐在卡座上，左手肘搭在沙发扶手上，垂着修长的手指，右手把玩着一张扑克牌。

远处光线昏暗处，乐声嘈杂混乱。

穿着短吊带裙子染着一头粉色头发的女生走过来，坐在沙发靠背上，伸出指甲染成红色的手在路执眼前晃了晃，打了个响指。

“执哥，去唱歌吗？”

路执牵了下嘴角：“别来烦我。”

“切。”女生变了张脸，“路执你真是太无情了，谁找你玩你都不搭理。”

“得了吧顾甜。”黄毛嗤笑，“执哥现在是年级第一，你数学才考60分，还想执哥睁眼看你？”

顾甜也不尴尬，大大咧咧地说：“我们老区十三中除了执哥谁能考60分以上？”

“执哥，我听他们说你前几天去网吧了？”黄毛手里晃着车钥匙，“那店配置不行，要不我搬个电竞配置过去？”

“不用。”路执说。

路执切了个微信号，手机屏幕上正噌噌地冒着消息。

【极品清纯男高】：学霸？

【极品清纯男高】：学习呢？

【极品清纯男高】：路神。

【极品清纯男高】：别看书了。

【极品清纯男高】：你怎么永远都不理人。

【极品清纯男高】：一分钟内不回你方哥消息，你就要挨揍。

【极品清纯男高】：头有点晕，看见小人了。

【路执】：蘑菇？

【极品清纯男高】：没吃。

【极品清纯男高】：我唱歌呢。

【极品清纯男高】：吃了个酒心巧克力有点头晕，你说何岁岁买的这残次品巧克力里会不会放的假酒？

路执扫了眼手机屏幕。

【极品清纯男高】：你想不想知道，我为什么不吃葡萄？

【极品清纯男高】：反正你也不会看我的消息，我想说就说。

【极品清纯男高】：因为他们只买给那个哥哥吃，我吃不到，我就告诉自己葡萄是酸的。从那以后，我觉得全天下的葡萄都是酸的。

“职高那边儿闹不起来了。”黄毛坐在一边同顾甜聊天，“执哥好不容易同意去看看，结果他们一听路执要去，直接滑跪了。”

“我出去一趟。”路执撇开扑克牌，站起来。

方砚唯坐在沙发上，晕乎乎地听他们唱歌。

KTV的门突然被人从外面推开，进来个穿着校服的身影，戴着黑框眼镜，看着高冷木讷。路执跟在服务员身后，皱了皱眉，似乎对包间里的混浊气息很嫌恶。

“打扰了，我找方砚唯。”路执说。

“路神？”何岁岁疯玩儿到一半，还算有意识，指了指最大的沙发，“那儿。”

路执朝那边看去，浅棕色头发的少年安静地坐着，也在看他。

吃个酒心巧克力就醉了，还挺安分。

方砚唯也看见了路执，微微睁大眼睛，他站起来朝路执走过去，把手压在路执的肩膀上。

“看见没？”他说，“年级第一，路执，我罩着的。”

说着，方砚唯把手压在路执的脖子上：“给大家鞠个躬，以后你就是我的小弟。”

一只红狐狸，见到了熟悉的人，藏不住的大尾巴骄傲地摇啊摇。

“不好意思，他家长让我来接。”路执被他按得直低头，声音冷淡道，“我先带方哥回去。”

路执：“校规不允许晚归，你们明早别迟到，不然会被叫家长。”

何岁岁不放心：“他吃错什么了吗？路神，他要是打你，你就报警，我怕他这会儿不清醒，把你打废了。”

“书呆子只会学习，一打就废了，我才不打他。”方砚唯扯着路执的衣领，“谁敢打你，我保护你。”

“知道，谢谢。”路执冲他们点点头。

“能行吗？”何岁岁不放心。

“不知道。”路执说。

何岁岁等同学目送着他们下楼——

方大佬把胳膊搭在路执的肩膀上，跟书呆子往前走。路执看着似乎有些吃力，艰难地扶着方砚唯磕磕绊绊地下楼，平时整齐的校服还被方砚唯扯皱了一块。过了楼梯转角，两人的身影消失在众人的视野中。

一直跟着下来的服务生：“要不要帮……”

这位一看就是好学生，一定不知道怎么把人带、带……

“站好。”路执一手把人制住压在墙边，另一手简单地理了下自己的衣领。

他左手掰了下右手手腕，活动腕骨，动了下脖子，右手搭在方砚唯的腿侧，掂了一下，手肘稍一使力，轻松把人扛在肩膀上按稳，抬脚往外走去。

一辆卡宴驶过来，在KTV门口甩了个漂移。

路执把人塞进车后座，自己跟着坐进来，摔上了车门。

服务生目瞪口呆，这是什么野路子？

车内灯光昏暗，黄毛一只手搭在车窗上，见车门合上，把车往路执家所在的小区开。他收回手，从后视镜里看见侧躺着的少年侧躺着。

他吹了声口哨：“谁啊？”

“把你那窗关上。”路执说。

咸湿的海风不再灌入车内，方砚唯蹙着的眉眼渐渐舒展开，安静地靠在车后座上，半闭着眼睛。

车拐了个弯，他就一点点歪倒向路执的肩膀，最终睡着了。

街灯流溢的光雨飘洒进车窗内，为方砚唯的侧脸镀上一层柔光，使得少年白日里的张牙舞爪全不见了，仿佛只剩下柔软的内里。

路执的目光，从那安静的睡颜上轻轻飘过去，总觉得这人今天晚上似乎是有点伤心。

“执哥。”黄毛问，“他就是住你家，你妈让你照看成绩的那个学生？”

路执嗯了一声。

“你不是说懒得管吗？”黄毛问。

路执：“原本是懒得管。”

他的情感原本就稀薄淡漠，对唯恐天下不乱闹起来六亲不认的坏学生没什么同情心。这伙人横行霸道，老师和同学都避之唯恐不及。

初见方砚唯，他也把这个人当成平平无奇的坏学生看待，只是那张脸过于出众和招摇，让他多看了几眼。

方砚唯会揍人，会挑战老师的权威，看起来无恶不作，对真正的坏事却生疏胆怯。这是一只形单影只、色厉内荏的红狐狸，龇牙咧嘴地冲人亮爪子，露出来的肚皮和尾巴却都是软的，不让人觉得讨厌。

方砚唯有意识的时候，正躺在路执的床上，天光大亮。

他盯着天花板看了两秒，昨晚最后的记忆停在包厢里闪烁的彩灯和何岁岁难听的歌声上。

然后呢？他爬回来的吗？

他晕头转向地起床洗漱，路执站在楼梯口背单词，脸上没什么表情。

“昨天是你带我回来的吗？” 方砚唯问。

路执：“嗯。”

“你怎么带的？”方砚唯惊讶。

虽说书呆子长得比他高，肩膀也比他宽，但到底是个好学生。他不知道自己失去意识后是什么样子，总归不会是什么好样。

“系个绳。”路执看着手里的单词书，“拖回来。”

方砚唯无言以对。

不管怎么说，他昨天给路执添麻烦了。路学神把他弄回家里，肯定费时又费力，吃力不讨好。这人虽然木了点，但优点也很明显。就冲这一点，他也不会再欺负路执了。

不过这书呆子真的是太闷了，冷冰冰的，天天板着脸，跟在青灯古佛下修行的高人似的，他总想找点方法来逗逗路执开心。

这天班会课，班主任陈桑榆兴冲冲地宣布了一件事。

“拿到流动红旗的班级，班主任月薪能加一百块。”陈桑榆说，“你们给我争点气，务必把四月的校园文明流动红旗拿到我们班。”

“照咱班群里闲聊那水平，顶多拿个黄旗。”何岁岁说。

方砚唯没搭话。

“所以——”陈老师宣布，“这个月剩下的时间里，咱们班一张检讨都不能出。”

“陈老师。”莫莉举手，“咱班五十个人，一人给你两块钱，这一百块就有了。”

“我缺的是那一百块吗？”陈老师敲桌子，“我缺的是在办公室里的尊严，瞧瞧这才开学几天，你们给我整出多少幺蛾子了？”

方砚唯面前的书桌空荡荡的，手里拿了支笔，漫不经心地在无实物表演写作业，从头到尾都没参与这场班会。然而没想到他不找事，事反而找他来了。

重磅炸弹咣当一下砸到他的脑袋上。

“……点名关照几个同学，徐正义盯着何岁岁，路执盯着方砚唯，四月之前务必好好表现。”

方砚唯无语地抬头瞥了一眼。

随便吧。这种麻烦事，书呆子第一个不答应。然而随后他就听见后排的路执说：“好的，我不会让他违反校规。”

“你疯了吗？”下课后，方砚唯扒着路执的书堆问，“你不怕被我找麻烦吗？”

“我可以反抗。”路执一板一眼地说，“打输住院，打赢坐牢。”

“就凭你？”方砚唯很是不屑。

路执从抽屉里抽出一叠A4纸，递到他面前：“抽一张。”

“这是什么？”方砚唯好奇地伸手从里面抽了一张，拿到眼前一看，是一张物理试卷。

“试卷盲盒。”路执推了推黑框眼镜，“下周前做完给我。”

方砚唯目瞪口呆。试卷盲盒个大头鬼，这其中一定有诈。他真的很想动手把这书呆子搓圆捏扁，给他几分颜色看看。

“阿姨让我学习之余辅导你。”路执说，“就从今天开始。”

这话方嘉弥是说过，但方砚唯没当回事，路执之前看起来也没当回事。现在怎么突然就有兴趣了？

方砚唯狐疑地看着路执，但路执跟平时一样单方面跟他结束了对话，低头继续做题。

何岁岁从外面逛了一圈回来，看见方砚唯的桌子上正摆着一张物理试卷。

“要校庆了。”隐藏的文艺委员何岁岁说，“我打听了，校庆节目奖可以直接带走一面流动红旗，完成老陈的心愿，咱俩被监视的debuff也会随之解除。”

可准备校庆节目还要获奖，哪里是那么简单的事情。

方砚唯手里的笔转了两圈，明显感觉到来自后排学霸的凝视，低头在试卷上工整地写了个名字。

“咱班的人都没啥才艺。”何岁岁遗憾地说，“只能出个大合唱。”

“方哥，你们那里的人会唱山歌吗？”何岁岁问。

“会，我能给你唱到山崩。”方砚唯信口胡扯。

路执给他抽的这个试卷好像不是很难，有好几道题他都能看懂。

“你会不会乐器？”何岁岁嘀咕，“算了，你肯定不会，总不能让你表演方大佬景阳冈打虎。”

方砚唯手里的笔停了。

“……我还真会。”

“打虎？”

"乐器！"

放学后，陈老师的小办公室里聚集了几个同学。

方砚唯坐在中间的椅子上，单手拎着一把何岁岁借来的琵琶。

路执站在办公桌边，手里抱着一摞作业，在几人身边驻足。

"你真的会弹吗？"陈老师紧张地问。他有点怕这娃下一秒就能把琵琶抡到校领导的秃头上。

"我会啊。"方砚唯拨了拨琴弦，"我爸是民乐艺术家，我是他的开门弟子。"

"方哥，你加个'雷之呼吸'再弹。"何岁岁眼睛发光。

方砚唯一脸问号地看向他，什么玩意儿？

"弹一段试试。"陈老师说，"我听听。"

方砚唯想了想，弹了个欢乐斗地主的游戏背景音乐。

陈老师瞬间只觉得口袋里的钱都变成了欢乐豆，哗啦啦地要进地主的口袋。

方砚唯抬头看向背对着窗户的路执，仿佛隐约地在路执的嘴角看见了笑意。

可能吗？是错觉吧？

"你还会点别的吗？"陈老师头疼地问，"校庆当日你总不能让校领导凑一桌牌吧？"

"我会。"方砚唯抬手指向路执，"路神，你笑一下，我就给你弹。"

路执看向他，校服整洁，腕上盘着木珠串，面上的神情依旧清冷，看不出喜怒，夕阳在他背后缓慢西沉。

方砚唯也不指望他能有什么反应，修长的手指再度拨动琴弦，弦声飒沓利落，柔而不软，弹的是《十面埋伏》。

还是个会琴棋书画的小红狐狸。

回班级的路上，方砚唯发现自己能改微信名了。

他终于不用顶着"极品清纯男高"的名头，可以换回原来炫酷帅气的名字了。

他打开好友群……

【方块A】：我有一个朋友，我关注有一段时间了。性子比较闷，不爱说话，冷冰冰的，还很孤僻，我觉得这样不好，我要怎样做才能让那个人开心起来？

【林与宋】：哦，给他个攻略，便宜点。

【好心人】：分享资源“五十六个小妙招教你哄人”，5块钱，支付宝还是微信？

【方块A】：不是哄人，别那么腻歪。是作为帮我几次的感谢，我把他当朋友，想和他关系好点。我想让他别那么闷，多笑一笑，生活别那么无趣。

遥远的云城，“好心人”坐在电脑前灌了口可乐，他没有这个资源，但他真的很想做成这笔生意。

“好心人”敲了敲键盘，把文件名改成了“五十六个小妙招教你逗人开心”。

【好心人】：方哥。

【好心人】：分享资源“五十六个小妙招教你逗人开心”，5块。

【方块A】：3块。

书呆子只配3块钱的攻略。他转完钱，点击接收。

晚自习，方砚唯破天荒地没走，趴在前排睡觉。

路执正戴着耳机写一张试卷，前排的人转过头，把一杯橙汁放到他桌上。

方砚唯抬手摘了他的耳机，戴在自己耳边：“路神，怕黑吗？放学我送你回家啊。”

耳机里是震耳欲聋的金属摇滚乐，鼓声震天响，吵得方砚唯愣在原处。

路执食指在左耳的耳机上点了点，方砚唯耳边的声音瞬间变成“衬衫的价格是九磅十五便士”，接着就是一段英文听力。他觉得晦气，摘了耳机还给路执。恰逢巡视晚自习的主任过境，方砚唯迅速转了回去。

“我方哥的手真灵活。”主任一过，何岁岁继续跟前排叭叭，“能揪人衣领也能拨弄琴弦。”

“‘轻拢慢捻抹复挑’，这句终于给我学明白了。”何岁岁说。

男生弹琵琶相对少见，而且都是气质斯文儒雅的男生。像方砚唯这种张扬得不可一世的男生，拿起琴来却又是另一种好看。

方砚唯听何岁岁乱吹，笑了一声，低头戳了戳自己的指尖。太久没碰琴了，随便拨了几下弦，手指上起了个小水泡，还挺疼，但他身上没有创可贴。

他们前排聊得起劲，声音不算小，连徐正义都停笔听了几句，只有路执认真地盯着笔下的语文试卷，一题题答着。

“学霸，看。”一只手摊开到路执面前。

“看什么？”路执没抬头，似乎对他的打扰已经习以为常。

“我的手受伤啦，还很累。”方砚唯说，“都是为了弹琴给你听，快给我笑一个，我就原谅你。”

路执手里的笔被抽走，他抬起目光，看见眼前人细白的指尖上晕着一片深红色。他打开文具盒重新抽了支笔，接着写试卷。

真冷漠啊。这个人仿佛有自己的世界，别人说什么都入不了他的耳。

方砚唯故作惋惜地叹了口气，敲了敲桌上的橙汁：“路神，橙汁不喝吗？我没下毒。”

他的校服只是披在身上，短袖衫的领口因为他前倾的动作敞着，散漫又随性，半点好学生的样子都没有。

路执手里的笔在他的手背上敲了一下，他夸张地哎哟一声，转过头去。

“哎，路执啊。”语文老师敲了敲窗户，打开窗，“上次月考满分的作文给我一下，我去七班当范文讲。”

路执点点头，从书包里抽出叠得整整齐齐的试卷递过去。

语文老师盯着他写了一半的语文试卷打量，似乎发现了什么有趣的事一般，笑了笑，伸手在他的试卷上点了点。

路执低头看去。古诗词填空，“无边落木萧萧下”，后面他接了个“初为霓裳后六幺”。路执把填错的诗句画掉，重写了正确的。

他拉开书包的拉链，最里面的口袋里放着纱布和创可贴。备着这些是他很久以前就养成的习惯，一开始经常用得到，后来就用不上了，但总是习惯性地带着。

路执低头看了眼创可贴盒子上的生产日期，拿了两三张，放在了文具盒里。

十几分钟后，画到辅助线的方砚唯回头找尺子，自觉地打开路执的文具盒，发现了几张创可贴，咦了一声后捡起一张，在路执眼前晃了晃，拿走了。

前排几个男女生依旧在交头接耳，对话营养含量极低，不知怎的，话题又拐到了奇怪的方向。

“……一些原本无趣的镜头，打码之后反而收视更高。”何岁岁神秘地说，“因为打码让人更有想看的欲望。”

方砚唯冷笑了一声，不以为意道：“是吗？”他才没兴趣。

他掌心下压着路执给他的那张物理试卷，无聊到了极点时，又胡乱答了两道题。下课铃刚响他就挎上自己的书包，转头去找路执。他斥三块五巨资买的橙汁还是原样，根本没被动过。

“那你还给我吧学霸。”方砚唯说，“我渴了。”

路执无言地看了他一眼。

路执家的次卧终于收拾好了，当天晚上，方砚唯连人带被子被赶去隔壁的房间。

新床比路执的床要软很多，房间里也没有那股老气横秋的檀香味。浅蓝色的家装让屋里的氛围温馨了很多，就是少了书桌前的一盏灯和奋笔疾书的人，方砚唯还有点不习惯。

不知道为什么，他总觉得今晚回来的路上，路执似乎不怎么高兴。这攻略不好使啊，路执一个好脸色都没给他。

放在枕头边的手机振动了一声，来了条新消息。

【路执】：【一段视频】。

念念不忘，必有回响，书呆子理他了？

方砚唯躺在床上，心情不错地点开视频，随即看到一团马赛克。

这是什么？

方砚唯不禁想到何岁岁晚自习时说的话，打码的东西总是能激起人的好奇心。

一段四十五分钟的视频，还打码？他真的很好奇。

【方块A】：@好心人，视频去码会吗？

【好心人】：得看视频属性，很多都不行，源文件发来看看。

【方块A】：【转发文件】

【好心人】：这活能干。20块钱。

这么贵？但马赛克值得。方砚唯心疼地给了。

二十分钟后，群里搞技术的好心人把高清视频发给了他。

【好心人】：口味还挺独特，这个版本确实很详细。

有多独特？方砚唯耳朵微微发热，不太确定地点开了视频——高中生物理练习卷精讲。

方砚唯都想打人了。大家都是第一回做人，凭什么路执就这么能作。

他倚在路执的房间门口等，打算等路执学完出来，让这书呆子见识一下什么叫愤怒。

临近十一点半，路执推门出来，门边地毯上坐了个人，屈着腿在打游戏。

听见开门的声音，他微抬了一下头："站这儿别动，打完这局我就来打你。"

路执视若无睹，绕过他下楼倒了杯水，再回去时，门边地毯上的人不见了，卧室的床上倒是多了一个。

方砚唯跟平时一样趴在他的床上打游戏，手机的音量调得很低，只能听见隐约的技能音效。

听见脚步声，方砚唯说："还是你的床好睡。"

"……题看了吗？"路执在床边站住。

"没——"方砚唯拉长了声音说。没个屁。二十块钱买的视频，看不懂他也要硬噎下去。

书呆子身价暴涨二十。

"那不要玩儿了。"路执说。

"我还没打完。"手里的手机被拿走，方砚唯坐起来。

"玩儿游戏是对生命的浪费。"路执看起来很认真，"把题写完。"

这刻板又端庄的模样，他怀疑这人下一秒就能掏出本校规念到他原地飞升。

"不写。"方砚唯抢过自己的手机，转身走了。

睡前，方砚唯收到了来自姑姑的消息。

姑姑表示他选择的便宜"慢"递已经顺利把方便面的东西送了过去，视频里他的狗活蹦乱跳，正在忙着拆姑姑新买的沙发。

狗已经安置妥当，方砚唯松了口气。接下来，他要安顿好自己。

鹭屿的天气温暖潮湿，据说很早就会入夏，他带来的几件春秋常服根本不够穿，得趁周末去商场挑一拨新的衣服。

他打开微信，敲了敲何岁岁。

【方块A】：1

【岁岁平安】：云城人，你会赶尸吗？

【方块A】：?

【方块A】：这不是我们那个片区负责的吧。

【岁岁平安】：黄豆失望.jpg

【方块A】：说正事，我想买几件衣服，附近有合适的商场吗？

【岁岁平安】：很多。你坐3号线去市区，那边很好买东西。

【岁岁平安】：方哥，要不要我跟你一起？

【方块A】：不用。

【岁岁平安】：也是，方哥买衣服肯定都是直接刷卡买整个店铺的。

【方块A】：……少看小说。

方砚唯对鹭屿还不熟悉，自然不打算一个人去商场，他得找个人陪着。

第二天早晨，路执刚起床，去一楼打开冰箱找水，就看见餐桌边多了个人。

“路神。”方砚唯把面前的餐盘推过去，“请你喝奶油蘑菇汤。”

无事献殷勤。路执站着没动。

“没下毒也没下蛊。”方砚唯手里的银色小勺子敲了敲杯壁，“优等生，你这么怕我做什么？”

路执穿着家居服，从头到脚纤尘不染的一身白，可能是因为早起还没睡醒，他没戴黑框眼镜，冷淡的眼睛在晨曦里看起来格外疏离。

“快点。”方砚唯催促，“不然把你绑椅子上一口一口喂给你。”

他的威胁似乎起了一点作用。路执一步步走过来，坐到餐桌对面，慢吞吞地拿起勺子，搅了搅奶油汤里的可疑漂浮物。

“哪种蘑菇？”路执问。

“原本就在你家冰箱里的普通蘑菇。”方砚唯说，“我特地早起给你做的。”

路执捏着勺子铲了个蘑菇边儿送进嘴里，味道意外地还可以。

优等生吃早餐的姿势也是端正的。

“还不错的话，你笑一笑呗。”方砚唯笑着问。

路执放下勺子，面无表情地看着他，左手腕上的木质珠串轻轻磕在白色的瓷碟子上，发出悦耳的声音。

“好吧。”方砚唯说，“我就是想问问你，你能陪我去商场买衣服吗？”

“你没衣服穿？”路执问。

“我总不能每天都借你的。”方砚唯说，“可以吗，路神？”

少年的声线清脆温和，尾音带着一点点不加掩饰的讨好，为了达到目的，态度出奇地好。

“没空。”路执冷冷地说。

因为这句“没空”，一整个上午路执都没得到安宁。

方砚唯搬了把椅子，占了路执书桌的右半边，面前摆着那张从“试卷盲盒”里抽来的物理试卷，人却心不在焉地侧向路执的方向。

书桌边的路执坐得笔直，肩背挺拔，高挺的鼻梁下薄唇紧抿着，清冷如星的眼睛里似乎只能看见桌上的作业题。

方砚唯侧坐在椅子上盯了很久，直到路执写完一张试卷，又伸手敲了敲桌子：“陪我去？”

路执不为所动，翻开另一份作业开始写。

方砚唯从桌子右半边换到了左半边：“劳逸结合啊，学霸。”

路执手里的笔停了片刻，他画错了一条辅助线。

路执冷眼看过去，想看看这人到底还有多少招数没闹腾。这会儿的方砚唯倒是很安静，正垂着头看手机。

路执一眼扫过去，方砚唯的手机屏幕上是昨天的物理精讲视频。

五分钟后，方砚唯被物理精讲视频放倒，睡得天昏地暗。

路执无奈地叹了口气。

方砚唯是被路执敲醒的。书呆子似乎极为嫌弃他，拿了英语作业本卷起来敲他的脑袋。

“干吗？”他的语气不太好。

路执指了指桌上那张物理卷子：“出门前你来得及写完吗？”

方砚唯愣了两秒，听出他话里的意思，顿时笑了：“来得及！”

方砚唯连猜带蒙地写完了一张试卷。他怀疑路执批他试卷的时候多少会露出点“这是什么绝世笨蛋”的表情，但路执没有。

学霸的脸上没有表情，拿着红笔，一题题给他标出对错。

“我听方阿姨说，你以前的成绩还算好？”路执把试卷推回去。

方砚唯下颌垫在臂弯上，抬了一下眼睛看路执：“幼儿园自觉提裤子比赛怒得八朵大红花？”

“今晚记得把这些改完。”路执拿起桌上的计时器看了看时间，“现在可以出门。”

攻略上说，想让人开心就要不依不饶。

书呆子开不开心方砚唯看不出来，但路执愿意陪他出门了，这是个好兆头。

周末的商场里人很多，方砚唯对这里不熟悉，所以紧跟着路执，让路执带路。

路过一家鞋店时，他看见跟他们年龄相仿的两个少年在鞋店前驻足。

“哥。”个子和他差不多高的少年指着橱窗，“我要这个。”

“不买。”另一个高一些的男生说，“付晚晚，我们是出来旅游的，不是出来当鞋贩子的，你都买多少双了？”

方砚唯回头看了一眼，跟他差不多高的少年感受到他的目光，冲他笑了笑：“你好呀。”

这也太友好了吧，方砚唯怔了怔。

“看看这家。”站在一旁的路执忽然伸手，把他推进了一家运动品牌专卖店。

方砚唯条件反射地扭头就要往外走。

不喜欢！店里全是规规矩矩的运动装，连颜色搭配都局限在黑白灰，也太乖了。这是优等生喜欢的风格，书呆子才这么穿。

“你对我有什么误解吗？”方砚唯拉着路执的手腕，进了对面的潮牌专卖店。

他们两人的相貌出众，一个看着张扬，一个看着内敛，店员眼前一亮，热情地迎上前推荐。

破洞牛仔裤，cool，喜欢。

黑色带骷髅头薄款卫衣，cool，喜欢。

方砚唯挑了几件，转身去了试衣间，把原本穿着的外套扔给了路执。

“同学，你不试试我们店里的衣服吗？”店员试着和看起来冷冰冰的路执说话，“你看起来也很合适。”

“没兴趣。”路执说。

看得出来，方砚唯喜欢深色。

这个人乱七八糟地搭了一身深色的衣服后，站在更衣镜前问：“执哥，好看吗？”

路执坐在长凳上，往镜子里看了一眼。牛仔裤服帖地挂在少年的腰上，黑色的薄款卫衣显得他皮肤很白。

“嗯。”他说。

方砚唯忙着付钱，忽略了这声短暂的“嗯”，推着路执往外走。

商场的楼上是一家电玩城，方砚唯看着路执那张万年没什么变化的冷漠脸，突发奇想地把人往电玩城里带。路执搞不好从来没进过这种场合。

“会玩儿吗？”方砚唯盯上了电玩摩托。

路执没搭话。

“认识吗？这是摩托。”方砚唯的嘴角弯了弯，“方哥骑给你看。”

路执面无表情地看向他。

鹭屿郊区，摩托野赛现场，引擎声震耳欲聋。黄毛举着手机推着辆改装车，半天没打通路执的电话。

“执哥看好的选手要上了，他人呢？”

方砚唯转学前经常和林与宋他们几个去电玩城疯玩儿。

他不沉迷游戏，只是觉得此类带有竞技性质的娱乐很能让人心情放松，但他今儿骑得不咋放松。

路执笔直地站在他旁边，隔着不远不近的距离看着他，让他这段电玩摩托玩儿得相当……遵守交通规则。仿佛加点速都能被吊销驾照，短短的两分钟让他感觉如坐针毡。

好学生板着一张冰块脸，穿着一身白色的运动装，跟电玩城的大小彩灯格格不入。方砚唯骑不下去了。他无视了路执那张冒着冷气的脸，推着人往另一片区域走。

路执任他抓着自己漫无目的地往前走，又停在了投篮机面前。还挺能闹腾。

方砚唯将篮球稳稳地投进篮筐里，周围几个跟了他们好久的女生走过来跟他们搭话。

投个球不怕超速，方砚唯玩儿得很好。他的指尖上还贴着从路执那里顺来的白色创可贴，手腕灵活地一转，就能把球准确地扔进篮筐里。

凡事没个安排，随着心意来，走到哪里都是关注的焦点，路执其实不太喜欢这种处事方式。他正看着，手里突然被塞了个篮球。

“你试试。”方砚唯说。

路执低头，目光在捧着篮球的手指上停留片刻。

“不是吧学霸。”方砚唯露出了然的神情，“你连篮球都不会打。”

“也是。”方砚唯把人往前推了一些，“你们学霸的体育都不太行，我来教你。”

他三块买的那本攻略上说，要让对方看见自己的优点，再带对方感受自己擅长的事情，那他可以教路执投个球。

他站在路执的背后，路执比他高，他便只能微微踮起脚，抓着路执的手腕。

“你得这儿用力。”他说，“手臂抬起来，找准位置，往前一抛。”

球被扔了出去，落在离篮筐还有半米的地方，在地上弹了弹。

“没事。”方砚唯拍了拍路执的肩膀，“第一次玩儿这个都不成功。”

他带笑的眼睛里溢着流光：“执哥，除了学习，世界上还有很多有趣的事。”

路执的生活看起来单调又冷清，在他看来简直难以想象。不知道为什么，他总觉得即便是生活在老师和家长的簇拥和夸奖里，路执看起来也没有那么开心。算他自作主张，把路执强拉向自己的世界，希望这个暂时跟他处在同一个屋檐下的同龄人能更有活力一点。

午饭两人是在路边的流动摊点解决的，方砚唯见着一些平日里没见过的小吃，就领着路执挤了过去。

街边的矮桌旁零散地放着几张矮脚凳，本地人穿着背心凉拖往路边一坐，就能应付一顿午饭。这些人打扮随意，一手啤酒一手烤串，坐姿随意，大声地用方言聊着天，路执坐在这样的氛围里，就很显眼。

“炒饭，不要放葱姜蒜。”方砚唯翻看着菜单，“哦对，不要加火腿。”

路执有些意外地看了他一眼。

“我没点错吧。”方砚唯问，“根据我的观察，我们路神的偏好是这样的。”

路执：“嗯。”喜欢闹腾，但出乎意料的……细心？

他们这会儿吃饭的地方靠近鹭屿中学，同样也有学生路过这里，言语间聊的都是学校的事情。

“新转来的方砚唯很狂啊。”一个学生说，“李坤嚣张成那样，老师都不怎么管，那么多人都怕他，结果还不是被方砚唯收拾得服服帖帖的。”

“李坤顶多算个小弟，方砚唯太嚣张了，学校里那群人迟早要找他麻烦。”

两人说着话走远了。

“我看起来很嚣张吗？”方砚唯指着自己问路执。

路执正抽了张纸擦桌子，没搭理他，过了一会儿，就听见这个人自言自语：“太好了。”

真是奇怪，竟然还有人指望自己能看上去嚣张一些。

方砚唯第二天遇到了一点小意外。

早晨，他和路执一起去学校，路过教学楼时，路执忽然轻轻抬手把他往前推了一米远。一桶脏水从天而降，落在他刚刚站的位置。

“抱歉啊同学。”二楼有个男生探出头来，一张看着老实的脸上满是歉意，“不小心把水泼下去了。”

方砚唯有印象，这是他们一班的同学，叫李舟，平日里看着挺斯文。

“你瞎吗？”他照例嘴欠。

“对不起、对不起。”李舟连连道歉。

一班的校庆节目定给了方砚唯。方砚唯刚到教室，就发现自己的课桌上放着一只琴盒。这是何岁岁跟班主任陈桑榆向学校借的。

“方哥。”何岁岁说，“你赶紧练练，下下周校庆，咱们班的脸面就看你了。”

方砚唯把琴收到书桌边。

“还好有你。”何岁岁说，“不过李舟好像还挺失望的，原本咱们班的节目是大合唱，他学过一点声乐，是他领唱。”

方砚唯不关心大合唱，他低着头在从前往后传过来的一份空白练习卷上用小楷写了路执的名字，转身“啪”的一声把卷子拍在路执的桌上，冲路执挑衅地笑。

路执把试卷叠好夹进书页里，手里的笔在方砚唯的后背轻轻戳了两下。

“干什么？”方砚唯转头。

“抽一张。”路执拿出一沓试卷。

还玩儿上瘾了是不是？方砚唯骂了句书呆子，伸手从其中抽了一张。

咦，生物的？明明他更想要语文的。要不再抽……再抽个鬼啊。

“这个题量……”他拎着试卷的一角，“好像比上次多啊。”

多了一半，还都是手抄的题，仿佛是为了迁就他的阅读，路执的字纡尊降贵地比平时工整了那么一点点。

“嗯。”路执收起试卷，“隐藏限量款，题量加倍。”

方砚唯无语地瞪了他一眼。

不管怎么说，虽然听不太懂，他其实不反感路执给他讲题。这个人冷冰冰的，似乎只有在给他讲题的时候，才会把片刻的注意力放在他身上。只有这个时候，他才觉得他们的关系近了很多。

他拎着这张限量款的生物试卷，午休的间隙把它平铺在课桌上，晕乎乎地看。

“顾一凡。”有人拉开窗户，叫了个同学的名字，“把我的水杯递过来。”

方砚唯抬头，发现是早晨见过的李舟，便没什么兴致地低下头去。

顾一凡抛了个杯子过去，李舟拿的时候一不小心，杯子里剩的水倒在了方砚唯的桌子上，弄湿了方砚唯的限量版试卷。

“你干什么？”方砚唯站起来把窗户完全打开，玻璃窗发出沉闷的声音。

“啊，对不起。”李舟唯唯诺诺地说，“我真的不知道杯子里还有水。”

他被方砚唯按着肩膀，眼睛里的慌乱看起来不像是假的。

“方砚唯！”教导主任路过，吼了一声，“你还想欺负同班同学？”

“同班同学？难道我教训他之前还要先转个班？”说是这么说，方砚唯还是松开了抓着李舟肩膀的手。

人都说不是故意的了，好像真的是不小心的，他确实找不到打人的理由。

限量试卷上的笔墨被水洇开了一些，纸页也浸了水。路执在后排看见方砚唯没精打采地趴在桌上，化身人形吹风机，一点点地吹试卷上的水渍。

“方哥。”何岁岁说，“你知道有的人会表里不一吗？”

“那是什么？”方砚唯不懂。

“李舟对你抢了他的节目好像不太爽。”何岁岁压低声音说，“他总这样，在老师面前装乖巧，背地里欺负同学。”

“那我放学揍他就可以了吧？”方砚唯说。

“不可以，打人是不对的。”路执的声音从背后传来。

方砚唯没来由地有点委屈和烦躁，他转过身：“你们学霸不懂，在老师和家长都无法及时给予帮助的情况下，揍人才是最有效的解决方法。”

“哦。”路执说，“写这个。”

方砚唯低头，一份新的隐藏款生物试卷被路执递到他面前。

怎么还有？

“怕你撕。”路执的语调平静，“多留了一份复印件。”

还有复印件。

多了这个插曲，方砚唯对李舟的态度趋于平静，睁一只眼闭一只眼，不想理会。

李舟临近放学时又挑衅了方砚唯一次，这次是在五米开外一个碰瓷滑步，撞歪了方砚唯的桌子。

方砚唯扶正桌子：“同学，小心点。”

“放学教学楼后见？”李舟原形毕露。

方砚唯看也没看他，从书中抽出一张表格递过去：“时间地点写一下，我排个档期。”

李舟讨了个没趣，但还是在纸上写了个时间地点。

方砚唯心情不错，转头就忘了这件事，回头打扰路执。

放学后，教学楼后面的小亭子外，李舟站着给小弟打电话——

“不就是方砚唯吗，嚣张个屁，等会儿教训给你们看。”

他转身看见一抹穿着校服的身影，吓了一大跳。

“打人是不对的。”路执木讷地说。

“你管我？方砚唯让你来的？不可能啊。”周围没有其他人，李舟拽得很，“好学生少来管我们的事情，我不仅要打他，我还想给他惹点别的麻烦。”他平日里安分，就算方砚唯告状，老师也不会怀疑到他身上。

“这是不对的。”路执重复，好像很想让人改邪归正。他眉眼冷漠，看起来无辜又冷清。

李舟根本看不起他这种好学生，伸手去推他：“怎么，学霸，你还想感化我吗？我今天偏要弄他。”

“那好吧。”路执说。

他按住对方递过来的手腕，把人抡了个过肩摔，掐着人的脖子狠狠地把对方的后背撞在墙上。

“同学。”路执冷冷地说，“打人是不对的。”

方砚唯一下课就被陈桑榆催去练琴。

年级大佬背着只黑色的琴盒，穿过楼层的一个个教室，甩上了学生活动室的大门。等他把基础练习乐都过了一遍，打着哈欠推门出去，刚好在楼梯口遇上了一瘸一拐的李舟。

方砚唯疑惑地看了他一眼。

两人擦肩而过的瞬间刚好被路过的同学看见，其中不乏知道这两人之间有过节的人，于是“方砚唯把李舟打了”这件事不胫而走。

“爽了。”晚自习，何岁岁说，“不愧是我方哥，一句废话都没有，直接出手教训。”

“我靠。”方砚唯把凳子向右转了半圈，半个人趴在路执的书桌上，“真不是我打的。”

他瞥见路执的手搭在书桌的抽屉上，警惕地问：“你不会要扣我校纪分吧？”

路执沉默。

“方砚唯。”陈老师从走廊上走过来，敲了敲玻璃窗，“你打李舟了？”

“想打，没来得及。”方砚唯实话实说。

陈老师深吸一口气，这小子还真敢说。

方砚唯晚自习前都待在活动室里练琴，有不在场证明。

“那谁把你弄成这样的？”陈老师痛心地拍了拍李舟的肩膀，“大声说出来，老师给你主持公道。”

方砚唯扒拉着路执的书桌，侧头看过去，李舟眼泪汪汪的，看起来有点可怜。他勾着嘴角冲李舟笑了笑，李舟看着他和路执这桌，面上露出惊恐的神色。

吓一吓，就要哭了？就这点破胆子，还敢跟他叫板。

“同学。”路执的声音自他耳畔传来，“谁打的你？说出来，学生会也会给你主持公道。”

路执的语调平和，既不同情也不冷漠，一副公事公办的模样。

方砚唯莫名有点说不出原因的不爽。

“没有。”李舟老半天才挤出来一句话，“没谁，我自己摔的，跟方砚唯没关系。”

这是哪个“孤勇者”出的手，连善后都做好了。

“兄弟，你得罪的人有点多啊。”他冲李舟说。

陈老师一通兴师问罪没找到始作俑者，只好暂时作罢。李舟畏惧地看了眼方砚唯跟他身后的路执，低着头回到自己的座位上。

方砚唯看得啧啧称奇。

“这题选错了。”路执的声音把他拉回了现实，“你的脑干没有弄懂题干。”

方砚唯把试卷抽出来，转了回去。

路执没动，仍看着少年浅棕色的柔软头发。恰逢前排的李舟回头，刚好同他的目光撞在一起，李舟惶恐地低下头去。

“方哥，他好怕你。”前排的何岁岁找方砚唯讲小话。

“怕就对了。”方砚唯逮着机会，又给了李舟一记眼刀。像是借了他人威风的狐狸，招摇过市。

路执在白炽灯的灯光下活动了一下手指，指腹上有一道很小的挫伤，是被校服拉链划伤的。很久没动手，那种瞬间爆发时的力量感还停留在他的指间，这是那个人在基因上给他的暴戾的一面。

明明已经决定不再打架了。现在的生活平静单调，已经很少有让他动怒的时刻，但李舟恶意诋毁的语句，还是让他的眼尾轻轻地跳了一下。眼前出现的是回头问他借笔的方砚唯，很烦很吵，但眼睛清澈。

这算什么？他给自己施加的规矩和禁锢，抵不过一双突然出现在脑海中的狡黠眼睛吗？路执轻轻地皱了下眉，仿佛有些困扰，伸手捏了捏自己的眉心。

应班主任老师的要求，方砚唯把借来的琵琶带回家练习。晚间路执在看书，身后的琵琶就叮叮当当断断续续地响。

“执哥。”方砚唯的指尖勾了勾琴弦，“你想打游戏吗？”

林与宋喊他玩儿，但他们今晚缺个人，五黑开不起来。

“不想。”路执毫不留情地拒绝了他。

意料之中。

“学霸。”方砚唯说，“现在都放学好久了，一些同龄人该有的基础娱乐，你都没有的吗？”

“没。”

那完蛋。这书呆子估计连游戏全名叫什么都不知道，更别说给五黑凑个数了。

“太自律了你，满脑子只有校规。”方砚唯也不玩儿了，抱着琴乱七八糟地弹，什么音乐都有。

路执听到了几首常规的民乐，还有一些老歌。还有段有些熟悉的曲调，他想了好久才隐约记起歌词——

说什么王权富贵，怕什么戒律清规。

方砚唯坐在露台的椅子上，月光洒下来，琴弦生着微光，四起的风吹着露台边的白色纱帘吻上白皙的脖颈。

下一秒，方妖物把窗帘扒拉到了一边：“烦死了，糊老子嘴里了。”

路执无语地低头继续看书。

高二（1）班这学期的课表，把体育课放在了周三上午的最后一节。方砚唯对这种安排给予了极高的评价。

体育老师安排大家自由活动，男生们都聚在篮球场边。

方砚唯跟何岁岁他们在打篮球。少年们披着校服，奔跑在篮球场上。方砚唯站在场中，从何岁岁那里接了球，扬手就是一个漂亮的三分球。场内响起一阵欢呼。

看台上有其他班的几个女生聚过来，指着方砚唯小声地讨论着，声音里还带着笑意。

“谢谢。”方砚唯从一个女生手里接过一瓶矿泉水，正要拧开，余光瞥见路执端正地坐在看台上，正在跟隔壁班的学委说话。

“考试是拿分，不是炫技，没必要追求太花哨的解法……”路执话说到一半，一件校服从天而降，糊了他一脸。

“学霸，帮我拿着。”方砚唯说。

路执把校服整齐地叠好，放在了膝盖上。他这样看着像个被胁迫的不情不愿的好学生，方砚唯乐了半天。

“方哥。”又打了几个来回的球，何岁岁说，“要不要提前走？”

距离中午放学还有二十分钟，校门还没有打开。

“可以？”方砚唯问。

“当然可以，体育课没人管的，附近开了个火锅店，涮火锅，咱们组男生都去。”何岁岁说，“我们翻墙走，西门那边的墙特别好跳，一翻就过去了。”

“好。”方砚唯说。

他脚刚迈出去，记起自己的校服还在路执那里。

“咱们组男生都去？不带路执？”他停下脚步。

“呃……”何岁岁说，“虽然我也很想邀请路神，但我真的想象不出路神跟我们一起吃火锅的样子，而且，翻墙哎，路神肯定看不惯。”

“你先等等。”方砚唯说。

方砚唯又坐到了路执身边，伸手在路执眼前挥了挥：“路神，吃午饭吗？”

“没有到下课时间。”路执敛着目光。

“老师都说让我们自由活动了。”他说，“自由活动，不算上课，可以走了。”

"以下课铃算。"路执说。

"你这人怎么这么死脑筋。"方砚唯抢过自己的校服，随手披在肩膀上，半是请求半是威胁地说，"校草，方哥想跟你吃个饭，给个面子？"

几分钟后，路执面若冰霜地站在学校西门旁的一面墙边。

"没翻过墙吗？"方砚唯说，"别怕，我翻墙贼溜，会帮你的。"

"方哥，你确定他等会儿不会扣我们的分吗？"一位同学战战兢兢地说。

方砚唯不确定。

"你们先过去，我得带着他。"他挥挥手。

"行。"何岁岁手脚并用，灵活但有失优雅地蹿上了墙，"西门小铁门常年不开，这儿很少有人来。"

这一片他们经常来，熟练度满分。短短几分钟后，墙内只剩下方砚唯和路执两个人。

路执一直站在角落里，距离他们有段距离，冷眼看着。

"执哥。"方砚唯说，"我先上去，然后拉你。"

方砚唯后退了两三步，往前一冲，稳稳地踩住何岁岁他们搭起来的石头阶梯，往上一跃——没够着。他脚下一乱，石头崩了一块，带着他身形一歪。

方砚唯心头一凉，这个角度保守估计是崴脚，往大了想得脑壳疼。

一双手及时地托住他的后腰，抱着他往上递了一些。他及时伸手抓住墙的边缘，腰部用力，把自己带了上去。

好险。还好书呆子虽然木了一点，心地还是不错的。接下来要把书呆子捞上来。

方砚唯往下伸手："执哥，上来。"他执哥看着他，一言不发。

路执从校服口袋里勾出校学生会发的一串钥匙，找到了写着"西"字的那把，插进小铁门的锁孔里，一拧，门开了。

路执走出学校，转身咔哒一声再将西门锁好，将钥匙放回口袋。在场的方某、何某、陈某等人面面相觑，何某、陈某继而大惊失色。

方砚唯怔了半秒，拍了拍指尖上沾到的灰尘，单手撑着墙跃了下来。

"执哥。"何岁岁问，"你有钥匙怎么不说一声呢？"

路执："你们没问。"

确实，这很路执。但好歹今天，这木头被他们带出来了。

何岁岁说的火锅店就在离学校约两百米的地方。他们来得早，店里还没有人。

“执哥。”方砚唯拍了拍自己身边的椅子，“坐这里。”

路执走过去抽了张纸巾，擦完椅子擦桌子，然后才坐下。

“菜单呢，我看看。”方砚唯要了份菜单，“我先给我们执哥点。”

这学霸金贵，辣椒不吃，葱姜蒜不爱，芹菜、香菜也不吃，得避开。

他在菜单的备注区把这些写上去，问路执：“你还有什么要补充的吗？”

“没。”路执说。

何岁岁等人接过菜单，一群男生吵吵嚷嚷地来回点了好几轮。

“我靠。”核对菜单的何岁岁说，“谁点了那么多蘑菇？采蘑菇的小姑娘吗？”

方砚唯：“你再说一遍？”

何岁岁一哆嗦，不仅没删，还来了个超级加倍。

“一共七个人吃，鸳鸯锅底，对吧？”老板娘过来收菜单，“哎哟，同学你们谁的字，好漂亮，未来的书法大师啊。”

书法大师在玩儿游戏，这新出的法师他玩儿不转，很不爽。服务生送上来的各种蘑菇在他面前摆了一排。

“你得体验一下翻墙，好学生。”方砚唯头也没抬地说，“那种自由和放飞自我的感觉得从墙头过才能体验到，走门是感觉不到的。”

“哦。”路执说。

他俩交流不多，大部分时候都是方砚唯在说。其他几个男生倒是聊得热闹。

“路神，多吃点啊。”方砚唯把烫好的丸子捞进路执的碗里，又给路执倒了满满一杯橙汁，“你们搞学习的体质都差。”

“看我干什么？”方砚唯问其他几人，“蘸料在我脸上？”他没忘记路执是被他硬拉过来的，一顿饭里，十分顾及路执的感受。怕路执吃不饱，又怕路执跟大家没共同语言。

方砚唯把四碟蘑菇一股脑倒进辣锅里，拿了把勺子，专心熬他的蘑菇汤。他专注的时候，长睫毛轻轻扇动着，嘴角微弯，看上去甚至有点乖。

“真舒适啊。”何岁岁眯着眼睛说，“中午吃得好，下午不管干什么，我都精神抖擞。”

下午，方某、何某等六人被主任罚站。

“翻墙是吧，偷偷溜出去是吧？”年级主任说，“上周我特地装了个摄像头，对着墙上，专门拍你们这些跳墙的。”

监控画面里，凡是上了墙的都拍着了，除了路执。

“你最嚣张，还转头冲摄像头笑，你还挑衅。”主任痛骂方砚唯，“要不是录音坏了，我是不是还能听见你说了啥？”

方砚唯无言以对。一行人浩浩荡荡地被主任赶去楼下罚站。

下午第一节生物课，路执前排直接少了两个人，视野瞬间宽阔不少。

方砚唯不在时，他的教辅不会移位，书不会折角，窗户也不会被推来推去，劫走三月的风。周围安静得路执都有点不适应。

明明是那么吵闹，到哪里都不安分的一个人，趴在桌上试图吹干弄湿的试卷时，眼睛里也会露出一点点伤心的神情。

这样的方砚唯半蹲在墙上低头冲他伸手时，又有些和平时不同的可爱。

一班班主任陈桑榆冲进了教导主任的办公室理论了一番，理由是罚站六人组本来成绩就拖后腿，再不让他们上课，成绩更稀烂。教导主任看着当年进校还话少腼腆的陈老师心中感慨，挥手放人。方砚唯得以提前释放，回了教室。

“路神。”他把椅子转过来，“我不在的时候，你是不是很孤单？”

他紧攥着的右手浮在路执的作业本上方，摊开，翻转，几朵红色的小野花啪嗒啪嗒掉在纸页上。

“方哥送你的。”方砚唯说。他刚罚站的时候蹲路边揪了半天呢。

路执这人书桌上除了试卷就只有文具，整天穿着那件深蓝色的校服，世界里仿佛没有其他色彩，加点红色活泼多了。

“路神喜欢吗？”他又问。

“不喜欢。”路执说，“转过去，要上课了。”

鹭屿中学有个广播站，下午放学的时候会播放一些轻松的音乐，还有学生投稿的小故事。

但今天的校广播出了点小问题。九班一个女生闯进广播站，临时借用了广播麦。

“高二（1）班的方砚唯，你穿校服的样子真好看！”

声音通过广播瞬间席卷了整个学校。

方砚唯正被陈老师押在教室里，横着粉笔往黑板报上写标题。粉笔折在了他手里，黑板擦也啪的一声摔到地上。

方砚唯目瞪口呆，这女生这么猛的吗？

“你都火到九班去了？”陈桑榆把粉笔捡起来，随口叮嘱，“多穿校服没错，别谈恋爱哦。”

说完他又不放心，叫了在前排拿相机拍摄班风宣传照的路执：“你盯着他。”

“好的。”路执说。

“拍歪了。”陈老师查看路执手里的照片，“方砚唯是歪着坐的，黑板报是正的，你别管他，你拍黑板报。”

路执：“好的。”

在校园广播事件前，方砚唯已经凭本事成了校园大佬，广播事件后，他在学校里的讨论度更高了。

“我长得很好看？”他问路执。

路执低头调试手中的相机，当他是空气。

方砚唯头疼。中午吃火锅那会儿，他自认为他跟书呆子的友谊已经上升到了前所未有的高度，这会儿又下去了。看得出来，路执连理都不想理他。为什么？

“你这性格太闷了，一点都不友好。”方砚唯说，“方哥琴也给你弹了，饭也带你吃了，你怎么就不笑一笑呢？”

他看上去还真有些垂头丧气，是淋了雨又没有找到口粮的可怜狐狸。路执脸色稍缓。

“哦，对了。”刚离开不久的陈老师退回来，“明早轮到我们班体检了，路执你到时候帮一下医生。”

“好。”路执说。

体检这种事，能激发男生之间奇怪的胜负欲。

方砚唯站在量身高的机器下边，听见旁边两个男生在聊“谁尿得更远”“谁胸肌更大腹肌更多”这样的无聊问题。

“往前看，不要发呆。”帮忙操作设备的路执用笔点了点他肩膀，“歪着头听什么呢？”

“没听什么。”方砚唯把背脊贴在设备上，微微抬头时看见路执眼睛里一闪而过的笑意。

这次好像……不是错觉？

“你笑了吗，路神？”方砚唯问。

“没有。”路执记了个数字，“177。”

“路神，你可以四舍五入一下。”方砚唯诚恳建议道，“谢谢您。”

他俩的学号连在一起，方砚唯是50号，路执是49号。

“他们说你是高一下学期转来鹭屿中学的？”方砚唯好奇地问，“你之前在哪里读书？”

“十三中。”路执说。

十三中在鹭屿的老城区，和这边隔了大半个城市。

“那你还是个进口的书呆子。”方砚唯说。

得是什么水土，才能养出来路执这么木的书呆子啊。方砚唯默默地记下了十三中。

鹭屿中学的体检增加了男生体前屈这个缺德项目。推了个负二点五的何岁岁龇牙咧嘴地揉着腿弯走了。人类的悲欢并不相通，方砚唯坐在深绿色的垫子上，噌地一下推了将近二十。

“我靠方哥。”何岁岁羡慕死了，“你柔韧度也太好了。”

方砚唯没理他，扒着路执的手臂看体检表上的数值。

“考试分数你怎么不这么积极？”路执侧脸看他一眼。

方砚唯很不爽。这书呆子身高有187，比他高，体重数值也比他高，令人不爽又羡慕。而且书呆子身材还挺好，上次体育课时他见过，有腹肌，形状和线条似乎都不错。

“方砚唯，你去重新量一下腰围。”他正看着，路执把他推到了护士面前。

“抱歉，之前的数值确实不对。”重新测量完，护士更改了数字，“差得还有点多。”

“你怎么知道的？”方砚唯问路执。

“你怎么不理我。”测完腰围的方砚唯又找上了路执，“老实说，学霸，你是不是偷偷关注我呢？”

路执手中的笔尖在纸质表格上点了点：“视力，你漏了这项。”

方砚唯：“哦。”

恰好何岁岁等人叽里呱啦地吵嚷着涌过来，把方砚唯冲远了一截。

方大佬在椅子上坐下，冲旁边的小护士一笑。护士愣了愣，翻开色盲色弱测试图，让他看。

“49。”方砚唯读出数字，“这我知道，是执哥的学号。”

正走过来的路执脚步停顿了一瞬，往这边看。

“不错。”护士翻页，换成图形，“这个呢？”

方砚唯眯了下眼睛：“蘑菇，毒蝇伞菌，躺板板那个。”

何岁岁震惊地看了他一眼，咋连品种都看出来了？

“那是雨伞！”护士姐姐笑出声，“好了，过了，去测视力。”

路执的嘴角微微动了动。

体检结束，一班的学生要回教室上课。

方砚唯原本想等路执一起，转头却看见路执在和漂亮的护士姐姐交代体检数据，路执专心地看着眼前的数据，头也没抬。他有些遗憾地摇摇头，先跟何岁岁他们走了。

“执哥的眼睛真好看。”他边走边说，“可惜书呆子老用黑框眼镜挡着。”

即便如此，书呆子也完全有当校草的资质。

“可能是学霸标配？”何岁岁说。

方砚唯心说大概吧，他以前所在的学校，那学霸也是戴着度数超高的眼镜。

“对了，你了解十三中吗？”方砚唯问。这得是什么好山好水，才能养出来路执这种极品书呆子。

“这我不清楚。”何岁岁说，“鹭屿太大了，新老城区之间距离很远。”

“哦。”方砚唯记下了这个地方。书呆子的故乡大概会有一整窝的书呆子吧，去一次能批发好几个。

“本次体检，一班应到50人，实到49人，莫莉请了病假，后面补检。”用于体检的大教室里，路执把本班的体检数据交给护士。

“好的，谢谢你。”护士说，“你整理得非常清晰。”

“嗯。”路执淡淡地应了一声，目光移向大教室的门边。

空的，没有人。做什么事都爱拉着他的方砚唯，今天竟然没有等他。这不是什么大事，只是被等待得久了，今天耳边少了个能吵能闹的人，他竟然有些不习惯。

路执压平嘴角，视线缓慢、平稳地落得很低，背脊挺拔，周身的气息倏地有些冷。护士原本还想问他句什么，话到了嘴边，眼前的男生却已经走了。

体检不用上课的快乐是短暂的，隔天，高二（1）班又恢复了平日里的学习氛围。

“你的生物比物理稍好一些。”路执用红笔在试卷上画圈，“但这些题，我重新给你讲。”

“学校里的王椰子会砸人吗？”方砚唯的目光歪向窗外。

“别岔开话题。”路执不吃这套。

冰冷的笔杆压在他的侧脸上，帮他把脸掰了回来。

“你好像又聪明了。”方砚唯说。

“因为你把我教你的都还给我了。”路执说。

靠近走廊的玻璃窗被人从外面敲了敲，打断了两人的谈话。

两人同时抬头，一个没穿校服的女生站在玻璃窗外，披着及腰的长发，发尾勾着卷。

“方砚唯。”女生抬手冲玻璃窗内摇了摇。

“我怎么有种她买票来看动物的屈辱感？”方砚唯无语道。

“她是那个谁啊。”何岁岁在一旁提醒，“九班的，程静萱，闯进广播站给你喊话被罚检讨的那位。”

方砚唯恍然大悟，是她啊，好安静的名字。

恰逢李舟路过窗前，刚惊慌地看了一眼路执，就被程静萱一脚踹在屁股上。

“装什么呢？”程静萱说，“上次陷害我朋友，见你一次我踢你一次。”

小太妹打完人，转头夹出甜妹音，递出一杯奶茶：“方砚唯，请你喝奶茶。”

方砚唯的脸颊有些发热。他不知道该怎么应对这种场合。

“我很看好你，我们俩一定很投缘。”小太妹半点不胆怯，大胆推销自己。

“我……”方砚唯刚出声就被人打断了。

“程静萱，不要打人。”路执说，“也不许早恋，你分没了。”

“我靠，路执，你怎么在这儿？”程静萱吓了一跳，四下看了看，没有老师，转身走了，“我空了再来找你。”

方砚唯暗自松了口气。在以前的学校也是这样，明明他没啥想法，但总是有人找上门，所以林与宋他们才爱叫他方妲己。

“看够了吗？”一个冷冰冰的声音掐停了他的思路。

“我没看。”他说。

路执没计较他看没看窗外，而是用手里的笔敲了敲生物试卷：“那把你的智商从服务区之外拉回来。”

人身攻击？这书呆子怎么又不高兴了？因为他没有一心一意地看题吗？可他是学“渣”啊，对题目怎么可能一心一意。

“下周的月考……”路执的声音很醒神，把他的注意力拉了回来，“如果你能考进年级前六百……”

方砚唯一下子来了精神：“考到前六百，你能笑给方哥看吗？”

“……考进前六百，试卷盲盒给你全套。”路执说。

“我看起来脸上写着很想要吗？”方砚唯踹了一脚桌子，气愤地走了。

方砚唯还没来得及拒绝程静萱，班主任老师先给他找了个别的活。

“你的意思是……叫我出去卖艺？”他站在陈老师的办公室里问。

“出去卖……说那么难听干什么！”陈老师说，“我们这叫优秀学生外借。”

起因是先前方砚唯练琴时陈老师拍了一小段视频，发到本市的教师群里炫耀。

这段视频被十三中的校长一眼看中，老校长表示十三中的校庆必须请个儒雅恬静的琵琶少年回来熏陶一下，看能不能改善改善十三中的氛围。

十三中这么大一个学校，竟然找不出一个会弹奏民乐的学生，陈老师也觉得很是稀奇。

“我去十三中？”方砚唯说，“我不去。”

他连鹭屿都没混熟，就让他外交？

“别急着拒绝啊。”陈老师说，“周四晚上晚自习你不用上了，你过去，我让路执跟你一起。”

“路执？”书呆子也一起去？而且这十三中不就是书呆子的快乐老家吗？

方砚唯想了想，改了主意：“行，我去。”他转身出了办公室，要把好消息告诉路执。

“方砚唯还挺好说话的。”办公室里，二班的班主任老师说，“之前我看得不太准。”

陈老师笑了笑：“是个挺好的孩子。”

“十三中？”路执掀了下眼皮。

“陈老师让你陪我，你不能拒绝。”方砚唯说。

“你很想去？”路执问。

“想。”方砚唯点头，“要你给我撑个场面。”让大书呆子带他冲进书呆子堆里游一游，看看能不能沾点书卷气。

“那好吧。”路执说，“我带你去。”

十三中距离鹭屿中学有相当一段距离。隔天是周五，下了课，路执带方砚唯坐地铁坐公交加走路，于天色未黑前抵达了鹭屿市十三中。

老城区是鹭屿的旅游胜地，有不少具有城市特色的建筑，临海的渔村簇拥着山坡上的一所中学。校园看起来很有年代感，校门锈迹斑斑，主干道边的路灯不知怎么歪了脖子，灯光晦暗闪烁，路边的绿色垃圾桶被踹翻了一个，撕得零碎的纸片铺了一地。

方砚唯被眼前的景象惊呆了，但还是问道：“你们这儿盛产书呆子？亩产多少？”

“一般。”路执说。

不知道为什么，从进校门开始，方砚唯就总觉得有视线落在自己身上。路过喷泉时，手里提着扫帚的男生在用眼睛瞄他。经过花坛边，一两个女生把手腕掰得噼啪作响。上楼梯时，楼上下来的几个男生把手里拎着的校服拧成了麻花。就连路过教室时，还有个戴着耳钉的男生坐在窗台上，屈着腿看向他，牵了下嘴角，手里闲散地玩儿着一根棍……一根好长的棍子！

这学校咋回事啊！

“路神，你认识他们吗？”方砚唯问路执。既然是从这儿转走的，多少有认识的人吧？

路执思考了片刻，目光冷且迷茫，随后摇摇头，语调坚定地说：“不熟。”

在方砚唯的印象中，姓路的书呆子不善言辞，不爱社交，不熟倒也能理解。那他快被目光扎成筛子是因为什么？独一无二的气质吗？

“路神，你们这儿的民风看起来……”他试探着问，“不太淳朴啊。”

路执淡淡地应了一声：“嗯。”

我长得很拉仇恨吗？方砚唯忍不住想。

学生活动中心是一排低矮的平房，这一片路过的学生少，屋檐和墙壁显得越发破败。

方砚唯远远就听见有中年男人在练歌，全是感情，没有技巧，难听。

“这边。”路执推开一扇门，拍了拍他的后背，示意他进去。

头发半白的中年男人拿着一张曲谱，坐在办公桌前品茶，见他俩进去，一口茶水喷了出来。

“坐、坐！”

“王主任。”路执的声音十分平静，“好久不见。”

王主任紧张地笑了两声。

“王主任是吧。”方砚唯也不拘谨，伸脚勾了张塑料凳子坐下，左脚搭在椅子中间，神情散漫放肆，“方砚唯，你点来卖艺的。”所以我就是来给你们弹琴的，你抖什么？

“你们说。”路执的声音在他背后响起，“我去外面等。”

“你可以吗？”方砚唯不大放心。

这“民风”看着就很彪悍的学校，他不太放心路执这样的乖学生自己待在外面。

“嗯。”路执关上了办公室的门。

大约十平方米的小房间里，只剩下方砚唯和王主任两个人。王主任不抖了，看来是开门被风吹的。

方砚唯从琴盒里取出琵琶：“路执以前在这里成绩是不是也超级好？他老考第一的。”

王主任在既往成绩表倒数第一那一栏上瞄了一眼：“嗯嗯。”

这王主任行为举止虽然奇怪了些，但方砚唯不讨厌。大部分老师在见到他的第一时间就会把他划分进坏学生那一栏，二话不说先给个下马威。王主任倒是非常温和，听他拨了几声弦后，还夸他知书达理。这老头有点意思。

“方同学，我要定你这个节目了，咱们加个联系方式，先练着。”王主任和蔼地说，“你也看到了，我们学校的氛围很不好，出不了什么高大上的节目，需要一个有点文艺感的小同学来撑撑场子。”

方砚唯心说那你可找错人了，我不是文艺那挂的，但他注意到了另一个信息。

“十三中的氛围不好吗？”不是水草丰美的书呆子种群栖息地吗？

“氛围……不太理想。”王主任说得委婉，“咱们学校的进步空间比较大，比不上鹭屿中学。”

方砚唯从主任那里离开时，脑瓜子还嗡嗡的。

“路执？”他推门出来。

路执不在这里，但不远处的操场边有个穿着鹭屿中学校服的身影，被几个人围着。

“你回了你妈那边住，还不如之前自在，他们又不是真心对你好，还不是……”

“是啊执哥，你不在，十三中好无聊。”

“执哥，晚上去喝一杯吗？我请。”

方砚唯走过来时，刚好听了个尾巴。

七八个化着浓妆、穿着黑色短裙的女生围在路执的身边，涂着红色指甲油的手指搭在路执的衣袖上，尾音拖得很长。路执面若冰霜，不为所动，校服整齐得一丝褶皱都看不见，安静地站在几人中间。

他的学霸好像是掉进了盘丝洞？

“小帅哥。”一个女生冲他吹了声口哨，“一起吗？”

方砚唯的头皮麻了一下。那是他纯得跟小白花一样的学霸，掉进盘丝洞不得被啃得骨头渣子都不剩？不行，得捞回来。

“抱歉啊。”方砚唯扯着嘴角说，“路神晚上还要学习。”然后推着路执快步离开了操场。

见了鬼了，十三中到底是个什么鬼地方，牛鬼蛇神都聚齐了。这种环境里，路执简直就是出淤泥而不染的小白花。

离开十三中的路上，那些虎视眈眈的目光似乎多了一倍。方砚唯有种自己在夜晚森林里苟活的错觉，处处都是冒着绿光的狼眼睛。可他多多少少算个鹭屿新晋大佬，他怕个屁。

“走了。”路执说。

方砚唯背着琴盒跟路执一起平安无事地出了校门。

路执没有让家里的车来接，两人在十三中门前上了331路公交车。

正值下班晚高峰，公交车上的人很多，不是上班族就是学生。方砚唯眼疾手快，发现一个靠近车窗空着的单座，一边霸占着，一边抓着路执的校服让他坐下。

路执抬头看他。

“你别摔着。”方砚唯自己扶好，“你们学霸都金贵。”

方砚唯有点愧疚。这样高冷又纤尘不染的路执，必然是不喜欢十三中那种地方的，他还硬拉着人回去。

方砚唯：“路神，刚刚那些人是都打过你吗？”

公交车晃了一下，一个急刹停在斑马线前。

方砚唯没抓稳，脚下一踉跄便往前栽倒。一只手伸过来，把他往回拉了些。

“谢啦学霸。”他撑了一把，自己站起来。

“嗯。”路执轻描淡写地应了一声。

“执哥。”重新站好的方砚唯问，“你爸妈也是离婚了吗？”

“……嗯。”

“那咱们家境还挺相似。”方砚唯说，“我跟爸爸，你跟妈妈，这点我们不一样。”

“之前跟爸爸。”路执打断他，“被要回来了。”

是这样吗？

“那你比我幸福。”方砚唯说，“我妈去国外了，她不要我了。”

路执侧着头看他。夜幕降临，街边的灯光映入车窗，少年的脸颊干净得没有任何瑕疵，目光微微沉着，凝着一汪遗落的光。

“所以。”方砚唯推了推路执，“我俩都住一个屋檐下了，相依为命呗。”

他正经不过两秒又带上了漫不经心的笑。路执把头转过去，不再理他。

鹭屿中学的校庆先来了。

周六一大早方砚唯就被老陈抓走，套了一身据说是斥巨资买的烟青色的汉服。

“好了没？”方砚唯站不住了，“我好热啊。”

这书呆子干什么都认真，光衣领跟前襟就看着视频帮他调整了半天。

腰带被骤然收紧，方砚唯龇牙咧嘴地嘶了一声。

“我跟你有仇？”他转头问。

“疼吗？”路执手上的力道松了些。

方砚唯反问：“你说呢。”

方砚唯穿不惯这身衣服，连走路都觉得不自在，陈老师跟何岁岁等人却赞不绝口。平时躁动不安分的人穿上一身烟青色的汉服，眉眼之间也有了安静恬淡的意思，像旧时轻裘缓带的明秀少年。

“何岁岁，你踩着我衣服了。”少年开口。

“太好看了。”陈老师夸赞，“绝对艳压全场。”

“我是男的，什么艳压。”方砚唯不高兴。他抱着琴漫不经心地拨了两下，有点疼，于是停下来，拿了胶带和琵琶指甲自己慢慢地缠。

路执手里拿着一本单词书，在一旁冷眼看着。

单手操作总有不足，右手无名指的胶带，方砚唯弄了半天也没缠好。他想张嘴去咬，一只手伸过来拿走胶带。方砚唯怔了一下，随即得意地牵起嘴角。

书呆子还乐意给他干这个。

“好了。”路执对陈老师说。

哦，原来是老师让帮的。方砚唯把笑收了回去。

“方哥，根据我对你们那边的了解，你是不是有很多银饰？掏出来挂脖子手腕上啊。” 何岁岁在一旁说。

方砚唯：“我现在回寨里抢还来得及吗？”

“何岁岁，收一收你的刻板印象。”陈老师说，“哎，方方等着，我去给你找个手镯什么的，等会儿拍照好看。”

“我不要手镯。”方砚唯拒绝，“男生谁戴那个。”

“我要那个。”他指着路执的左手腕，“路神，你敢给吗？”

路执左手腕上的木珠子盘了大概四五圈，冷清又神秘，让路执身上经常带着一股淡淡的檀香味。

“不能。”路执说。

“为什么？”方大佬翻脸很快。

戴着琵琶指甲的手抓着路执的手腕，勾着珠串不放。

“借我。”方砚唯说。

“我记得执哥好像说是五行缺木？珠子不能离身吧？”路执的同桌徐正义大着胆子说。

路执没动，也没阻拦，腕上的木珠被方砚唯整个摘走。

“那你借我。”方砚唯说，“我离你近点儿。”

鹭屿中学　校园论坛

板块：闲聊

【有人在校庆现场吗？】

1L：来聊聊鹭中校庆啊。

2L：在家呢，不过学校在某软件开了全程直播，可以用手机看，直播间就二百个人。

3L：高三学长告诉你，今年的节目也依然很无聊。校长和教导主任的美声深情对唱简直就是老天爷赏油吃。

4L：在现场，九班的女团舞翻跳搞得不错，程静萱确实漂亮，那个腿，那个腰，绝了，我是个女生我都爱上了。

5L：高二（1）班有节目吗？他们去年的全员大合唱非常阴间，差点给我当场送走。

6L：提议，他们班可以直接让年级第一路神去做国旗下的讲话。每次校园晨会轮到路执，操场上的人都很多，还有外校的翻墙来看。

7L：高一生，在现场，问问刚刚台前路过的那个穿烟青色汉服的小哥哥是哪个班的，鲜衣怒马少年郎啊。

8L：我怎么没看着？

9L：这个？【照片】，我同桌方砚唯，来我家买狗粮，我介绍你们认识啊。

10L：这是我认识的那个方砚唯吗？穿汉服原来这么好看？这个手串好眼熟，有点像路神带的那串佛珠？

11L：哇？！

后台，方砚唯背靠着门拨弄着手上的木头珠串，淡淡的檀香味包围着他，宁静平和。木珠子有些旧了，看得出来书呆子带了很多年。

能从路执那里要到东西，是一件很让人高兴的事。他遵守着自己的诺言，不离开路执半步，走哪儿都拖着路执一起。

“我不想化妆。”方砚唯说，“我是男生！”

“执哥，按住他。”文艺委员何岁岁提着化妆桶在后面追，“方哥，只化淡妆，等下拍照好看。”

“你为什么要在我的眼皮上画一条辅助线？”方砚唯由衷地发问。

“……那是眼线！”负责化妆的莫莉怒了，“我真是服了。”

路执微侧过脸，眸中的笑意转瞬即逝。

“好了。”何岁岁收起大化妆桶，“方哥你把琴音调好，等下快到我们班了我来叫你。”

“行。”方砚唯说，“房间里太闷了，我去外面坐会儿。”

“方哥，你拉着执哥做什么？”何岁岁在后面问。

“怕他缺木。”方砚唯说。

学生活动中心一楼的窗外有一块露台，方砚唯坐在窗台上给琵琶调音。

鹭屿在南方，四月的天气已经有些炎热了。

“书呆子。”方砚唯眯了下眼睛，坏主意打到路执的身上，把何岁岁拿来当装饰的折扇扔过去，“我好热啊，你给我扇扇。”他现在不觉得路执无聊了。这书呆子，越拿捏越有意思。

折扇砸在路执的肩膀上，然后被接住。路执转身拧开了教室里的电风扇，风把方砚唯的袖口轻飘飘地扬了起来。

活动中心的露台外有两个穿着校服的学生在说话。方砚唯瞅着眼熟，一个是路执的同桌徐正义，一个是……先前他在学校门口和网吧里揍过的李啥玩意儿来着……李坤。

之前李坤闹事，不就是要欺负徐正义吗？

路执还站在电风扇的开关边，窗台上坐着的人忽然撑着露台的扶手，衣摆翻飞，一个翻身跃了下去。

路执愣了一下。

“干什么？”方砚唯一巴掌把李坤推出去一米远，“又想欺负人？”

“我没！”李坤涨红了脸。

方砚唯好久没正面见着这人了。自打他在食堂里主动认领罪行，没让主任把锅扣在李坤头上后，这位好像就不跟他正面冲突了，比那个背后玩阴的的李舟好多了。

“那你找他做什么？”方大佬把人推到大丝葵下。

“穿那么厚，热死你算了。”李坤翻了个白眼。

怎么着？物理攻击拼不过，转法术了？

方砚唯正打算拎着人进树林里教训两下，肩膀突然被折扇敲了一下。他“啧”了一声，回头对上路执没什么温度的眼睛。

怒火莫名就变成了委屈。他又惹路执不高兴了吗？

“下一个是高二（1）班，走了。”路执说。

“哦。”他放开人，乖乖跟着路执离开。

李坤感激地目送路执离开。

高二（1）班的节目是内部排练的，除了本班同学、老师还有校领导，其他人基本都不知道一班要上什么节目。所以当抱着琵琶的方砚唯身穿一身烟青色的汉服走上台时，全场一片惊呼。作为校庆上即将领奖的学生，路执坐在观众席第一排。

聚光灯下，抱着琵琶的方砚唯很安静，半点看不出刚才连翻两道矮墙揪人衣领的气势。弦音被拨动，一曲《十面埋伏》惊艳四座。校庆的线上直播观众数瞬间破了万。

“琵琶弦上说相思，当时明月在，曾照彩云归。”何岁岁摇头晃脑，“牛还是方哥牛。”

然而他方哥刚才在台上《十面埋伏》的肃杀感弹过了头，这会儿手疼得龇牙咧嘴。徐正义战战兢兢地走过来，拿了支清凉喷雾，对着他从头到脚地喷。

“什么东西？” 方砚唯闻到了一股薄荷味。

“李、李坤刚刚送的。”徐正义小声说。

“啊？没打你啊。”方砚唯问，“我还当他要打你呢。”

“没、没有。”徐正义说，“他给我道、道歉了。”

方砚唯突然觉得人这种生物还挺复杂的，有人至善，有人至恶，也有人能由恶向善。他的目光转向站在不远处的书呆子，还是小白花路执好，满脑袋校规校纪，善良得连蚂蚁都不愿意踩。

“执哥。”他招招手，“佛珠还你。”

方砚唯把盘了几圈的木珠串摘下来，捏在手里转了转，拨了半圈：“我老感觉你会念经。”像没有七情六欲的得道高僧。他把木珠串盘回路执的左手腕上，身上都染上了淡淡的檀香味。这味道太清幽了，让他浑身不自在。

方砚唯还了木珠，跟何岁岁他们笑骂着跑远了。

路执低头不语，珠子回来了，但手腕好像还有些空。

因为校庆，方砚唯在学校里的知名度又长了一大截。高二（1）班的后排第一个窗口就像动物园的橱窗，每天都会吸引一大波游客。

新晋人气动物方砚唯趴在课桌上，写一张从试卷盲盒里抽出来的语文试卷。他的字漂亮得体，看起来就像艺术品。

路执从陈老师办公室回来，空气里多了一丝清幽的檀香气息。

方砚唯在抽屉里翻了翻，找出特地买的一盒橙汁，插上吸管拍在路执的桌上。

“方哥请你喝。”

路执看都不看。

玻璃窗被人敲了敲，露出程静萱那张明艳的脸。小太妹追人又土又执着，每天定时定点过来找方砚唯说话，分都要被路执嚯嚯完了。

“对不起啊。”周围许多人盯着，方砚唯急于给自己找个开脱的理由，“我最近只想学习。”

小太妹愣住：“那好吧，没想到你是这样的人。”然后扭头跑开。

这也……太实用了吧。方砚唯的世界安静了。

“真的？”后排传来一个冷冽的声音。

假的，瞎话。方砚唯心说。他还未回答，路执脸上就露出了点透着嘲讽的冷淡神色。

“干吗啊。”他踢了脚路执的桌子，“供出来给你扣分吗？”

路执竟然还嗯了一声。

方砚唯气笑了。

路执停了笔，看着他，眸光仿佛不似平时宁静。

“对啊，我就是想学习，想你天天教我，给我写试卷。”他说气话，“不行吗？”

路执似乎是怔了一瞬。

他这样的反应着实少见，于是方砚唯又起了逗弄他的心思。

“书呆子，学霸。” 方砚唯说，“有没有给别人补过课呀？”他双手压在路执的桌面上，倾身向前，嘴角勾着笑。

路执冷淡地收回目光，拿起桌上的冰水喝了一口，然后愣了一下。橙汁？

“方砚唯！全班就你在讲话。”班主任陈老师的狮子吼从教室前排传来，“上课铃都响完了，眼保健操的音乐也响一半了。”

“哦。”方大佬转了回去。

第三章

烟　花

班里一阵哄笑。

陈老师把书放在讲桌上，等待音乐结束。

方砚唯回头偷瞄了路执两三回，书呆子面若冰霜，闭着眼睛。好没意思。

“这两张是月考的分班表。”陈老师从教科书里抽出两张写满人名的表格，“下课学委帮我张贴一下，各位月考加油。”

“啊对了。”陈老师说，“还有一件事。”

流动红旗来了，以此奖励一班优良的文化氛围。

“多亏了我方哥。”何岁岁说，“云城人就是多才多艺。”

方砚唯不骄不躁，散漫地摇了摇手，趴在了桌子上。

自打路执执意要给他辅导功课以来，他好久没在课堂上睡过整觉了，每次刚睡着书呆子就会拍两下他的肩膀，带来一股若有若无的檀香。但是今天路执竟然没有叫他。书呆子半点动静都没有。生气了？

“路执，这题你来说。”英语课上，陈老师点了路执的名字。

方砚唯身后传来凳子移开的声音，书呆子站了起来，用英语回答。路执的嗓音微哑，配合着标准的英音，方砚唯觉得像大提琴的琴音，低缓又深邃，让人想静下心来细细地听。

“很好。”陈老师点了方砚唯的名字，“你的完形填空是怎么做到只对了最后三题的？”

“啊？”方砚唯正在走神，闻言从一堆书下面抽出自己的英语试卷，“因为阅读材料和题不在同一页，影响了我的发挥。”

“这也能有影响？” 陈老师好不容易忍住叹气的冲动，摆了摆手，“行了，你坐回去吧。”

终于熬到下课铃响，方砚唯迫不及待地转身，双手撑在颊边，打量着路执。

“不喝给我喝。”他顺走了橙汁，自己仰头喝了一口，“书呆子，我好像在给你上供，然后再把供品偷吃掉。”

路执的脸色看起来更冷了。

“你生气了？”方砚唯伸出一根手指推了推路执的手背，“那我不跟你学习了，我让陈老师换别人给我补课。”

人间四月天，一阵寒气从天而降，方砚唯莫名其妙地哆嗦了一下。他撇了撇嘴，姓路的大冰雕无聊得要死，连这种小玩笑，都开不起来。

一整个下午路执都没有理他，冷得像是后排安了个空调扇，期间除了咳嗽了两声外，再也没吭过声。

方砚唯莫名有点孤单，招惹惯了路执，习惯了对方冷冰冰的态度，一朝没得招惹，校园生活立刻就变得无聊了。他原本打算晚上回去再想办法逗一逗路执，结果家里来了客人。

路执的外公外婆来了。

“外婆的乖路路。”老人笑得眉眼弯弯，将手里的大包小包往路执的手里塞，“从小到大最让我们省心，我今天还在跟邻居家的老张说，咱们路路以后一定能考上最好的大学。”

老人慈祥温和，眼睛里是满满的慈爱。木头书呆子是一家人的骄傲。

一家人其乐融融，方砚唯自知融不进去，向两位老人问过好就准备帮路执把东西提进去，不小心碰到了路执的手背——好烫。

方砚唯诧异地看了路执一眼。那边外公外婆正拉着路执热情地聊。路执基本不说话，面上不显分毫，只是偶尔咳嗽一声，声音低沉。他冲上楼扔下书包，又跑回了客厅。

“外公外婆。”方砚唯说，“咱们班主任老陈找路执有点事，先借用一下路执啊。”

路执转过头来看他。

“那快去。”老人温和地说，“老师都爱找我们路路，都喜欢他。”

“你是木头吗？”院门外，方砚唯没好气地把手拍在路执的脑门儿上，“你在发烧。”

“不用管我。”路执开口。

方砚唯这才发现他的声音哑得厉害，不难听，带着低沉的颗粒感。不愧是大冰雕，发烧都烤不化。这个人好像连感情都没有，无论自己做什么，都只是浮于表面的一场独角戏。

“你跟我去医院。”方砚唯说。

路执：“我……”没什么大事，橙汁过个敏，嗓子会哑，也会发个烧，五六个小时就自己好了。

“给老子闭嘴。”方砚唯说，“别以为你生病了我就不会打你。”

“上来，我背你。”方砚唯在路执面前微微弯腰，催促道，“搞快点啊。”

半晌，清幽的檀香弥漫过来，路执这次没拒绝。

“……”方砚唯疯了，背不动背不动背不动，好丢脸。

方哥抬手召唤了一辆出租车，把路执推上了车。

“师傅，去……”他卡壳了，附近有什么医院吗？

“中心医院。”路执低哑的声音说。

方砚唯底气不足地愣了半秒，一张干净的手帕被按在他的小腿上，冰冷的木珠贴着他的膝弯蹭过去，有点凉。

“自己按。”路执说。

“啊？”方砚唯吓一跳。他都没发现自己的小腿上划了一道大口子。刚才跑楼梯时，他好像贴着扶手蹭了一下，被上面的铁艺雕花划到了。

我是废物，方砚唯心想，送医变成共患难了。

晚上的急诊闹哄哄的。救护车呼啸而来，担架上抬着人，那人冲着天空比中指。

“怎么回事？”

“网上买的野生菌，吃中毒了。”

“这玩意儿不能吃啊。”

“菌子肯定是无辜的。”方砚唯怔怔地听着对话，“中毒的都是因为没炒熟。”

路执无语地看了他一眼。

两人取号，见了医生。

“怎么回事？”医生扫了一眼体温计上的温度，“有点低烧啊。”

路执惜字如金，不愿意多说：“橙汁过敏，很快就好。”

“那开点药吧。”医生说。

从诊室里出来，方砚唯一路沉默着，连路执把他推进处理伤口的房间也没发表任何意见。

“他橡胶手套过敏。”路执对医生说，“我清创，你包扎。”

方砚唯坐在椅子上，路执缓慢地倾倒着碘酒。

“执哥。”他看着路执那双常年冰雪不融的眼睛，“对不起啊。”

棉花晕开碘酒的动作缓慢了一些。

“我不知道你橙汁过敏。”方砚唯低着头，“我就是想逗你开心。

“你的生活好单调，我从来没见过你这样的人。我没想让你生病。

“路执，你不喜欢的话，我以后都不打扰你了。”

棉球压在他的伤口上，有点疼。书呆子不是医生，不会清理伤口。他原谅他了。

路执清理干净伤口周围的血迹，退开让医生包扎。方砚唯低着头，没了白日里的嚣张，垂头丧气的，像遭遇了什么打击。

药物接触伤口的瞬间有点疼，方砚唯眯了下眼睛，一只手挡到他眼前，微凉的木珠垂下来，贴着他的鼻尖。他第一次觉得檀香味不土，还怪好闻的。

书呆子是刚才拍他脑袋了吗？莫名地，他感觉到了安慰的意思。大冰雕身上会有这种情绪吗？

“那我下次请你喝别的果汁。”方砚唯说，“我们不喝橙汁了。”

周一早读前，各组组长开始收周末的作业。

“方砚唯，你作业。”徐正义战战兢兢地伸手，“物、物理今天得交，不然会被叫家长。”

方砚唯：“啊？”他光顾着写路执那个试卷盲盒了，把正经作业给忘掉了。

“路神，借我抄抄。”他回头看路执。

“嘿，抄我的吧。”何岁岁说，“执哥从来不给人抄。”

路执没动，任凭方砚唯熟练地从他的课本里翻出物理试卷，趴在他的桌上开始抄，一副睁一只眼闭一只眼的态度。

何岁岁愣住。假的吧？这哪儿来的高仿路执？

“你真给他下蛊了吗？”何岁岁问。

“嗯？”正埋头抄作业的方砚唯微微侧过脸，“被你看出来了？那我试试效果。”

方砚唯停笔张开五指，在路执眼前晃了晃：“帮我考试。”

路执掀了下眼皮，没管他作乱的手，用笔点了点方砚唯另一只手下的选择题：“我写的是B，不是13。”

方砚唯仿佛在书呆子脸上看见了“你怎么连抄都不会抄”的鄙夷。

抄完路执的物理试卷，方砚唯把两人的卷子都写上名字班级，拿给学委徐正义。

“周末要月考了呜呜呜。”何岁岁开始预支悲鸣了，“我的英语成绩再下滑，以后就只能继承我们家宠物店了。”

他站起来：“我去英语年级组长办公室那里，看看能不能打听到题目。”

方砚唯不知道还有如此操作，目送着何岁岁远去，转过头才发现路执板着张脸，也在看他。

“你也想去？”路执问。

“不想。”方砚唯说，“能打听到个鬼。”

英语年级组组长快到退休的年纪了，本地老教师，平时讲话带着点方言。方砚唯有次从他们班门前路过，笑死，根本听不懂。

“哎，路神。”他往路执透明的水杯上贴了个笑脸贴纸，“周末考完，我去你考场外面等你，好不好？”

“不可以提前交卷。”路执说，“这是不对的。”

“可是我不会写啊。”方砚唯说。

“总有会写的。”路执说。

这书呆子一板一眼地强调考试纪律，实在是很有意思。方砚唯伸手勾住路执手腕上的木珠串：“我学不会，路神，学霸，你度我看看。”

"不度笨蛋。"路执说。

方砚唯冲他比了个中指。

"你晚上来我房间。"路执说。

方砚唯惊喜道："打游戏吗？"

"给你预测一下出题思路。"

方砚唯撇了撇嘴，枯燥。

"噫，我打听到了！"何岁岁手舞足蹈地冲进来，面露喜色，"在老赵办公室门口蹲了一整个课间，我听见他跟老陈聊天说考狐狸。"

方砚唯："狐狸？"为什么会考狐狸？

"总之大家多看看，造福大家了。"何岁岁说。

晚上十一点，方砚唯穿着睡衣，拎着一罐牛奶敲开了路执的房间门，看见路执那张冰块脸的瞬间忍不住先打了个哈欠。

他刚洗完澡，头发还是湿的，发丝浸在光里，水珠沿着白皙的侧颈侵入领口，黑色睡衣的后背湿了一小块，软软地贴着，显出干净的线条。

"怎么才来？"路执问。

"啊？"方砚唯说，"你平时不都喜欢看书看到这个点吗？"

"过来吧。"路执说，"手里拿的是什么？"

为了让何岁岁的努力不白费，方砚唯研究了一点点英语作文，从狐狸的寓言看到狐狸的童话，又看到了狐狸的种类。

路执扫了一眼本子上的简笔画，还有一排fox，欲言又止。

"好了，我知道你要说什么了。"方砚唯打断他，"你想说走捷径不好，但这捷径大家都知道，就不算捷径了。"

"把这两道题做了。"路执推过来一张纸，"你反复错。"

方砚唯动作迟缓地拿起笔。他有一种错觉，这书呆子今天对他好像格外宽容。

月考如期而至。

周六上午，方砚唯挎着扁扁的书包找到了自己的考场。他刚转学来不久，在鹭屿中学没有过往成绩，所以学校把他安排在最后一个考场。方砚唯把书包扔到讲台上，豆浆放在桌角，转身出了教室。

第一考场在一楼，坐的是年级前五十名。方砚唯顺利在门边第一个座位上找到了写着路执名字的标签。路执这会儿不在，他安稳地坐了下去。坐稳之后，他发现隔壁似乎有道视线正狠狠地瞄向他。他转头，看见了同班的那个李舟。

这位之前站楼上泼他水，还故意扔水杯弄湿他的试卷，一通操作猛如虎，方砚唯几乎以为这人要跟他打一场狠架。结果雷声大雨点小，李舟莫名其妙地自己摔了一跤，这件事就不了了之了。

“你瞪我干什么？”方砚唯直接问，“这教室是你家的？”

李舟眼睛里的怒火忽然就变成了胆怯。

我什么时候这么厉害了？方砚唯心想，光眼神就能震慑这家伙了。

“你在这里做什么？”路执停在桌边，扣了扣桌子。

月考在周末，方砚唯没穿校服，在教室里很显眼。

“这个给你。”方砚唯把刚买的一杯豆浆推过去，“方哥怕你考试渴了。”

他又瞥了一眼李舟。很好，这人都开始发抖了。他莫名有点成就感。

“方砚唯？”抱着试卷袋进来的监考老师陈桑榆愣了一下，“你是打算陪他考试吗？”

“还可以这样？”方砚唯问。

教室里一阵哄笑。

陈老师：“赶紧回你自己的考场！”

“学霸，好好考。”方砚唯拍拍路执的肩膀，大摇大摆地走了。

对方砚唯来说，考试就像坐班，坐满时长就打铃走人，但今天这张试卷上好像有几道题在他的脑海中不是乱码。书呆子好牛，竟然真的猜到出题思路了。方砚唯寻着脑海中不多的解题思路答了一部分。

最后一个考场坐的都是差生，还没响铃人就走了一半，方砚唯好几次想交卷都忍住了。

书呆子又没盯着，夙什么呢？虽然在心里暗暗唾弃自己，但方砚唯始终没抬屁股走人。

交卷铃响，监考老师走到最后一排的座位旁，发现浅棕色头发的少年趴在桌上睡得安详，头发翘起来一两根，牢牢地压着试卷。

监考倒数考场的实习女老师试着抽了好几次试卷都没成功，不禁出声唤道：“同学……”

“老师，我帮你。”一个穿着校服的男生走过来。

看这端正严谨的穿衣风格和礼貌的表达方式，一看就不是这个考场的学生。实习老师正暗自感慨，就看见礼貌的好学生伸手摸了摸那头浅棕色的微长头发，五指微收，扯着头发把人往上提了一点，抽出试卷递给她。

方砚唯睡醒了。他感觉好像有人扯了自己的头发，但教室都空了，眼前只有一个路执。

可能是做梦吧。

路执坐在他前排，在他用剩的草稿纸上写写画画。

“你在干什么？”方砚唯来了兴趣。

“估分。”路执态度冷淡，“你语文不及格。”

方砚唯沉默片刻：“……你是真看得起我的心态。”得亏是他，换成别人早就原地暴起三打书呆子了。

咦？这是最后一个考场，路执竟然出现在了这里。

“你是来找我的吗？”方砚唯问。

自然是没有得到回答，他走在后面，仰头看着路执的后脑勺。这人肯定是来找他的，应该不是他的错觉。不知道从哪个节点开始，书呆子对他的态度变好了。

手机刚开机他就收到了消息。

【岁岁平安】：方哥，一起吃午饭？二食堂有菌子。

【方块A】：你早说，我跟路神一起吃了。

【岁岁平安】：那看小说吗？

【方块A】：我不是你的竞争对手，你不用靠这招来拉低我本来就不多的分数。

【岁岁平安】：放松一下嘛。

【岁岁平安】：我这儿有一些给命文学还有按头文学，很适合午间放松。

【方块A】：我很放松。

【岁岁平安】：好困啊，我要去教室里趴一会儿。

【方块A】：我去路执宿舍那边休息。

路执的宿舍一直没退，方砚唯之前就来过，只不过这一次是和路执一起。

鹭屿中学的宿舍是两人间，上床下桌。路执的室友不在，宿舍里只有他们两个人。

“你是学霸，你得好好休息。”方砚唯说，“你打个招呼，我去睡你室友的床。”

“不可以。”路执说，“这是不对的。”

方砚唯无语地看着他。

“他有洁癖。”路执说。

方砚唯扫了眼隔壁床上歪歪扭扭的被子，又看了看路执床上的豆腐块，感觉路执才像是有洁癖。

“那我跟你挤？”方砚唯反问，“不至于吧。”这人平日里独来独往的，肯定不愿意跟他挤。方砚唯先行占了路执的床，闭上了眼睛。

路执垂眸。闭着眼睛的少年呼吸逐渐变得均匀，平日里耀武扬威的脸睡着了竟也是恬淡的。

路执不愧是路神，第一天的考试，方砚唯遇到了不少能看懂的题目。虽然不想承认，但书呆子的补课其实是有用的。不过这次考试，他最期待的其实是英语，因为何岁岁的小道消息，他提前准备了很多有关狐狸的资料，英语作文好歹不会空着。

第二天上午，考试铃声响了。方砚唯接过试卷，翻开找到作文。

什么？福利？参观福利院的经历？

“何岁岁骗人。”出了考场，方砚唯找上路执，有点生气，“没考狐狸。”

“他没有骗你。”路执说，“他就是有点口音。”

别人都走了捷径，他走的却是托马斯回旋弯路。

“我本来想提醒你。”路执说，“但你难得好学，精神可嘉。”

鹭屿中学的阅卷速度很快，周末一过成绩出来了，方砚唯早晨刚进教室就听见了议论声。

“太强了，不愧是路神，年级第一，甩第二名五十多分。”

“上次老陈不是说他做梦都能笑醒吗？”

“据说这次有点超纲，整体分数低，学霸就是学霸。”

班里正在分发各科试卷，方砚唯坐下时，刚好看见课桌上放着两张交叠的生物试卷，一张属于他，一张属于路执。他转头踢了一脚路执的桌子。

“什么事？”路执问。

“送无家可归的可怜试卷回家。”一张生物试卷轻飘飘地落在路执的桌上，上面还有方砚唯压出来的褶皱。路执接过试卷塞进抽屉里，看也没看。

“都拿到试卷了吧。”陈老师走上讲台，“按照惯例，月考后我们班会进行一次座位调整。”

陈老师：“咱们换座位公平透明，有哪位同学想调整，现在举手说。”

“不关咱俩的事儿，嘿嘿。”何岁岁从抽屉里摸出仨桃子，“咱俩兄弟情比金坚，你年级601，我年级第600，方哥就是我这辈子认定的同桌，除了降维打击，没人能拆散咱们哥俩。”

“原来你就是我考进前600最大的绊脚石。”方砚唯说。

何岁岁面露惊恐。

方砚唯从来都跟班里的vip座位无关。何岁岁这个同桌除了对他好奇了点儿以及有点口音，叫他方哥时听着像黄哥，没什么别的大问题。他很满意。所以他就当没听见陈老师的话，低头借着书桌的遮挡按手机。

【方块A】：【照片】，满分试卷，三位数，见过吗？

【林与宋】：这试卷上的名字是画了个符吗？

【林与宋】：这就是你说的那个书呆子朋友的？

【方块A】：对。

【林与宋】：找个机会带过来，让兄弟们见见学霸，沾沾仙气。

【方块A】：滚吧。人家跟我们才不是一路人呢，他是校草，还是学神，看着超级冷漠，像大冰块，但人特别单纯。

“陈老师。”大冰块按流程规规矩矩地举手，“我想换座位。”

方砚唯愣了愣，然后继续按手机。

意料之外，情理之中。书呆子终于忍不了他了？他垂眸弯了弯嘴角，把头埋得更低了。

“你想坐哪里？”陈老师问。这位是年级第一，只要路执愿意，坐讲桌都行。

“视力好像下降了一点。”路执修长的手指抵了一下黑框眼镜，“往前一排应该刚好能看清。”

方砚唯回头看路执，几个意思，盯上了他的宝座？

“还有，何岁岁上课的时候总是和方砚唯说话。”路执声音冷硬，“这样是不对的，有违校规。”

桃园兄弟惨遭拆散，何岁岁搬着书去了后排。四月艳阳天，方砚唯却觉得发冷，行走的校规抱着一摞书在他左侧坐下，成了他的新同桌。方砚唯感觉自己可能离疯不远了。

陈老师又陆续调整了一些座位，等大家都换好，才开始讲评月考的英语试卷。

“大家的英语作文这次都写得不错。”陈老师说，“我找两篇范文，给你们读一读。”

方砚唯早晨为了赶上路执的脚步草草地应付了早餐。这会儿听着陈老师平缓的声音，肚子空空的，饿得抓心挠肺。他伸手在抽屉里翻了翻，摸到了一袋小馒头。他自己是不会买这些小朋友喜欢的小零食的。也就是徐正义，自打被他帮过一回，经常偷偷往他的课桌里塞小零食。

方砚唯把英语书立起来，把头埋得更低，撕开了塑料包装。“刺啦”一声，全班都听见了。

“我来读。”路执主动举手站起来。

正用视线扫描包装袋声音来源的陈老师一顿：“哎，好。”这孩子今天怎么这么不谦虚。

路执把英语作文念得像佛经，大清早催蔫了一排人。他的余光瞥见身边的方砚唯缓慢低头，借着他和课桌的遮挡噌噌地往嘴巴里塞了四五个小馒头。少年毛茸茸的脑袋藏在桌下，嘴巴塞得鼓鼓的。

路执读串了一行。

方砚唯嘎吱嘎吱地嚼完了小馒头，坐回原处，懒散地打了个哈欠，手臂搭在窗台上，又恢复了平日里拽了吧唧的模样。

真是巧了，书呆子突然站起来，倒是给他打了掩护。

下课铃响，路执合上英语书，把试卷随意地塞进抽屉里，一只手捏着一个小馒头递到他嘴边。

“新同桌，方哥请你吃。”方砚唯说。新同桌推开他的手。

“方砚唯。”教室外，陈老师敲了敲窗户，“来我办公室一下，我给你确认一下学籍的事情。”

“哦，来了。”方砚唯把小馒头扔进自己的嘴巴里。

路执的坐姿标准，离课桌有一段距离，他目测了一下，决定从路执和课桌之间挤出去。他的膝弯从路执的膝盖上擦过去，路执堆起来的书太高，他差点给弄倒，只好摇摇晃晃地伸手去扶。书呆子自己伸手，帮忙托了一下。

“谢啦。”方砚唯穿过过道，跟老陈走了。

上午第二节是高二（1）班的体育课。

鉴于上次体育课跑了一伙人被主任抓获，这次体育老师没偷懒，让女生测仰卧起坐，男生测俯卧撑，操场上顿时一片哀号。

“何岁岁，让你俯卧撑，不是让你俯卧。”体育老师怒吼。

“撑了，老师。”何岁岁说。

“你撑哪儿了？胃吗？”体育老师一脸无语地看着趴在地上的何岁岁，“49号路执，50号方砚唯，两位同学在吗？”

“老师，方砚唯被班主任叫走了。”何岁岁说。

“那路执来吧。”老师说，“方砚唯先空着。”

路执嗯了一声，脱了校服抚平叠好，放到一旁的椅子上。

“二十……三十，我靠四十。”何岁岁在一旁帮着计数，“一分钟五十，路神牛啊。”一旁的同学也发出惊呼。

阳光刺目，男生撑在深绿地垫上的手骨微凸，五指微微收紧，手臂上蒙了一层细小的汗珠，衬衫的衣摆因为动作上下翻动，隐约露出一点人鱼线和形状好看的腹肌。

“不错。”老师很欣慰。

路执拍了拍手上的灰尘，拿起自己的校服穿好，把拉链严严实实地拉到最上面。

被陈老师叫走的方砚唯慢悠悠地踱来了操场，找到了一班上体育课的地点。

“你们在干什么？”他问何岁岁。

“热死老子了。”何岁岁擦汗，“测俯卧撑。”

“我试试。”方砚唯把校服外套脱下来扔给路执，去找体育老师。

“他不能做。”路执说，“他的小腿上有五厘米长的伤口，还在换药期，不宜剧烈运动。”

“那你歇着吧。”老师说，“不是需要录入的成绩，你先别测了。”

方大佬痛失显摆机会，只好拿回校服去旁边歇息。他刚在花坛边坐下，就看见路执颊边的汗珠。

高冷禁欲的脸沾了汗水之后似乎看着没有平日里那么木讷，那双漆黑深邃的眼中是和平时不一样的冷。

啊对，俯卧撑，这对看起来只喝露水的路小白花来说过于难了。

体育老师正甩着手里的哨子玩儿，背后一阵发凉。刚刚没做上俯卧撑的那位男同学正坐在不远处的花坛上，交叠着五指盯着他。

老师愣了愣，这么积极吗！

方砚唯猜路执肯定是累到了。毕竟这个人现在就安静地坐在他身边，任他把木珠子拨来拨去，撞出细碎的声音，也没有什么意见。

“你是累到了吗？”方砚唯问。

可怜的书呆子，俯卧撑能撑起来三个吗？虽说他俩的观念经常相左，但书呆子人确实不错，整体上来说只是朵老实的小白花。

方砚唯买了冰水、小面包和湿纸巾，坐到了路执面前。他抽出纸巾，一手按住路执的脸，一手拿着纸巾往路执的脸上贴。

“你这身体素质，就别逞强了。”方砚唯说。

路执：“我这身体素质？”

方砚唯把吸管插进冰水里，递到路执嘴边：“路神，喝一点？”

他的手指捏着矿泉水瓶，水雾凝结在他被冰水冻得微红的指尖上。书呆子掀起眼皮，冷淡地扫了他一眼。

“你还好吗？”方砚唯伸手在路执眼前晃了晃，“累吗？热吗？头晕吗？”

“可能有一点。”路执说。

方砚唯原本以为，跟路执做同桌应该是件挺劳力伤神的事儿。没想到路执既没有告状，也没有扣他的分，放任他在各科老师的课上野蛮生长。就是何岁岁去了后排，他上课时少了个能鬼扯聊天的人。

“路神。”语文课上，他实在是觉得枯燥，用胳膊肘戳了戳身旁的路执，“过几天放假一起出去玩儿吗？”

路执低着头写文言文标注，把他的话当耳旁风。

一个纸团被扔到路执的语文书上。路执没理，拨到了一边。第二个、第三个小纸团随之而来。

“方砚唯。”讲台上的老师点名，“不要打扰你同桌。”

方砚唯打了个哈欠，把手缩了回去。

线路不佳，他换了一条，转而给何岁岁写了小纸团，沟通中午吃什么。他把纸团搓好，扬手正打算扔，身边的路执突然翻书，书页把他的小纸团拨回来一个。

方砚唯愣了愣，不抱希望地把纸条打开，上面竟然有第二个人的笔迹。

方：清明假期陪我出去玩儿。

路：十三中清明校庆，你有节目。

方砚唯：“贵中学清明节校庆？”难怪学校氛围那么诡异。

咦，不对。书呆子居然回他小纸条了！他甚至没看清路执是什么时候动的笔。

方砚唯扬手又递了张小纸条。

方：假期有三天。

这次他看清了，书呆子两眼盯着黑板，手中的笔动了动，看似有些局促地给他回了条消息。

方砚唯看乐了。上课走个神，对书呆子来说大概已经是极大的过错了。

路：这样不对，玩物丧志。

方砚唯无语地瞥了他一眼。

“方哥。”下课铃刚响路执就被学生会叫走，何岁岁立马凑过来，“放假出去玩儿？”

“去哪？”方砚唯问。

“去海边。”何岁岁说，“租个帐篷，玩儿一晚上。”

“好！”方砚唯说。

“下、下节生物课，在实验室上，大家……去实验室。”徐正义出现在门边，对着大家喊。他说话斯文，声音小，除了周围几个人，几乎没别人听见。

教室里几个男生在打闹，吵吵嚷嚷的，甚至故意抬高了声音，徐正义急得涨红了脸。正坐在桌子上跟何岁岁聊天的方砚唯扫了徐正义一眼，从桌子上跳下来，走到教室前面。打闹的几个男生都安静了下来。

“闹什么呢？去实验室。”他冲门的方向侧了侧头。

“还得是我方哥出马。”何岁岁嬉笑着搭上徐正义的肩膀，几个人往实验室的方向走。

生物实验室的座位先到先得，路执在学生会那边耽搁了一会儿，踩着上课铃进了实验室。他原本以为只能捡漏去后排的座位，却见实验室正中央第一排的位置上，方砚唯正冲他招手。

“新同桌。”方砚唯说，“坐这儿。”

路执把书放在实验台上，坐了过去。鹭屿中学的生物实验室是两人用一台显微镜，他们两人坐一桌，刚好共享设备。

“路神，方哥对你是不是很好？”方砚唯问。

为了让路小白花坐上前排的好位置，他可是连废话都没跟何岁岁多说几句，一路小跑上了五楼。

“嗯。”路执略一点头，态度不似平日里冷漠，“谢谢方哥。”

这句谢谢让方砚唯大半节课都心情不错。

只要功夫深，铁杵磨成针，多点耐心，大冰雕也能捂热。攻略上说得一点不错，想让人开心，投其所好即可。他逐渐掌握拿捏路执的精髓了。

“你看。”路执忽然出声。

方砚唯：“看什么？”

“显微镜。”路执说，“轮到你了。”

方砚唯想说他是个学渣，大约只能看个热闹。路执却抓起他的右手腕，给他调起了观察姿势。

“右手握镜臂，左手托镜座。”路执的声音严谨又认真。

盛情难却，那就……学一点儿吧。

“头，不要那么低。可以了，看吧。”路执说。

方砚唯被眼前所见吸引了目光。

“做得不错。”路执说。

等到下了课方砚唯才发现方嘉弥给他打了两个电话，一整节课他都忘了看手机。

“我这时差又算错了。”方嘉弥说，“你刚才在上课是吧？”

“可不？”方砚唯背靠着实验室外的墙，“你儿子在认真听讲。”

“睡了几觉啊，吹这种牛？”方嘉弥不信，“我问你，你跟路执相处得怎么样了？”

“我是跟他相亲还是怎么的？怎么还带问进度的。”方砚唯嗤笑。

“我这不是怕你欺负人家吗？”方嘉弥笑骂，“你温雅阿姨说路执的性格特别好。”

确实很好。方砚唯回头看向实验室里，一班的学生都走了，路执在帮老师一个个检查设备，专注又认真。

“我要是能早点认识他就好了。”他小声说。说不定他也想做好学生，想离路执更近一些。

十三中的邀请演出在晚上，方砚唯这次没硬拉着路执跟他一起去。他估摸着路执不喜欢十三中，而且他对上次那个盘丝洞场景印象深刻。

“你可以？”路执坐在书桌前问他。

“为什么不可以？”方砚唯说。

那学校是有点邪门，但他也是打过几场架的人了，也是见过世面的。实在不行他就把琵琶砸到挑事者的脑袋上。

“嗯。”路执头也没回。

方砚唯背着琴盒下楼，不知怎的，竟然有些失望。他这是……黏着书呆子太久，习惯了吗？不至于。

天气还算不错，不过十三中的校门看起来比上次更破了，“三”字掉了一半，晃悠悠地挂在半空中，灯管乱闪。

这真的是校庆吗？他沿着记忆里的路往前走，路边有个看着挺眼熟的黄毛。

“同学。”黄毛粗声粗气地说，“来演出？”

“我是不是见过你？”方砚唯问。

你踢过俺的屁股，黄毛腹诽。

“我大众脸。”黄毛说，“主任让我来接你，我带你去礼堂。”

“好。”方砚唯说。

不知道为什么，今天这一路上，他好像没见着什么凶神恶煞的同学。除了块不知道从哪里滚来的石头撞在他的鞋边上外，没什么意外发生。迎面而来的同学脸上都带着咬牙切齿的笑容，仿佛……还挺友善的！执哥的故乡好像也没那么不堪入目。上次是打开的方式不对吧。

“方……砚唯？”黄毛叫他。

“你知道我的名字？”

“呃……演出节目单上有你的名字。”黄毛摸了摸鼻子，“坐这边。”

方砚唯被他领着，在礼堂的第一排落了座，半个礼堂的老师都朝他投来了目光。

“我去去就来。”黄毛把一瓶矿泉水递给他，露出胳膊上肌肉。

方砚唯想说，你也可以去去不来。他的演出是倒数第二个，所以他就坐在前排的位置上等。

【方块A】：【视频】，哈哈哈哈哈，十三中的节目还挺有意思的。

【方块A】：你们的老师竟然会讲相声，我给你录了全场。

【方块A】：有粉色头发的美女学姐给我递零食。【照片】

【路执】：不吃嗟来之食。

【方块A】：书呆子，你怎么这么迂腐清高?

他犹豫了片刻，把零食放到旁边的桌子上，没有再动。

十三中礼堂后台，黄毛揽着一个男生的肩膀说：“哥们，别装，等下遇上了客气点，这位是执哥的客人。”

“没没没没问题。”男生连忙答应。

礼堂里，方砚唯接着打扰路执。

【方块A】：哦，对了，刚我碰到了一个特别友好的黄毛。

【方块A】：你们十三中还是有好人的。

【路执】：嗯。

作为十三中的特邀演出嘉宾，方砚唯原本是打算买束花带来的。但正值清明，花店里大簇大簇的都是菊花，还卖得不便宜。路执说这样不好，他也这么认为，所以就空着手来了。

十三中的校庆办得比鹭屿中学潦草，舞台没有氛围感，服化道也一般，负责化妆的老师只往他衣服上缀了几段烟青色的轻纱就让他上台了。素色的灯光自上而下地流淌至他拨响的琴弦上，浮光穿透微尘，笼着坐在其间的少年。

一曲结束，十三中的老校长脸都要笑烂了。

“文化熏陶，这就叫文化熏陶，鹭屿中学的学生质量就是不一般。”老校长说，“同学，有兴趣来我们十三中就读吗？”

方砚唯张了张嘴，一句“其实我是文盲”就在嘴边。

“他没兴趣。”黄毛在一旁插嘴。

老校长打了个激灵。

“这么好的孩子，可惜不在我们学校。”老校长唠唠叨叨地走了。

这么好的孩子一拳放倒一个，都不带怕的，方砚唯心说。

“方同学。”黄毛说，“我送你出学校吧。”

“谢谢。”方砚唯提起自己的琴盒，跟他沿着来时的路往外走。

“你认识路执吗？”方砚唯问。

黄毛：“呃……”

“就你们年级第一。”方砚唯提示道，“成绩特好的一个棺材脸书呆子。”

见黄毛还是一脸便秘的表情，方砚唯心道，算了，他执哥低调，没有人认识倒也不奇怪。

“不用送我了。”方砚唯对十三中师生全员今天的微笑服务相当满意，站在校门口挥了挥手，跟黄毛道别。

黄毛目送着方砚唯上了回家的公交车。

在离路执家最近的一站，方砚唯下车过马路，看见马路牙子上蹲了个人，端着盆凉粉在嗦，被辣得龇牙咧嘴。他走过去，一脚踢在那人屁股上。

“方哥！”何岁岁从地上跳起来，“来得正好，就等你了，来我给你扫个共享单车。”

“走。”方砚唯说，“给我挑个品相好的。”

两个少年一前一后，骑着单车穿过坡道，往海边去了。

街边堆叠的建筑上喷着各色的彩绘，竹制的青色晾衣竿贯穿在大街小巷里，洗得发白的衣服同少年们干净的衣角一起在四月的风里翻飞。

晚上十点半，路执从书桌边起身。他推开门走出去，走廊里空荡安静，方砚唯的房间里也没亮着灯。

人呢？

“我靠，执哥。”电话那端，黄毛忙不迭地解释，“我真看着人上了公交，我盯着车走的，半点没耽搁。”

“嗯。”路执说。

他静坐着回忆了片刻，似乎想起了什么，打开了班群。

【何岁岁】：海水不凉，我给大家表演一个冲浪。

【何岁岁】：今晚搭个帐篷，在海边睡哈哈哈哈。

【何岁岁】：看我方哥。

路执点开了视频。

他第一次见方砚唯穿这么朴素的白色衬衫。视频里夜幕低垂，少年坐在海边的一块黑色礁石上，运动鞋被扔在沙滩上，拍岸而来的海浪打湿了他的裤脚。

方砚唯把脚踝浸在海水中，搭在礁石上的手指拨弄着一只鹭屿随处可见的小螃蟹。画面安静，连小螃蟹也是惬意的。

路执的嘴角微弯了一瞬。

然而也只有一瞬，下一秒就见视频里的方砚唯抓起螃蟹，扬手嗖地一下扔进了海水里："哈哈哈人间有真情人间有真爱，方哥送你回老家。"

路执险些失笑。

今晚家里过于安静了。方砚唯不在，少了个叽叽喳喳的人，这里又恢复了之前的寂静。无趣、枯燥又沉闷。

"执哥！"黄毛来电，"我们在你楼下，去海边喝一杯啊。"

"嗯。"

路执把笔扔在书桌上，关上房间门走出去。

这种枯燥持续到了晚上十一点。过了十一点，一大堆消息涌进他的手机。

【方块A】：学霸，学完了？

【方块A】：看我烤的鱼哈哈哈哈，何岁岁说能药死一个班的人。

【方块A】：看我搭的帐篷！【照片】

【方块A】：你不来真是太可惜了，我觉得你们这儿海边还是挺好玩儿的，要不是我不会游泳，我也下海去了。

【方块A】：何岁岁游得好快。

路执忽略了何岁岁，手指抵着屏幕继续往下翻。

【方块A】：这个烤扇贝配上我自制的菌子酱，不要太鲜甜。

路执推开车门，踩在柔软的沙滩上。

黄毛他们几个人有个朋友，高二就辍学了，自个儿在海边张罗了一家店，做点烧烤啤酒。

“这傻子还买了烟花。”黄毛嘿嘿地嘲笑着，“咱们谁还玩儿这个啊，几个大墩子，就放那儿了。”

路执坐在露天的摊位边，左手拿着饮料，右手翻阅方砚唯发来的消息。

“哎，执哥。”黄毛喋喋不休地说，“之前在车上没仔细看，你今天让我照看的那个男生长得真标致，跟小明星似的。”

“嗯。”路执说。方砚唯这会儿没发消息了，大概是跟何岁岁他们疯玩儿去了。

海边烧烤吧外的桌边，几个男生聊的话题早就脱离了学校和书本，多半扯的是生意。

“执哥。”黄毛说，“六月端午那会儿B市有场赛车，我订票？”

“我那几天好像要去云城。”路执说，“有个高中生物理竞赛。”

“啊，那您先忙。”黄毛赶紧说，“咱们执哥是我们中间最有出息的。”

“少来。”路执说。

“张驰这块地选得真不错。”黄毛说，“这边风景好，游客多，旁边还是露营区，不愁没生意。”

路执手中的手机振动。

【方块A】：书呆了快看，小烟花。

【方块A】：玩儿过没？你有没有童年？

发过来的画面里，一只手抓着一根小仙女棒，蹦着零零星星的火星子，照亮了一小块沙滩。路执看着手机嗤笑了一声。

“谁惹你了？”黄毛问。

“没。”路执说。

黄毛心说真奇怪，执哥真是越发深不可测了，刚刚看起来还是周身低气压，这会儿似乎又心情不错。

【方块A】：等什么时候我有钱了，就去买个超大号的烟花，炸得整个海边的星空都黯然失色。

【路执】：你想看烟花？

【方块A】：咦，你竟然回我了。

【方块A】：想啊，我们那儿那么多花，但我就是喜欢烟花。书呆子，等方哥攒到钱了，放个大烟花，开花给你看看。

【路执】：嗯。

路执从桌上拿了个老式打火机，拇指压在盖子上，叮当作响地把玩了两三下。半分钟后，路执站起来。

“执哥？”黄毛问。

路执往前走了几步，停在海滩边。

从黄毛的角度看过去，只能看到一个挺拔的背影跟路执手上缓慢燃烧的红点。

路执弯腰把打火机贴近烟花的火线。火星在夜色里洒了串光雨，火种随即冲上夜空。

附近的海滩上，拿着烟花的方砚唯闻声抬头，微微睁大眼睛，看见在整个天幕间炸开的火树银花。

夜空被照得透亮。一大群中二期没过的高中男生在海滩上吱哇乱叫，声音几乎要盖过震耳欲聋的烟花声。

“好看！”

“太牛了，炸得满天都是。”

“哈哈哈哈呜呼——炸了炸了。”

学渣方砚唯站在礁石边，有点担忧这几个人的文化水平。要是路执在，说不定能给写个八百字的范文描述赞美一下。

“我靠，这得多少钱啊。”何岁岁张大了嘴，“方哥快看，绿的绿的，好绿哦！”

“我没瞎，认识绿色。”方砚唯说。

他没像班里的男生那样没见过世面似的到处乱跑。夜空被光洗净，夜幕里显现出远处海面上礁石的轮廓，海浪一层层地往他的脚下堆叠过来。

星光的静与烟花的动相融。像有小火星从天而降，蹚过风，携着浓烈的火药味落在他的心里，温暖得似是四月鹭屿的缩影。

真神奇。他刚和路执说想看天上的花，天空就开满了透亮的烟花。他明明只是开玩笑似的把消息发给了一个冰块脸书呆子。天上的神佛却像是听见了他的祈愿，轻轻扬手送了他一场烟火。

“方哥！”何岁岁冲过来，“我打听了，是附近有家烧烤吧刚开业放的，多亏了这位土豪大哥，我们才能白嫖一场烟花哈哈哈。”

“附近的烧烤吧？”方砚唯问。那还真是挺会挑时候。

烟花燃了十多分钟才静下去，海风中混着淡淡的火药味。

这波烟花将海边烧烤吧的生意一下子带了起来。店里请的乐队吼着歌，架子鼓敲得很疯，喧闹声传得很远。

黄毛跟张弛在玩手机游戏，染了粉色头发的顾甜手里洗着一叠扑克牌。

路执坐在室外，看着神情冷肃，又是一身校服，十分引人注目。他挥手拒绝了几个过来搭讪的人，等着手机屏幕再次亮起来。

【方块A】：路神，我给你开个花！

一百多张烟花的照片涌入两人的聊天框。

【路执】：……

敢情这人刚刚也没仔细看，光顾着拍照了。

方砚唯发了个视频，路执点了个挂断。再发，再挂断。这么不厌其烦地来了十多次之后，有人终于放弃了。

【方块A】：路神，你是不是打算睡了？

【方块A】：你知不知道，校规说要劳逸结合。

【方块A】：你的生活太无趣了。书呆子，学生时代有很多有趣的事情可以去做，不要辜负你的青春。

【方块A】：路执，来海边玩儿，放假不用遵守校规。

【方块A】：来吧，方哥亲自邀请你。

路执站着未动，海风温暖湿润，他看着手机屏幕自己暗了下去，然后又一下子亮了起来。

【方块A】：我不玩儿了，我回来找你。

【方块A】：作为同桌，我有责任让你过一个不那么无趣的假期。

【方块A】：我打个摩托回去。

【方块A】：在家等着。

想一出是一出，说话做事不怎么过脑子，全凭性情和喜好，说的就是方砚唯这种人。

【路执】：？

【路执】：不用。

【路执】：我在海边。

【方块A】：咦？真的吗？你怎么会在海边？

【路执】：嗯。

【路执】：作文竞赛要写海，来看看海。

比赛要写海，所以大晚上往海边跑吗？不愧是学霸，太努力了。方砚唯暗自感叹。

【方块A】：你早说，我们出来玩儿就带上你了。那你在哪儿，我来接你。

路执发了一条定位过去。

方砚唯跟着地图，一路找到一棵椰子树下。这书呆子放假出门还穿着一身校服，背靠着椰子树，塞着耳机，一看就是还在争分夺秒地听英语听力。

"路神。"方砚唯远远地冲人扬手，"这儿。"这书呆子从哪儿进的海滩，怎么挑了个这么偏僻的地方。

路执推了下眼镜，慢步走过去，按亮了手机的手电筒。方砚唯没穿鞋，是光着脚踩在沙滩上走过来的。他小腿上的划伤已经愈合得差不多了，只留下一道浅色的痕迹。

"光脚可能会被碎贝壳划伤。"路执提醒。

"没事，你方哥耐造。"方砚唯说，"不过你关心我，我还是很高兴的。"

白嫖了一场烟花，这帮高中男生的情绪都很亢奋。何岁岁摆了张桌子，开了一盒托人带过来的剧本杀。

"路神？"何岁岁朝他们打招呼，"快过来坐。"

"这就来。"方砚唯踢了脚何岁岁，"让开。"

何岁岁麻溜地滚了半圈，换了个坐垫。

"我们年级第一要坐最好的。"他把最大最好的坐垫抽出来拍拍灰，给路执坐，然后把烧烤架附近的烤鱼烤虾盛了满满一盘，塞给路执。烤鱼烤虾上刷了菌子酱，一看就是方砚唯的手笔。

"你喂猪呢，学霸才吃不了那么多。"何岁岁笑他。

"总比不喂也是猪脑子强。"方砚唯翻了个白眼。

何岁岁故作伤心："方哥你内涵我，你骂我猪脑子。"

方砚唯："滚蛋。"

剧本杀方砚唯是玩儿过一两次的。林与宋兼职DM的那段时间他经常过去店里看热闹，对整个流程还算了解。所以何岁岁说玩儿剧本杀，他就毫不犹豫地答应了。

“路神会玩儿吗？”何岁岁问。

“我不太会。”路执摇头。

“啊？路神没有玩儿过啊。”何岁岁面露难色。

“没事，我教你。”方砚唯说，“我们一开始不是都不会吗？”

平时都是路执教他，这下总算是让他逮着一个教路执的机会。

“等下你抽的剧本就代表你的角色，你一定要代入进去，代入人物的社会关系，用人物的语气说话，他亲戚就是你亲戚，他妈就是你妈，然后去收集信息。”他说，“不难的，我会帮你。”

路执点头：“嗯。”

“本子还没抽，有人就已经结盟了啊？”陈辰笑着说。

“少废话，给我抽签。”方砚唯伸手。

何岁岁租的是个悬疑本，现代都市主题，连开本的主持人也是日租的。

光看角色名字和基本身份，方砚唯看中了富商之子，一个有钱大少爷的角色，很有格调，适合他。

“给我大少爷给我大少爷。”他默念着，把手伸向抽签盒。

他抽中了大少爷——的夫人。方砚唯无言以对。

没办法。他们这帮人男生太多，总有人要拿反串本，方哥玩儿得开。

“大少爷是哪位？” 方砚唯盘腿坐在垫子上，环视四周，想看看是谁拿到了他最想要的角色。

何岁岁摇头，莫莉摇头，若干人摇头，耳边有个冷冽的声音说：“可能是我。”

“啊？”方砚唯往路执手里的角色剧本上看了一眼，宋秋，确实是那个有钱大少爷的角色名字，“没错，是你。那我俩有点关系。”他冲路执晃了晃手中的角色剧本。

路执：“嗯。”

“没事，别紧张。”方砚唯怕他不会玩儿，“等下按剧本内容自我介绍就好。”

路执似乎有些不确定地说：“好。”

仿佛遇到了不擅长的领域，书呆子看起来有点呆，似乎还有些紧张，方砚唯越看越觉得有趣。这人平日里大约只有课本为伴，乍一接触这些新鲜玩意儿，被冲击得措手不及也是情有可原的。他感到欣喜，为他把一个清淡孤独的灵魂拉进喧闹熙攘的人间烟火。

大冰雕用那万年没有波澜的声音说起了自我介绍。

“我叫宋秋，富商宋贵的儿子，家里有……挺多矿。”路执仅仅看了几分钟，就把人物剧本记得很全，他转头看向右侧的方砚唯，“这是方妍，我们是一家的。”

方砚唯看了他一眼，行，进入角色还挺快。

剧本推到这里已经发生了命案，大家在主持人的推动下，开始盘查凶手。

“大少爷。”拿了保安剧本的何岁岁问路执，“8月9日晚上11点，你在滨海酒店里做什么？”

路执回想着剧本，无感情背诵：“8月9日晚上11点，我和方砚唯一起待在酒店，没有出门。”

“哦对不起。”路执木讷又严谨地纠正道，“是方妍。”

书呆子那张脸冷得像冰，声音也像冰，剧情念得一本正经，连不熟练时的小失误也看起来是一本正经的。何岁岁、莫莉被逗得笑个不停。

方砚唯抓着手头的线索，跟何岁岁他们撕起来。

“我们大少爷有完美的不在场证明。”他说，“你瞧瞧他这张脸，像凶手吗？路边的蚂蚁都舍不得踩，而且从时间线上来说，我们两个也是无辜的。”

路执看了他一眼：“他说得对。”

方大佬线索不够，气势来凑，把何岁岁逼到骂方言。

“应该不是路神。”何岁岁说，“他看起来很无辜。”

一众人都被凶蒙了，把凶手票纷纷投给了说话唯唯诺诺的学委徐正义。

“不、不是我。”徐正义委屈，“另有其人。”

方砚唯看着凶手也不像是徐正义这老实孩子。他比较怀疑何岁岁，这人太能搅浑水了。

“你们确定了是吧？”日租的DM小哥哥问，“那好，现在请我们的凶手，自己站起来吧。”

方砚唯瞪何岁岁，何岁岁瞪徐正义，瞪出一条食物链。

满座文武皆无一人敢言，路执放下手里的剧本，冷着张无辜的脸缓慢地站了起来。

方砚唯震惊地抬头看他。从头到尾，他都没想到他的好同桌，全程磕磕绊绊玩儿得半生不熟的路执，会是凶手。

“帅哥，玩儿得不错。”主持人夸奖。这帅哥看起来有八百个心眼子。

主持人：“说说作案动机吧，为什么杀人。”

“因为他想伤害方砚唯。”路执说，“所以我策划了一系列流程，并栽赃嫁祸。”

方砚唯愣了一下，没去纠正路执的说法。让路执玩儿游戏入戏的人是他，现在有点出不了戏的人也是他。明明现实中书呆子维护不了他，他也不需要人来维护，但是听见路执基于剧本这么说，他还是觉得心里一暖。

“还得是脑子好的来玩儿。”何岁岁说，“真没看出来路神是凶手，我以为那就是个不谙世事的大少爷，路神真会藏啊。”

“那是我同桌厉害。”方砚唯莫名觉得自豪。

他们这个本开了大约两小时，结束的时候海岸线附近的灯光已经暗了很多，只能看见遥远海面上灯塔若隐若现的光。

何岁岁打了个哈欠：“走吧，回滨海公园的露营区，去咱们搭的帐篷那边睡觉。”

路执是后面来的，没有帐篷。

“执哥怎么办？”徐正义问，“要不要去附近找个宾馆？”

方砚唯：“他跟我一起。”

附近的宾馆又乱又杂，据说附近还有人打架，不适合他的小白花同桌。他的帐篷空间大，可以凑合着一起。

“可以？”他转头问路执。

“嗯。”路执说，声音低沉又好听。

方砚唯把帐篷搭在椰子树下，五小时前竣工封顶，用时一个半小时，他自己看着还算满意。他寻着记忆里的路线找过去，帐篷没有，有帐篷饼子。

“执哥。”方砚唯问，“你们这儿的椰子说掉就掉吗？”这也太倒霉了。

路执：“不然打个招呼再掉？”

方砚唯：“呃……”

“你该庆幸……”路执扫了他一眼，“它不是半夜掉到你脑袋上。”

方砚唯只能搬开椰子，抢救他的帐篷。

“凑合着支棱一下，这帐篷挺大的。”方砚唯说，“不然咱俩就要去住小旅馆了。”

重新撑开的帐篷除了皱了点和沾了椰子浆外，没什么大问题。

方砚唯钻进帐篷，把帘子拉开卷好。说来也奇怪，他一度觉得跟书呆子相处是件无趣的事情，可现在两人似乎也能无话不谈。他单方面谈。

“玩儿兴奋了，不困。”方砚唯平躺在帐篷里，“学霸，你是不是没有这么晚睡过？”

“嗯？”坐在草地上吹风的路执回头。

“那我也算是带你玩儿过一回大的了。”方砚唯说，“我不指望你违背校规了，我跟你和解，你多和我出来乐一乐就好。”别成天板着张脸，一点少年人的青春气息都没有。

方砚唯侧过身，往路执的方向挪了一点儿。他早先觉得路执身上的檀香味老气横秋，现在却觉得安神。仗着书呆子今晚对他很宽容，他把路执左手腕上盘着的木珠子要来，自己咔哒咔哒地拨。

“对了，路神。”方砚唯说。

“嗯？”

“我上次去办公室确认学籍的事情，听老班说你端午那会儿要去我们云城参加一个竞赛？”他问。

“嗯。”

“那我跟你一起回去吧。”方砚唯说，“你陪我去十三中，我陪你去我们那儿，带你吃菌。”

路执顿了顿：“考完试再吃。”

“不会毒死你的！”方砚唯踢了路执一脚，“一般人我都不带他吃。”这书呆子平日天天泡在书堆里，骨头肌肉怎么都硬邦邦的，踢得他脚趾疼。

“好。”路执说。

答应了？这次这么容易？

除了自己的狗，方砚唯对云城的一切毫无留恋。但路执答应和他一起去，他忽然就对这个城市多了几分期盼。

“那我看看机票。”方砚唯说，“给我你的身份证号。”

路执报了一串数字。

方砚唯躺得离路执很近，路执一低头，就能看见方砚唯屏幕上输入的内容。

“你9月1日生日？”路执问。

“对啊，这狗屁日期，搁谁谁开心啊。”方砚唯每年都边吃蛋糕边补作业。

“说脏话是不对的。”路执说。

“这算什么？”方砚唯一把将手机丢开，摆出一副要欺负人的样子，“方哥无恶不作。”

鹭屿本来就在南方，过了清明，天气就更热了。

虽然还未到学校规定的穿夏季校服的月份，但学校里的学生明显都挨不住了，瞅着没人监管的空隙就把校服外套脱掉扔在一边。只有方砚唯的好同桌还端端正正地穿着全套校服，把拉链拉到最上面。

“你们这种得道高僧是感觉不到热吗？”方砚唯咬着雪糕，含糊不清地问他同桌，“我要热死了。”

徐正义最近给他送的零食好像突然变好吃了，今天给的是奶提子雪糕。他从外边打篮球回来，就发现自己的课桌上躺着这支雪糕，一看就是刚买的，还冒着冷气。虽然他放过话说不喜欢葡萄，但这支雪糕淡淡的葡萄味还是很讨他喜欢，还很解暑。

“学委。”方砚唯回头，“你越来越会买零食了。”

“啊？”徐正义一脸的茫然，“这、这不是我买的，你抽屉里的瓜子才、才是我妈妈让我送的，有六种口味呢。”

不是学委送的？那哪来的？

正在喝水的何岁岁呛了一口：“方哥，那是执哥给你买的。”

方砚唯愣了愣。今天是什么日子，大冰块竟然给他买小冰块了，吃错药啦？不过还真挺好吃的。

他们说话的时候，路执正专心翻着课桌上一本厚厚的书，连头也没有抬。

吃了雪糕好像的确没那么热了，葡萄味儿好像也挺香的，并不是全天下所有的葡萄都是酸的。

“还有吗？”方砚唯推了推路执。

“没有了。”路执从书堆底下捧出一沓试卷，推到他面前，“抽一张。”

“所以……你这是先礼后兵？”方砚唯问。

一根雪糕就想让他做题？方砚唯把头高傲地拧了回去。过了一会儿——

“这和之前的试卷盲盒有什么区别吗？”他警惕地问。

“这是试卷盲盒季节款。”路执说。

方砚唯无语地看着他。

行呗，写就得了，不写能被念死。路执“犟人”精神出来的时候他根本拧不过。

书呆子的反常还在继续。方砚唯不太爱吃晚饭，有时候晚自习上到一半，他就顺理成章地用低血糖当借口溜走。今天也是，方砚唯忍着撕试卷的冲动，写了半张路执给的题。

“我饿了，我先回……”他话没说完，一盒巧克力饼干被推到他面前。

蘑菇形状的巧克力饼干，这不是给小孩吃的吗？

“你可能对我有误解。”方砚唯说，“我只是喜欢菌子，并不喜欢菌子形状的东西。”

“晚自习在班里吃东西不太好吧？”他试探着问。

“你逃课更不好。”书呆子说，“两害相权取其轻。”

方砚唯无奈，只能拆开饼干嘎嘣嘎嘣地嚼。

他最近看起来很想吃零食吗？还是这书呆子突然发现用零食就能堵他的嘴，让他安静个十来分钟？不愧是学霸，还学会用糖衣炮弹了。

“我很吵吗？”方砚唯问。

“还好。”路执说。

“过来讲个事情啊。”陈老师敲了敲教室门，“方砚唯你不低头写作业，吃什么呢？很香？”

“还行，分你一个？”方砚唯问。

“分我……我不要！”陈老师继续说，“下周末咱们学校运动会哈，明天我把报名表给你们带过来，大家踊跃报名。”

每逢遇到运动会，班主任都喜欢抓班里的活跃分子，能上一个是一个。

方砚唯的强项是跳高，主动找体委陈辰填了个报名表。填表耽搁了一会儿，大课间下楼的时候，高二（1）班的队已经排好了，挨着操场边的活动楼，他跟平常一样找到何岁岁，站到何岁岁后边。

四月中的阳光有些晒，方砚唯挺不喜欢热天。

因为有外校领导过来参观，学校准备了拍摄，每个人的校服都穿得整整齐齐的，闷得他难受。他把手搭在校服拉链上，打算把外套脱了，大不了一会儿再去校长办公室罚站。

他遥遥看见站在班主任陈老师身边的路执。大冰雕正帮班主任整队，严谨地调整着每个人的位置，把一班的队伍捋成一条笔直的直线。这会儿方砚唯竟然期望路执走过来，说不定大冰块身上还能冒点冷气，给他凉快凉快。

路执还真走过来了，扫了一眼他扯了一半的校服拉链。

"路神？"方砚唯扬起嘴角，浅棕色的头发被薄汗沾湿，垂在额前。

他自认为自己没站歪，脚尖正朝着前面的何岁岁，不过他有心理准备，路执大概要挑他穿着和仪态的问题。

"方砚唯，你站歪了。"路执垂着目光冷着脸，推着他的肩膀，把他推进旁边隔着半步距离的阴凉处。

方砚唯："是吗？"被太阳炙烤的感觉消失了，还是阴凉处好。

后排几个人续上队伍，操场上空无人机拍摄的画面里，高二（1）班的队伍尾巴就这么弯掉了。

"你们班出早操的时候怎么把队伍站成了水蛇？"办公室里，校长过来找陈老师算账。

"怎么可能？"陈老师面不改色，"那可是咱们年级第一路执整的队伍。"

校长："嘶……"

路执啊。这学生向来严于律己，谨慎认真，不管是学习还是个人举止，从来轮不上老师操心。难道——

"那……可能是无人机的质量不好吧。"校长走了。

"陈老师。"办公室的门被人从外扣响，同时传来路执的声音。

"进来。"陈老师说，"说多少回了，找我直接进来就好，不用那么礼貌。"

"这是运动会的报名表。"路执把一张表格递过去，"陈辰被语文老师罚抄去了，我替他带过来。"

"行。"陈老师接过表格扫了两眼。

这学期班里来了新同学，他还挺期待新同学的报名项目。

方砚唯——3000米（画掉），跳高。

陈老师愣了愣。

也挺好，一班去年的跳高项目是空着没人上的，今年有方砚唯了。新同学刚来时看着又凶又独，没想到还挺有集体荣誉感的。

“路执不试试运动会吗？”隔壁二班的班主任问。

“不了，兴趣不大，谢谢老师。”路执敛着目光，礼貌回绝，“陈老师，我先回班里了。”

“哎，回吧。”陈老师目送着人走，然后说，“路执好像不太喜欢这些体育运动。”学科成绩好，体育差点儿，可以理解。

上课铃还没响，方砚唯趴在窗台边蹭何岁岁手里的小说看。

“下一章呢？”他问。

“还没更，这作者天天请假，每次都说家里停电。”何岁岁说，“方哥，我看你运动会报的跳高？你怎么不跑3000米啦？”

方砚唯没跑过3000米，原本想在鹭屿中学试试。

“执哥说鹭中的操场修得不太好，长跑对脚踝不好。”他回答，“所以我就换跳高了。”

放屁，鹭中操场去年才重修的。

“方砚唯，要上课了。”路执出现在窗外，点了点方砚唯的肩膀。

“哦，行。”方砚唯把自己从窗台上摘下来，跟在路执后面回了教室。

“我怎么瞅着这两人的关系最近变好了很多呢。”何岁岁自言自语。

方砚唯这几天也觉得，路执对他的态度似乎好了许多。虽说路执还是日常板着那张冷脸，但看着他的时间好像变多了。

眼保健操的音乐缓慢地播放着，方砚唯抓起桌上的葡萄果汁喝了一小口。这学霸真不会送东西，净是这些小孩子才喜欢的零食，可他现在好像又不讨厌葡萄了。

路执的课本整齐地摊开在桌上，黑框眼镜就搁在文具盒边上。

大冰块近视多少度啊。方砚唯悄悄伸手勾住路执的眼镜，悄无声息地拉到了自己跟前，戴上。

头不晕眼不花，这是平光镜？

方砚唯摘下又戴上，再摘掉，反复几次，也没研究出这副眼镜有什么特别。他转头时才发现舒缓的音乐不知道什么时候结束了，路执漆黑的眼睛正冷冷地打量着他。

别说，书呆子这人平日里看着冷淡木讷，手腕上盘着佛珠串，似乎喜怒哀乐都入不了他的眼，可当那双眼睛压着眼尾向人瞥过来时，方砚唯还是觉得全身都在冒冷气。

“还你。”他把眼镜摘下来，给路执戴上。

路执扶正了眼镜，说：“方砚唯，做眼保健操的时候不要走神，主任要是路过，会扣分。”

他这一开口说话，又恢复了先前的木讷模样。

“我俩什么关系啊。”方砚唯说，“别叫我大名了。”

“叫什么？”路执问。

方砚唯：“叫方哥。”

“我比你大。”路执说，“这样不好。”

这也不好，那也不好，这副直愣愣的书呆子劲儿方砚唯以前觉得烦，现在却很想逗弄他。

“不按年龄算。”他耐心地劝，“江湖规矩，比较厉害的那个才是哥。”

“是吗？”路执慢吞吞地说，“我或许没有你想象中那么不行。”

“我比你厉害。”方大佬说，“你得叫我哥，不然我就打到你哭。”

“方砚唯，你想打到谁哭？”陈老师的脸出现在窗边。

窗边的位置就这点不好，学生还能不能有点隐私了。

“运动会。”方砚唯说，“把对手都打到暴哭。”

陈老师满意地走了。

“真的不叫方哥吗？”他继续打扰路执。

路执把橡皮横在两人之间，不再理他。

鉴于天气太热，在户外多待一秒都会变成烤方砚唯，下课铃一响，方砚唯就往食堂的方向窜，手机却突然振动起来。

“你爹正在解决生理需求。”方砚唯接起电话，没好气地说。

“不就是吃午饭吗？”电话那端的林与宋笑了一声。

“今天开始供应小龙虾，去晚了就没有了。”方砚唯说。

“我看见你在群里说的了。”林与宋说，“你端午要回家？”

方砚唯：“回。”

书呆子有竞赛，要过去考试，人生地不熟的，他怕书呆子不认路。

“那你小心点哦。”林与宋提醒，“前几天还有人在学校论坛提你，你后妈那儿子，程骋，还放话说你只要回去就不让你好过。”

“就他？”方砚唯轻笑，“我还收拾不了他？”

“方姐己。”林与宋认真地说，“学生之间的小打小闹，他确实打不过你，但他要是找了社会上不入流的人，我怕你吃亏，你转学前就受过伤。”

“我会小心的。”方砚唯说。

林与宋：“嗯，你回去的事最好别让他知道，总之有事及时联系我们这些朋友。”

方砚唯才不怕程骋，但他这次回云城是要陪书呆子去考试的，他怕幺蛾子乱飞，书呆子被影响心态考不好。他不想让路执不开心，所以他决定采纳林与宋的意见。

食堂已经在眼前了，方砚唯赶紧说：“不跟你说了，我去抢小龙虾了。”

食堂新开的季节窗口，祖安之子何岁岁正在跟食堂阿姨对喷。

“没了就是没了。”阿姨大声说，“你问我要还不如去问齐白石给你画一只。”

“天天就做那么点，食堂还搞饥饿营销呢？”何岁岁一挥手。

排在后面一个的方砚唯扁了扁嘴，没小龙虾了啊。

“茶树菇，鸡腿菇，白蘑菇。”他站在窗口边点了菜，端着盘子去了路执常坐的位置。

书呆子不在就跟少了道菜似的，寡淡无味，鲜美的菌子也有点难以下咽了。

咣当一声轻响，一个塑料饭盒被人放到他面前，好几只红亮诱人的小龙虾跟他对视，香味勾得他心痒痒。

“你哪里买的！”他问路执。

“教职工食堂。”路执说，“刚才下课，我去找生物老师问试卷上的题。”问到一半他说饿了，老师给买的。

“很难买吗？”路执问。

那可太难买了，学生食堂这边供不应求。

方砚唯说：“学霸，你不是不爱吃荤吗？打个商量，分我一半。”他又摆出一副要欺负人的嘴脸。

“好吧，方哥。”路执说。

方砚唯满意地笑了。他不仅有小龙虾，还有学霸当小弟，鹭屿中学于他而言真的是个人杰地灵的好地方。路执最近对他还挺好的，是想跟他做朋友了吧？好心人卖的哄人开心攻略还真好使，书呆子都能打动。

方砚唯最近有点发愁。因为路神给他补过头了，他的成绩进步得有点多，看起来就不那么像坏学生了。

“成绩好不好吗？”听到他拒绝写试卷的理由，路执问。

“你见过谁家年级第一会凶人？”方砚唯说，“方哥不能再进步了，威严没了。”

“嗯。”路执把盲盒试卷拿回来，“你去练跳高吧。”

方砚唯惊喜道：“路神，今天这么好说话？”

路执：“跳得高一点，甩一甩你脑子里的水。”

方砚唯气呼呼地走了，过了一会儿，路执放在抽屉里的手机振动起来。

【方块A】：出来吃饭。

路执冷冰冰的目光温和了一瞬。

【路执】：去哪里？

【方块A】：校门口。

他把课桌收拾整洁，把方砚唯落在地上的笔拾起来擦干净放好，然后背上书包去了校门外。不记仇的小红狐狸，刚被骂完，又忙不迭地要来打扰他。

校门边，方砚唯倚着夕阳的光正在和人说话。大概是因为被夕阳抹上一层暖色，那头浅棕色的头发看起来也不似平时那么张扬——

不对，是因为旁边站着黄毛和粉毛。

“路神！”方砚唯远远冲路执挥手，“这个就是我上次演出遇到的黄毛同学，你的校友，刚好遇到了，介绍你们认识一下。”

这两个人怎么到这里来了？

“你好。”路执说。

黄毛：“老……老同学好。”

染了粉色头发的顾甜捂着嘴笑了一下：“刚好我们今天来了这边，一起去吃个饭呗，附近酒吧走一个？”

黄毛赞同，这场面，不得整点小酒啊？

“我得听我们年级第一的。”方砚唯说。

路执：“那喝粥吧。”

黄毛陡然一惊，他执哥似乎有点不爽啊。

黄毛一句为什么刚到嘴边，就被染着浅粉色头发的顾甜踩了一脚。顾甜剜了他一眼，仿佛在说“你死了，没打招呼就来找执哥”。黄毛简直欲哭无泪。

方砚唯没感觉到这两人之间的暗流涌动，他比较关心路执：“怎么要喝粥？是哪里不舒服吗？”

路执低着头：“嗯。”

方砚唯皱了皱眉。

“抱歉啊。”方砚唯说，“今天不跟你们聚了，我陪他去喝粥。”说完他就带着人走了。

这书呆子还怕生。不过路执愿意跟他走，是不是意味着路执不把他当外人？

最终两人也没在校外吃，方砚唯买了一篮子蘑菇，回去熬蘑菇粥。

“你怎么那么喜欢蘑菇？”路执问。

从方砚唯住进这个家里开始，路执看他自己弄过几次吃的，每种都跟菌子有关。

“好吃啊。”方砚唯说，“真的好吃，我们那儿年年都有吃死的，但大家还是在吃。”

路执无语地看着他。

粳米煮得香软，透着白蘑菇的鲜味，似乎确实很可口，路执接过方砚唯递过来的勺子尝了一口。

“这是你小时候啊？”电视柜边的相框倒在台面上，方砚唯经过时扶起来，看见一个笑得很甜的小学生。男孩坐在一匹矮脚马上，抓着缰绳，冲镜头外温和地笑，软糯可爱，跟路大冰块判若两人。

“以前不是挺爱笑的吗？”他嘀咕着把相框放好，“现在怎么变成木头脑袋了。”

路执的注意力似乎都在眼前的蘑菇汤上，没回答他的话。

晚自习方砚唯是翘了，路执不用上，也没回学校。他搬了把椅子，去路执房间玩儿。

“我上次抽的语文试卷呢？”他伸手问路执要，“还不发货。”

“缺货。”路执说。

方砚唯的语文基础不差，不及格都是粗心和态度不端正导致的，几张试卷刷下来，路执就看出来了。

“我给你换张物理？”路执问，“物理更稀有。”

“是吗？那来……我靠，我很想写你的试卷吗？”方砚唯一脚刹住，停在陷阱边，“你在看什么天书？”

“假期的竞赛。”路执说。

这种学科竞赛在方砚唯眼里就是书呆子开会。“路路，你肯定是那天最好看的书呆子。”他说。

路执手中的笔一顿：“方砚唯，别叫我路路。”

“那我叫你什么？”方砚唯不依不饶地问，“路执？路神？执哥？”

这书呆子越是开不起玩笑，他就越想开。于是他贴近路执问：“还是像那天玩儿剧本杀时那样，喊你大少爷？”

路执指间的笔顿了顿：“……随你。”

方砚唯满意地笑了。他最近的成就感和愉悦感似乎都来自把冷面冷心的大冰块嘴炮到手足无措，这人也太好玩儿了。

路执站起来，好像连笔也忘了捡，走着直线就出去了。方砚唯趴在书桌上放肆大笑。

路执站在楼梯口，背靠着墙，听着房间里传来的笑声，右手手指揣在校服口袋里，仰头深吸了一口气。

鹭屿中学的运动会如期举行，高二（1）班的教室里，学生都在做赛前准备。

“何岁岁，帮我贴一下运动员号码牌。”方砚唯冲后排喊。他是9号，要是贴倒了会变老6，不好听。

“方哥，让路神给你贴。”何岁岁说，“你兄弟我正要去实心球那边检录。”

“路神在看书，我忍心打扰他？”方砚唯又去找学委徐正义。

“贴哪里？”路执的声音从他旁边传来。

“后背啊。”方砚唯说，“不然贴屁股上吗？”果然是好学生，书呆子对运动会知之甚少啊。

“哦。”路执撕开运动员号码牌后面的不干胶，贴在方砚唯的后背上。

方砚唯眯了下眼睛，憋了点儿坏心思。

“陈老师。”方砚唯忽然举手。

“讲。”陈老师说。

“申请个啦啦队。”他说。

“你就跳个高，要什么啦啦队？”陈老师问，“站那里给你干扰对手心态吗？”

“那我不要啦啦队了。”方砚唯退让一步，“我要路执。”

这才是他的真实目的。书呆子多好使啊，干活认真态度严谨，只要老师下令，帮他擦擦汗递递水什么的肯定不是问题。而且他年级第一，“1”这个数字多吉利啊。

“那路执，你跟他一起去吧。”陈老师说，“别总扎在书本里，运动会就好好玩儿。”

“知道了，老师。”路执合上课本站起来，跟着方砚唯下了楼。

跳高的比赛点搭在沙坑附近，已经铺好了深绿色的软垫。

“帮我拿衣服，我试跳一下。”方砚唯把校服扔给路执。

他小跑几步再回头看，路执抱着他的校服安静地坐在遮阳棚下。乖巧的好学生随便往那儿一坐气质就跟附近的歪瓜裂枣不一样，负责摄影的老师经过，转头就对着路执咔嚓一声拍了一张，然后把镜头转向方砚唯。

方砚唯冲老师比了个OK的手势，助跑几步，然后起跳。他的弹跳力还算好，但不顶尖，主要是腰腿较高的柔韧度能让他在半空中避开横杆。

阳光下，少年的衣摆因风而起，微屈的腰靠着瞬间的爆发力绷紧，像一只越过地平线的白鸟。

方砚唯躺在深绿色的垫子上，胸口微微起伏，轻声喘气，深绿色的背景衬得他皮肤更显雪白。

“拍到了吗，老师？”他冲负责摄影的老师喊。

“拍着了，好看得很。”老师说。

方砚唯嘴角弯起，坐到了路执身边。

“啦啦队。”他说，“给我擦汗。”

他似乎在路执的脸上看到了一点惨遭支配的不甘，不禁扯着嘴角笑了笑。

路执看似缓慢而又不情愿地瞥了他一眼。

方砚唯："你没有纸巾吗？"

"没来得及买。"路执端正地坐在看台上，面无表情地说。

"哎，算了。"方哥有些不好意思地问，"有水吗？我好渴。"

"也没有来得及买。"路执低头把买好的葡萄汁往回拨了拨，藏到了自己背后。

"好热啊，我要干死了。"方砚唯后悔了。

路执的小动作让他一眼就看见了被藏着的果汁。书呆子牌后勤不好使，不给吃也不给喝。他蛮横地抓起饮料杯，开盖畅饮。

葡萄味？还挺好喝。他没把书呆子的水喝完，留了小半杯，然后去跳高那边检录。

路执挤在看台上的人群里安稳坐着，看完了跳高比赛全程。

方砚唯跳了个第二名，第一名是方砚唯在校门口教训过的李坤。方砚唯站在原地，把手指掰得噼啪作响，正往这边走过来的李坤吓了一跳。

"你想打人？"李坤问。

"你过来做什么？"方砚唯不太高兴，"嘲笑我？"

"没。"李坤站住，"我就想说，我是体育特长生，从小练跳高的。"

"怪我没从小练？"方砚唯愣了一下，然后问。

李坤险些白他一眼，这人的脑回路怎么这么与众不同呢。

"走了。"路执拍拍方砚唯的肩膀，"上午的项目结束了，去班里集合。"

一班上午的成绩还不错，四百米预赛拿了个第三，方砚唯跳高拿了个第二。

除此之外，何岁岁的实心球超常发挥，打破鹭中最低纪录扔了个零米，砸到了脚，目前正在校医室休息。

"学霸，陪我去趟小卖部。"方砚唯说，"我洗个手，再买瓶水。"

"嗯。"路执点头跟上。

小卖部边的矮墙下，方砚唯先前见过的程静萱正推搡着一个体型比她大很多的胖子骂。

程静萱："敢发短信骚扰我们班女生是吧，你来威胁我试试。"

程静萱抬头，跟方砚唯对上视线。

"嗨。"程静萱招呼道，松开了脸色难看的胖男生。

方砚唯："嗨。"

路执停住脚步，神色微冷。

"滚。"程静萱把人打发走，从口袋里掏了把小梳子把自己微乱的头发理了理，转头冲方砚唯笑得很甜，"吃午饭了吗？一起？"

"我和路神一起。"方砚唯坚持不丢下路执。

似乎是觉得可惜，程静萱摇了摇头。

"我凶人，你也凶人。"小太妹说，"我染头发你也染头发，坏学生就要和坏学生在一起。"

"老子的发色是天生的。"方砚唯把路执抓过来，"我现在爱学习，就要跟学霸待在一起。"

"可惜了。"程静萱潇洒地走了，不带走一片云彩。

方砚唯松了口气，转身却迎上路执漆黑的眼睛。

"不是说讨厌我吗？"路执问。

现在不讨厌了，不过书呆子板着脸一本正经地质问的样子还挺有趣。

运动会后，又过去了两周。六月开始时，鹭屿已经是盛夏，海风带着湿热的气息。

"都还好吧，最近应该没那么热？"陈老师自己掏钱给大家买了冰汽水，搬到教室里分发。

"不太好，老师。"何岁岁举手，"我前排这位爷看起来好像要热化了。"

方砚唯把下巴搭在堆起来的课本上，脸颊贴着路执给他买的冰葡萄汁，半闭着眼睛，一整个灵魂出窍的样子。

"……方砚唯这次月考考得不错，进步很大，进入年级前五百名了。"陈老师点名表扬，"大家向他学习。"

昏昏欲睡的方砚唯清醒了。前五百了？书呆子也太能补了，他空荡荡的小脑瓜不知不觉被灌了好多知识。

都前五百了还能算坏学生吗？威慑力减半啊。方砚唯发愁。

"对了，路执。"走出教室的陈桑榆老师又退了回来，敲了敲他们这边的玻璃窗，"这周末端午假期你要去云城参加那个竞赛，帮我带份礼物过去吧，我读硕士时的室友在那边任教。"

“好的，老师。”路执答应。

方砚唯这才想起来端午要到了，已经到他要跟路执一起去云城的日子了。他早就订好了机票，还跟林与宋他们把路执夸了一通。

“今天晚上回去收拾行李。”路执提醒他，“你不要出去玩儿。”

“好！”方砚唯说。

明明要去考试的是路执，他的东西却不多，只是往箱子里放了两套鹭屿中学的校服。

“你在外地还穿校服吗？”方砚唯问。

“嗯。”路执说，“竞赛拍照，要代表鹭屿中学。”

“那你可得好好表现。”方砚唯说，“路神要给我们学校争光。”他转学过来还没到一个学期，对鹭屿中学却挺有归属感，这边的老师跟同学他都不讨厌，相处得都还可以，没有人上赶着要欺负他。在这里，他是什么样的学生，似乎……也没那么重要。

方砚唯的行李也挺简单，就两身衣服，外加一包从何岁岁那里买的狗饼干。

路执把他的衣服压在自己的校服下面，问：“方砚唯，不给家里带些什么吗？”

“不了。”方砚唯说。他在云城没有家了。

隔天，从鹭屿机场起飞的飞机在云城机场降落。方砚唯从路执手里接过箱子推着，拦了一辆本地出租车。说来也巧，路执考试的地点就在他先前上学的地方附近，靠近郊区。两人下了车就直奔附近的酒店。

方砚唯回这边的事情，除了林与宋他们只有姑姑知道。当晚，他原本想带路执去逛逛附近的菌市，姑姑给他打了个电话。

“方方啊。”姑姑说，“回来了是吧，姑姑请你吃个饭，让你看看方便面。”

方便面是方砚唯的小柴犬，他转学以后，方便面如今寄养在姑姑家。

“好啊姑姑。”方砚唯说，“我现在出来。”

走到门边，方砚唯又有点犹豫了。他是在云城长大的，可书呆子不是，他把路执扔在这里，路执会不会很孤单？

“你要不要跟我一起去？”方砚唯问。

坐在桌边听音乐的路执抬头：“嗯？我的书还没有看完。”

“……算了，我早点回来，方哥给你买附近的小吃。”方砚唯揣上狗饼干，匆匆地走了。

方砚唯在公交站等了二十分钟，马路上终于出现了姑姑那辆灰扑扑的桑塔纳。

“方方，上车。”车窗降下来，姑姑冲他招手，“快，这儿停久了要扣分。”

方砚唯拉开车门上车，车后座上，一只赤柴扑进了他怀里。

“方便面？好沉啊你。”方砚唯把狗抱了个满怀，“有没有把姑姑家拆掉？”

狗比人长情，小半年不见，扑得他满身都是抓痕。方砚唯也不在意，揪着方便面的耳朵揉。

“它刚来我们家时，每天都趴在大门口的地上想你，我没告诉你，怕你担心。”姑姑说，“后来就好了，能吃能睡，还得罪了整个小区的狗。”

“逆子，我没白养你。”方砚唯摸了摸狗头。狗没受委屈，他也就放心了。

“鹭屿怎么样？听说那边挺热的，我还在想今天会不会看见一个黑乎乎的方砚唯，没想到你还挺耐晒。”姑姑笑着说。

方砚唯：“可热是真的热，空气也够潮湿。”即便如此，他却不讨厌鹭屿。

姑姑选了家火锅店，给他煮了他最爱的菌汤锅，往他的碗里舀了好几朵菌子。

“今年的菌特别鲜，我们方方多吃一些。”姑姑说。

方砚唯给她看了自己在鹭屿中学的成绩单，还有校庆演出的视频，每一段他都顺带着夸奖了自己的同桌路执。

“我们方方也有个学生的样子了。”姑姑温声说。

那不行，好学生会被欺负的。

方砚唯正想反驳，姑姑忽然说：“方方啊，要我说，你爸爸对不起你。这么优秀的孩子，他说丢就丢了。还好你在鹭屿过得不错，看来你遇到了不错的朋友。”

不错的朋友……书呆子吗？回去的路上，方砚唯一直在思考这个问题。

这里的大街小巷他还是那么熟悉，他在学校附近转了几个弯，买了米线、乳扇还有火腿饼。路执那么挑剔，他不知道这边的小吃路执会喜欢哪一个，所以多跑了几家店，每样都买一点，打包在小盒子里，等下让路执自己挑。

“好久没见到你了。”学校边，卖乳扇的阿姨认出了他，“小帅哥，最近不常来啊？”

“转学了。”方砚唯说，“今天回来看看。”

“我给你多加两块。”阿姨说，“你们这些学生啊，都是我看着长大的，今年走一波，明年又走一些，我就老啦。”

“瞎说，阿姨您就是这边小吃街的街花。”方砚唯信口胡扯，阿姨却被他逗笑了。

人和人之间的缘分总是很微妙的，有些人不起眼却时常能见，平常到你以为他是你生命里固有的背景，而有一天他也会消失不见，引得人偶然惆怅起来。而有的人不管隔多久再出现，脸上都仍写着两个大字——恶心。

方砚唯就这么隔着一条街跟程骋对上了视线。

程骋比几个月前胖了一点，跟几个朋友走在一起，正在吹自己家里的车，骤然抬头看见街对面的方砚唯，显然是没敢认。

方砚唯站在街灯下，提着几只塑料袋，乍一看像是刚放学的学生。

“我不在家没人收拾你，你过得不错啊？”方砚唯问。

程骋却如临大敌，转身走进了夜色里。

就凭对方占了他房间这件事，要在先前，方砚唯刚刚能冲过去把人按地上打。但他这次是陪路执来考试的，他不想让他们家里这些破事给路执添麻烦，他怕路小白花吓到掉叶子。

方砚唯提着几只塑料袋回了酒店。房间里灯光明亮，路执给他开门时头上还顶着条半湿的毛巾，黑色发丝上凝了水珠，一看就是刚洗完澡。

“路神。”他把小餐盒在桌上摆了两排，“挑你喜欢吃的。”

他在大街小巷里踱了半个晚上，沾了半身的烟火气，可当他在路执身边坐下时，路执还是闻到了一点青涩的苹果香。

“这个我以前每天放学都买。”方砚唯把其中一小盒挑出来，“你尝尝，你要是吃不惯，就留给我。”

路执没动，而是问：“脖子怎么了？”

“脖子？”方砚唯露出疑惑的目光。哦，方便面扑过来时给他挠了好几道爪痕。

“狗抓的，没事。”他说，“我家逆子不懂事。”

他右手抵着下颌，嘴角微微弯着，左手漫不经心地拨着桌上路执因为洗澡取下来的珠串。

“好好考啊，路执。”他说，“我可是把最好的都捧到你眼前了。”

“嗯。”路执说。

“你吃这个……”他刚把鲜花饼推给路执，手机上显示有来电——是他爸。

“我听你姑父说，你回云城了？”男人的声音传来，“大过节的不回家，在外面野什么？”

“那是你家，不是我的。”方砚唯把手机扔桌上开了免提，扎了串烤蘑菇吃。

还得是路边摊上买的才香。

“你怎么说话的？”男人沉默了半晌，问，“你不在家，房间给程骋用怎么了？你不用对他抱有那么大的敌意，每次我都是见你打他，你好歹在你阿姨面前给我点面子。”

“你跟面子过后半辈子吧。”方砚唯把电话挂了，发了两秒的呆。

一瓶葡萄果汁被推到他眼前。

方砚唯：“嗯？”

“我刚下楼买的，给你吧。”路执说。

云城畅销的葡萄汁没有鹭屿的好喝，可方砚唯拧开瓶盖闻到清新的果香，心头还是一下子放松了许多。一下子，所有的乌云都散了。

隔天早晨，方砚唯懒懒地睁开眼睛，要给路执送考。

“我可以自己去。”路执看他半闭着的眼睛。

“不行。”方砚唯艰难地下了床。路执这考试，他是要跟着去的。这边是云城人的地盘，说方言的人很多，小白花听不懂本地话，被人欺负了可怎么办？

清晨的深巷安静，只能听见他们两人的脚步声。

“路神。”方砚唯说，“等你考完，我带你去……”

话未说完，身后传来一阵凌乱的脚步，方砚唯停住脚步，皱了皱眉。

不太对，有人在向他们靠近。方砚唯转头，果然看见了程骋那张脸。不太妙，他俩被人给堵了。程骋带着几个人跟上了他们，手里似乎还拿着点什么。棍子？

“方砚唯。”程骋冷笑着说，“我还没去鹭屿找你麻烦，你就自己送上门来了。”

“就你？”方砚唯把路执揽到自己身后，“别丢人了。”

“今天我非把你打到哭。”程骋说。他叫的都是社会上的人，拿钱就办事，教训一个没人管的方砚唯太容易了。

“打人是不对的。”一个声音从方砚唯身后传来，“这巷子里有监控。”

路执站在方砚唯身后，面上看不出害怕，声音跟平时一样木讷和冷清。

“你们几个把监控拆了。”程骋抬手指向小巷的墙壁。

方砚唯不想跟这群人对上，但现在打电话叫林与宋他们显然已经来不及了。

“你去考试。”方砚唯转头对路执说。怕这小白花会害怕，他甚至牵着嘴角故作轻松地笑了笑，以作安慰。

“嗯。”路执应声。

天空阴云密布，仿佛酝酿着一场大雨，风穿过小巷，把方砚唯敞开的黑色外套吹得猎猎作响。

“这是谁啊？”程骋开口，“你从鹭屿带回来的小弟？这么乖，还穿校服？”

程骋一抬手：“不能让他出去喊人，两人一起堵。”

“跟他没关系。”方砚唯挡在路执身前，“冤有头，债有主，你有什么不爽冲我来，关他什么事？”

“学霸，你去考试，别迟到，给鹭屿争光。”他催促路执，“跑！”

有人举着棍子上前，方砚唯闪身躲开，一把推开了路执。他低估了程骋对他的恶意，这群社会哥手上带了刀。他可以受伤，可以在雨水和泥泞里自生自灭，但路执不行。天生就骄傲高贵的小白花就该生活在阳光下，长在温房里，被人夸奖和赞美就够了，不必被他拉进这些肮脏又没有止境的污垢里。

方砚唯反身绕过人，一拳揍上程骋的脸，掐住程骋把人往地上掼。程骋满脸通红，止不住地骂人。他打架都是靠瞬间的爆发力，一开始就能给人一个下马威，让对方气势上先输一截。但他们有五六个人，对他而言太难了。

“跑啊！”方砚唯抬头看见书呆子还没走，甚至往他的方向走了两步，“你傻吗？”

这算什么？平日里无悲无喜无情无义的大冰块，这种时候不愿意丢下他？

拳头险险地从他的眼角擦过去，嘴巴里有点血的味道。大冰块像是编剧刻意要写死的那种角色，怎么都没被他骂走。

一个小青年举着刀冲向路执。路执看着像是有些无聊地摘了书包，扬手扔在巷子边有屋檐遮挡的台阶上，然后摘了黑框眼镜。他左手懒散地揉了下右手的手腕，原地跃起，反身一记回旋踢正中持刀青年握着刀柄的手，短刃在半空中闪过银亮的雪光，当啷一声钉在青石板砖的缝隙里。

方砚唯愣了愣。

路执一拳狠砸在来人的胃部，几乎毫无间隙地抬腿横扫在对方的膝弯上。小青年一声惨叫跪了下去，捂着肚子躺在地上。又一个拎着棍子的人冲过来，路执闪身躲开棍子，将人一脚踹倒在地。

五个社会青年外带一个程骋，路执收拾得毫不费劲。不多时，地上就躺了一排惨叫的人。

“没人了？”那身鹭屿中学深蓝色的校服依旧整齐干净地穿在他的身上，程骋躺在地上，半张脸被路执踩住。

“还打人吗？”路执的眼睛里看不出喜怒。他微微侧着头，目光低垂，素白的运动鞋面上不染一丝灰尘。那一瞬间，程骋感觉自己在这人的眼里什么也不是，比蝼蚁还不值一提。

程骋已经被吓哭了，眼泪糊了一脸，连连摇头：“不打了……再也不打了。”

他顶多喊人教训一下方砚唯，哪里见过这种狠角色。这人打人专挑会疼却不会被一眼看见的地方，太恐怖了。

“嗯。”路执点点头，一脚踢在脚下人的腿上，踹得人在地上连连翻滚，不住地惨叫。

“滚。”路执说。

脚步声由远及近，路执走过来停在台阶前。

因为刚才的动作，他的黑发乱了一些，眼睛不似平时那般冷淡，却透着未消的狠劲儿。他左手腕上的佛珠串因为刚刚的动作散下来两圈，正搭在他的指尖旁边。

方砚唯坐在台阶上，感觉自己好像在做梦：“你……”

他的脑袋里一片空白，不真实感越发浓重。深巷和漫天的阴云成了无足轻重的背景，路执微微俯身，朝他的方向伸手。

散了两圈的佛珠悬于腕下，带来一丝沉静清幽的檀香，路执的声音落在他的耳边：“说说，怎么回事。”

方砚唯嘴唇动了动，想说话，又不知道该说些什么，檀木香缭绕不去，让他有些缓不过神。来找事的几个人来时有多凶狠，现在就有多狼狈。这还是他的书呆子吗？

“你、你要不先去考试？”方砚唯试探着问，“别迟到了。”

他大着胆子去看路执，那一瞬间，这个脸上常年冰雪不化的人竟然似乎笑了一下。

“行。”路执说，“你去考场外等我。”

“好的。”方砚唯说。

看着路执捡起书包往巷外走去，他坐在原地才慢慢回过神来。

让他等他就等吗？他㞞个屁。可是想想刚刚的场景，他还真㞞了。还是等吧。

方砚唯走到闭眼装死的程骋身边，踢了踢他：“要给你报警吗？”

“不……不了吧。”程骋说。

报个锤子，监控是他们自己拆的，手也是他们先动的，刚刚一打五的那个看起来还是个外地过来的考生，他不但不占理，还忒丢人。

“那我走了？”方砚唯刚转身，遇上了穿着睡衣赶过来的林与宋。

“我靠。”林与宋暴怒，一脚踢在了程骋的屁股上，“方砚唯都被你打伤了。”

程骋敢怒不敢言。这儿躺一地，你眼瞎吗？

“算了，我们走吧。”方砚唯推了一把林与宋，“去找个咖啡店坐会儿。”

林与宋喊来的一帮朋友正在咖啡店里等着。

“这是我大哥，方砚唯。”林与宋骄傲地把人往前一推，“刚才巷子里有六个人堵他，他把人全给撂倒了。”

方砚唯：“不是……”

林与宋一挥手打断道：“你们是没看到，当时情况危急，说时迟那时快，我兄弟飞起一脚，直接踹中对面一浑蛋的肚子。”

方砚唯：“不……”

“方哥！”咖啡店的窗户边站起来一人，“我们在群里见过，我叫郝昕仁，计算机方面略有研究，群名是好心人。”

“是你？”方砚唯对这位的印象不错，当初他逗书呆子开心的那份攻略就是从这位手里三块钱买的。

不对，思路错了。路执需要他逗吗？

林与宋还在对着几人吹他方哥的壮举。方砚唯没心思阻拦他，埋头思考自己先前有没有哪里得罪过路执。除了不自量力地让人叫他“方哥”外，应该没有了吧？他对路执……应该也还算好吧？

几个许久没见的男生坐在一起聊天，一上午的时间过得飞快，方砚唯放在窗边的手机屏幕忽然亮起。

【路执】：我考完了。

【路执】：在校门口等你。

【路执】：你可以过来了。

“我去接个人。”方砚唯拿起外套往外走。

“是你那个书呆子同桌吗？”林与宋也站起来，“我跟你一起。”

用作竞赛考场的中学校门外，几个考生正在对答案。

“最后一道选择题是C吗？”

“你错了吧，我们选的都是B。”

“同学。”其中一人拍了拍路执的肩膀，“当时看你答得挺快，你选的什么。”

“选C。”路执好脾气地说，“这题应该这么理解……”

方砚唯站在三米开外远远望着书呆子，仍然感觉自己是在做梦。这路执到底是什么来头？正经学霸能一打五吗？

路执已经看见他了，冲他走了过来。

“中午好。”路执说。

方砚唯：“……中午好。”

“你就是路执吧。”林与宋不认生，“我是方砚唯的前任同桌，你好你好。”

“我是方哥的现任同桌。”路执答得疏离。

“走吧。”林与宋听方砚唯说过同桌的性格，也不觉得路执冷淡，而是说，“我们找个地方吃饭去。”

林与宋提前订好了地方，领着两人往街对面走。

“路执，你别叫我哥了。”方砚唯小声说。

“为什么？”路执冷声问，“方哥说过，比较厉害的那个就是哥。”

他这声音不小，走在前面的林与宋立刻听见了。

“对，就该叫方哥。”林与宋后退两步，揽着路执的肩膀说，“学神，方砚唯是不是人很好？你别看他成天一副不正经的样子，你要是有什么难处，他肯定护着你。”

“谢谢方哥。”路执说。

方砚唯快发抖了。

“你这同桌挺上道啊。”林与宋责怪地看着方砚唯，“哪有你说的那么高冷。”

“闭嘴。”方砚唯说。

林与宋乐呵呵地跟路执肩并肩地往前走：“看，我方哥害羞了，哈哈哈。”

考虑到路执是第一次来这边，林与宋特意挑了家专门做野生菌的店招待他。

“你们早晨是不是被人拦了？”林与宋问路执，“我方哥厉害吧？”

“非常厉害。”路执侧过头看向他。

方砚唯在心里呸了一声。

“他那后妈的儿子着实不是东西。”林与宋坐在桌边气愤地说，“看着人模狗样的，逮着机会就欺负我们方方。”

“怎么欺负？”路执问。

“方姐己有条狗，叫方便面，学霸你知道吗？”林与宋说，“程骋那浑蛋偷偷给狗喂巧克力。”

方砚唯自己都快不记得这茬了，他隐约想起，自己也没让干了这事的程骋好过。

“其他的可太多了，撕了方方的暑假作业，让他交不上。”林与宋说，“方哥以前成绩还挺好的……”

“行了。”方砚唯出声打断他，“不说这些了。”恶意像是蜿蜒的长河，点点滴滴汇聚成剧毒的滩涂，往人心里一横就是许多年，这些不干净的东西没必要让路执听见。

等等——路执好像也不是他以为的小白花啊。果然，路执低着头似是遗憾道：“打轻了。”

“听见没，方哥！”林与宋说，“打轻了！”

方砚唯嘴角抽了抽。

毕竟是节假日，林与宋还有家里的聚餐，匆匆跟他们吃了半顿饭就离开了，留下神情无辜的路执和浑身不自在的方砚唯。

“不是说要带我出去逛逛吗？”路执问。

方砚唯抬头：“你想去？”

路执：“嗯。”

这座城市的温度比鹭屿低很多，加上今天是阴天，不算太热。

“那我带你去逛菌市。”方砚唯拦了辆车。

他有些不自在，不像平日里那样跟路执挨得很近，端正地坐在座位的另一边，见不到平时的耀武扬威。路执看着就觉得好笑。

方砚唯心不在焉地看着车窗外的街景，几分钟后，他悄悄地把脸转过去，发现路执正看着他，眼睛里能看出点笑意。

“你怕我？”路执问。

方砚唯心说我能不怕吗？谁家学霸会一手盘着佛珠一手把人往地上掼啊？

“你什么来头？”方砚唯谨慎地问。

“跟你一样，男高中生。”路执说，“我爸是拳馆老板，我只会一点儿。”

“真的？”方砚唯松了半口气。

“假的。”路执说。

方砚唯剩下半口气顿时憋了回去。不知道为什么，自打路执在他眼前暴露，这人身上那层木讷的外壳就消失了，取而代之的是一种冷淡下的游刃有余。

“不用害怕你同桌。”路执说。

方砚唯心说也是，书呆子只是变成了会打人会自我保护的书呆子，心地可能还是善良单纯的。这种自我安慰的心态一直维持到第二天，两人返回鹭屿。

六月末赶上了暴雨，飞机在机场上空盘旋了许久，直至凌晨两点半才落地，鹭屿的公共交通早就停了。

“我让家里的司机来接？”路执问。

“不了吧。”方砚唯说，“我昨天看他朋友圈说陪小女儿过端午，就不打扰了。”

机场的空调开得有些低，他把提在手里的外套穿好：“还有几个小时天就亮了，等一等就好了。”

“嗯。”路执点头，在他身边坐下。

三十分钟后，路执的手机振动了几声，他侧过头，方砚唯脑袋抵在他的肩膀上睡得正香。

路执把人叫醒：“起来，我们换个地方睡。”

“新城区有些远，我们今晚回老城区。”路执说。

“哦……”方砚唯睡得迷迷糊糊，半个魂还在梦里，闻言说了声好。

黄毛让司机把宾利怼到机场门口，自己下车冲他们招手：“执哥！”

穿着黑色吊带裙的顾甜也探出脑袋：“执哥，这边。”

瓢泼大雨从天而降，浇得方砚唯顿时清醒，睁眼看见那一撮黄毛，终于从梦里拎回一星半点的记忆。

他跟路执初识那天也是在一条深巷，当时黄毛拿着根“棍子”在跟路执说话。

他干了什么来着？他上前拽了人就跑，还骂人傻，此后还没少找路执麻烦。结果没想到，鹭屿十三中全员恶人。

“上车。”路执校服全湿，把愣着的方砚唯塞进车后座，自己跟着坐进来。

车外一道闪电劈了下来，瞬间把整条马路连同车内一起照得雪亮。路执把一条干毛巾递给他，摘了沾满雨水的眼镜随手扔在一边，随后打开书包取出被雨水打湿边角的教材，晾到座椅边。

路执脸上神情漠然，似乎是在怜悯被雨水打湿的书，修长的手指垂于黑色的车坐垫上，凝了小水珠的细木佛珠散发着淡淡的檀香。

这不是悲天悯人的小白花，方砚唯想，这是地头蛇。

他完了。

车停在老城区一家音乐餐吧门前，都快凌晨三点了，店里还灯火通明，吵闹声盖过了音乐。门前似乎正有人闹事，一个醉酒的男人举着半个酒瓶子正在骂街。

黄毛听见动静甩上车门，提着人衣领把人抡起来扔到台阶外：“滚，别在这里闹事。”

方砚唯目瞪口呆，今晚睡这儿？这么野？

“执哥？”老板过来打了个招呼，“进来坐坐？”

路执停在廊檐下没进去，冷声拒绝：“不了，带着好学生。”

顾甜在一旁吹了声口哨。

好学生？我吗？方砚唯的脸颊微热。

路执侧着脸，冲方砚唯的方向抬了抬下巴：“给他拿袋热牛奶。”

方砚唯撇嘴，看不起谁呢？

老板很快就回来了，把热牛奶递给方砚唯，又冲路执抛了串钥匙。

“谢了。”路执简短地说，随即撑开伞，“走。”

这会儿雨下得比先前更大了，巷子里连灯都没有，身后餐吧的灯光像是暖色的庇护所。

“去哪？”方砚唯问。

“睡觉。”雨声把路执音色中的冷冽冲淡了不少，取而代之的是一种有些失真的沉稳。

太好了，不是把我埋了就行。方砚唯心说。

绕过深巷，餐吧的后门边有一道楼梯，路执按亮了手机自带的手电筒，侧着身让他先上。二楼有个孤零零的房间，金属碰撞的声音传来，路执拿钥匙开了门。这是一间大约二十平方米的阁楼小房间，斜开的窗户下有张单人床，地上还扔着几本书。

方砚唯端正坐在房间里唯一一张椅子上，看路执把书包扔在地上，拉开衣柜，从里面拎出一条床单，抖开平铺在床上。他咬破了牛奶袋子，牛奶还是温热的。

别说，淋完雨喝这个还挺舒服的。

“喝完去睡。”路执从抽屉里翻了新的洗漱用品丢给他，“假期还有一天，明天不用早起。”

方砚唯怔怔地说了声好。“书……执哥。”他问，“你在这里住过？”因为路执看起来对这个房间里的一切都很熟悉。

“在十三中读书的时候经常过来这边睡。”路执说。

方砚唯一句为什么到了嘴边，没有问出声。就算是父母离婚跟了爸爸，也不至于无家可归吧？也不好说，他自己就是个被丢下的。

“睡醒了下楼，还能顺手收拾一两个闹事的。”路执语气冷硬地说。

方砚唯想喊救命了。

似乎是看穿了他心底的慌张，眼前的人不似先前冷淡，脸上甚至多了点闲散随性的笑。

“逗你的，别当真。”路执说，“去睡觉。”

方砚唯承认，路执那张脸有笑意的时候是很好看的。曾经他千方百计，威逼加利诱，就想看路执露出点笑模样。但现在是欣赏的时候吗？书呆子笑和地头蛇笑能是一回事吗？

方砚唯坐在椅子上，看着路执脱了半湿的校服外套，交叉双手抓着衣摆一把掀掉衬衫。这好像还是他第一次看见路执脱掉校服之后的样子——人鱼线流畅，腹肌紧实，背颈笔直，穿着深蓝色白条纹校服长裤的双腿修长。这身材不至于做个俯卧撑就冒虚汗大喘气吧？那之前是他……误会了吗？这个想法只在他脑海中停留一瞬，他的目光就停在路执肩颈的一小片疤痕上，像是点状烫伤。

“咔哒”一声，路执关上了洗手间的门。

方砚唯把喝完的牛奶袋子折好，扔进桌边的垃圾桶里，拿出手机，关了飞行模式才发现姑姑好几个小时前给他发了消息。

【姑姑】：程骋被学校下处分了哎，记大过，让他回家里反思一星期。

【方块A】：这小子到底惹了多少人？

【姑姑】：具体情况我不太清楚，好像是他喊人找了外地学校过来考试的竞赛生麻烦，还让拆监控，害人家考试差点迟到。

【姑姑】：那是竞赛生啊，对方学校直接把状告到校长那儿去了，你爸都要气疯了。

路执干的？这个人到底是怎么做到又狠又白莲的？

路执被雨淋了半身，洗完澡随便披了件衣服出来，抬头看到方砚唯坐在床脚的一块垫子上，半个身子趴在床上睡着了，那头浅棕色的头发在灯光下又透出偏红的色泽。他像一只自认为误入虎穴的没有安全感的小红狐狸，又累又困，蜷缩着找了一块还算温馨的安身之所。看似警惕，实则毫无防备。

方砚唯穿着路执找出来的一件宽大的白色短袖衫，因为侧趴着，领口敞开了一大片，露出单薄的肩背，腰似乎很软，这么趴着也不觉得难受。微微卷翘的睫毛跟着呼吸的频率轻颤着，压在床单上的半张脸颊白皙中透着粉，头发乖顺地垂在眼尾。

“方砚唯。”路执把人拍醒，“床是给你的。”

方砚唯睁开眼睛，脸上被压出一道微红的印子。他迷糊地眨了眨眼，然后“哦”了一声，动作麻利地爬上床盖好被子，又睡着了。

路执关了灯，下楼去了。

端午假期乱七八糟地结束了。

周一早晨，方砚唯斜挎着书包进教室的时候，还觉得自己在做梦。

“方哥早啊。”

他刚坐下，后排的何岁岁就打了招呼。

“我跟我叔去赶海了。”何岁岁比画着，“那么长那么粗的蛏子，你猜怎么着……溜了，没抓着哈哈哈哈。”

何岁岁：“你们这假放的，肯定都没我的刺激。”

方砚唯懒散地瞥了他一眼，方哥的经历说出来是要吓死人的。

两人正说着话，玻璃窗外传来了一阵吵闹。方砚唯不怎么感兴趣地把余光丢过去，看见了老老实实穿着校服的路执，还有一个他不认识的学生。

“路执！我忍你很久了！”那男生气得满脸通红，“我就在楼梯口吃个包子，你凭什么把我的分给扣了？”

这个人显然是气上头了，骂得越来越大声，还伸手去推路执。

“我是按校规来的。”路执说，“你有异议？”

这个人可能下一秒就没了，方砚唯趴在窗台上看得津津有味。

路执后退两步，不动声色地躲开对方挥舞过来的拳头，走到了窗边。

方砚唯莫名其妙地看着他。

“方哥。”路执语气无辜，“他欺负你同桌。”

方砚唯无语地瞪着他。你可要点脸吧，你一拳下去他就无了你难道不知道吗？

想是这么想，但方砚唯还是侧着头咧嘴冲那人笑了一下：“校规是校长定的，有事找校长闹去。滚吧。”

男生看着是典型的欺软怕硬的类型，知晓他凶名在外，在他开口后没多久就撤了。路执绕到教室前门进了教室，在他身边坐下来，摘了当天的值日牌。

“谢谢方哥救我。”路执说。

我救的好像是刚才那个傻子吧，方砚唯心说。

“方哥，请你吃阳光玫瑰葡萄。”路执把一个透明的塑料饭盒推过来。葡萄是刚洗的，还沾着小水珠。

“……谢谢？”方砚唯不太确定地说。

这葡萄好甜，很好吃，一颗酸的也没有，但他不知道为什么有种不好的预感。从昨天早上醒来开始，他就有种胆战心惊的感觉，就好像面前有一只睁开眼睛的巨兽，捕获了自己这只准备吞吃入腹的小动物，但没打算立刻吃，就在那看着他徒劳地挣扎。

这种疑似被拿捏的感觉，是他的错觉吗？

“大佬。”方砚唯问，“我掐指一算，我之前惹你的次数应该不多吧？”

“不用掐。”路执说，“你指头不够。”

很好，不是错觉。

“你想跟我打架吗？”方砚唯问。

看路执那天揍程骋那个狠劲儿，他只要躺平挨打就好了，他从出生到现在就没惹过这么厉害的主儿。

路执好像愣了一下，然后说：“不至于。”

那就好。方砚唯逃过一劫，坐得端端正正地写作业。

不想打他啊，那路执还给他送饼干送葡萄送果汁？嗯，看来是想做个友好的同桌。有道理，这个思路好像是对的。他执哥在鹭屿中学认真学习，遵守校规，这可是从良了的大佬。

方砚唯跌宕起伏的心境似乎传染给了天气。下午最后一节自习课，才晴了半天的天空忽然转阴，乌云密布下天色骤然昏暗，狂风四起，开着窗户喝水的何岁岁被噎了一嘴的窗帘，边呸边骂了好几声。

末日了？方砚唯四处张望，却见所有人都很淡定，他同桌正拿着把三角尺往试卷上画辅助线。

“台风季。”路执头也没抬地说，“没事。”

他刚才好像看见外面的垃圾桶在天上飞，这叫没事？

风把雨灌进教室里，地上铺了层水渍。

“确实没事。”何岁岁在后排说，“不要紧，年年这个时候都开始刮，这才刚开始，小风。”

“对、对的，方哥不慌。”徐正义也说，“台风橙色预警，今、今晚可能就会通知放假了。”

放假？放假好啊。方砚唯是学渣，学渣最喜欢放假了。

还没到晚上，自习课的下课铃刚响，陈老师就进教室宣布了第二天停课的消息，教室里一片欢呼。晚自习也不上了。

方砚唯把课桌上为数不多的书捡起来扔进书包里，准备回家。

“走啊，路神。”他转头说。

哎，这是大哥，他差点又忘了。

“回家吗？”他小心翼翼地问。

路执看了他一天乖巧安分的模样，竟然有些想念之前他那过剩的闹人精力。

“走。”路执站起来。

一出教学楼，方砚唯才认识到这风刮得有多离谱。带着海风味的空气灌进他嘴巴里，让他说不出话来，偏偏路执跟个没事人似的。

“拜拜啦方哥。”何岁岁蹦蹦跳跳地走出来，“晚上约游戏，大杀特杀。”

徐正义刚把伞撑起来，可怜的雨伞就只剩下伞骨了，他遗憾地摇了摇头，走进风里。

“你们这儿的人是能防风固沙吗？”方砚唯问，“把何岁岁和徐正义种到西北去，肯定好用。”

“没那么夸张。”路执竟然笑了一下，“我小时候，刚搬来鹭屿也不习惯。”

“你也不是这里的人？”方砚唯问。难怪路执不会说本地的方言，只是听得懂。

“嗯。”路执说。

方砚唯跟着路执往校外走，途径公告栏，黑板上不知道被谁拿粉笔歪歪扭扭地写了一行字——方砚唯，你是多少人的青春。旁边还画了个大大的爱心。

路执停了脚步，从方砚唯的口袋里抽了张纸巾，和着雨水冷着脸一点点擦掉黑板上的粉笔字。

“大佬。”方砚唯无语，“风都要把人刮跑了，咱就别维护校规了。”

“嗯。”路执答应。

方砚唯感觉，路执好像也没有那么吓人了。虽然这大白莲揍人特别凶，但人家遵守校规啊，爱学习懂礼貌，团结同学尊敬老师，风都刮成这样了心中还只有校规，好像还挺可爱的。

“方砚唯。”狂风吹起了少年的衣摆，路执叫了他的名字。

“嗯？”大哥你说。

“你来了后总打扰我学习。”路执说，“带我玩儿，让我分心，还扬言说要揍我。”

方砚唯无言以对，这家伙都记得啊。

“我不打你。”路执说，“也不计较。”

方砚唯松了口气，总算是给个准话了。路神说话大喘气吗？差点给他吓死了。

“葡萄好吃吗？”路执问。

方砚唯：“还……行？”关葡萄什么事？

路执点点头：“你干的坏事也不少，我不打算放过你。”

路执：“我会盯着你，让你一点点变成你最讨厌的好学生。”

方砚唯被台风吹了个跟头。他有麻烦了，他招惹了鹭屿这片地界最大的恶霸！他还能再拯救一下吗？

“风变大了，小心点。”路执提醒道，看起来还算善良，“今天开始，每天都帮你补课两小时吧？”

台风吹过来一个追着垃圾篓子跑的陈老师。

陈老师："站住，别跑！"

陈老师余光瞥见他俩："咦，路执，不错，方砚唯学学你同桌，他还扶你，怕你被风刮跑，你别成天搞那些横行霸道的事情。"

不是，到底是谁在横行霸道啊？陈老师，你看他——

路执往前跑了几步，用脚抵住被风吹得在地上乱滚的纸篓子，弯腰捡起来递给陈老师，黑色睫毛低垂，半掩盖的眼睛清淡平静："老师，早点回家。"

"谢谢谢谢。"陈老师感激地闯进风里，"我们年级第一就是懂事，不然我还得追半天。"

方砚唯怔怔地站在原地，感觉自己不久前好像是幻听了。假的吧？

路执左手腕上的珠串在风里摇曳，他走回来，面上平淡无波："考虑好了吗？"

方砚唯又想喊救命了，这么急的吗？

"鹭屿市天气预报提醒广大居民，未来三天台风登陆，伴有持续性暴雨，请各位居民减少出行，如有紧急情况，请拨打……"

车载广播中的女声温柔，向方砚唯宣布了未来三天都不能出门的噩耗。

"怎么了？"路执侧身放书包，看见一旁后座上方砚唯沮丧的表情。

某台记者正在暴风雨里稳稳地扎着马步，报道台风登陆鹭屿的实时情况。

一辆车驶过，车窗开着一条小缝，有人对着暴雨大声喊："我好想上学，放我回去上学，我要上学。"

记者："呃，看来本地学生的学习热情很高啊，但是这种极端恶劣天气，大家还是要注意避险。"

"把车窗关上。"路执说，"雨水进来了。"

方砚唯"哦"了一声，悻悻地把车窗掰回原处。他浅棕色的额发被雨水打湿了些，连睫毛上都沾了水雾，看上去还有些可怜。

"叔叔，在前面超市停一下车。"路执对家里的司机说。

"方砚唯。"路执说，"跟我去超市储备点东西。"

超市里的人很多，蔬菜已经被挑走了不少，路执从货架边经过，拿走了一盒白蘑菇。

方砚唯进门就"不小心"跟丢了，他去了零食区，拿走一盒蘑菇巧克力饼干、一袋青葡萄味果冻和一支奶提子雪糕。最后他又去了卖水果的保鲜柜边，低头看了眼阳光玫瑰葡萄的价格，抬手想给自己一个大嘴巴子，拿了一盒走了。

两人在结账的地方又遇上了。路执单手推着一辆购物车，站得笔直，鹭屿中学那身深蓝色校服在一众大爷大妈里相当明显，左手腕上盘起来的佛珠垂在购物车把手边，正在给旁边老花眼的老奶奶念牛肉酱的配料表。

方砚唯抱着零食排到了路执的后面。轮到他们结账的时候，路执伸手，方砚唯摇了摇头。

“你自己买？”路执问。

“自己买。”方砚唯说。

“嗯。”路执提上自己的两只大塑料袋，撤到一边等他。

方砚唯付完钱，把一大袋子零食一股脑地塞到路执怀里。

路执也没拒绝，低头看了一眼零食袋子，一声不吭地一起提走了。

太好了，退回去了。方砚唯感觉自己又找回了呼吸。

晚上，方砚唯窝在自己的小房间里跟何岁岁和林与宋他们打游戏。

“我靠，你们那边是闹鬼了吗，呜呜呜的声音。”林与宋耳朵难受。

“刮风啊。”何岁岁说，“正常，方哥朋友，你不行啊，你看我方哥多淡定。”

方砚唯只在电视上见过这么大的风。雨水像是硬石头，噼里啪啦地往玻璃窗上砸，院子里的灯被吹得忽明忽暗，照着一棵被吹断了脖子的树。

这还真挺吓人的，今晚还能睡着吗？

房间门把手咔哒一声被人从门外拧开，拎了张卷子的路执出现在房间门口。方砚唯手一抖，把语音话筒给关了，然后反应过来，暗暗唾弃自己𡲦。

“方妲己怎么关话筒了？”手机游戏的小队频道里，林与宋问。

因为是在自己的房间里，语音是外放的。

“不小心按上了。”方砚唯说。

“你来干什么？”他用口型问路执。

“我不能出声吗？”路执无辜又大声地问。

方砚唯无语，都是千年的狐狸，你装什么装。

“咦？”何岁岁听见了路执的声音，“路神？”

“是我。”路执说，“我房间的灯不亮了，来方哥房间里写作业。”

“哦，我想起来了。”何岁岁说，“方哥借住在路神家。”

“开吧。”方砚唯暴躁地说，“打游戏，不要影响路神写作业。”

“得嘞。”何岁岁点了确认，几个人进入了匹配阶段。

这局他们在匹配时带了个路人，这人菜得要死，还一直骂方砚唯。方砚唯被搞得很暴躁，丢开手机挂机。

路执停笔，捡起了桌上的手机，扫了一眼屏幕上的战局。

看什么？你看得懂吗？方砚唯心想。

路执把语音关了，单脚点了下地板，连人带椅子拉过来坐到他旁边。

“这样打。”路执用平时教他做题时的语气说，“从这边走，平A骗一下，再扔2技能控住。”

路执一打五，给他挣了个五杀。

“手游很无聊。”路执无趣地说，“端游好些，不过玩儿游戏不好，影响学习，你还是不要玩儿了。”

方砚唯懂了，这都是大佬玩儿剩下来的。

语音通话断开，对话框里，两个队友打了字。

【岁岁平安狗粮转卖】：方哥厉害了。

【宋宋】：方哥可以啊。

路执扫了一眼正在发呆的方砚唯，往对话框里打了一行字。

【方块A】：方哥必须行。

为什么这个人可以盘着佛珠面无表情地干这种事情呢？不过看路执带飞全场，把那个无知路人秀到哑口无言，他还是有一点点爽，而且葡萄也很好吃。

葡萄？！桌子上不知道什么时候被人放了一盘阳光玫瑰葡萄，已经被他吃掉一半了。

“甜吗？”路执问，“你不太会挑。”

好像是哦，路执买回来的更好吃。等等，这是重点吗？这是他买来给路执赔大不敬之罪的啊。

“路神。”方砚唯斟酌了一下，“说明一下，我先前对你没有恶意。”

路执侧了下头：“嗯？”

白莲的表情被某人拿捏得死死的，配上那满屋随之而来的清幽檀香和那目光里的无辜与悲悯，方砚唯都快不忍心说下去了。

“所以你现在也不能和我计较。”方砚唯咬咬牙。

"看我心情。"路执说，"只保证不揍你，要怎么收拾你，看情况。"

方砚唯发现，自从暴露本性之后，路执在他面前装不装小白花似乎全凭一时的喜好。这会儿路执显然不想装。

路执把走廊窗户开了一条小缝透气。自打他进来之后，这漫天狂卷的大风好像也没那么让人害怕了。

路执站在床边，袖口卷到手肘处，手臂早已脱离了少年清瘦的轮廓，取而代之的是他目前还没有的硬朗的线条，校服与他脸上轻蔑散漫的神色形成了鲜明的对比。

方砚唯感觉有点挫败。他学了那么久的坏学生都没学到半点精髓，路执往床边一站，那动作那架势，俨然已经坏透了。

路执冲他招招手。

干什么？不去。

方砚唯走过去，停在路执身边，风灌满了他的衣袖。"我也没干太多坏事，你为什么不放过我？"他问。

路执似乎想了一下，然后说："你自己要惹我的，我满足你的愿望。"

这是污蔑。

方砚唯思考了好一会儿，到底是哪个地方出了问题。他想不明白。他那是惹吗？他顶多是叽叽喳喳地烦人了些，想让路执开心。

路执侧着头，垂着眼帘听了片刻窗外的风声。

"这风应该是要刮一夜。"路执说。

方砚唯愣了愣。怎么突然聊起风了？暂时放过他？

路执："邻居家如果有东西没来得及收好，夜里可能会有奇怪的东西被风吹得撞上窗户。"

奇怪的东西？方砚唯想象中的画面越发诡异。

"你家窗户结实吗？"方砚唯问。

"应该还行。"路执说。

那就没事。方砚唯松了口气。

路执："不过也有可能等夜里你醒来的时候，就没有屋顶了。"

方砚唯要咽气了。这么漂亮的海边城市，刮台风的时候也太瘆人了。

"你房间灯坏了？"方砚唯问。

“嗯。”路执点头。

“那你来我房间学习吧。”方砚唯迫不及待地说，说完他才发现路执看着他没动。

“你之前收留我住小房间，今天我收留你。”方砚唯补充了一句。这是互相帮助，不是他尿。就睡一晚，明天开始，他就离路执远远的。

路执果然冷着张冰块脸，勉为其难地点了一下头：“嗯。”

不得不说，房间里多了一个人后，屋外的风声听着似乎没那么吓人了。

路执抱了被子和枕头，坐到桌边看一本医学书，没有再开过口。

方砚唯侧躺在床内侧，开着微信找何岁岁聊天。

【方块A】：你说，执哥会不会很讨厌我？

【岁岁平安】：还好吧。

是吧，还好的。

【岁岁平安】：不仅不讨厌，你下的什么蛊，效果还挺好的，执哥现在都不罚你站了。

【岁岁平安】：多少钱？卖我一个。

方砚唯无语地暗暗翻了个白眼。

【方块A】：开一局游戏？

【岁岁平安】：开不了了，雨太大了，我跟我爸正在给家里的宠物店排水。

【方块A】：那我一会儿是不是也要起来排水？

那还是不要睡了。

【岁岁平安】：你不是住路执家吗？他家那小区建得高，选址也避风，你就安心睡，既不会进水屋顶也不会飞走。

方砚唯侧过脸，仰头看桌子边的路执。这尊大佛还是他自己请进来的，现在能送走吗？

“你要不要……”方砚唯试着开口。

“很晚了，躺着玩儿手机对眼睛不好。”路执从他手里拿走手机，关了床头的台灯，坐回书桌前，“你睡吧。”

方砚唯气睡着了。

方砚唯第二天进一步意识到，刮台风放假似乎不是一件那么令人开心的事情。

半个鹭屿市都停电了，网络信号也时断时续，他只能捧着剩余电量不多的笔记本电脑看一部何岁岁推荐的电影。

“抓一把。”一个大透明盒子被人放在他面前，里面放的似乎都是叠好的纸条。

“这是什么？”他把手伸进去抓了一把。

“打开。”路执说。

方砚唯打开，每一张纸条上都是题目。

“试卷盲盒趣味版。”路执收走盒子，“都是题目散件，你自己组装成试卷。”

方砚唯不想待在路执的视线范围内了，天天写题也太无聊了吧。

“你把这些写完，我带你出去玩儿。”路执说。

“真的？”方砚唯心动了。

路执不装白莲的时候，看起来似乎很会玩儿的样子。

“嗯。”路执颔首。

“不会又是带我去音乐餐吧，然后只给我喝牛奶？”方砚唯谨慎地问。

路执大约是没想到他还惦记着这件事：“不至于。”

方砚唯去写题了。他做题，路执给奖励，这很合理。

这场台风刮到了第二天下午，方砚唯写了两天的题，路执也没再跟他提收拾不收拾他的事情。这让方砚唯感觉路执也没那么可怕。

班群里有了新的消息——

【班主任-陈老师】：@路执@徐正义@李舟，校、班级干部来一下学校，教室需要排水。

【徐正义】：收到!

【李舟】：收到！！

方砚唯爽了。那这半个下午，他能找何岁岁他们出去玩儿了。

【路执】：陈老师，我一个人提不动那个水桶，我可以叫上方砚唯同学跟我一起吗?

【方砚唯】：?

【李舟】：……

【班主任-陈老师】：当然可以！@方砚唯，你来一趟学校。

【方砚唯】：……

"你提不动桶？"去学校的路上，方砚唯悲愤地问。这人明明抡个人都毫不费劲。

"今天提不动。"路执说。

到了高二（1）班的教室里，方砚唯才充分意识到一场台风带来的影响。桌椅倒了一地，教室里积着水，水面上还飘着一本不知道属于哪个倒霉蛋的课本。

"方砚唯，你英语书放假前不知道带回去吗？"陈老师一把从水里把书捞起来，"……泡完水还这么干净，拿出去晾晾还能看。"

班干部们都勤快，到了教室就干活，桌椅要暂时叠起来，教室里的水需要一点点舀进塑料桶里再倒出去。

陈老师把泡了水的粉笔搬出去晾晒，顺带着回头指点几句。

"李舟，你没看见路执搬不动那张桌子吗？赶紧搭把手。"

"你那是什么表情？你是冲我翻了个白眼吗？"

方砚唯闻声朝不远处的李舟看过去。这位之前跟他有点过节，阴了他好几次的李舟同学正站在路执的身边帮忙，面带笑容，动作热心，就是手好像在抖。

这么怕？方砚唯记起来，李舟曾经扬言跟他必有一战。后来他不战而败，带了一身青青紫紫硬说是自己摔的。

方砚唯恍然大悟，他好像知道当时那个"孤勇者"是谁了。那时路执就出手维护过他了？

即便还没有正式恢复上课，路执依旧穿着那身深蓝色的校服，看起来手无缚鸡之力地倚在窗台边，拿着一张陈老师递过来的纸巾，似乎在擦指尖上不小心扎到的小木刺。他微微蹙着眉，看起来隐忍又可怜——个屁。

一旁的李舟哼哧哼哧地在干活。

"方砚唯。"陈老师叫人，"陪你同桌把水桶里的水倒了，再去校长办公室汇报一下我们班进水的情况。"

"来了。"方砚唯走过去一把提起水桶。

一秒钟之后，他又把水桶放下了。好重，难怪要两个人。

"给我。"路执用只有他们两个人能听见的声音低声说，然后轻松地提起塑料桶往外走。

方砚唯的自尊伤到了。路执明明什么都能搞定，还非得把他带上，果然是对他恨之入骨，随时都想收拾。

路执把塑料桶扔在洗手间，转头带他去校长室。

“高二（1）班受损较严重。”路执站在校长面前认真汇报情况，“泡坏课桌十二张，墙上的校规挂画也泡烂了。”

“行，我大概知道了，谢谢你。”校长说完，抬头看向路执背后的少年。

方砚唯今天看起来怎么有点乖？错觉？

从校长办公室里出来，方砚唯想回洗手间找塑料桶接着回去排水，路执却把他推上了另一条走廊。

“哎。”方砚唯问，“不干了？”

路执说：“试卷写得不错，带你出去玩儿。”

出去玩儿？学渣的眼睛都亮了。

“去哪里？”他问。

路执：“到了你就知道了。”

鹭屿中学作为一所半封闭的学校，不上课的时候校门是不开的。他们今天来学校帮忙，走的都是西边的小门。校长办公室在东边，此时要出学校，再返回西边就得走二三十分钟的路。

东墙很高，路执往后退了几步，助跑之后踩着一旁伸出来的树干跃上了墙，一套动作流畅自然，然后冲他伸手。

方砚唯……方砚唯已经懒得表达震惊了，他木着脸抓着路执的手腕，脚下一阵乱踩，毫无形象甚至有点狼狈地爬上了墙。墙外站了一排社会青年，抬头看见他们，黄毛捏扁了手里的饮料罐，扬手扔出去老远。

“执哥。”黄毛打了个招呼。

“嗯。”路执翻身跃下，冲方砚唯伸手，“方哥，下来。”

方哥就没这么丢脸过。好学生不丢人，这是路执说的。他抱着摆烂的心理毫无技巧地从墙上翻下去。路执右手抵在他背后扶了他一下，帮他站稳。

“执哥。”黄毛抛过来一串车钥匙。

路执扬手在半空中抓住。

方砚唯坐上车的时候脑袋还有点晕。

“去……哪里？”方砚唯问。

“跟你算账啊。”路执转过头，眼睛看起来无辜又受伤，“你不知道？”

救命。

方砚唯斟酌着，他要是说“不知道”的话，这厮下一秒可能会把佛珠砸到他的脑袋上。

“我可以跳车吗？”方砚唯礼貌地问。

路执：“非要跳的话，稍等。”

司机转动方向盘，黑色宾利汇入车流，绕过一台正在缓慢起步的小车甩上了高速。

车子压着限速的边缘疾驰，路执用木讷的声音说：“可以跳了。”

不跳，不可能跳。方砚唯把安全带扯出来，紧紧地把自己绑在座位上。

这是要去哪里？他打开手机地图点了定位，观察了一会儿图上那个移动的蓝点，感觉他们好像是在往城市的边缘开。通过后视镜，方砚唯看到黄毛他们那辆车好像就跟在后面。

“方砚唯。”路执出声。

“干什么？”方砚唯暴躁地问。

路执顿了顿，说：“我只是想跟你说，你旁边的纸袋里有你喜欢的零食。”

方砚唯往自己左手边一看，果然有一只大纸袋。他匆匆扫了一眼，看见了葡萄干、葡萄果冻和葡萄味软糖，一看就是奔着让全世界的葡萄都灭绝买的。那就只吃一个软糖。

“哪儿买的。”方砚唯问，还挺好吃。

路执扫了他一眼，没告诉他。

车在方砚唯越发惊恐的目光中停在了一片荒郊野岭上。

黄毛扛了串绳索，顾甜背了把铲子，后边两个小弟扛了只黑色的大箱子下车，喊了声执哥。

方砚唯张大眼睛。这是开始算账了，要把他埋了吗？

“我不去。”方大佬不要脸地扒着车座子，“我不出去。”

“方哥。”路执俯身进车内，把他的手从座椅上掰下来，“出来，给我个面子。”

呜呜呜，方砚唯想哭死的心都有了。

路执扫了一眼黄毛和顾甜手里的家伙，沉默了两秒，然后说：“你们先走。”

“方砚唯。”路执说，“我教你写语文作文的时候，你的想象力怎么没这么丰富？”

方砚唯恍然悟了点什么："……哦。"

"执哥！这边。"不远处的山头上隐约显现出建筑物的轮廓，黄毛远远地冲他们喊。

台风过去后的天空湛蓝，点染了黄昏的暖橘色，云层连成翻涌的白浪，远处天际下振翅飞过的海鸥像是空白纸张上灵动的标点。

看着橙红色的滑翔伞御风而落，方砚唯惊讶地问："滑翔伞基地？"

"嗯。"路执说，"黄毛他哥退伍后跟几个朋友一起弄的。"

方砚唯跟在路执身后，走上山顶起飞点时刚好看见顾甜，那个染了粉色头发的高三学姐牵着滑翔伞朝悬崖外冲过去，遥遥起飞。

这也太酷了，方砚唯心说。不愧是执哥的朋友，过的都是"刀口舔血"的日子，也太会玩儿了。

一旁的黄毛迎风而立，衣服绷出肌肉发达的轮廓，一头黄毛在风里徐徐扬着。他在方砚唯钦佩的目光里看了眼天空中的顾甜，又看了看悬崖，迈着六亲不认的步伐转身"哇"的一声吐了。

"他恐高。"路执把方砚唯拉远了点儿。

"我也可以飞吗？"方砚唯问。不得不说，他很喜欢。

"能，稍等。"路执说完这句就走进滑翔伞基地的白房子里。

方砚唯站在草场上的起飞点，遥遥望见黄昏里，顾甜那只橙红色的滑翔伞变成了落日的调色点。

路执脱了那身鹭屿中学深蓝色的校服，穿上基地的黑色日常作训服，戴了副飞行墨镜，脚下踩了双皮质的短靴，把小白花的外壳脱得一干二净。方砚唯遥遥地看着，感觉还是这身衣服，更符合十三中大佬的痞气。

"过来。"

方砚唯看见路执坐在椅子上，冲自己招手。

"扣一下安全带。"路执抽出一段带铁扣的绑带。

方砚唯疑惑地看着他。

"单飞要培训，你飞不好。"路执左手压着他后腰，右手把安全绑带往他的身上缠，"我带你飞。"

"……哦。"方砚唯点头。

路执单手从左侧揽着他，右手严谨地帮他绑好每一道安全措施。

“头往后仰一些。”路执戴着黑色皮质手套的手抬了抬下他的下巴，帮他把肩膀上的安全带调整好。

“你在发抖吗？”路执问。

“我紧张。”方砚唯还没玩儿过这玩意儿。

“没事。”路执说。他的语气同平时一样冷淡，方砚唯的紧张感却消失了。路执身上那股很淡的檀香味让人觉得安心。

黄毛跟另一个小弟从旁边过来，把滑翔伞在风中展开。方砚唯正愣着，感觉到风把他往上托了些许，滑翔伞被路执双手撑开。黄毛在后方一推，他的脚下忽然就变成了悬崖。

方砚唯紧张得有些腿软，脊椎往下过电般的一阵酥麻，风把白色的滑翔伞撑开，在坠落前托住他们，白伞腾空飞起。

起飞台上黄毛吐得很大声。

“我靠，执哥把人绑太紧了。”另一个帮忙起飞的小弟说，“好学生就是乖，都不喊疼。”

方砚唯吓得吱哇乱叫了好几声，能托住他的除了风，就只有路执。

“你可以睁一睁眼睛，不然这趟我白飞了。”路执的声音听起来有点委屈，“伞很勒手。”

方砚唯瑟缩了一下，慢慢地睁开眼睛。他自几百米高的空中俯视鹭屿，黄昏渐渐被夜色吞噬，深蓝色的海水一点点濡湿沙滩。

广阔的世界展现在方砚唯眼前，他从未想过还能以这样的角度俯瞰人间。路执调整着飞行的方向，给了他一种乘风踏浪的错觉。

“那边红色的地方是一个降落点。”路执在他耳边说，“北边靠近海边，黄色的地方是另一个降落点，我们跳哪一个？”

“跳p城！”

路执疑惑地挑了挑眉。

最初的惊慌和害怕已经逐渐消散，取而代之的是对天空的向往和兴奋。

“我靠，好看！”方砚唯吼道，“天空无敌漂亮。”

“没文化。”路执在他耳边谴责。

风声呼啸，书呆子的声音一下子就散入了残阳里。方砚唯像是抓住了风，满心的欢喜。

“就你有文化。”方砚唯反驳。

“我有的。”路执说。

远处的海滩上，有烟花飞入天空，炸开绚烂的花。方砚唯伸手在眼前比画了一下，似乎想把烟花攥进手心。

他摘到了天上开的花。

和辽远的天地相比，他家的那些破事似乎都不值得放在心上，有没有家好像也不那么重要了。

天色渐暗，路执挑了个近海的降落点，牵着滑翔伞往地上落。

那种失重的惊慌感再一次袭来，方砚唯低头看着地面朝他越来越近又开始惨叫。

路执撑开伞，稳稳地落在降落点上。

“好玩儿吗？”路执问他。

挺好玩儿的，就是最初有点害怕，丢人了，方砚唯心说。

见他不说话，路执摘了黑色的皮质手套，把被伞绳勒红的手递给他看。

“我尽力了。”路执垂眸。

方砚唯还是没说话。

“还是说你真觉得我不会揍你？”路执问。

方砚唯顿时一口气没上来。又拿这个逗他，都怪他当初隔三岔五威胁路执，孽力回馈。

“挺……难忘的。”他说，“很有意思。”

“嗯，那就好。”路执见好就收，撤了无辜单纯的小白花神色。

晚霞一点点被夜空蚕食着，海风从不知名的远方吹来，刚刚触碰过天空的少年意犹未尽地仰望着飞鸟的影子。

“执哥。”方砚唯坐在地上，看路执缓慢仔细地收起白伞。

“嗯？”路执手中动作暂停。

“挺爽的，还想飞。”方砚唯说。俯瞰海岸线的感觉太上头了。

路执抬头看了一眼天色：“下次吧。”

“哦。”方砚唯沮丧地垂下头。

“天黑了。”路执说，“我夜间飞，没有百分百的把握平安落地。”

原来是这样。

“那就下次。”方砚唯撑着地站起来，帮路执把伞折好塞进装备包里，“我也饿了。”

路执点头，两人一起离开了画着降落点标记的区域。

“执哥，这边！”降落点附近，顾甜冲他们两人招手。

“这是越野卡丁车？”方砚唯一眼就看见了顾甜身边的东西。

顾甜：“对！”

“我先走了，去山上等你们。”顾甜一脚油门，把车开出去好远。

车道边还停着一辆橙色的越野卡丁车，一身黑色作训服的路执单脚跨上车，在副驾驶位上坐下，把伞包扔在脚边。

“我坐哪辆？”方砚唯四处张望。

“你来开。”路执说。

“我开？”方砚唯指了指自己。

“嗯。”路执安然地坐在副驾驶位上，右手拨了拨左手腕上的佛珠，不再说话。

方砚唯几乎要乐疯了。看见越野卡丁车的瞬间他就睁大了眼睛，没想到路执还让他来开。

“我没开过。”他提醒道。

“没事。”路执神色冷淡，“这里不会有别的车。”

方砚唯兴奋地爬上车，一脚油门就下去了，引擎声爆响，车歪歪扭扭地撞出了草场，斜斜地从一块石头上压了过去，车身猛烈地晃悠了一下，扬起一阵尘土。

路执神色如常，侧坐在副驾驶上，左手随意地搭在铁质的扶手上，膝盖分开，长腿散漫地伸着，右脚皮质短靴踏在车边。

台风刚过，原本就荒芜的车道上更是一片狼藉，树倒了一半，水洼里还积着淤泥。

方砚唯一开始还会看看路执的脸色，后来见路执确实是一点都不在意，索性放开了胆子开。

没人指点，他的卡丁车就越开越野，越开越放肆。

橙色越野卡丁车把倒下的灰色路标碾得粉碎，方砚唯看到顾甜那辆军绿色的卡丁车，然后嗖地一下超了过去。

顾甜一脸问号地朝前望去。刚刚那是什么玩意儿？

黄毛跟其他几人等在车道的尽头，方砚唯飙过了头，没想到前方路段横出来一棵被台风刮断的树干。身侧伸过来一只手推了一下方向盘，车斜斜地避过去，金属与石子剐蹭出金色的火花，翘起一边的车身猛然回正。

“踩刹车。”路执说。

方砚唯下意识地一脚踩住刹车，车险险地停在黄毛的跟前。

黄毛冲他吹了声口哨：“开得不错。”

方砚唯微微喘着气，脸颊发热，汗水打湿了颊边的头发。

那是……不错，刚才要不是路执及时开口，黄毛可能已经没了。虽说是卡丁车，但也是大型越野版，就他这破车技跟那破路，路执是怎么放心让他乱开的？

路执看起来对刚才的生死一刻压根没上心，从车边一跃而下：“走，吃饭。”

晚饭是在黄毛哥哥的滑翔伞基地里解决的，几人架了个烤炉，搬了好几盘海鲜来弄烧烤。

“执哥。”黄毛把虾串好，放到烤架上，“过几天期末，全市联考，能利用上wc的空档给我发个答案吗？”

方砚唯疑惑地看过去。怎么？这帮人还在乎成绩的吗？

“很奇怪吗？”黄毛看见他的表情，“我想考个三位数。”

那比较难，方砚唯心说。

“总分三位数。”黄毛说，“不然我哥真的要抡我了。”

那还是直接抡吧。

“作弊是不对的。”路执冷漠地抬手，手里的铁扦扎穿了一块面包。

黄毛顿时一脸苦相。

这么一来，方砚唯发现这些人也没他想象中那么可怕，该担心的成绩还是担心，饭桌上的话题也围绕着学校和老师，只是比较能打罢了。

倒是路执，即便是跟这帮人待在一起，似乎也不怎么喜欢说话，还没有和他待在一起时说得多。

烧烤吃到一半，黄毛他哥过来找路执，路执把一瓶刚拧开盖子的葡萄汁推到方砚唯面前，起身走出去。

“你们刚才就飞了一次？”黄毛问。

方砚唯：“对。”

“我以为你们还要飞一次呢。”顾甜说。

“执哥说夜飞他没有百分百的把握。”方砚唯记得刚才路执是这么说的。

“是吗？”黄毛困惑道，“执哥挺喜欢夜飞的，我们刚来玩儿的时候，咱都不敢跳，就他迎着风几步就跃下去了。”

“他自己一个人无所谓的吧，他经常晚上来。”顾甜说，“带着你，他得保证百分百的安全。”

方砚唯怔了一下。面包烤得有些烫，灼得他连心口都觉得微热。

“你们跟执哥认识很久了吗？”方砚唯问。

“幼儿园一个裤衩子的交情吧。”黄毛骄傲地说。

顾甜站起来，对着黄毛的后背就是一脚：“你有个屁的裤衩子。”

“老城区混的，谁不知道执哥啊。”黄毛说。

“他以前是不是还……挺文静的？”方砚唯问。

“不是的弟弟。”顾甜把染成粉色的长发拨到耳后，笑眯眯地说，“执哥一年级的时候就已经能冷着脸把六年级的按在地上揍了。”

是吗？那他那天在客厅里看见的那张小孩照片，上头那小天使般的笑脸是假的？

“我有印象。”黄毛说，“我当时在二楼喊‘打得漂亮’，下楼一看，他打的是我哥。”

方砚唯险些失笑，心道他还真是很少看见路执笑。一串冰凉圆润的东西在他的颊边贴了贴，他侧过头，接过路执拎在手里的一串青葡萄。

“执哥。”方砚唯开口，“虽然我的确吃不到葡萄说葡萄酸，但你也给我塞了太多葡萄了吧。”

“嗯。”路执在他旁边坐下来，“慢慢吃。”

“谁给你打了电话啊。”他随口问，问完他感觉自己好像管得有点儿多。

“外公外婆。”路执说。

“他们啊。”黄毛冷笑了一声。

“执哥。”一个小弟喘着粗气跑过来，“黄毛让我搬了烟花来。”

方砚唯觉得这个小弟相当眼熟，仔细回想，好像是之前在餐吧见到过。

“执哥，上次清明假期在海滩，我看你点烟花玩儿来着。”黄毛说，“我这次给你搬了几个大的。”

清明假期？海滩？

方砚唯记得那天的烟花。那日的火树银花落于大海，海鸥低飞，万里星河落入人间。

“……台风过后，鹭屿市迎来了第一个晴天，昨天夜里，郊区的天空绽放了大约三十分钟的烟花，鹭屿市人民对待生活的热情不会被台风吹散……”

办公室里，陈老师关掉了隔壁老教师的广播，合上笔盖伸了个懒腰。

“借你们班方砚唯用一下。”四班班主任敲了敲门，“黑板报想让他写几个字。”

“这个时间他应该在操场上。”陈老师说，“你自己下去抓。”

四班班主任：“行。”

“让人干活可以，好吃好喝地供着。”陈老师提醒，“毕竟是我的学生。”

周一的大课间有晨会，校园广播频道一阵信号杂音后，传出了高二（1）班路执平静无波的声音。

“……尊敬师长、团结同学、不去网吧、酒吧等未成年人不允许进入的场所，不抽烟、不打架、不霸凌、不早恋，以上是第十七次修订的鹭屿中学校规。请各位同学同我一起，遵守校规，热爱鹭屿中学。”

整齐地穿着校服的路执转身走下主席台，学生堆里一阵骚动。

鹭屿中学校长笑眯眯地走上主席台：“大家都向路执同学学习啊，好，下面公布本次期末考试的具体安排……”

方砚唯站在高二（1）班的队伍里遥望着主席台那边挺拔站立的路执，心情颇为复杂。

还是不要像路执同学学习了，不然鹭中可能也得在清明节举办校庆活动了。

“方哥。”何岁岁回头，“死猪不怕开水烫，越到考试咱越浪，周末出去玩儿？”

“去哪里？”

何岁岁没想好，但为了讨方哥高兴，他列举了好几个。

何岁岁：“唱歌？钓虾？剧本杀？”

方砚唯面无表情。

何岁岁绞尽脑汁：“自助火锅？电玩城？电影？”

方砚唯打了个哈欠。

何岁岁：“游乐园过山车？”不是吧，不愧是方哥，这都不玩儿？

“你们自己去。”方砚唯懒散地说，“我不去了。”

听起来都很无聊，没有滑翔伞和卡丁车有意思。

因为台风季放假耽搁了好几日，鹭屿中学高二年级的期末考试推迟到了七月上旬。

高二（1）班课间跑厕所的人都少了许多，大部分学生都坐在自己的位置上埋头复习，希望能考个满意的成绩。

“蓬山此去无多路，下一句什么来着……”方砚唯趴在课桌上，写一张新鲜出炉的盲盒试卷，“哦，青鸟……”

一个纸团从后方砸到他眼前。

何岁岁：好气，我刚看学校论坛，他们说你最近kpi不达标，年级大佬地位不保。

方砚唯只是兴致缺缺地扫了一眼。这幼稚玩意儿谁爱当谁当去，幼稚死了。坐他左边这位才是真大佬，真正的大佬还在认真学习呢。而且在鹭屿中学没有人会欺负他，他不必随时都摆出一副凶狠的模样，让旁人害怕远离。

“青鸟殷勤为探看。”路执见他半天没动静，出声提醒，“写上。”

阳光下慵懒的小红狐狸半闭着眼睛，似乎正自在地晾着尾巴，感受着无人打扰的安宁。

路执的目光偏了一下，看见了桌上展开的小纸条。

“何岁岁，站到后门边去。”路执说，“打扰别人学习。”

何岁岁呜呼一声，提着书去罚站了。

方砚唯提着笔等了好几秒，也没听见路执让他站出去。

以前不都是罚他吗？现在这么好？大冰雕原来还会偏心啊？他有点不明所以的洋洋自得。

“执哥。”方砚唯放下笔，“暑假有什么安排吗？”

玩儿滑翔伞吗？滑翔伞太好玩儿了。

“暑假学校要补课。”路执淡然道。

哦，对。快升高三了，各个学校都在往死里卷，鹭屿中学作为市重点高中，假期补课是逃不掉的。方砚唯又趴了回去，头枕在自己的手臂上，侧着脸看路执。

路执正专注地写一张数学试卷，左手手指下压着一把三角尺，目光收敛而认真，和那天一身黑色作训服的路执全然不同。

方砚唯把头又给转了回去，放在校服口袋里的手机振动了两声，他瞄了一眼。

【爸】：我跟你阿姨还有你哥来鹭屿旅游。

【方块A】：那是你的家事，不用跟我汇报。

【爸】：我们给你带了点菌子。

菌子？菌子是无辜的。

【方块A】：那给我送校门口保安室吧。

下午放学，一辆出租车在鹭屿中学校门口停下，程骋面色阴冷地从车上走下来。

“给方砚唯。”他把一袋蘑菇扔在保安室门前。

“拿走拿走。”保安大叔一脸不高兴，“门卫这儿不放外卖。”

“我不是送外卖的。”程骋脸色更差。上次他被记了大过，身上还背着处分，亲妈和后爸对他都没好脸色，如今还被支使来给仇人送东西。

“喂。”他随手拦了个个子不高的女生，半是威胁地说，“过来，帮我给人送个东西。”

女生眨了眨杏眼，抿了下嘴巴，四下看了看，确认可视范围内没有老师后冷笑一声：“你哪个班的，敢支使我？”程静萱抬脚，对着人就是一脚，“知道我是谁吗？”

程骋疼得跪倒在地。

程静萱反问：“给谁送？”一起打了吧。

“高二……方……方砚唯。”程骋快吓哭了。

程静萱：“……呃。”

“你叫什么？”程静萱擦了擦汗。

“程、程骋。”

“太好了，你姓程，我也姓程。” 程静萱把人扶起来，用湿纸巾胡乱擦了擦程骋的脸，“都是一家人，一家人不记仇，我们泯恩仇了。”

程骋抹着眼泪走了。

放学后没多久，方砚唯就被隔壁班老师抓了壮丁，给黑板报写字。他拿到菌子的同时，接到了他爸的电话。

“被人欺负了？” 方砚唯一点点转过头，看旁边的路执。

方砚唯捂住话筒：“你干的？”

路执摇头，拨了拨左手上的木佛珠。

“鹭中是市重点，我这儿没人会欺负他。”方砚唯说，“别赖我，你不如问问他自己招惹了谁。”他挂了电话。

程骋这个体质不行，招大佬。

“我说不是你就相信？”路执问。

“对啊。”方砚唯说。

坐在椅子上的路执难得地勾了勾嘴角。

“辛苦两位同学了。”隔壁班老师拿了两瓶饮料过来，“请你们喝。”

“谢谢老师。”路执礼貌地点点头。

方砚唯看了看路执手里的两瓶饮料，一瓶橙汁，一瓶可乐，他把橙汁拿走了。

老师拿出手机对着黑板报咔咔一顿拍：“方砚唯，你这字真是太漂亮了。”

每次考试，那语文试卷都是漂亮废物。

“是的，他的字很好看。”路执也说。

这家伙还会夸人了。方砚唯侧过头，弯了弯嘴角。

几天后，鹭屿中学高二年级的期末考试总算是结束了。

何岁岁冲进教室，看见自己前排两人的所作所为，大惊失色：“太变态了吧，光天化日，你俩竟然在教室里做这种事情。”

方砚唯正被路执押在座位上对答案估分。

“这一题你选的什么？”路执指尖点了点试卷。

“好像……是C吧。”方砚唯回忆。

“对。”路执在草稿纸上记了个加分。他话很少，声音冷淡而好听。

方砚唯难得地希望自己能多对几题。他们学渣的心态都好，不怕考后对答案。

“方哥出去玩儿吗？趁着成绩没出，学校也还没开始补课。”何岁岁问，“海滨浴场，我们去游泳。”

“好啊。”

方砚唯确定自己没开口，这句“好啊”是路执说的。

“你想去？”他问。

路执：“嗯。”

“那我也去。”方砚唯说。

路执最近都没说要收拾他，他还是很乐意跟路执一起出去玩儿的。

出发当天，他跟路执刚下楼就看见了黄毛和顾甜。

【方块A】：那什么，我要带两个朋友。

【岁岁平安】：懂，我就知道方哥要带跟你一样厉害的朋友。

你懂个屁。

“你为什么不自己说？”他问路执。

“手机切号很麻烦。”路执淡淡地说。

方砚唯出现在海滨浴场时，身后跟着黄毛、顾甜还有路执。

何岁岁看向他，那原本就崇敬的目光一键升级成了肃然起敬。

“这是我方哥，我是他的前任同桌。”何岁岁跟同行的几个外班同学说，“你们看他带的人，那黄毛，那腱子肉，一看就是道上混过的。”

方砚唯无言以对。

“执哥。”何岁岁抱过来一只白天鹅游泳圈，“你提前让我买的。”

方砚唯乐了，问他：“你不会游泳？”

路执扫了他一眼：“嗯。”

“我们先去换衣服。”他习惯性地抓住路执的手腕，又像是烫到了一般松开。差点儿忘了这不是书呆子，是大哥，大哥不能随便牵。都怪路执，大部分时候表现出来的样子都很无害，几次过后他就放下戒备了。

“你的粉色头发真好看。”程静萱看着顾甜羡慕地说。

“妹妹，你也可以染。”顾甜笑了笑。

“不行的。”程静萱遗憾地说，“路执会把我的分扣光，让我检讨示众。”

黄毛抱了只冲浪板直接跳了海，方砚唯和路执去更衣室里换好泳衣。

一帮高中生站在沙滩上，海浪没过脚踝，几个人一边喊着一边往海里冲。

何岁岁：“哈哈哈哈呀呼！”

方砚唯：“哈哈哈哈……咕嘟咕嘟。”

路执游过去把他捞起来，用白天鹅游泳圈套住了他。方砚唯感觉自己的脸已经丢完了。

“不会游为什么硬上？”路执问。

“昨晚怒看一晚上游泳课视频。”方砚唯说，“我以为我会了。”看样子只有脑子会了。

“你会吗？”方砚唯问。

路执明显是会的。他没答话，看向远处的冲浪区，黄毛正浪得飞起。

“你别走。”方砚唯一把抓住路执的手腕，“路神，你教教我。”

“可是我想去冲浪。”路执看向远处。

是吗？那他只能一个人在这儿骑鹅旅行了。

路执一点都不理人的时候，他好不习惯。他几乎要忘了自己先前招惹过路执，不久前还对这位大佬敬而远之。

“那你去。”方砚唯趴在游泳圈上，往岸边划。

路执伸手勾住游泳圈，连人一起拖了回来。

“你不走了？”方砚唯抬起头笑了笑，还是路执在的时候比较有意思。

路执按着方砚唯的腰，让他趴在游泳圈上，调了下他游的姿势。方砚唯乱踢的脚撞出一片水花。

“别乱扑，用脑子想。”路执说。

方砚唯咕嘟咕嘟地又喝了两口海水，扑腾起来，目光扫过路执的后背，看见薄薄水光下的几个点状伤疤。

感觉到少年停留的目光，路执眯了下眼睛。

“干什么呢，你俩？”何岁岁游了一圈回来，见两人还在原地，“方哥，你教执哥游泳啊？”

方砚唯浅棕色的头发半湿：“我……”

路执：“对，方哥很会教。”

第四章

糖　纸

这次期末全市联考，出成绩的速度快得出乎大家的意料。

当晚，方砚唯正对着镜子侧头看自己脖子上的一小块晒伤，放在洗手台边的手机屏幕亮了起来。

【班主任-陈老师】：本群加群福利，期末成绩优先看。【成绩单照片】

【莫莉】：退群了。

【何岁岁】：求一双没看过成绩的眼睛。

【何岁岁】：路神你这成绩是人能考出来的吗？

【何岁岁】：哇，方哥@方砚唯，你考进年级前四百了。

方砚唯拿冰块敷脖子的动作一顿。他这次是觉得试卷比平时的简单，很多题路执都逼他写过类似的，只是没想到这就进了年级前四百，考试好像也没有那么难？

【班主任-陈老师】：@方砚唯，进步奖稳了，一千块呢，你可以开始想怎么花了。

【方砚唯】：幼稚。

【班主任-陈老师】：临时通知，三天后开始补课，不要迟到哦。

班群的消息就断在了这里。

冰凉的冷雾喷在方砚唯颈间，他瑟缩了一下，闻到了点很淡的药香。他抬眼看向面前的镜子，路执正站在他身后，拿着个小喷瓶对着他的脖子按。

“这是什么？”方砚唯问。

“消炎气雾剂。”路执说，“今天阳光不算强，我没想到你会晒伤。”

方砚唯无语，这是说他废物的意思了？不过这些带着凉意的小水珠贴在他颈部，的确缓解了晒伤带来的灼热感。

“谢了，执哥。”方砚唯从路执手里接过喷雾，边按边往自己房间的方向走。

这从天而降的一千块要怎么花呢？方砚唯给方嘉弥打了个电话。

“想起来你还有个妈了？”方嘉弥一接通电话就问。

“是啊。”方砚唯踢开鞋子，往床上一倒，“刚想起来。”

“你感冒了？”他听出来方嘉弥声音中的不对劲。

“没事，就一点。”方嘉弥提高了声音，“这破天，降温太快了。”

“缺钱吗方方？”方嘉弥问，“最近过得还好吗？”

“不缺。”我甚至能给你五百，现在跟你打电话的可是考进年级前四百的方砚唯。

“妈，我……”他刚开口，电话那端忽然传来一阵小孩儿的哭闹声。

方嘉弥那边低声用英语安慰了几句。

“Lirica怎么了？”方砚唯问，“饿了？”

“不是。”方嘉弥说，“昨天她玩儿滑梯摔断了腿，正要去换药。”

“那我不跟你扯了。”方砚唯说，“赶紧带她去。”

方砚唯挂了电话，没多久手机又响了一声，方嘉弥给他转了五千块。他看着手机余额里多出来的钱愣了半天，咧了下嘴角。

方嘉弥对他很好，可方嘉弥在国外已经有了新的家庭。方砚唯慢慢滑坐到床边，仰头坐在地上。

路执拿着一叠试卷进来时，刚好看见他这副模样。

“不是吧。”方砚唯说，“刚考完试又写试卷？”

“你可以开学再写。”路执说。

“后天就开学了！又要去学校了。”方砚唯抱怨，“学校太热了。”

鹭屿的夏季湿热，稍稍活动一下汗水就能把衣服浸湿，他很不适应。

“今年会装空调。”路执说。

路执看起来已经洗漱完了，穿着白色的夏季家居服，只是他推门进来的时候，方砚唯还闻到了点海风的味道。这个人洗完澡又出了趟门吗?

“哎，执哥。”方砚唯抬腿挡了下路执，“我请你吃饭吧。”

五百请路执吃饭，五百留给他自己。

路执：“为什么?”

“就……”方砚唯转开目光，“成绩提升，谢一下你。”

“不用。”路执说，“免费教你。”

“你不能拿金钱来衡量我的努力。”路执看似认真又执拗地说，“这很伤人。”

纯洁的路小白花再次上线，把方砚唯看得一愣一愣的。是了，好像是他自己的思想不够高尚了。

“那我错了。”方砚唯只好把这个话题暂时压回心里。

带他飞滑翔伞时的运筹帷幄，放任他乱开卡丁车时的纵容，以及今天教他学游泳时的耐心，方砚唯逐渐看见了一个同先前印象里完全不同的路执。他不是单纯的书呆子，也不是叱咤风云的校园大佬，更非他之前认定的那样无趣。

一小盒提拉米苏蛋糕被推到方砚唯的面前。

“给我?”方砚唯惊讶，“可我生日还没到。”

“考试，前四百。”路执简短地说。

方砚唯怔了怔。原来这个世界上，还有人会为他庆祝成绩的进步。

蛋糕是路执不久前出门买的，是蛋糕店里剩下的最后一块，形状不算好看，边角也有点融化了。“恭喜进步，好学生。”路执说。

鹭屿中学为今年的补课下了血本，方砚唯再回学校的时候，发现教室里真的已经装上了空调。

干燥舒适的凉风袭来，他背靠着窗户边的墙壁上，惬意地眯起眼睛。路执端正地坐在旁边，拿着他的语文作业，照着他的笔迹练字。

蓝牙耳机被路执摘下来，放在课本堆上。方砚唯打了个哈欠，拿起桌上的耳机戴到耳边，立即被一句带脏话的rap吓了一跳。见路执扫了他一眼，他把耳机又放了回去。

什么人啊，腕上盘着佛珠还听rap。

“期末考试的试卷出来了。”陈老师抱着厚厚的一摞试卷出现在门边，“你们自己往后传一传。”

路执在练字，他的试卷就暂时堆到了方砚唯的桌子上，同方砚唯的试卷交叠在一起。路执、方砚唯，两个名字也紧紧地贴在一起，都挺好听，方砚唯想，一起写出来，好像也都挺好看的。

“路神的试卷！”何岁岁从后排扑过来，“借我参考一下。”

课桌上只剩下写着“方砚唯”名字的试卷，方砚唯顿时有些说不出的遗憾。

“路执。”有人敲了敲玻璃窗。

方砚唯抬起头，是一个他不认识的短发女生。

“路执。”女生说，“竞赛组找你。”

路执放下笔，站起来走了出去，站在走廊上同短发女生简单交谈了两句，两人一起走了。

竞赛组，那应该是一起讨论题去了吧。学渣方砚唯盯着走廊发呆。

“方哥，方哥！”何岁岁在后排拿笔帽戳他。

“嗯？”方砚唯冷漠回头。

“看看这张生物，路神写的是什么字？”何岁岁问到一半瞧见他的脸色，“哥你怎么了？为什么看起来有点生气？”

“我不生气！”方砚唯说。

“写的好像是‘脱氧……核糖……核酸’。”他瞥了眼试卷，“有这个吗？”

“你这么一说，我好像也看懂了。执哥这个字真是扣分项。”何岁岁接着订正自己的卷子。

上课铃打响的时候路执才慢吞吞地走回来，手里还拿了一朵香槟色的玫瑰。他把玫瑰随手放到书本上，换了化学书准备上课。

方砚唯扫了他一眼。那冷色的檀木佛珠串临着一朵妖艳娇俏的香槟色玫瑰，怎么看怎么违和，让人感觉相当不爽。

路执课听到一半发觉不对。方砚唯挤在窗边贴着墙，和他隔了好长一段距离。

路执疑惑地看向他。

“方哥。”何岁岁出声道，“你别往旁边躲，我在打游戏，你帮我挡着点。”

方砚唯不情愿地往左挪了一些。“花拿走。”他说，“难闻。”

“方砚唯。”

方砚唯冷漠地瞥了他一眼。

“学生会要去探望老教师，要选合适的花色。”路执说，“刚刚那个是高一新进学生会的学生，名字是……我不太记得了。”

“你跟我说这个干什么？”方砚唯抬高了声音，“跟我有什么关系？”

“什么跟你有没有关系？”一班化学老师有事，讲台上的这位是高三下来代课的，最不喜欢方砚唯这种类型的学生，听见后排的动静便道，“方砚唯，你去教室外罚站。”

方砚唯拎着书绕开路执，推开教室的后门犹豫了一下，走进了空调房外的热空气里。

“老师。”路执举起手，“刚才我也说话了。”

老师：“呃……”这可是年级第一啊。

“只罚一个，这样不好。”路执站起来，书都不拿就走了出去。

“不愧是行走的校规。”何岁岁对徐正义说，“对自己也这么狠。”

临近正午，户外的空气湿热，方砚唯走出来没多久额发就被汗水打湿了一层。坐在楼梯台阶上，上升的温度倒是让他的脑子加速运转起来。

他在发什么疯？路执成绩那么好，跟好学生凑一起谈成绩说竞赛，不是应该的吗？他这种学渣，什么时候开始奢望和路执走得那么近了？天气炎热，他坐在台阶上，莫名有点令人烦躁的委屈。

檀香的味道驱散了一缕暑气，路执站在他面前。

“你出来干什么？”方砚唯问，总不能也是被老师罚出来的。

“看看你有没有消气。”路执说。

“我没生气。”方砚唯强调。

“我以为你要不理我了。”路执垂着眸，表情微冷。他拨动了一下左手腕上的佛珠，看似悲悯，又好像有点伤心，那种悲天悯人的孤冷感又来了。

方砚唯怔了怔，心中的天平在“我可能不是人”跟“他真的是大白莲”之间摇摆了两下，僵着脖子说：“不至于。”怎么回事，他倒成了不占理的那个了。

“那就好。”路执把佛珠拨了回去。

头被人轻轻地拍了一下，方砚唯把头埋得有些低。“我没有生气。”他说。

“没就没吧。”路执说，“放学等我一下，我交个方案，然后你陪我去挑挑要送老师的花。”

刚刚那种被抛下与放弃的失落感奇迹般消失了，方砚唯愣了许久。

鹭屿中学的暑期补课没能持续多久，鹭屿市又迎来了一场台风。

这次有了经验，方砚唯比上次冷静淡然了许多，窗外风声呼啸，他把书依次收进书包里，仔细检查抽屉。他的手碰到了两张柔软的东西，拿出来看了看，发现是两张奶糖的糖纸，是路执先前给他买的糖。明明说过不爱吃这些甜腻的东西，却不记得自己是哪节课偷吃的了。

路执不在座位上，方砚唯把糖纸抓进手心，塞进了书包侧面的口袋里。收拾完他一抬头，路执正站在窗边看他，不知道打量了多久。

"干什么？"方砚唯问。他把书包放到自己的左边，挡住路执的视线。

"你有想吃的吗？"路执问，"我们去采购。"

在台风天前储备物资已经成了鹭屿居民的生活习惯，超市里的人很多。

"执哥，你排队。"方砚唯讨厌排队，他把小推车给了路执，"我去买。"

"好。"路执左手扶在小推车上，站到了队伍末端。

方砚唯回想着路执上次采购的偏好，拿了几样蔬菜，又拿了蘑菇。速食不需要多买，路执的外公外婆前几天来过一次，往他们的冰箱里塞了很多饺子。路执似乎不爱吃，他倒是悄悄吃了好多个，肉馅挺鲜，他比较喜欢。

方砚唯很小的时候，方嘉弥也给他包过饺子。

"我们路路一定要多吃一点。"那对走路颤颤巍巍的老夫妻说，"从小到大都这么乖，一定能考上好大学。"路执一如既往的冷淡，接过东西，平静生疏地道了声谢。方砚唯很羡慕。家人包的饺子会有家里的味道。

方砚唯一边想着，一边走过超市的冰柜，空落落的冰柜里还剩一袋春卷。他有次自己弄早餐时煎过一份不太成功的春卷，路执吃掉了两个。

这样想着，方砚唯把手伸向了春卷，一只手猛地伸过来截走了他的目标。

"你也要吗？"旁边传来一个男人的声音。

方砚唯怔怔地抬起头，总感觉面前的男人看着有些眼熟。男人大约四十岁，身材却保持得很好，穿着一身运动服，身量挺拔，眉眼微冷，眼里藏着凌厉，薄薄的嘴唇勾着点笑。方砚唯不记得自己认识这样的人。

"你先拿的。"方砚唯说，"归你了。"

"抱歉啊。"男人说，"我儿子很喜欢这个。"

路执推着购物车跟着长队缓慢移动，看方砚唯像蚂蚁搬家似的来回运东西。

他远远地看见方砚唯又回来了，嘴角刚要弯出点笑的意思，又看见了方砚唯背后不远处的人。

“累死我了。”方砚唯把东西往购物车里一放，“每次刮台风都像末日囤货。”

“再去买两个豆沙包。”路执说，“我突然想吃。”

“你刚才怎么不说？”这是大佬，方砚唯敢怒不敢言，又往食品区走去。

男人停在路执面前，把春卷扔进购物车：“你们一起的啊，早知道我就不跟他争了。”

速冻食品的袋子砸在方砚唯放进去的饼干袋子上，传出了饼干碎裂的咔嚓声。路执的目光冷了许多。

“你现在跟你妈过？”男人问。

路执低垂着目光：“和你有关系？”

“老子坐一年牢回来，儿子都没了。”男人上前一步，“他们抢了我儿子，我不该问？”

路执：“问完了？”

“路执。”男人盯着他看了片刻，嗤笑一声，“你是我养的，回来给老子当儿子。”

“路建昌。”路执说，“你那腿在里面被人打得不轻吧？你想我再给你打废一条吗？”

路建昌的脸色变了变。

“酒是你自己喝的，架也是你自己打的。”路执的声音十分冷冽，“我不需要一个坐过牢的爸。”

“你以为温雅是真心待你？”路建昌说，“她把你接回去，不过是为了安抚那对神神道道的老夫妻。你在他们心里根本就比不上路琢。”

短短一年，路执长高了许多，早就褪去了少年单薄的身形，肩颈骨架都有了成年男人的轮廓。路建昌说到一半，目光停在路执身侧，看到他校服口袋里手紧握拳的形状，畏惧的感觉蔓延至胸口。

方砚唯捧着两个豆沙包回来时，正看见那个男人离开。男人似乎对路执畏惧到了极点，边说边往后让，直至离开。

“执哥，豆沙包。” 方砚唯说，转眼看见小推车里多了一袋眼熟的春卷。这两个人认识？

“下一位。”营业员喊道。

路执把小推车里的东西往收银台上放，方砚唯抛开困惑动手帮忙。

路执家的司机今天请了假，过来接他们回去的车是顾甜找来的。

顾甜刚去音乐节演出回来，腰带上还挂着鼓棒。

“弟弟。”顾甜招呼了一声，“怎么在走神？”

“可能是快刮台风了，他害怕这种天气。”路执说。

方砚唯：“才不是。”

上次狂风天时他的胆怯竟然还被路执记住了。

他有些不好意思，耳根微热，又不敢反驳路大佬，只好将车窗打开一条小缝，吹台风冷静。

顾甜笑了一声。司机踩了一脚油门，车冲进了风中。

第二天早晨，方砚唯半闭着眼睛被路执按到了电脑前。

“不是放假了吗？”他睁开眼睛，看到了屏幕上陈老师的那张脸。

“活的？”方砚唯问。

“不然呢？”屏幕里的人说话了。

“……现在是在做什么？”方砚唯搞不明白，“老班为生活所迫，开直播卖艺了？”

陈老师：“我听得见！”

“补课改网课了。”路执说，“昨晚九点，班群里，我发的通知。”

昨晚？那时他好像跟何岁岁正在峡谷里厮杀，压根没看到班群里的消息。

“好。”陈老师说，“既然全员到齐，我们就开始上课了……何岁岁把你镜头前的证件照撕下去，自欺欺人很有意思？我要打你家长的电话了。”

方砚唯困着，但智商是在线的。

“你为什么不回自己房间上？”他问。

“电脑坏了。”

“怎么可能，我昨晚才用过。”方砚唯不信，“当时还好好的。”

“台风暴雨，半夜窗台进水，泡坏的。”路执开了麦，语气无助地说，“要不我出去找家网吧上课吧。”

“那怎么行！”陈老师发话了，“现在户外那么大的风，就不要出门乱跑了，而且路执，网吧那种地方是你能去的吗？方砚唯，你跟路执既是同桌又是室友，借他用一下电脑怎么了？”

方砚唯好想扯着路执的脸皮告诉所有人这朵大白莲花切开是黑心的，但他不敢。

网课不比校园课堂，是很容易走神的，可路执在旁边盯着，上课走神就变成了一件奢侈的事情。

方砚唯头一回觉得自己摆在桌上的杂物都那么有趣，在他第三次把手伸向桌上的草稿纸时，陈老师点了他的名字。

“方砚唯。”陈老师开了他们这边的麦，“单项选择第5题，选什么？”

方砚唯面前摆着一张空白的试卷，还没开始写，他用胳膊肘撞了撞路执。

“方砚唯，你要自己独立思考。”路执说，“不能总依赖我，这样你永远都学不会。”

“对，你同桌说得很有道理。”陈老师说。

方砚唯读了一遍题干：“选……”

路执在草稿纸上慢悠悠地画了个半圆。

路神的良心还是在的。

半圆？

“选C，老师。”方砚唯说。

“不错，理由呢？”陈老师继续问。

方砚唯：“理由……”

路执慢悠悠地拿起笔，打算在纸上写出来，看起来能写几十分钟。

“我……我瞎猜的。”方砚唯索性说。

“我就知道，那我来讲吧。”陈老师继续讲课。

网课的排课不算密，下午就放了他们休息。

第二次直面台风天气，方砚唯没了先前的畏惧，他搬了张椅子坐在露台边，看外面街道上被风吹得滚来滚去的椰子。路执停在他身后观察了几秒，没能理解这种外地人的好奇心理。

“下周生日？”路执问。

方砚唯自己都快忘了。自从方嘉弥和他爸离婚，生日似乎就失去了意义，只是大那么一岁，没有什么会与往日不同。

“下周三。”方砚唯说。

9月1日，一个令人极度不爽的日子。

“你的暑假作业还剩多少？”路执问。

方砚唯回房间打开柜子，抱出了一座作业山。

路执沉默了几秒，问：“你之前都没写吗？”

方砚唯很委屈：“我在写你给我的试卷盲盒。”

路执彻底沉默了。

“执哥，你说人为什么要学习啊？”方砚唯仰头。

“为了看看天地。”路执说。

方砚唯没懂，突然转头说：“椰子撞院门了执哥，好球！”

路执简直想叹气。

台风天过去，八月底，鹭屿中学迎来了今年的新生，沉寂了小半个月的校园论坛再度热闹起来。

【听说高三（1）班帅哥多，是真的吗？】

1L：高一小学妹报到。

2L：他们班啊，确实挺多的，看你喜欢哪一款了。

3L：校草兼年级第一路执，喜欢吗？冷冰冰的学神，典型的乖乖书呆子好学生。

4L：狗头.jpg，我投方砚唯一票。

5L：方哥的颜值确实能打哈哈哈。

6L：我这儿有一张他俩一起上网课的照片，双倍的享受，私信我，我给你们发。

7L：学神跟方砚唯竟然能相处我也是很惊讶。

8L：肯定是方砚唯缠着路神，他肯定欺负过路执，路执一看就是那种老实的好学生。

老城区，“Release”餐吧，玻璃门上挂着“暂停营业”的标牌。

“你别乱抄。”顾甜踢了黄毛一脚，“选择题哪有‘F’这个选项。”

“老子自己的暑假作业还没写完，我哥到时候又要打我。”黄毛抓抓头，“执哥这字我真看不懂。”

“我也没想到今年高考毕业了还得帮人抄暑假作业。”顾甜吹了吹自己新做的指甲，“你哥揍你总比执哥揍你舒服。”

“作文能抄吗？”网管小弟问。

“作文……我自己写。”坐在桌边写盲盒试卷的方砚唯抬头。他原本打算同往年一样挑灯夜战狂补作业，没想到路执打了通电话，事情就变成了这样。

“方哥啊。”黄毛面露痛苦，“你们鹭屿中学作业未免也太多了，执哥平时都怎么过来的。”

“执哥的成绩本来就好。”顾甜说，“但他以前总缺考，他很讨厌他爸拿他的成绩到处炫耀。”

“说起来。”银灰色头发的网管小弟说，“执哥他爸最近是不是出狱了？”

方砚唯手里的笔停下：“执哥……他爸？”出狱？他记得方嘉弥说过，路执的爸妈也是离了婚的。路执先前跟的爸爸，后来又换到了温雅阿姨这边，应该就是因为这件事。

“他爸……对他不好吗？”方砚唯问。

“路建昌是人渣。”黄毛愤恨地说。

方砚唯握着笔的手攥得紧了一些。

“弟弟，你见过执哥脖子上的伤疤吗？”顾甜说，“执哥很小的时候，大概是八岁吧，坐在麻将桌角看书，他爸输了就把烟头摁在了执哥的肩膀上。”

像是一根软刺扎进心里，方砚唯的心口狠狠地抽痛了一下。他大概能理解路执为什么不喜欢说话，大部分时候都冷着脸了。还好回了温雅阿姨这边后，还有人关心路执。

方砚唯又有些不解，给方嘉弥发了一条消息。

【方块A】：温雅阿姨为什么不早点把路执接回来呢？

方嘉弥那边的时间是深夜，没有回消息。

“执哥？”黄毛唤了一声。

路执点头：“抄完了？”

“还有一小半。”黄毛老实地说，“执哥你写暑假作业的字真不是一般的潦草。”

“那继续。”路执拍了拍方砚唯的肩膀，示意他站起来。

“不带我吗？”黄毛问。

顾甜踢了他一脚：“滚。”

“你再骂我？”黄毛怒道。

已经接近晚上八点，第二天就要开学，方砚唯不知道路执这个时间要带他去哪里。

他坐在车上扭头看路执。

“回家拿个外套。”路执说，“晚上海风凉。”

“可是我的秋装都洗了。”方砚唯下午刚洗的，还没干。

“客厅柜子上。”路执说，“拿我的校服外套吧。”

方砚唯答应一声，进屋按亮了客厅里的灯，果然看见路执的外套被整齐地叠放在柜子边。他一抬头，又看见了客厅架子上那张笑得很甜的孩子的照片，随即压下心里那点违和的感觉，冲了出去。

“我们去跳伞吗？”方砚唯跃跃欲试。

路执：“晚上不跳伞。”

旅游季已经过去，鹭屿夜晚的街道安静了很多，银色发光的马路延伸向海边，远空的帘幕绣着繁星，流淌成长河。

“游泳？”方砚唯又问，“可我没拿泳衣。”

“不是。”车停在海岸附近的停车场，路执领着他往海边走。

一艘摩托艇停在海边，路执抛了一下手里的钥匙：“带你骑个真的。”

记忆忽然回到那次在商场里的电玩城，烧得方砚唯脸颊通红。他披着路执的校服，跨坐在摩托艇的后座上。

不知道为什么，只要是路执递到他面前的，他都无法拒绝。明明在不久之前他还畏惧得瑟瑟发抖，巴不得离这个人远一些。

“安全带。”路执一脚踩着摩托艇，提醒他检查。

夜晚的海边太安静了，飞溅的水花简直震耳欲聋。

方砚唯没想到这东西的速度会这么快，海水被破开，他们冲着海上的暗色直直地撞了过去。他抓紧路执的衣服，不由自主地喊出声。太快了，雪浪翻涌又摔在他身上，打湿了他的额发，海风将他整个人吹至凌乱。

一开始的叫喊是情不自禁，后来就变成了一种发泄和释放。艇身侧着划过海面，疾驰的摩托艇忽然失了动力，停在月下。

宁静的月色铺在颤抖的海面上，方砚唯连声喘气，忙着找回自己的呼吸。路执按亮了手机屏幕，推到他眼前。

9月1日，零点，方砚唯撞进了他的十八岁。没有传统的祝福，没有礼物，只有四下闪烁的无数天星和灯塔。至少，还有一个人为他记住了这个日子。

两个人都没有说话，摩托艇安静地漂浮在海面上。被丢在陌生的鹭屿，竟然还有人能陪他看山看海，方砚唯突然觉得好像也没那么难受了。

将近黎明时，路执才把摩托艇开了回去。

“等下上课可能会打瞌睡。”路执提醒他。

“我就没有哪节课不打瞌睡。”方砚唯说，“回去拿书。”

家门附近站着一对老夫妻还有一个男人，双方正在激烈地争吵着。方砚唯诧异地看着那个在超市里见过的中年男人。

“把老子的儿子还回来。”路建昌大吼着，“老子养了他十六年，他得回来给老子尽孝。”

“不、不可能。”路执的外婆，那个穿着端庄的老太太也抬高了声音，“那是我们的路路，我看着长大的，他那么乖，你算什么东西？”

“你看着长大的？”路建昌气愤不已，“凭什么抢我的儿子？他十六岁前都是老子的！”

双方好像都在疯言疯语，方砚唯有些迷茫地眨了下眼睛。

路执已经冷下了脸，无悲无喜地看着双方争吵。即便是旁人眼里一直疼爱他的外公外婆，他也没有半分要上去维护的意思。

路执把方砚唯带到花园后门：“去拿书和校服。”

方砚唯推开后门的同时，手中的手机振动起来。

余电2%，方嘉弥回消息了。

【方嘉弥】：怎么问起了这个？

【方嘉弥】：我也好多年没见温雅了，不过我记得她有两个孩子，路执，还有路执的哥哥，路琢。

【方嘉弥】：离婚那年路执跟了爸爸，路琢跟了妈妈。

【方嘉弥】：路琢那孩子从小就很优秀，乖巧懂事，只是他前年放学路上出了车祸，去世了。

【方嘉弥】：两位老人家受不了这个打击，刚好男方出事，温雅就把路执接回来养了，双胞胎，性格应该是差不多的，至少老人没再闹过了。

手机电量耗尽，屏幕暗了下去，方砚唯愣在原地。

这算什么？

他记起来，每次外公外婆送来的东西，路执都不会吃。每次见完他们，路执都会沉默好久。他记得路执颈间点状的伤痕，记得初见路执时这人身上无悲无喜的冷淡。他还记得，路执说过不要叫他“路路”。

方砚唯往前迈了几步，停在了客厅那张照片面前。他拆开相框，从里面取出那张照片。

照片的背面用铅笔写了一行字——九岁，路琢（路路）。照片从方砚唯的指间飘落。

他没有家了，路执也没有，曾经的他还天真地以为路执是在温室里长大的。

门外的争吵还在继续，方砚唯冲出院门，把车门狠狠地摔上。

“我要逃课。”

路执侧着头扫了他一眼，没说话，让司机开车，没有休止符号的争论终于被彻底甩在身后。

餐吧是夜晚营业，清晨空无一人。路执用钥匙开了门，让方砚唯进去，自己靠在沙发边倒了杯冰水。

凉意驱散了纷乱的思绪，路执舒了口气，问道：“不喜欢看人吵架？”

从前居住的环境恶劣，他活在阴沟里需要保护自己，后来他有了家，站到了阳光下。那里有关心他的妈妈，有疼爱他的外公和外婆，却又没人把他当路执。

爱恨都是假的，悲喜也是空的，除了——

“我是真的。”方砚唯忽然说。他站起来，甚至推了一下路执，像是急切地想要打破对方被冰封的世界，想让对方能听见自己的声音。

路执深吸一口气，将玻璃杯重重地放回桌上，片刻后抬起手用力按在少年的肩上，把昨晚吹了海风，声音带着一点点鼻音的少年按躺到沙发上，然后起身坐回吧台。

木质的佛珠相互碰撞，灯光下，檀香绕在发梢。不知道是不是方砚唯的错觉，路执身上的郁气好像瞬间就消散了。

清晨的光尚未向城市铺开，未开灯的店里光线昏暗。方砚唯侧着脸看向吧台边坐着的路执，路执也在看他。

少年侧躺在沙发上，悬于沙发边缘的左手腕停在光线未及之处，浅棕色的头发有些长了，乖顺地垂在额前。

“还上课吗？”方砚唯问，尽管昨晚穿了路执的外套，但他似乎有些着凉感冒。

“不去了。”路执说。

高三上半学期的第一天，班主任陈桑榆老师为班会课准备了两大节目：其一，让年级第一路执同学给大家讲讲学习心得；其二，让年级进步最快的方砚唯同学给大家讲讲进步心得。上课铃刚响，陈老师抱着书走进教室，往那两位同学的座位上一看——

空的？人呢？这是什么日子，这两人竟然同时缺课？还都没请假！

“自习吧。”陈老师说。

“正义哥。”何岁岁戳了戳同桌，“我方哥肯定是暑假作业没写完，所以索性请假不来了。”

徐正义点点头，深以为然：“方哥不在乎的。”

上午“Release”不营业，偌大的空间里只有方砚唯和路执两个人。

方砚唯坐在吧台边，一边吃力辨识着柜子上的酒瓶，一边听路执跟陈老师打电话。

“抱歉老师。”路执说话的声音听起来单纯又文静，“上学路上不太舒服，方砚唯把我送去了医院，现在已经没事了。”

“没事就好，没事就好。”电话那端的陈老师说，“你好好休息，方砚唯缺的课，后面我再想办法给他补上。”

这也行？跟好学生一起请请假也太轻松了。他忍不住有些羡慕。

“谢谢老师，我给他补。”路执挂了电话。

方砚唯坐在沙发上，怔怔地看着路执的侧脸，他有些零零碎碎的事想问，又不知道从哪里问起。“我俩……”他犹豫着开口。

“别怕我。”路执说。

方砚唯愣住。他其实早就对路执没有畏惧的意思了，甚至还多了些有恃无恐的放纵。路执和他好像也没他想象中那么不一样。此时门外车水马龙，他们两个在安静的房间内，仿佛与世隔绝。

“你招惹我的那些事，我没打算真的和你算账。”路执说，“方砚唯，我想跟你一起从这里走出去，看看这世界有多宽广。”

方砚唯怔了片刻，用力点点头，仿佛有什么屏障彻底地碎开。

“想问什么？”路执说。

看出来了啊，方砚唯想。事已至此，问什么似乎都没有意义。而且他是学渣，嘴笨，也说不出什么安慰的话来。他觉得路执也不需要。

“执哥。”方砚唯最终说，“你是路执。”

是路执，不是路琢，是板着脸的大冰块，也是装模作样的小白花，是方砚唯十八岁里遇见的不可替代。

高三（1）班的晚自习时间，缺课二人组才慢悠悠地晃进了教室。

“没事吧执哥。”他们刚坐下，后排的何岁岁就关心地问，“老陈说你身体不舒服，你们学霸平时光注重学习，也要多顾一顾身体。”

徐正义：“对、对的。”

“谢谢。”路执说。

方砚唯忍不住腹诽，你们这群天真的人类，被大白莲花骗得好惨。

“方哥。”何岁岁又说，“你的脸为什么这么红？要不是老陈的话，我差点以为生病的是你。”

就是我，方砚唯心说，大半夜去吹了场海风竟然还感冒了，丢人。

“没事。”方砚唯把书包扔到桌上。暑假一过他就是高三的学生了，今天发生了太多事，他有一种强烈的不真实感。

一叠试卷被人推到他的面前。

“抽一张。”路执说，“升级版的”

方砚唯深吸一口气，真实感这不就来了。

路执跟不跟他算账好像差别不大，这试卷盲盒他还是得写。这次他抽了张英语的，还行，运气还不错。

高三（1）班的教室门被人敲了两下。

晚自习时间，安静的教室里，敲门的声音被放大了许多倍。学生们纷纷从题海中抬起头，望向声音的来源。

“你们班这纪律还不错。” 教导主任站在教室门口说，“我过来顺便强调个事情。”

何岁岁打了个大大的哈欠。

“近期收到家长反映，有的同学在刚进入高三这样的关键时期，偷偷约着出去玩儿。”主任敲了敲讲桌，“不要打哈欠，这是很严重的问题，都给我重视起来，等到高考结束，随便你们怎么玩儿，现在都收一收歪心思。”

“路执。”主任点名。

方砚唯瞪大了眼睛。

“你是学生会的干部，要监督好班里的同学。”主任交代。

“好的，主任。”路执目不斜视，声音冷淡而程式化，“我会看好身边的每一位同学。”

教导主任满意地走了。

昨天咸湿的海风似乎还在耳边，那个开摩托艇带他横冲直撞的人正在低头看着书，分外用心。人果然不可貌相。

不过，摩托艇也太好玩儿了，方砚唯还想去。路执也太会玩儿了，怎么做什么都那么有趣。

“别看我，写你的试卷。”路执提醒。

方砚唯拖着音调长长地叹了口气，扒拉着试卷弄出巨大的动静，写试卷去了。

晚自习的下课铃刚响，路执就被班主任陈老师叫走了。

方砚唯胡乱地把自己的几张试卷扫进书包里，再一本本整理路执桌上的书，抚平纸页和边角，再收进抽屉里。

他斜挎着两只书包，去陈老师办公室门边等路执。办公室的门敞开着，满溢的灯光驱散了走廊上的昏暗。

“这个人，确定是你爸吗？”陈老师说。

路执：“嗯。”

“你爸……”陈老师说，“跑去你妈妈那边闹，你外公外婆报警了，那边让我问问你们家里的事情。”

“没事的老师。”路执低着头，右手扣着左手腕上的珠串，看上去有些无奈和局促，“家家都有本难念的经，有需要帮助的地方，我一定会联系老师您的。”

陈老师连声答应：“行，有什么困难你一定联系我，你是好孩子，也是咱们鹭中明年高考的希望，你一定要好好的，安心学习。”

"我会的，老师。"路执说。

能有什么事？无非是一方蛮横地想要控制权，一方想留个自欺欺人的念想。路建昌大概还会再来找他。

路执："我会把学习放在首位。"

陈老师挥挥手，满意地把人放走了。

路执出了教师办公室的门："走吧。"

走廊的灯没开，方砚唯就站在办公室门外。少年哼着歌转头看他，背后是深蓝色的天幕。

"你知道我在等你啊。"方砚唯有些高兴。

"嗯。"路执从他手里接过自己的书包，"你的书包装书了吗？看起来很轻。"

方砚唯愣了一下，说："放了张你给的试卷，怎么？看不起我们学渣吗？"

"没有。"路执说。

方砚唯坐在楼梯扶手上滑了半层楼。滑楼梯是要被扣分的，但管这事儿的路执稳稳地保持着下楼梯的步速，压根没有要跟他计较的意思。

这也太爽了。这书呆子最近真的都不跟他计较了，很多时候对他的各种违规行为都是睁一只眼闭一只眼。

户外的气温高，空气湿热，方砚唯试探着把校服外套脱下来，系在腰间。路执只是跟在他身后，一声不吭。

这都不扣？他应该早点和路执搞好关系的。

因为在陈老师那里耽搁了一会儿，方砚唯和路执走到鹭中大门时，门卫室值班的人正要锁校门。

"怎么弄到现在……"门卫叔叔话说到一半，借着门卫室的灯光看见了路执那张一贯冷漠的脸，"哎，是我们鹭中年级第一啊，真辛苦啊，学到了这个点。还好我今天多留了一会儿，不然你们就出不去啦。"

"谢谢。"路执说。

门卫叔叔看着两个人离开的身影，喃喃自语："好学生也太努力了，都放学了还在争分夺秒地学。"

温雅阿姨家的独栋二层小房子没有亮灯，早晨的喧嚣和吵闹都褪去了，像是一场闹剧，潦草地收了尾。沙发上还扔着一张孩子的照片，方砚唯经过时拿起来，收进了抽屉里。

方砚唯手机上显示出一条新的消息。

【白雪】申请添加你为好友：我是白雪。

这是谁？名字这么文艺。除了路执，他的社交圈里应该没有这么文明的现代人类。他点了拒绝。

过了半分钟——

【白雪】申请添加你为好友：我是黄毛。

方砚唯沉默片刻，点了同意，备注上黄毛。

【黄毛】：He，方方。

【方块A】：你想打的是不是Hi？

【黄毛】：不愧是我们执哥认定的好学生，英语太好了。

【方块A】：……白雪是你大名？

【黄毛】：对。

这也……太违和了。

算了。

【方块A】：你有什么执哥小时候的照片吗？

【黄毛】：以前有视频，他打我哥的视频，后来被我哥没收了。

【黄毛】：方哥我给你找找。

方砚唯想看看不爱笑也不可爱的小路执。

【黄毛】：可算给我找到了一张，不算小，十三中初中部，初一时候的。

【方块A】：什么视角，我看看。

【黄毛】：仇人视角。

这张照片还是黄毛从哪个论坛上截的，还带着标题。

【这几班的？老子昨天例行收保护费被他打了，初一的这么拽？】

照片里的路执身形清瘦，坐在操场边的单双杠上。

【方块A】：你加我是不是有话要说？

【黄毛】：哦对，我又没打通执哥电话。

【黄毛】：下周有热闹看，方哥来不来？

卫生间的门一声轻响，洗完澡的路执走出来，带过来一阵沐浴露的清香。

方砚唯恍然未觉，还在放大看黄毛发过来的那张照片，心里琢磨着，不知道这个版本的路执他能不能打过。

“好看？”路执的声音落在他的耳畔。

“你洗完了啊。”方砚唯抬头，“黄毛问下周要不要一起去看热闹。”

“你很想去？”路执把书桌上的佛珠串带回手上，“他们上次疯完，有三个人进了急诊，对方四个住院，五个骨折。”

“……我一点都不想去。”方砚唯说。

路执：“那太好了。”

路执坐在书桌前，边擦头发边盯着一本生物题集，偶尔腾出手往雪白的纸页上画几行潦草的字。

方砚唯右手翻开路执的衣领，再次看见那些点状的烧伤疤痕，问：“疼吗？”

路执停了擦头发的动作：“不疼。”或许疼过，但那个喊疼的小孩儿已经留在过去了。

“小时候想当飞行员。”路执说，“有疤痕过不了招飞，除此之外，没什么影响。”

想当飞行员啊？难怪。顾甜说过路执喜欢在晚上飞滑翔伞，一次又一次地降落在海岸线边，这或许就是某种弥补心理。

方砚唯洗完澡出来，路执还在看书。“我回房间了。”他说，“执哥，你别学太晚。”

路执：“嗯。”

方砚唯回了自己的房间，记起来自己好像没回黄毛消息。他打开对话，发现对话停在了一条语音上。

语音？他没发语音啊。

方砚唯调大音量，点击播放，手机里流淌出一段低沉又磁性的声音：“约打架约到这里，你觉得我是会打断他的腿还是打断你的腿？”

第二天一早，方砚唯才发现自己漏写了一份语文作业。

“多吗？”他问课代表，“多我就不抄了，大不了待会儿上课我出去罚站。”

“这是方砚唯的，交作业了。”路执推过去一张试卷。

方砚唯一脸问号地转头看他。

看着课代表满意地离开，方砚唯小声问："你给我写的？"

"刚好练字。"路执说。

"执哥，教室门口好多苦主啊。"何岁岁从外面进来，"你早读出去值日，扣了多少补作业的人的分啊。"

方砚唯心里咯噔一声，冒出一点儿罪恶感。

"不愧是校规的守护神。"何岁岁夸赞。

课间还没有结束，何岁岁闲不住："咱们学校今年的重本率好高，方哥，你有想去的大学吗？"

这个问题方砚唯还没考虑过。当初决定当学渣的时候，他就没觉得自己还能考上大学。方砚唯难得地有点慌张。路执的成绩那么好，他肯定考不进路执的大学。直到现在他才忽然明白，当时的自己有多幼稚和天真。不过他可以考到路执所在的城市。

等等，他的学渣脑袋为什么要思考这么超前的问题？

"你们那儿的农业大学好像不错。"何岁岁喃喃道，"我想考去你们那儿骑大象。"

上课铃响了，方砚唯对路执说："你考哪里我就考哪里，你选好学校了告诉我。"

路执："嗯。"

方砚唯放学时发现自己的卡上又多了一笔钱，方嘉弥又给他打钱了。

"你在那边找到矿了？"方砚唯打了个电话过去。

"找到了，介意当煤老板的儿子吗？"方嘉弥信口跟他胡扯。

"那我立马坐火箭去。"方砚唯说。

电话那端沉默了一秒，然后说："说真的，方方，我最近问了留学中介，你可以来我这里读大学，你什么时候过来？"

"啊，我就不来了。"方砚唯说，"我还挺喜欢鹭屿的。"

方嘉弥："……你暑假前骂了半个学期，说鹭屿湿热，你还记得不？"

"不记得了。"方砚唯不要脸道。

"真的不来吗？你不是很想跟妈妈一起过吗？当初让你去鹭屿读书，只是想让你先离开云城，你自己也答应了，我这半年帮你把中介都找好了。”方嘉弥抬高了点声音，“你说不来就不来了？”

“呃……”方砚唯有点心虚。

“怎么了方方？”方嘉弥问，“鹭屿有什么你舍不得放下的人和事吗？”

“没，妈。”方砚唯说，“你别管了。”

方嘉弥的语气稍稍正经了些：“其实前几天听你问起，我跟温雅聊了聊，发现她家现在的情况有些复杂，温雅的爸妈闹个不停，我怕你住得不舒服。”

“而且……”方嘉弥有些犹豫，最终还是说，“路建昌这个人你见过吗？他最近好像出狱了，我很不喜欢他。”

见是见过的，但为了让方嘉弥放心，方砚唯还是说：“没有。”

“没事啦妈。”方砚唯说，“我会照顾好自己的。”

电话那边传来小女孩儿的哭声，方砚唯抓住机会说：“Lirica怎么了？你快去看看。”

“有事随时联系我哈，直接打电话，别管时差。”方嘉弥匆忙地挂了电话。

方砚唯松了口气，停在楼梯口等路执。

他不想离开。他好不容易找到了一个同他差不多境遇的人，能互相倾诉，互相安慰。他甚至开始觉得自己可以像好久以前那样，当个老师同学都喜欢的好学生。他对这个潮湿炎热的城市忽然就有了留恋。

不知道路执是个什么想法。路神应该没他这么幼稚？

“找到了。”程静萱在他面前，对着身边戴着口罩帽子的高个子女生说，“他最近老在这里等人。”

顾甜套着件鹭中的深蓝色校服，粉色的头发藏在鸭舌帽下。

“你跟他说话小心一点，他会打人。”程静萱说，“我先走了，要上跳舞课。”

“你喊我打架吗？”方砚唯问顾甜。上次黄毛就为这事叫过他。

“我想死吗喊你打架？”顾甜从口袋里翻出两张票，“我有个演出，给你们送两张票，执哥还挺喜欢摇滚的，不过他一个人也不乐意去。”

生活素得跟清修似的大冰块，喜欢摇滚？方砚唯说：“那给我吧。”

顾甜把票给他，转身离开。

方砚唯往下走了几步，刚好看见楼下拉了一条横幅——祝贺我校路执同学在××区域竞赛中获得优异成绩。

祝贺我同桌取得优异成绩，方砚唯在心里说。

“你在傻笑什么？”路执一路走过来，“手上拿的什么？”

“我想去听摇滚。”方砚唯冲路执扬了扬手里的票。

少年背靠着栏杆，背后是橘色的傍晚天宇。

连说谎都不会的狐狸，跟花言巧语沾不上边。路执接过了票：“好，那方哥带我去。”

顾甜的小音乐节在周末，位于邻市。高三补课占用了周六，周末就只剩一天休息。

“家长会？”方砚唯出门前看见了群里的消息。

【岁岁平安】：老陈，你不是那个清新脱俗的你了，你竟然要开家长会。

【班主任–陈老师】：……

【班主任–陈老师】：高三了，我看有的同学心思还不在学习上，天天想着出去玩儿。

【班主任–陈老师】：记得叫家长，每一家都得来。

方砚唯转过头去看路执，对上了对方冷淡漠然的视线。简单的家长会，对他俩而言却成了难题。

“再说吧。”方砚唯关了群聊，“我们先去听歌。”他抱着得过且过的想法，和路执有了些自以为是的相依为命的感觉。他能懂路执，路执也懂他。

跟路执一起出去玩儿是件很有意思的事情。这个人看着冷，但每次都能给他带来些新奇的体验。

“机车？”方砚唯摸了摸停在院门前的黑色机车，爱不释手。男生的最爱，他居然也能摸一把了。

路执把头盔扣在他脑袋上，让他坐好。

机车引擎声轰鸣，驶向城区外，速度快得像是要挣脱什么，方砚唯攥着路执的衣角，感受耳畔往后流逝的风声。

路执是沿着海岸线骑的，这一片的公路人迹罕至，他把头靠在路执背后，遥望着远处闪着蓝色荧光的海岸线，心中不禁感叹，他的同桌怎么这么厉害。

机车加快了速度，驶过一段段海岸，最终停在一处无人的野海边。这是熟知鹭屿的人才知道的地方。

路执摘了他的头盔挂在机车边，引他去看辽远天空中振翅的白鸟。

“方砚唯。”路执说，“你看。”

方砚唯站在九月的海风里，海浪一点点侵入沙滩，打湿白色的贝壳。看着眼前的情景，他觉得自己像是在做梦，又似乎还未入梦，直到被远处轮船的汽笛声惊醒。

还没等他回过神，路执再次把头盔扣到他脑袋上：“走吧，要迟到了。”

机车在海边的公路上疾驰，到达目的地的时候距离开场已经过去了半个小时。

顾甜那头染成粉色的长发在人群中格外显眼，她抛过来一瓶水：“执哥。”

路执扬手接住，点了下头，拧开矿泉水瓶递给方砚唯。

方砚唯捧着手里的矿泉水瓶悄悄地笑了一下，莫名喜欢这种被额外照顾的感觉。

演出一旦开始，台下原本还算正常的人就开始群魔乱舞。方砚唯还以为大家要排排坐安静地听，结果被这些人的动静惊呆了。

台上音乐声躁起，人群慢慢拥挤过来，不知道是谁从什么地方扔过来一个冷焰，落在他脚下，烟和光瞬间炸开。

方砚唯还在愣神，一只手伸过来，冰凉的佛珠从他的手背上擦过，被路执从人海中拉了出去。他浅棕色的头发微乱，微张着嘴巴，漂亮的眼睛里是压不住的惊慌。

方砚唯坐在人群外围的草地上，看舞台上的顾甜一身黑色套裙，右手上转着一根鼓棒。

路执站在他面前，背对着舞台，逆着光看他：“喜欢摇滚？”

方砚唯：“什……”哦，是他骗路执出来编的谎话。这么快就被识破了。

人群里忽然发出一声欢呼，台上原本播放乐队LOGO的屏幕发生了变化，吊臂悬着摄像机扫向观众区，不断有观众的脸出现在画面上。这是乐队演出时经常会玩儿的游戏，被投影到画面上的观众，会向屏幕打招呼问好。

“要走吗？”路执俯身坐到方砚唯的身边。

画面镜头再次转换，方砚唯在屏幕上看见了神情迷茫的自己。

这是？他看见屏幕画面里，路执让他抬起手挥了挥。画面只是闪过了一瞬间，很快又扫向场上的其他观众。

周围人玩儿得很疯，也有一些爱闹事的混在人群里，这个拍一巴掌，那个推一下，制造点混乱。

“方哥。”路执说，“刚刚屏幕上的你挺帅。”

方砚唯整个人还处在呆滞的状态。

路执安静地站起来，伸手准备把他拉起来：“好多人，挤得难受，我们走吧。”

这个人低垂着目光，仿佛真的不喜欢这样的场合。方砚唯还未回答，有人突然撞过来，把手伸向路执拿着的手机。

小偷？

小偷只偷到了风。刚刚还一脸无辜纯善的路执抓住手腕把人抡在了草地上，拍了拍手心。

“方哥，我们走吧。”路执干巴巴地说，“真可怕。”

方砚唯和小偷一同陷入沉默。

因为要开家长会，高三（1）班取消了周三的晚自习。

下午放学后，方砚唯主动找了班主任陈桑榆，仔细解释了自己的家庭情况。

“爹不疼娘不要。”他说，“要不我临时认个爹，你见见？”

他转学过来的时候陈老师就了解过他的家庭情况，闻言挥挥手，让他哪儿凉快待哪儿去。

“路执呢？你俩家长都不来是吧。”陈老师问，“我有事找他。”

方砚唯：“在教室，他有题没看完。”

路执在教室门边，被一名学生的家长拦了下来。

“你就是路执？”学生家长问。

路执：“嗯。”

这位家长立马换上了一副气愤的脸：“我儿子上周念检讨就是你害的？他就是开开玩笑，扯了高一小姑娘的拉链，你就扣他分？”

路执：“嗯。”

他这副冷淡而油盐不进的态度很能拱火。这位家长很快就从愤怒转为了暴怒：“你这学生怎么回事？我说话你听不懂是吗？”

“我按学校的规定来。”路执背靠着墙角，面上没什么表情。

你知道你在跟谁拽吗？方砚唯往前跑了几步。

楼梯走道边突然侧过一道身影，推了那个家长一把。

“你怎么跟我儿子说话呢？”男人叼着烟，吊儿郎当地笑，“以为他没爸？”

方砚唯的脚步停在了原地。

“开家长会不叫我，我还是从你们学校公众号看见的。”路建昌冲路执说，“不认我这个爹？”

路执掀了下眼皮，没回答。双方都僵持着，有些剑拔弩张的意思，还是陈老师打了个圆场：“两位家长，来了就坐吧，我们准备开家长会了。”

方砚唯原本放下的心又提了起来。路建昌这个人，他着实喜欢不起来。

“年级第一啊。”路建昌翻着成绩单，“我儿子就是优秀，我养出来的。”

路执转身就走，方砚唯跟了上去。

“他怎么突然想起来要给你开家长会？”方砚唯问。

路执说：“一直。”

路建昌对他的成绩一直有极大的兴趣，小时候他若是考了年级第一，路建昌就会拿着成绩单大肆吹嘘。后来他就不乐意去考试了，路建昌丢不起年级倒数第一这个脸，也就没再关注他这茬了。

“不用管他。”往校门的方向走了几步后，路执问，“要吃葡萄冰吗？”

“好啊。”方砚唯答应。

等吃上葡萄冰方砚唯才知道刚刚陈桑榆找路执是要做什么。学校让路执去参加一场中学生英语演讲竞赛，刚好在十一假期。他本来想跟路执去旅游的，他还没和大冰块一起出去旅游过。

“那只能等下一个假期了。”路执说。高三学生的时间少，之后直到临近新年时才会有假期。

“也行。”方砚唯说，“我想看雪，等冬天到了我们去北方。”

路执点头：“嗯。”

方砚唯的十一假期也不算无聊，他在何岁岁家的宠物店帮了两天忙，林与宋就来找他了。方砚唯睡到了中午，打车去机场接人。

林与宋把一包菌子塞到他手里：“这会儿只有干的，凑合吃吧。”

林与宋出了机场，环视周围：“海边真是潮湿，你都变得更水灵了。”

“你那是什么用词。”方砚唯咧着嘴踢了他一脚。

鹭屿市是旅游城市，每逢假期，路上总有很多游客。林与宋到了第三个景点，终于发现方砚唯不对劲了。

“你干吗总拿着手机！”林与宋说。

方砚唯打字的手迟疑了一下，把一张骂架专用的表情图发给路执，随后又点了撤回。

【吱吱】：?

【方块A】：打错了，大佬原谅我。

【方块A】：执哥进考场了吗?

【吱吱】：。

【吱吱】：竞赛是明天。

【吱吱】：黄豆落泪.jpg

【方块A】：……

怎么说呢……方砚唯一度以为路执不会用智能手机，结果这人不仅会，还会发莲气十足的黄豆表情。

【方块A】：那你现在在干什么?

路执正在赛前培训，来自多个高中的尖子生坐在一起，聚精会神地听老师发言。他右手搭在笔记本的纸页上飞快地做着笔记，左手则是放在课桌下，回复方砚唯的消息。

坐在他身边的是一位来自北方的书呆子，血统纯正的学霸看傻了。

“这谁啊?”学霸问。

路执：“我同桌。”他低下头，看手机屏幕上的新消息。

【小红狐狸】：朋友来玩儿了，我带他去坐摩托艇。

【小红狐狸】：【图片】

照片拍的是海岸，方砚唯身后不远处站着另一个男生。路执在云城的时候见过，当时对方自我介绍是方砚唯以前的同桌，两人似乎……关系还很不错，认识了好几年。

“今天的培训就到这里。”讲台上的老师说，“希望大家在明天的英语竞赛中取得优异的成绩。”

路执把笔记本放进书包里，起身往外走。

“同学等等。”有人在背后叫住他。

“我是鹭屿七中的。”女生说，“之前就知道你，可以认识你一下吗?”

路执拇指捻了下手心的佛珠串，摇了下头：“不了。”

方砚唯刚踩上摩托艇，口袋里的手机振动起来。

【吱吱】邀请视频通话。

“我不上了。”方砚唯把脚收回来，指着林与宋跟开摩托艇的人说，“帅哥，带他兜个两人份的。”

摩托艇在林与宋的一串惨叫声中飞了出去。方砚唯找了片僻静的地方接了视频通话。

路执似乎是站在楼道里，周围的光有些暗，这让他看起来没平日里那么高冷，可惜不在他身边。

“怎么了，执哥？”方砚唯问。

“刚买了葡萄。”

“嗯？”

“才发现你不在旁边，吃不完。”

“……我去找你？”方砚唯问。

“不用。”路执说，“麻烦。”

路执：“你们两个人玩儿挺无聊的。”

方砚唯想说还好。

路执：“我给你们找个伴。”

方砚唯心说也行。

十分钟后，黄毛带着二十来个十三中的学生来了海边。

林与宋刚下摩托艇，就脑袋昏昏地看见一群穿着五花八门看着就不是什么好东西的男生挨个走到方砚唯面前喊了声方哥。

在林与宋的印象中，方砚唯顶多还是那个跟他一起打闹的同款淘气学生。原来在他不知道的时候，方砚唯已经有了二十多个小弟了。

“方哥。”林与宋说，“你出息了啊。”

方砚唯无言以对。听路执那轻描淡写的语调，他以为只会来一个黄毛，没想到那人把十三中恶霸男团整锅端过来了。

“还……还好吧。”方砚唯心虚地说。

“那我俩……我们，接着旅游？”林与宋问。

双人游秒变跟团游。

“方哥。”黄毛说，“这时间也不早了，要不我们先去吃饭？”

方砚唯说好。

餐馆是黄毛他哥投资的，在老城区，十三中对面，方砚唯他们所在的包间玻璃窗外刚好是十三中那破败的校门。

“来两箱酒。”黄毛冲着门外喊，然后看了一眼方砚唯，“算了，全换成椰奶。”

“噗，吓死我了。”林与宋在方砚唯耳边小声说，“我刚才差点以为这群人抽烟喝酒打人无恶不作，他们吃饭竟然还喝椰奶，应该也没那么可怕哈哈哈。”

那我还是不要多说了，方砚唯心想。

有的人看起来像街溜子，事实上却很会聊天。

路执那个银灰色头发的小弟跟林与宋从网游聊到电子竞技，方砚唯愣是半句话都没有插进去。

【方块A】：你怎么叫了这么多人。

【吱吱】：没有。

【吱吱】：我只叫了黄毛和若干朋友。

【方块A】：……

【吱吱】：对不起，他们打扰你跟你朋友了吗？是我不好。

【吱吱】：黄豆泪汪汪.jpg

【方块A】：没事没事，我看林与宋挺高兴的。

【吱吱】：那就好。

方砚唯莫名其妙地松了口气。

【方块A】：我今晚不回家里睡了。

【吱吱】：？

【方块A】：我跟林与宋一起住宾馆。

【吱吱】：嗯。

【吱吱】：你们订宾馆了吗？

【方块A】：哎，还没有，等下看看。

【吱吱】：鹭屿是旅游城市，现在是旅游黄金周。

【方块A】：嗯？

【吱吱】：现在周边的酒店应该都被订完了，你们要么花1000+去住高级酒店，要么住车站附近的私人小旅店。

【方块A】：那我只住得起小旅店。

【吱吱】：会很吵，环境也脏乱差。黄豆抹眼泪.jpg。

那不行，方砚唯心想。

【吱吱】：你们住家里吧。

【方块A】：我的床很小。

【吱吱】：让你朋友睡你房间，我房间借你。

【方块A】：好耶。

他以前真是大错特错，路执人真好。

“爸爸安心了。”林与宋舒了口气，“当初你来鹭屿我还不放心，没想到你在这里已经有了这么多新朋友。”

“你再说一遍你是谁爸爸？”方砚唯把林与宋揍得抱头乱窜。

不过，林与宋似乎没说错，潮湿炎热的鹭屿不知道从什么时候开始已经成为了他记忆中无法忘记的部分。

林与宋对路执家的房子赞不绝口。

“面积不算大，但规划好合理啊，房主人的审美应该不错。”林与宋说，“方砚唯，我渴了。”

“你屁股后头，冰箱里有矿泉水。”方砚唯正低头给路执发消息。

林与宋拉开冰箱又是一声惊呼：“好多葡萄，我怎么记得你不吃这个啊。”

“我现在……”方砚唯愣了两秒，“很爱吃。”

冰箱里放着一个两层的保鲜盒，里面都是洗好的葡萄，盒盖上还贴着一张便利贴。

“这是画了张符镇压葡萄吗？”林与宋表情茫然。

方砚唯倒是认出来了，路执的毛坯简化版连笔汉字——给方砚唯。

“看起来很甜啊，我来搞一把爽爽。”林与宋把手伸向葡萄。

方砚唯把餐盒推回冰箱里，拿出一只椰子砸在林与宋伸出的手上。

方砚唯原本打算晚上腾出两个小时带林与宋去看看鹭屿的夜市，然而刚过八点林与宋就睡得不省人事。他去了路执的房间，趴在枕头上，给路执发消息。

路执的话不多，但几乎他发的每一条消息路执都会回复，大部分时候只是简短的“嗯”，这却能给他带来极大的安全感。

【方块A】：好无聊啊，执哥，你在做什么？

【吱吱】：看书。

路执拍了本挺厚的医学书发过来。

【方块A】：看不懂，我是文盲。

【吱吱】：是能考年级前四百名的文盲。

【吱吱】：黄豆可爱.jpg

这阴阳怪气的黄豆表情，为什么路执发的时候，他会觉得这个人是真的在向他小心翼翼地示好呢？

方砚唯不小心碰到了朋友圈的图标，好友动态那里弹出方嘉弥的头像。

方嘉弥带Lirica去森林公园玩儿了。混血小女孩儿梳着双马尾，坐在野餐垫上笑弯了眼睛。

方砚唯给这条动态点了个赞。

【方块A】评论：等Lirica上了幼儿园，得跟她妈妈一样偷走多少男生的心呢。

【方嘉弥】回复：还得是我儿子，嘴巴太甜了。

方砚唯把聊天框切了回来。

【吱吱】：竞赛，紧张。

路执会紧张？假的吧？方砚唯眼前浮现那张万年没表情的冰雕脸，还是搜索了考前心态调整办法，一条一条用语音念给路执听。

竞赛临时用的四人宿舍里，三个正宗原生态学霸正坐在书桌前，盯着笔记本电脑铿锵有力地背演讲稿，卷得宿舍氛围格外紧张。整个宿舍……哦不，四分之三个宿舍的氛围仿佛都凝滞了。

路执神情冷淡地坐在自己的位置上，书桌上除了手机什么都没有，蓝牙耳机里是方砚唯一条条发来的语音。

【小红狐狸】：还紧张吗，执哥？

【路执】：还有9%的紧张。

【小红狐狸】：嘶……那我再找一个给你念念。

高三生学习忙碌，林与宋只在鹭屿待了两天就坐飞机回了云城。

方砚唯送完朋友回到家里，写完了一张盲盒试卷。

【方块A】：【照片】，执哥，写完了。

路执没有回复。今天有竞赛，方砚唯估计路执会一直很忙。过了晚上十点，路执都没有回他消息。

凌晨一点，路执乘坐的飞机在鹭屿机场降落，黄毛他哥白栖远开车去机场接他。

"谢了。"路执说。

"谢什么。"白栖远笑了笑，"上车。"

从机场到家里大约一个多小时的车程，路执到家时已经将近三点。他把行李箱推到玄关边，想倒杯水，看到茶几上放着一个洗干净了的保鲜盒。方砚唯把葡萄全吃掉了。

路执推开自己房间的门，寻着记忆中开关的位置按了下去。

"唔……"床上的人捂了下眼睛，侧着身睡得香甜。

大概是刺目的灯光照进了梦里，方砚唯用手背挡住了半张脸，露出来的薄唇上勾着好看的弧度，不知道是做了什么美梦。

路执轻声翻了翻抽屉，拿了自己的睡衣，关灯退了出去。

方砚唯梦见了日出和日落，他似乎躺在清幽的雅室里，檀香味让他的倦意更深。

方砚唯在清晨的阳光里睁开了眼睛，半天才发现房间里多了个人。

路执？

路执站在书架前，正回头看着他，背后是从窗帘的缝隙透进来的晨光。

"你睡眠很浅吗？"路执问。

"你不是后天回来吗？"方砚唯问。

路执："提前。"

"怎么提前了？"好几天没见，乍一见到路执，还真没办法把这人跟泪汪汪的黄豆联系在一起。

楼下传来一阵吵嚷，院门似乎是开了，楼下客厅里热热闹闹地，传来了说话声。

路执翻书的动作停了一瞬，他把书合上："你接着睡。"

方砚唯还有点儿迷糊，然而卧室门合上的瞬间，他却一下子睁开了眼睛。

楼下客厅的桌上放满了各种糕点糖果，还有一些学生保健品。老夫妻看见路执从楼上下来，眼睛一下子亮了。

“路路。”外婆说，“我们路路从外面比赛回来了。”

外公也说：“快过来坐，让我看看我孙子瘦了没有。”

路执只是嗯了一声，眼睛淡淡地扫了两位老人一眼，没什么过多的情绪，既不高兴，也不过分冰冷。他走到厨房给自己倒了半杯水，仰头喝下去。

“路路，高考压力大。”外婆说，“我给你买了维生素，你多吃一些。”

路执：“嗯，谢谢。”

很小的时候，在路建昌和温雅还没分居时，他跟路琢都是被老人捧在手心上的。路琢爱笑，他不喜欢，虽说是双胞胎，但旁人一眼就能区分出他俩。

一年多以前，路执从老城区被温雅接回来，外婆叫他“路路”，待他如初。他们关心他，给他买各种衣服零食，后来他才知道，那些都是路琢喜欢的。

“爱”对他而言从来都是多余的，他无数次站在郊外的悬崖上，穿着黑色的作训服，背着滑翔伞一跃而下。他觉得世间多半如此，何人何事都无关紧要，直到——

“他是路执，不是路琢。”少年的声音出现在客厅里。

路执沉静的目光忽然剧烈动摇。

方砚唯穿着睡衣站在楼梯的扶手边，浅棕色的头发微乱，脚下踩着一双拖鞋。

“他没有‘路路’这个名字。”方砚唯说，“我觉得‘路琢’也没有。”

路执外婆洗水果的动作忽然停住，背影仿佛迅速地苍老了下去，哗啦啦的水声在瞬间安静的客厅里显得十分喧闹。

“这么称呼他，是因为你们心里其实知道他是路执而不是路琢，不是吗？”方砚唯说，“醒醒吧，路琢已经死了。”

“她……身体不好。”外公的嗓音有些哑，“你别……这么说。”

外婆手里的果盘摔在地上，慢慢蹲下身，抹了下眼泪。

“他是个人！”方砚唯挡在路执的身前，“他不爱笑，他不爱说话，他写的字很潦草但努力在练，他喜欢摇滚，喜欢白色，他会难过也会高兴，他是个有情绪的活生生的人，你们……不能这样对他！”

外婆捂着脸，蹲在地上大哭起来。

爸妈离婚的时候方砚唯没生气，被程骋欺负的时候他也是笑着打回去，从来没有像现在这样对着两个老人大喊。

那是路执，不是别人的替代品。

两个老人互相搀扶着离开了温雅买的房子。

方砚唯缓慢地蹲在楼梯边，坐了下来。路执俯身，把手搭在他肩膀上。

“执哥……我没文化，也没素质，我在旁人眼里就是个渣渣。”方砚唯喃喃地说，“我坏事干尽了。我才不管他们的年龄和身体，我想骂就骂了，我是大恶人。”

“不是。”路执沉声说，“你最乖了。”

并非何人何事都无关紧要，这个世上还有人懂他。

十一假期一过，高三（1）班的月考成绩就出来了。

早读课上，方砚唯心不在焉地背书，听着后排的何岁岁跟徐正义两个人算分。

“66加42，我语文108分哈哈哈哈，老师算错了，就给了我104。”何岁岁手舞足蹈，“白赚4分。”

在学生时代，考试后发现老师加错了分是一件挺值得高兴的事情，把分加上还能提名次。每个发现被算错分的学生都会自豪地站到老师面前，骄傲地说自己的分数被弄错了。

这下周围的人都开始算分了。不过老师哪有那么容易出错？除了何岁岁，大家最终都失望地收了工。

方砚唯冷笑了一声，他自认是学渣，不需要参加这种讨分要债的好学生活动，而且他那点分也没什么好算的。路执就更不需要了，他是年级第一，稀罕那仨瓜俩枣吗？

方砚唯鄙夷完一大票积极算分后失望收工的好学生，转头就看到路执手里捞着张英语答题卡数分数。

刚好陈老师走进来，路执举手说：“陈老师，方砚唯的英语试卷少算了一分，这样不好，请给他加上。”

这不起眼的1分把方砚唯往前抬了5个名次，一脚踢进了年级前三百五十名。

“我靠，方哥。”何岁岁捧着方砚唯的英语试卷痛哭，“你的英语阅读正确率什么时候这么高了！”

滚烫的知识，那都是路执强塞进他脑袋里的。方砚唯看了看坐在他身旁一声不吭的路执。看到他正握着笔描自己的语文试卷，把那通篇胡扯浮夸做作的作文当字帖用。

关于成绩的夸奖，方砚唯很小的时候经常听见。那会儿他还是精通琴棋书画的别人家的孩子，老师夸他聪明，学东西很快，家长们也说他懂事乖巧。

时隔多年再次听到类似的称赞，方砚唯发现自己并非完全不在意。

上课铃响了，这节是物理课，要复盘月考的卷子。

高三的学习任务重，何岁岁从家里顺了不少苏打饼干，上课在后排嘎嘣嘎嘣地嚼。方砚唯越听越饿，他停下记笔记的手，把手绕到背后，指尖敲了敲何岁岁的桌子。后排抽屉里传来饼干袋的塑料声，何岁岁弯腰把手递到课桌下，把饼干放进方砚唯的手心。方砚唯收了饼干，从兜里摸了两颗薄荷糖，反手搁在了何岁岁的桌子上。

等价交换，交易完成。

徐正义对此已经见怪不怪了。只是他比较奇怪，路执这段时间对方砚唯跟何岁岁的小动作多数都是睁一只眼闭一只眼。

方砚唯刚把饼干袋子撕开一条小缝，路执推过来一张纸条。

"我买的零食不够吃吗？"

龙飞凤舞的一行字，外加一个潦草的黄豆泪汪汪表情，还用画重点专用的黄色荧光笔给上了色。居然……有点诡异的可爱。

"今天想吃饼干，何岁岁买的柠檬味饼干好吃。你画的小黄豆不圆。"

方砚唯在小纸条上工整回信，顺手画了一个圆润漂亮的黄豆脸，把纸条推了回去。

拆包装袋的声音又响了起来，柠檬奶油的香味飘了出来。

教导主任早餐吃得太饱，这会儿想要遛弯消食，顺便查看各班的纪律。他沿着走廊一个个班级看过去，前方路口左转，即将到达他最喜欢也最满意的高三（1）班，他甚至已经遥遥看见年级第一路执同学的后脑勺。

路执同学微微侧身，抓住窗帘的一角扬手一拉，窗帘散开，挡住了外面人的视线。

教导主任望了望天空中的乌云。不晒啊，需要拉窗帘吗？算了，好学生都脾气古怪。教导主任摇摇头走了。

方砚唯安全地啃了一整节课的柠檬饼干，没被任何人发现。

这周的值日轮到了他们小组，课间需要擦黑板，方砚唯接了两杯水回来，转身在讲桌上拿起黑板擦。教室右侧写通知的小黑板是路执挂的，有点高，他边跳边擦，跳到一半被人劫走了黑板擦。方砚唯回头，看着路执面无表情地抬手一点点擦干净黑板。

方砚唯忍不住腹诽，明明他上半学期长高了两厘米，却还是没有路执高。

路执拍了拍手上沾到的粉笔灰，等他一起回座位上。

窗边莫莉和几个女生在捂着嘴巴偷笑，方砚唯茫然地听了几耳朵，没懂她们在笑什么。

“下周的晨会。”路执出声打断他的思绪，“你和我一起上主席台。”

方砚唯一脸问号地看着他：“我犯什么罪了？”又要念检讨？

“不是。”路执摇头，“是进步奖。”

方砚唯还没在主席台上领过奖，这次还是跟路执一起，感觉还有点儿新鲜。

最近校门边新开了一家过桥米线，方砚唯很喜欢，所以每逢午休，他都和路执去校外吃饭。

“阿姨，加三份蘑菇。”方砚唯坐在餐桌边冲店主说。

“又加这么多？行。”店主阿姨应声，去了后厨。

方砚唯趴在桌边，看路执抽了一张纸巾，仔仔细细地把餐桌擦了好几遍，又用开水烫了碗筷。

他们隔壁桌坐了一对同属鹭屿中学的男女生，方砚唯一眼就瞄见了这两人的情侣项链。男生显然有些紧张，不住地拿眼睛去瞄路执，看得方砚唯想笑。

“在看什么？”路执问。

“执哥。”方砚唯压低声音说，“那两个人还挺有意思的。”

“跟我一起吃饭很无聊吗？需要看别人下饭。”路执握着筷子低着头，看似有气无力地戳着碗里的米线，目光好像逐渐空洞，“你之前就说我无趣。”

方砚唯正在细品蘑菇，这一口铁锅又被抡到他脑袋上。他仔细想了想，这话他确实说过，但那也是好久之前了。没想到路执还记得。

“我那就是……随口一说。”方砚唯赶紧说。

路执稳稳地捏着筷子，笑了一下，眼里的笑意转瞬即逝，方砚唯都没看清。

“我想买盒笔芯。”方砚唯说，“你陪我去文具店吧。”

路执：“我还有半盒。”

“你用的笔芯太粗了，我用不惯。”方砚唯拒绝道，“我不用0.7的。”

“那走吧。”路执放下筷子。

文具店就在附近，方砚唯拿完笔芯，转头看见文具店里卖的笔。笔架边的试色纸上被学生们画了许多乱七八糟的东西，有单调的波浪线，还有拙劣却不失可爱的简笔画，还有写人名的。方砚唯看见了自己的名字，还有路执的，校园名人果然永远不缺出场的机会。

路执刚拿了一叠草稿纸，转身就看见方砚唯站在试色纸面前，挑了支可供试色的红笔，在两个名字边上涂涂画画。

片刻后，方砚唯满意地盖上笔盖，嘴角压着点得意的笑，欣赏自己的杰作，模样幼稚又可爱。

路执把手搭在他的肩膀上，没阻止他这小学生行为。无聊的小心思被发现，方砚唯有点不好意思，正要把话题岔开，转头却见门外有个人影一闪而过，看着有点像路建昌。

看错了吧？这个时间路执他爸怎么会出现在这里？应该是看错了。

“还有四十分钟。”路执扫了一眼墙上的时钟，“回教室还能睡一小会儿。”

这学期学校扩招，学生增多，路执这个走读生的宿舍床位就被学校回收了，所以现在方砚唯都是趴在课桌上午休的。

方砚唯做了一个简短的梦，梦见他和路执考上了同一所大学，飞机从鹭屿起飞，直上云霄。他睁开眼睛，看到路执正安稳地坐着，认真地看英语阅读。他打了个哈欠，把脑袋枕在小臂上，脸朝向玻璃窗外继续午睡。路执停了笔，把窗户稍稍掩上了一些。

下午第三节课，陈老师过来敲了敲窗户，把路执叫走了。

“老师。”路执说，“请问有什么事吗？”

陈老师皱了皱眉：“你爸跟人发生了纠纷，打了人，对方同意私了，需要家人送钱过去，你是他的直系亲属，那边找不到你，把电话打到了学校里。”

陈老师刚才接电话的时候就想把这烦人的家长给掐死了。干啥啥不行，专门添乱。但他是教师，为人师表，不能在电话里骂脏话。

“你好。”路执接了受害人的电话，“你被打了，好可怜，可我还是学生，在读书，我没有钱。打人是不对的，让他坐牢吧，你也可以出气了。”

电话那端传来路建昌的骂声，路执面无表情地挂了电话。

“老师。”他礼貌地说，“没有其他事情的话，我回教室上课了。”

“行！”陈老师连连点头，“你快回去。”

“现在的学生家庭状况真是复杂。”隔壁班的班主任说，“眼看着还有一个半学期就要高考了，可别影响了高考。鹭中明年还指望路执冲一把全市第一呢。”

“我会多注意。”陈老师说。

路执回到教室，方砚唯立马问他：“叫你干什么？”

路执不在，他觉得这节课无聊极了，半点都听不进耳朵。

“没什么大事。”路执压低声音说，“别担心。”

方砚唯做梦都没想到，鹭屿一中晨会的高光时刻还能让他上去沾点光。

鹭中校长站在主席台上，宣读着本次月考的获奖名单。

“年级总分第一，路执；年级最佳进步奖，方砚唯。”

方砚唯往日上主席台念检讨丝毫不慌，今天却有那么一点儿紧张。

“怎么这回就我们两个人啊。”方砚唯贴凑到路执耳边说。

两人一个是校草，一个是后来的校草预备役，站在一起时，总能吸引许多人的目光。

方砚唯贴过去小声说话时，虽然除了路执外无人知晓他说了什么，操场上却起了几片喧闹。还挺好的，他这个学渣，也能有和学神站在一起的时候。

晚上，高三（1）班班群。

【何岁岁】：【照片】，学校网站上偷的晨会照片，@方砚唯@路执，自取。

【何岁岁】：看我方哥笑得多开心啊，我也想学习进步了。

【班主任-陈老师】：@何岁岁，就你一个人在群里说个不停，高三了！敲头.jpg

【何岁岁】：哎哟，发错群了。

【班主任-陈老师】：我就知道你们还有不带我的群。

【何岁岁】：好多个呢，老师您永远不知道五十个人的班级能拉出多少群来。

【班主任-陈老师】：……去学习吧。

方砚唯保存了那张照片。他第一次觉得鹭屿中学的校服也挺好看的，先前一直没有好好穿过。深蓝色的校服穿在他跟路执身上，丝毫没有他从前想象中那样呆板，他决定了，以后要经常穿鹭屿的校服。

方砚唯拆开今天文具店里赠送的糖果，拿了一颗丢进嘴巴。

软糖？这什么糖？荔枝味的，还挺有嚼劲，好吃。

“方砚唯。”路执敲门进来，“我的英语书是不是在你房间里？”

“啊对。”方砚唯指了指桌角。

路执没看桌角，目光停在桌角上的糖纸上，逐渐变得严肃。

“你……”方砚唯话还没说出口，就被路执捏着脸颊稍稍用力，微微张开了嘴巴。

“泡泡糖。”路执说，“橡胶制品。”

方砚唯愣了愣，猛地冲到垃圾桶边把泡泡糖吐了。

方砚唯的嘴有点儿红，不过看起来应该没引起什么严重的反应。

路执微微松了口气：“还好及时吐掉了。多喝热水，明天就好了。”

“谁能想到吃个糖还能过敏。”方砚唯吓得不轻。

“管好嘴巴，不可以乱吃东西。”路执把桌上的糖纸叠成方块，连着方砚唯还没吃的糖一起丢进了垃圾桶里。方砚唯拧开矿泉水瓶的盖子灌了好几口水。

路执的目光停在他手机屏幕上的照片上。

“你穿校服挺好看的。”路执说。

方砚唯心说，那他就更要多穿穿了。

“我给你发的视频，看了吗？”路执问，“化学。”

方砚唯还真忘记了。“发了吗？我现在看。”他说，“你是不是记错了？”

路执拎了张椅子过来，在他旁边坐下。

方砚唯发现他们两个最近的聊天记录有点多，虽然大部分时候都是他在说。他翻了好久才找到路执发来的视频。

一周前——

【吱吱】：【高中生化学精讲】

【吱吱】：看。战损委屈黄豆.jpg

【方块A】：【截图】，看看我这个牌，还有斗赢地主的希望吗？

【吱吱】：出对A。

【方块A】：赢了，路神厉害。

化学视频就这么被忽略了。

路执的目光一路从手机屏幕移到方砚唯的脸上，似乎有点隐隐的“幽怨”。

“我马上看。”方砚唯狂点视频。

屏幕上显示“过期视频已被清理”。

“……你再给我发一个。”方砚唯说，“我这次肯定不会视而不见了。”

路执像根木头一样坐着没动。

“求你了，执哥。”方砚唯好言好语地请求。

木头人动了。

“发你两个。”路执说，“下次文件没了，记得找我。”

鹭屿的秋天也是暖的，入秋后，方砚唯只在校服里面多加了件薄毛衣。

“最近校服穿得多端正啊。”陈老师路过玻璃窗边时夸道，“就得这么穿，有好学生的样子了。”

“何岁岁，把你桌上的零食都收一收，你开小卖部呢？”陈老师说，“小心被主任抓到。”

“好的老师。”何岁岁把吃的往书包里一扫，“老陈真不错，高考我怎么都要多给你挣点分。”

“先把你那英语作文的句子写顺溜吧。”陈老师笑着摆摆手走了。

“方哥。”何岁岁踢了踢方砚唯的凳子。

方砚唯转过身去。

“双十一我家狗粮打折，你要搞一包吗？”何岁岁问。

“线上比你家的便宜。”方砚唯拒绝，“我要给方便面买线上的。”

一次能买五六袋，全寄姑姑家，都是他家逆子的口粮。

“我今晚不睡了。”方砚唯向路执宣布。

路执冷淡地扫了他一眼：“哦。”

“你就没有想买的东西吗？”他问。

路执：“没有。”

方砚唯坚定地认为路执卧室里的网速优于他那个房间的，所以十点多就抱着被子和枕头搬去了路执的房间。

“五袋狗粮，二十个罐头。”学渣掰着手指算钱，“还能送一个项圈和两个小玩具，太划算了。”

路执抬头看了他一眼。

“我的方便面肯定会记得我的。”方砚唯说。

二十三点五十分，洗完澡的路执推门进来，房间里静悄悄的。

方砚唯斜躺在床上，手里抓着手机，脸颊挨着他叠好放在床边的校服外套，另一只手的指尖还勾着他的珠串，睡得很沉。路执掰开他手指拿了手机，解锁后卡点下了订单。

方砚唯第二天起床的第一句话就是：“我的狗粮！”

拿着单词书的路执靠在门边看他。

“我怎么睡在你这里了啊。”方砚唯揉了揉眼睛。

“我给你买过了。”清晨路执的声音微哑。

那还挺靠谱的。“还好有你。”方砚唯开心地说。

路执放在柜子边的手机振动了几声，路执扫了一眼，没理。过了片刻，手机又响了起来。路执站起来接了电话，站在二楼的露台上没说话。

“老子出来了。”电话那边是路建昌的声音，“还好我之前在里面认识了几个朋友，人家都比亲生儿子好。”

“还有事吗？”路执沉声说。

“你妈妈那么有钱，你手头的钱也不少吧？”路建昌说，“那人就是自己找打，想要钱，给他就好了，结果你们一个个的都不帮我。”

“那你找别的儿子去吧。”路执说。

“路执，你这是什么态度？”路建昌的声音变得恶劣起来，“龙生龙，凤生凤，我是人渣，你也好不到哪里去。你以为穿上鹭中的校服乖乖地扮演路琢，你就能摆脱我了吗？”

路执没说话。

“你是我养出来的，是跟我一样的货色，是在阴沟里长大的老鼠。”路建昌说，“你得给我养老，然后去结婚生子，再让小崽子给你送终，这就是你的命。”

“你倒好，现在的朋友很多是吧？那个男生，经常跟你走在一起的那个，是好人家的孩子吧？”

路执抓着手机的右手忽然攥紧：“路建昌，你敢动他试试。”

“我怎么不敢动？”电话那边的声音放缓了些，“路执，我还不知道你是什么样的人吗？对猫狗，对人，你从小就像个没有七情六欲的怪物，但你现在竟然有朋友了，真稀罕。你是跟我一样的人，你凭什么有朋友？”

“路建昌，你自己身上的那些事处理干净了吗？我能打你一次，就能打你第二次。”路执的声音十分平静，“不怕住院，不怕死，你就尽管惹事。我的事情和你没有关系。”

路执挂断了电话。

“执哥。”方砚唯推开露台的门，“你又想打谁？你在和谁打电话？”

路执动作有些粗暴地把他推进屋，关上了露台的门。

“卖房的。”路执说。

那这房价得有多高，把大冰块点得跟大火山似的。

方砚唯今天刚到学校就被老陈抓走了。

“方同学，学习压力大吗？”陈老师问，“时间紧张吗？”

方砚唯：“……不紧张。”

“那十二月的新年联欢会，你上一个？”陈老师问。

“不是吧老师，又找我。”方砚唯问，“也不能盯着一只羊可劲儿薅啊。”

“就你了。”陈老师说，“我等下把琵琶给你借过来，你挑个曲儿。”

方砚唯只好答应。《十面埋伏》上次弹过了，梅开二度差点儿意思。他拿了老陈借来的琵琶，趁着大课间坐在学生活动室里想曲子。

方砚唯坐在活动室的窗台上，披着深蓝色的校服，坐姿散漫，神情倦懒，琵琶却抱得端正。右手在琴弦上拨了拨，他寻着记忆不太熟悉地拨了支曲子。

“青砖伴瓦漆，白马踏新泥。”

轻柔细腻的调子从他的指尖流淌出来，生疏，却又充满了韵味。

“好像不太符合我的气质。”方砚唯一曲弹完，龇牙咧嘴地揉了揉自己的手指。

其实很符合，只有乖到骨子里的少年才能抚出这样温和的弦声。

“就这个吧。”路执说。

陈老师听过曲子之后，表示很满意。

“抽空再练两下。”陈老师说，“你中间歪头停了五秒，是在酝酿情绪吗？”

“不是。”方砚唯说，“在想谱。”

真是，离谱。

方砚唯出了陈老师的办公室，把手放在洗手间的水龙头下，让冷水哗啦啦地冲。

“疼？”路执说。

“你夸我吧，把方哥夸高兴了，下次弹得更好听。”站在阳光里的少年骄傲地说。

第五章

远　行

将近十二月末的时候，黄毛他哥白栖远在群里问他们要不要去吃火锅。

【黄毛】：执哥来吗？那家的菌汤特别鲜，我感觉方方应该会喜欢。

【白栖远】：方方是你能喊的吗？

【顾甜】：@方块A，问问。

【方块A】：代执哥说，他不去。

【顾甜】：区区火锅，就想把执哥叫出来。

【顾甜】：吃完了再去游乐园玩儿，新开了好几个大型项目。

正在教室里偷看手机的方砚唯犹豫了。游乐园，他还一次都没去过呢。

【黄毛】：……我恐高，已经有点儿想吐了，你们自己去吧。

路执推过来一张小纸条：“你很想去？”手绘黄豆泪汪汪。

方砚唯：“还行。”

都成年了还没去过游乐园，丢人吗？

白栖远拉的群聊里又弹出一条消息。

【路执】：去。

“方砚唯。”讲台上的语文老师点了名，“别总找你同桌说话，路执上课很守纪律，你带坏不了他。”

这还用带吗？方砚唯不服。但他只是“哦”了一声，趴回桌上，装模作样地翻了几页书。

课间陈老师来宣布了第一次模拟考试的消息。

“两个星期后是我们整个鹭屿市高三年级的第一次模拟考试，大家都加油。”陈老师说，“刚好你们可以根据这次考试的分数，估测一下你们在高考时大约能考到什么水平。”

“峡谷水平。”何岁岁在后排插嘴，“听说鹭屿每年的一模测验都巨难。”

再难也难不倒路执。

“执哥。”方砚唯问身边人，“高考想考去哪座城市？”

“月城的月城大学，医药学。”路执说。

医药学？方砚唯倒也不意外。路执平日里经常看相关的书籍，而且温雅阿姨本身就是药企的研究员，如今在药企还持有股份。

上大学之后路执会不会嫌弃他是个学渣，就跟他分道扬镳了？向来无忧无虑的方砚唯突然忧心起了自己的成绩。

“方哥。”课间，何岁岁问，“你在干什么？”

“你说我把这叠试卷都给做了，能赶上执哥的分数吗？”方砚唯比画了一下试卷的厚度。

“那您还不如回家吃两口蛊见效快呢。”何岁岁说。

仅用五秒，方砚唯就放弃了他那不切实际的赶超计划。

“想什么？”路执问。

“在想你以后会不会因为我成绩差嫌弃我。”方砚唯如实说。

“其实……”路执有些无辜又有些不确定地开口，“不用以后，你转来那天我就嫌弃了。”

方砚唯无语地看着路执。算了，他就是有文化也不多。

“那你干吗对我这么好？”方砚唯问路执。

路执板着脸拨了拨腕上的佛珠，用只有他能听见的微冷声音说：“没文化，很好骗，把你卖了你还得给我数钱，没事欺负两下，你也打不过。”

“你行，你很行。”方砚唯瞪了他半天，最后服气道，“接个水去。”

他手撑着窗台，翻了出去。

路执右手抵着下颌，侧目看向他离开的方向。

太阳不知道自己是太阳，明明他才是需要仰望的那一个。

游乐园一日游定在周末，方砚唯一觉睡到了中午，以为要迟到，醒来却发现黄毛打死也不来，顾甜临时接了商演。

鹭屿的这家游乐场建得很有城市特色，方砚唯刚入园就看见一只硕大的章鱼挥舞着腕足，上面挂满了各种声嘶力竭的游客。跳楼机做成了比目鱼的形状，过山车则是带鱼，连海盗船都是鲨鱼的模样，他第一次来，好奇地四下张望着，路执却跟平时一样没什么特别的反应。

“你以前来过游乐园吗？”方砚唯问。

“来过。”路执点头。

“几个人？”

“两个。”

“咦？”方砚唯问，“是和你的……”

“爷爷。”路执说。

方砚唯还未从路执口中听说过这个爷爷。

“去世了，在我小学的时候。”路执说。

会带孩子来游乐园，应该是位很温柔的家长吧。

“执哥，坐过山车吗？”方砚唯跃跃欲试。

乐园里的人不算多，顾甜给的还是vip票，他们走了快速通道，然后坐到过山车的……第一排。

“……你害怕吗？”方砚唯有点不安地问。

“那我怕一点？”路执问。

过山车在方砚唯的惨叫声中出发，从几十米的高空骤然往下俯冲时他才想起来，这个人是会玩儿滑翔伞的，怕个屁的过山车。

方砚唯：“啊啊啊啊啊啊！”

路执：“……”

方砚唯催促地用力拍了两下路执的胳膊。

路执敷衍出声：“啊啊。”

“海盗船，去吗？”下来后，路执把矿泉水递给他，“这个过山车有点儿无聊。”

方砚唯这会儿有点儿想见黄毛，过山车也太恐怖了。

“暂时不想去。”方砚唯说，这辈子都不想再去。

“要拍照吗？”一个大号玩偶熊走过来，“你们的票里是包含拍照的哦。”

拍照？哦对。除了上次的晨会，方砚唯还没正式跟路执拍过一张合照。

“拍什么？”方砚唯问。

他话音未落，路执忽然伸手揽着他的肩膀，把他往镜头前按，快门闪过。

“给我吧，谢谢。”路执伸手。

拍立得照片正缓慢地显出画面来，那样仓促拍出来的照片，效果竟然很不错，作为背景的天空与摩天轮美得像梦境。

“给你吧。”方砚唯把照片丢给路执，“脑袋被你按那么低，那么屄，这是方哥的黑历史了。”

路执把照片放进了口袋里。

临近傍晚，方砚唯跟路执并肩往游乐园外走去。

“累了？”路执感觉到他步速变慢。

“有点儿。”方砚唯说。

路执：“那稍等。”

路执租了辆自行车，载着他。

游乐园的自行车道修了好几个坡道，路执没按刹车，直接带着他从坡上往下冲。

两个星期后，鹭屿市高三年级的第一次模拟考试正式来临。

前一天晚上，班级群里最紧张的是陈老师。

【班主任–陈老师】：早睡早起，明早吃饱了再出发，审题认真，名字记得写。

【何岁岁】：老师，这只是模拟考。

【班主任–陈老师】：你这孩子，别打断我，我这是在给你们营造氛围。

何岁岁不在群里说话了，转而戳了方砚唯的微信。

【岁岁平安】：哇，实验中学的人好狂，说这次市第一非他们莫属。

【岁岁平安】：上次联考，他们校第一差了执哥10分呢。

【方块A】：执哥才是最棒的！

【岁岁平安】：对，路神才是最棒的！

【方块A】：那必然。

学校附近有一条深巷，是方砚唯初遇路执的地方，周围少有人至。巷子边有家流动摊位卖蚵仔煎，方砚唯每周都会去那里买。

“方哥，我去买2B铅笔。”路执说，“你在这站着，别把我丢下。”

“嗯。”方砚唯心不在焉地哼了一声，低头咬他的蚵仔煎。

考前最后一眼看的内容有很大概率会考到，这是个玄学，他决定再看几眼书。

肩膀被人拍了拍，方砚唯抬头：“这么快？”

看到路建昌站在自己面前，方砚唯皱了下眉，后退了一步。

“小孩儿，你和路执的关系很好吗？”路建昌问，“我能看出来，你对他很重要，他对以前的朋友从来没这么上心过。”

“你用什么身份问我？”方砚唯并不打算回答，反问道，“路执的亲生父亲，还是一个家庭暴力的施暴者？”

路建昌的脸色顿时变了：“我那是……那是不小心，那之后……”

“那之后你仍然在三番五次地伤害他，他颈边的烟头烫伤不止一个。”方砚唯说，“你后来不打他不是因为你不想打了，而是因为你打不过，不是吗？”

“您是人渣。”方砚唯说。

“说正事，你不要再接近他了。”路建昌说，“我儿子不需要朋友。”

四十多岁的男人大声说起话来，忽然让方砚唯有了一种这个人在无理取闹的荒谬感。

“你这样说无非是把他看作你的附庸，指望他在被那个家当成替代品的同时还能想起你。只要没有朋友，他就无处可去。”方砚唯皱眉说，“但你错了，他不是无处可去，也不需要你这样的父亲。”

方砚唯转身要走，却被人在身后推了一把。

路建昌蛮不讲理地伸手想掐他的脖子，恶狠狠道：“小兔崽子，你有什么资格教育我？”

一只黑色的书包被抡到路建昌的头上，路执掐住路建昌的衣领把人往墙边掼，目光像是结了冰。

“你是我儿子。”路建昌的后背撞在墙上，咧开嘴角说，“你这打架风格跟我是一个路数。”

“我警告过你了。”路执在他耳边说，“你敢动他，你就去死。”

路建昌挣脱，又被路执一把按了回去，他抽了把短刀往路执的脸上划，被路执险险地躲开了。

这根本不是小打小闹，方砚唯之前就听黄毛说过，说这对父子打架都是奔着要对方的命去的。他拿了手机要报警，被路建昌撞掉了手机。巷口卖蚵仔煎的阿姨听见这边的动静，惊呼了几句他听不懂的方言。

“你去报警把我往监狱里送的时候，想过会有这一天吗？”路建昌喘着气说，“你让我进去蹲了几年，我让你失去一个重要的朋友，路执，这很公平。”

路执从路建昌的手里夺过刀，手背青筋凸起。“路建昌。”他把刀往下压，“你自己活得像烂泥，却容不得别人生在光里。”

“他不离开我就一直盯着他，去你的学校闹，你总不能永远跟着他，我不会让你们安生。”路建昌的嘴角扯出一抹笑，“要么你就杀了我，把我解决了。”

方砚唯看着路执手里的刀渐渐下压。

路建昌不是路执的对手，但路执——不可以。路执是最好的，不能成为下一个路建昌。路执要平安地参加高考，去比鹭屿遥远的地方，去看山海，去看不同天空洒下的阳光。

路执抬手，神情冷淡得无悲无喜，对着路建昌的肩膀就要把短刀压下去。

“执哥！”一只手拦住了刀刃。

方砚唯的五指间传来刺痛，血滴落在路建昌的衣领上，洇开了红色的花瓣。路执瞬间松手，路建昌跌倒在地，大口地喘气。

“给我一刀啊，捅我啊！”路建昌仿佛瞬间失去了所有力气，只是大吼着，“我坐过牢，你也去坐牢，我俩谁也不要嫌弃谁，你永远都是我儿子。”

刚才那瞬间的恐惧让他站不起来，只能大声地叫嚣着，骂着最难听的话。

短刀被路执踩在脚下。方砚唯微微发抖，顾不上五指的锐痛用力抓着路执，染血的指尖无意中擦过路执腕上的佛珠串。

“别生气……不值得。”换我来度你。

鹭屿市高三年级第一次模拟考试，路执和方砚唯同时缺考了第一门，陈老师差点儿在警局跟路建昌原地掰头。

这是在跟他作对吗？这是在跟整个鹭屿中学作对！但考虑到对方曾经是拳馆老板，他打不过，只能暂时压下心底的火气：“路执……你先去考试。”

方砚唯没法考，他右手手指上了药，缠了一层薄薄的绷带。

“对！我的学生！”平日里斯文的陈老师叉着腰跟人吼，“两个都很乖，没干过什么坏事，我的学生是正当防卫！

“路执？那是我们年级第一，手无缚鸡之力的市三好学生！

“路建昌脸上的瘀青哪来的？我怎么知道，自己眼瞎磕的吧，路执不可能打他，要不方砚唯你给他一拳我看看印子对不对得上……什么货色，别来碰我的两个好学生！”

方砚唯第一次知道人民教师跟人理论起来，也是蛮不讲理凶神恶煞的。他手指上的伤口有些深，看着吓人，但没有伤到内里。路执松开刀的速度很快，几乎是看见他伸手的第一时间就放弃了对路建昌的攻击。

十指连心，方砚唯却不觉得疼。让他难过的是拿着刀刺过去时，面无表情冷得像雪的路执。他仿佛又看见了他第一次在深巷中看见的路执，似乎什么都不在乎，什么都不放在心上。

“先回去。”陈老师让方砚唯上车，“你俩的情况，我再跟你慢慢谈。”

方砚唯捏了一下自己指尖上的白纱布，点了点头。

方砚唯回了家。路执的卧室书桌上还是早晨出门前的模样，他没喝完的半盒牛奶还放在书桌上。不多时，方嘉弥就给他打来电话。

“方方，怎么了，你没受伤吧？”方嘉弥的声音有些哑，话中全是担心。

“没事，小伤。”方砚唯说，“去过医院了。”

“你是不是……见到路执他爸爸了？”方嘉弥问。

方砚唯轻轻地嗯了一声。

“他家里的情况确实比较复杂。”方嘉弥说，“我当时不该把你送过去。”

方砚唯：“可是……路执真的是很好的人。”因为路执，他甚至喜欢上了鹭屿。

“但是方方。”方嘉弥说，“你太小了，你的一生很漫长，很多人对你而言只是过客，你没必要留恋某一次相遇，你的未来在更广阔的地方。”

方砚唯沉默了许久，然后说：“我一开始很讨厌他。他像个书呆子，呆板又木讷。”所有和“无趣”相关的词都可以套用在路执身上。

“可现在……”方砚唯说，“我们已经是很好的朋友了，我想和他一起高考，一起读大学。”

方嘉弥叹了口气：“好，这个先不说。不论如何，我的儿子不能受到伤害。那个男人太危险了，我直说了，在路执没有办法处理好跟他爸爸的关系之前，我建议你远离他。”

方砚唯的心像是被一只手狠狠地攥紧，拧得他生疼。

“可这不是路执的错。”他想辩驳，“他能处理……”

被家暴，被利用，被最亲近的人伤害，这些都不是路执的错。十三中大佬谁都打得过，当然也打得过路建昌，可是……路执也不能把刀指向路建昌。

路执要干干净净地考到最耀眼的地方去。自淤泥中生，却向太阳所在的地方努力生长。可路建昌若是针对他，路执不可能不动手，他一定不能让路执变成路建昌那样的人。

“你很聪明，你能懂我的意思。”方嘉弥的声音温和，“我不逼你，你自己想。”

路执和方砚唯同时缺考模拟测验的第一门考试，在一班引起了不小的轰动。

“反正就是个模拟考，不考也没啥。”何岁岁从书包里掏出一个塑料餐盒，“方哥，没事吧？我自己炖的鸡爪汤，给你补补爪子。”

方砚唯欣慰接过，尝了一口，吐了回去。

“你用什么炖的？”方砚唯问。

“鸡精冲的。”

何岁岁说：“方哥，我听他们说你特别厉害。当时情况危急，你抬手就给执哥挡了刀，勇敢地保护了咱们鹭中的镇校之宝。”

这又是哪个狗屁江湖版本。

鹭屿中学这次痛失市第一，校长和主任轮流把路执叫去谈话。

方砚唯低头看黄毛他们发来的消息。

【黄毛】：他无非就是仗着执哥不是他那种烂人这一点。

【黄毛】：他就是个疯子，想要执哥跟他一样腐烂在老城区。

【黄毛】：@方块A，你手没事吧？我哥说等下给你送点猪蹄汤，补补蹄子。

方砚唯刚喝了何岁岁的鸡爪汤，他思考了一下，这会儿再喝猪蹄汤会不会发生什么冲突。

路执背靠着教学楼，站在监控的死角正在接听电话。

“你该听路建昌的话，先离方砚唯远一些。”电话那头，温雅第一句话就是这个。

路执嗤笑了一声：“不可能。”

“我只能这样建议你，因为我也搞不定他。”温雅说，“另外，外公外婆那边我希望你能分清主次，他们年龄大了，方砚唯来之前，你从未和他们正面冲突。”

“主次？”路执反问，“路琢是主，我是次，你的选择出了状况就拿我补救，现在又要干涉我的生活？”

“你要是真为他好，就应该劝他离开鹭屿。”温雅笃定地说，“我有我自己的考虑，而且我现在在国外，料理不了路建昌，你能，但你要付出代价，你能打他一两顿，但你无法保证这个不定时炸弹什么时候会出现在方砚唯身边，你无法保证你是否会对他下狠手。路执，打架不能解决所有问题，你有更好更成熟的处理方法，只是需要时间。”

温雅放软语气：“我没怎么养过你，我愧对你。你想和谁交朋友，我管不着，可你不能不顾周围的人，只凭一时意气做事，我只希望我儿子能堂堂正正地高考，走到阳光下去。”

“我不会让他走。”路执说。

路执回到自己座位上的时候，身上还带着户外海风的潮气，方砚唯一下子就觉察到了。

“执哥。”方砚唯叫了他一声。

“手疼吗？”路执问。

会弹琴的少年，手指抚过琵琶的琴弦都要喊疼，何况这次是刀伤。如果他当时没有及时收手，后果不堪设想。

“不疼，这算什么？”方砚唯得意道，“我之前跟程骋打架，骨折的时候都有，这没什么，我早就习惯了。”见路执冷冷地看自己，他自知理亏，又闭嘴了。

“帮你看看题。”路执抽过他的试卷。

方砚唯平日里的字是极漂亮的，因为手指有伤，他改了握笔的姿势，字母写得又大又丑。路执拧了拧眉。

“执哥。”方砚唯的声音唤回了路执的理智。

路执：“嗯。”

方砚唯笑了一下。上课也好，做什么都行，能待在鹭屿，和路执同桌，他就觉得开心。

“实验中学那个人这次得意死了。”何岁岁在后排说，“执哥少考了一门语文，他得意个屁，执哥那语文随便考考都能拿市第一，等执哥高考干死这帮龟孙。”

方砚唯嘴角的笑意淡了一点儿。这次还好，是模拟考试，那下次呢。鹭屿很好，但鹭屿也太小了，路执绝不能被困在这座城市。

手伤了有个好处，那就是很多活动可以偷懒。

今天有鹭屿中学的学生篮球赛，他们高三（1）班对高三（9）班。

“方哥，还能打篮球吗？”何岁岁抱着一只篮球冲这边喊。

方砚唯晃了晃自己还包着纱布的手：“我拿脚跟你打？”

“嘶……那你的位置。”何岁岁捏着写着方砚唯名字的号码牌，托腮想了想，“正义，你能打吗？”

“我能投负分球。”徐正义说，“要吗？”

“我来吧。”路执盖上笔盖，向后排摊开手。

“好的，徐正义就你了。”何岁岁一巴掌拍在徐正义的肩膀上。

一股略显尴尬的气氛在四周蔓延开来。

“让执哥打。”方砚唯说。

“方哥啊。”何岁岁为难，“虽然咱们执哥这个身高和身材一看就是打篮球的料，但执哥你打过篮球吗？你们学霸分得清自家和别家的球筐吗？”

“打的时候可能会分不清你的脑袋和篮球吧。”方砚唯没好气地说。

何岁岁哆嗦了一下，他有理有据地质疑，他方哥怎么还人身攻击了呢？

“姓名牌给我。”方砚唯伸手。

周五没有晚自习，放学后，方砚唯领了自己的球衣，让路执去卫生间里换。这个人的骨架比他要宽大许多，还好他报尺寸的时候稍稍给大了一些。

红色的球衣背后需要贴上方砚唯的姓名牌。手上缠着纱布，方砚唯撕了好几次都没有揭开姓名牌背后的胶层。路执伸手把姓名牌摘过去，轻松撕开，然后把方砚唯的名字贴在球衣上。

篮球场上， 九班的男生们正在挑衅。

“方砚唯今天不上？”有人说，“那我们岂不是乱杀。”

“笑死人了，他们走投无路换了路执。”另一个人说，“年级第一，成天拿着书，手上还盘着佛珠 ，能会打篮球吗哈哈哈。”

一颗篮球被扔到这人的脑袋上。

“我靠，谁砸老子。”这人愤怒地回头。

方砚唯一身深蓝色的校服站在路执身侧，捻了捻手上缠着的白色纱布，无辜地看着天空，甚至还吹了声口哨。那人没找到罪魁祸首，骂了几句就作罢了。

“装大白莲也太爽了吧。”方砚唯说。

他的声音不大，路执却听见了。路执抬手轻拍了一下他的后脑勺，把手里的单词书扔给他，转身进了球场。

“执哥。”何岁岁看见他们年级第一下场，心里也没底，“等下开始你就挡他们面前，尽量给咱们挡挡人就好。”

路执：“好的。”

“你保护好自己。”陈辰也说，“千万别被撞伤了。”

路执：“我尽量。”

一声哨响，高三（1）班对高三（9）班的篮球赛正式开始。

几十秒后，路执截过了九班某男生手上的球。

“执哥好样的。”何岁岁说，“来，扔我怀里。”

路执面无表情地一扬手，球腾空飞起，落进了篮球筐中——两分球。

何岁岁目瞪口呆地愣在原地。

这个漂亮的开场把比赛的氛围抬到了高处。

栀子花的香水味飘过来，一双细白的腿停在方砚唯所坐位置旁边。

九班班花程静萱穿着短裙，把校服系在腰上，右手搭在脸颊边冲着球场大喊：“方砚唯！比赛有你了不起，弄死我们班的，你就是今天的明星选手。”

“我拿眼神弄死吗？”坐在看台上的方砚唯幽幽地说。

“呃……”程静萱不是一般人，也不尴尬，就这么在方砚唯身边坐下，双手比画成喇叭状，“方哥没上，九班给我往死里打。”

“……程静萱。”方砚唯问，“快高考了，你有想去的学校吗？”

“没。”程静萱很洒脱，“我被经纪公司联系了，毕业即出道，我就是未来的女明星。”

程静萱坐在看台上看了一会儿比赛，惊讶道：“路执打球还挺厉害的。”

其实这也是方砚唯第一次看路执打球，和他猜想中一样，打得很好。只是很多时候，路执不愿意和同龄人一起玩儿。

少年在操场上奔跑着，偶尔抓起球衣的下摆抹一把颊边的汗水，左手腕上的佛珠随着动作轻轻地摇晃着。

高三（1）班的方砚唯没上，结果还是把九班打了个落花流水，路执一战成名。

“太强了我执哥。”何岁岁到处吹牛，“以后执哥说啥我都听。”

“扣你分也行吗？”方砚唯问。

何岁岁连忙摇手：“那可不行。”

两人一起笑了。

说话间，两人路过鹭中的嘉奖栏，方砚唯脸上的笑意淡了些。

鹭中的嘉奖栏是给年级前十的，路执那张照片已经在年级第一的位置上占了很久了。他每次路过嘉奖栏都觉得赏心悦目，这次上面却换了人，是三班一个笑起来有些腼腆的男生。这地方不姓方也不姓路，可他就是有点不爽。

隔天，方嘉弥又给他打了电话，问他们这边的情况。

“我听温雅说路建昌又被放出来了？”方嘉弥问。

方砚唯：“……我不知道。”

“我给你找的留学材料看过了吗？准备了大半年，都很齐全。”方嘉弥问。她咳嗽了两声，似乎是有些疲倦。

“你最近怎么一直感冒？”方砚唯皱了皱眉。

“没事，方方。”方嘉弥的声音微哑，“Lirica被诊断为先心病，最近有些忙了。”

方砚唯不知道要怎么安慰，只能重重地“哦”了一声。他大概有五年没见过方嘉弥了，久到不太记得她的脸，只记得她越发温柔的声音。

或许……也是时候去看看她了。

过了圣诞节，年底就来了，鹭中的新年晚会如期而至。

“方哥这手上不了琵琶吧？”何岁岁问，“要不你改唱山歌吧。”

“我不会。”方砚唯摘了手上的白色纱布，伤口还没有长好，留着一层薄粉色。

“不能弹。”路执说。

“我能。”方砚唯说，“我很想弹这场。”

路执皱了皱眉。一直都是这样，他似乎没办法拒绝方砚唯的任何要求。

舞台的聚光灯下，浅棕色头发的少年身穿鹭屿中学的校服，抱着琵琶走上舞台，坐在中央的椅子上。那么嚣张明艳的一个人，抱着琴时似乎能让周围的空气都安静下来。

英语组组长操着浓厚的口音报节目："请欣赏，高三（1）班方砚唯的《声声慢》。"

方砚唯的指尖压在琴弦上，抬头遥遥地望向台下坐在第一排的路执。他笑了一下，台下有闪光灯亮起。他把伤口未愈的手指压在琴弦上，拨出了第一串音符。

"这不是《声声慢》啊。"坐在陈老师身边的何岁岁说，"方哥临时忘调子换曲了？"

"执哥。"何岁岁问，"方哥是不是没怎么练啊。"

路执没回答，瞳孔骤然紧缩。

有什么东西，在他的手里失控了。

十三岁那年，当路建昌再一次把烟头压在他的肩膀上，他把啤酒瓶砸在了路建昌的脑袋上。自那以后，老城区的孩子都害怕他。很多事情，拳头是解决问题最快的方法，他一度这样认为。

鹭中简陋的联欢会舞台上，琵琶琴音泠泠。

熟悉的曲调又一次在他耳边响起。

他能解决掉路建昌，这一点他十分确定，可如果这样……他就会成为下一个路建昌。

他要离开鹭屿了。

琴弦割开指尖未愈合的伤口，血珠沿着方砚唯细白的手指滚落。

琴声停止，舞台上的追光灯暗了下去。

"呜呼！程静萱要跳舞了！"何岁岁欢呼一声，转头看站起来的路执，"执哥？你不看了吗？"

路执离开了学校的大礼堂。

活动室里没开灯，月光洒了半瓶，碎在地上，方砚唯坐在月光里，用纸巾胡乱地擦自己的指尖。

在看见他的瞬间，路执悬着的心忽然放下了一些。

"老陈这破琴太硌手了。"方砚唯边收琵琶边骂，"执哥？"

"不疼吗？"路执停在他面前，"那样弹。"

方砚唯摇摇头。

“要去吃火锅吗？”路执问，“白栖远的店里新出了菌汤锅，说是和你们那里的一个口味。”

火锅？方砚唯借着月光，抬头看了一眼墙上的挂钟。

“今天不太想吃。”他说。

“我饿了。”路执低着头，右手搭在他的袖口，“我还没吃晚饭，饿得有点儿头晕。”

他这么低声说话的时候，看上去似乎真的有些无害和可怜。

“那……去吃蚵仔煎？”方砚唯试探着问。

“好。”路执说。

蚵仔煎摊主正要收摊，卖了他们最后两份。

“哎呀，这俩做得不太好。”摊主跟方砚唯说，“这样吧，你明早上学时再过来，我补你一块大的。”

方砚唯愣了一下，然后说好。

微湿的海风吹过来，鹭屿中学隐匿在夜色中，校门上的灯牌坏了几条边，显得不那么清晰了。远处的教学楼还亮着几盏灯，隔着这么远，方砚唯也能一眼就看见高三（1）班的位置。

“执哥，我……”方砚唯开口。

“我想吃葡萄冰。”路执打断了他。

方砚唯错愕地抬头。

“我帮联欢会忙了一下午，连水都没喝上。”路执说，“我的手腕还被划伤了。”

抬起来的手腕上确实有一道划痕，就是看着像现掐的。

现在已经入冬了，而且这个时间点，就算是处于南方的鹭屿也买不到葡萄冰吧？

“矿泉水可以吗？”方砚唯问，“一定要葡萄冰吗？”

路执站在树影里，垂着头。那身校服穿得依旧板正，漆黑的眼睛却敛着，看上去很失落。

已经是冬天了。路执给他买了无数次的葡萄冰，此刻就算他跑遍整个鹭屿也没办法买到。

“执哥。”方砚唯深吸一口气，咬咬牙说，“我今晚十点半的飞机。”

路执脸上无辜和纯善的神情慢慢消失，取而代之的是一种冷到极致的漠然。

“去哪里？”

“……国外，冬市。”

“几天？”

方砚唯的心口像是被刺狠狠地扎了一下。他没有办法回答。

“方砚唯。”路执背靠着树，看着他，嘴角勾起一点儿笑意，“认识了这么久，你连离开都不愿意告诉我吗？”

“我……”

我没有，方砚唯心说，我只是不想让你难过，也不知道要如何面对知道这件事的你。

他还没反应过来，路执就扣着他的手腕猛地拉着他往前走。

“路执……”手腕被攥得生疼，想到那天路执面对路建昌时那股不要命的劲儿，他不住挣扎。

“我原本就不属于这里，我想去哪里就去哪里。”方砚唯几乎用尽全身的力气吼出这句话，可是迎上路执微红的双眼，他的声音又渐渐小了下去，“……我没必要，一定得告诉你。路执，你成绩那么好，前途广阔，可能我们原本……就不该遇见啊。”

“为什么，方砚唯？”路执扬起的手就在眼前，方砚唯本能地瑟缩了下脖子，路执的拳头却落在了结实的树干上，手背上溅开几点血花，“为什么……连你也要抛下我了。”

冬天的海风是冷的，刺骨得让人觉得心口都在发疼。

方砚唯想说我没有，我不想丢下你，你是我珍惜的朋友。可是他真的是很坏很坏的人。

他自诩正义，把路执的家人骂了个遍，每一个在他心里都是做尽了坏事的恶人，可现在他也要离开路执了。

“你知道吗，方砚唯。”路执说，“如果不是谎话，你可以看着我的眼睛说。”

方砚唯背靠着树干，一点点滑下去，蹲在地上。是他错了吗？

良久，路执抬手拦了一辆出租车。

“鹭屿机场。”

车窗开了一些，有海风吹进来，湿润的气味拂过，路执的声音愈发的冷。

方砚唯沉默着，把脸颊偏向窗外。

“怎么了？同班同学吵架？”司机看他俩的样子问。见两人都不说话，司机也闭了嘴，专心开车。

方砚唯隔着窗户的反光看鹭屿，也看路执。他想在这个南方的小城，把少年的模样刻在心里。

路执，愿你永远骄傲，永不低头。

鹭屿机场，临近登机。

“方砚唯旅客，请您听到广播后，前往登机口登机。”冰冷的语音反复播报着，催促着即将远行的旅客。

“去吧。”路执说，“去你想去的地方吧。”他似乎已经恢复了平日里的淡漠，黑色的眼睛里空荡荡的，看不出什么悲喜。

“哦……”方砚唯应了一声，步履缓慢地往安检口走。他孑然一身，什么都不剩了。那并不是他想去的地方，只是他一无所知、别无选择的未来。

误机的话，是不是可以明天再离开？可是明天就不用离开了吗？不离开又有什么用呢？

年少时总是这样，身不由己。

“把背包放上去。”安检员说，“快一些，要赶紧。”

方砚唯慢吞吞地摘下背包，有人从背后拉住了他。

“执哥。”方砚唯回头。

他的情绪忽然就无处可藏了，路执就站在他眼前，看着他。冰凉的檀木佛珠串被一圈圈地盘在他的左手腕上，一百零八颗小木珠，寓意消解一百零八种烦恼，心念安定，百岁无忧。

冰凉的白玉坠饰抵在方砚唯的手心，他用力地攥了一下。

路执转身，头也不回地离开。

飞机轰鸣着融入夜色，冲上云端，夜色中的鹭屿在窗外逐渐变成一张灯火零星的缩略图。檀木香气清幽，好似能抚平人内心的杂音。

进入平飞，方砚唯拉开书包的拉链，想拿手机拍一张这个角度的鹭屿，却发现书包的侧兜里有什么东西在闪闪发光。

那是两张奶糖的糖纸。他悄悄吃完了路执买的糖，还不想让路执知道，就把糖纸塞进了侧兜里。他把脸埋进手心，闭上眼睛。

海风和鹭屿一起离他远去，希望路执如风一般永远自由。

早晨，鹭屿中学校门口。

卖蚵仔煎的摊位早早地出了摊，不远处的树下站着个身着深蓝色校服的少年。

“同学！”摊主认出路执，逗趣道，“昨天答应给你们个大的，今天这么早就来了？”

“谢谢。”路执礼貌地说，“不过不用了。”

街对面的文具店开门了，店主认识路执，他在鹭屿中学的嘉奖榜上见过路执的照片，年级第一，每次来他们店里都会拿上一盒0.7mm的黑色水笔芯，加上一叠印着鹭屿中学名字的草稿纸。

偶尔，路执还会带着一个浅棕色头发的少年，那男生长得极其好看，每次到店里都有小姑娘偷偷地瞄。男生很喜欢说话，也爱捉弄人，有次还拿店里的猫耳朵头箍往路执的头上扣。这位学霸看着似乎脾气很好，怎么折腾都不会生气。

今天来的只有路执一个人，他按平时的习惯拿了一盒笔芯，然后停在笔架边，目光落在旁边的试色本上。他翻了许久，似乎是找到了什么。

“您好，这张纸可以给我吗？”路执问。

店主心说一张废掉的试色纸有什么好问的，好学生就是懂礼貌。

“你把那一叠全拿走都行。”店主说，“写满了，我正要扔。”

路执只是撕走了其中的一张，上面写着路执和方砚唯的名字，以及方砚唯上次来时因为无聊留下的涂鸦。

“谢谢您。”他推门出去，站在街角靠着墙，把这张纸揉皱，又按进手心里。

第六章

重　逢

航班降落在冬市，北半球正值冬季，大雪。这是方砚唯出生以来见过的最大的雪。

方嘉弥在机场等他。

几年不见，方嘉弥的眼角多了几条细纹，脸上带着点儿倦容，但人还同往日一样漂亮。

“我的方方长大了。”她说。

“Lirica怎么样了？”方砚唯问。

“昨天住院了，在体检。”方嘉弥说，“下周就准备做手术。”

“那我去看看她吧。”方砚唯说。

“你先回去休息。”方嘉弥说，“坐这么久的国际航班，你不累吗？”

方砚唯只好先回了方嘉弥给他找的住处，桌子上放着方嘉弥给他准备的留学材料，以及一份语言学校的录取通知单。

午饭时间方砚唯下了楼，想去街角买一份快餐，费了挺大的劲儿才让对方明白他是什么意思。要是路执在，应该就——可是，路执应该不会理他了。

他忽然很想给路执发一条消息，但是发什么呢？

【我过得很好。】

听起来很傻。

【这儿的东西好难吃。】

所以呢？

方砚唯暗暗唾弃自己幼稚，最终只是拿手机编辑了一段简短的文字。

【方块A】：我平安落地了。

他等了十分钟路执都没有回复，他的心里空荡荡的。

下午留学中介给方砚唯打了电话，约他在市中心的广场见面，给他讲申请大学的要求。他有些心不在焉，反复地看手机屏幕，路执依旧没有回复。

他只是想把自己平安落地的消息告诉路执。一直牵着他那根线将断不断，他仿佛悬在半空中，找不到落点，能带他降落的那个人被他留在了遥远的鹭屿。

广场上，钟声敲响。

方砚唯从椅子上站起来，想去街对面买一杯咖啡。手腕上有什么骤然松开，木珠子噼里啪啦地落了一地，他心里的弦一下子断开了。

他在周围人诧异的目光里，半蹲在地上一颗颗地找。九十七……九十八……还有十颗，为什么怎么找都找不到？路执视若珍宝的佛珠串，怎么到他这里就被弄坏了？

方砚唯缓慢地蹲在地上，把脸埋在手心哭得不能自已。

他闻见一抹若有若无的桂花味。一只手拍了拍他的肩膀，他迟疑地抬头，摊开在他面前的手心里躺着十颗檀木珠子。

"找这个？"

"嗯……"

眼前的人穿着一身白大褂，眉眼微冷，眼尾有一颗泪痣，递过来的手腕上悬着小叶紫檀手串。

"找到了，别哭。"来人说。

方砚唯怔怔地捧着佛珠，小声说了句谢谢。

"紫光檀，8mm，没猜错的话应该是一百零八颗？"面前的年轻男人问。

方砚唯不知道，他摇了摇头。

"不是你的？"对方问。

"嗯。"

"把它送给你的人很喜欢它。"对方说，"珠子被他养得很好。"

方砚唯记得路执说自己五行缺木，却把这串珍贵的佛珠串给了他。

“绳子散了？”对方问。

他点头。

“给我。”对方说。

方砚唯坐在广场边的长凳上，看那个他不认识的年轻男人从口袋里拿出一条红绳，帮他重新串佛珠。他也不知道自己是怎么了，可能是在异国听见乡音觉得亲切，也可能是眼前年轻男人腕上的小叶紫檀手串让他有了熟悉的感觉，让他不禁断断续续地说了点他和路执的事情。

“林思渡！”有人在不远处吼了一声，“我找了你半天，你说在原地等我，这是原地吗？你跑了半条街！”

男人凶神恶煞地一路骂过来，从纸袋子里取出一瓶胡萝卜汁，拧开瓶盖送到林思渡的手中：“就你那水平还给人编绳呢？”

“顾淮，闭嘴。”林思渡说。

叫顾淮的高大男人立刻温和了许多：“给我吧，我来编。”

“高中生，家里要求转学？”顾淮嗤笑了一声，“就这，哭成这样？”

方砚唯莫名有一种被嘲笑的感觉。

穿着白大褂的林思渡抬眸扫了顾淮一眼。

“哎，小孩儿。”顾淮的语气温和了些，“岁月那么长，总有再见的时候。”

什么意思？方砚唯微微睁大眼睛。

“你们高中生都是傻子，喜欢把问题说得很严重，动不动就一副生离死别的样子。”男人说。

有区别吗？方砚唯想，路执都已经不理他了。

顾淮一扬手，把佛珠串抛给方砚唯，编绳细致完好，跟先前别无二致。

“会再见的，先长大吧。”顾淮说，“走了。”

方砚唯怔怔地站在原地。会再见的，是吗？在他们彼此都长大，真正自由的时候。

微凉的佛珠盘在腕上，檀木香味清幽。手机振动了一声，方砚唯解锁打开。时隔六个小时，他收到了一条回复。

【吱吱】：黄豆泪汪汪.jpg

他呆愣了一瞬，眼泪落在了手机屏幕上，却是笑了。

两年半后。

月城大学，路执把实验穿的白大褂折叠好放进柜子，抱着文件夹走出实验室。

“路执。”许教授叫他。

“暑期夏令营项目要开始了，我下周要去出差，还得麻烦你帮我盯一下。”许教授说。

“好的老师，没有问题。”路执说。他接过许教授手中的名单，往医学系的办公室走去。

“我拿到药企的实习邀请了！”办公室里远远地传来一声欢呼。

“恭喜啊。”路执拉开抽屉，把文件放进去。

“我还是羡慕你。”凌佩说，“持股医药企业，参与重点研究项目，才大三啊，真是前途无量。”

“过奖。”路执的神情淡淡的。

“学校对面新开了一家评弹馆，等下要一起去听吗？”凌佩问，“放松一下，听听古筝琵琶。”

“不了。”路执婉拒。

“约你可真难啊。”凌佩说，“校草路执同学，电话短信你都不回，学校里那么多小姑娘想约你都找不到门路。”

“不开玩笑了，我先走了。”路执说。

凌佩看着他的背影叹了口气。他这个室友什么都好，就是人过于冷了，似乎除了课业和研发对什么都提不起兴趣。

路执扫了一眼手机屏幕，方砚唯两天没回他消息了，两个人的聊天界面还停留在那天方砚唯拍来的一张国外毒蘑菇上。

这两年半两人一直保持着联系，方砚唯经常给他拍来一两张照片，让他评价，他每一条都有回复。这两天方砚唯去哪里了？

路执还有其他的事情要做。

“国际交流生也要宿舍，可能有些紧张。”宿管处的负责人对路执说，“你们这边夏令营的学生全部入住后，国际交流生那边就有人没有宿舍了。”

负责人看着自己手中名单上最末的那个名字——方砚唯，还挺好听。

“你们107还有空床铺吧？”

“对不起，老师，没有。”路执礼貌地说。

爱住哪住哪去吧，睡路边也行。

“那我再和他沟通一下吧。”宿管处的负责老师为难地说。

路执：“那麻烦您了。”

“真的不能再商量一下了吗？”老师问，“对方是个挺……会聊天的男生。”

路执冷淡道：“我怕吵，不合适。”

老师对这位医学院的学生早有耳闻，当年的鹭屿市高考状元，如今才刚要升大三，就已经参与过多个重点科研项目。标准的好学生，许教授的得意门生，可这位学生未免也太难说话了，107的二号床明明就空着。

路执的目光从办公桌边的一个小盆景上扫过，那是一个三种颜色的蘑菇盆景，红的那个看起来还有毒，品味真是独特。

“老师，我下午还有课，先走了。”路执推门离开。

学校校门对面新开的评弹馆里，园林造景清秀，流水声潺潺，方砚唯坐在石桌边接电话。

“没宿舍了？要不我躺学校主干道？”方砚唯问，“王老师您这就不厚道了啊，我‘贿赂’您的蘑菇盆景都给你送过去了。”

“还我？”方砚唯说，“那不行，您都摆半天了吧，菌子灵气都没了。”

“……其实还有一个宿舍。”王老师说，“就是我这边的沟通不太顺利，他们宿舍长很抗拒。”

这么矫情？大家都是男生，我还能吃了他不成？方砚唯心说。

“107的宿舍长不同意是吧。”方砚唯说，“您把联系方式发来，我跟他理论理论。”

“好，我问到之后推给你。”王老师说，“不过你做好心理准备，他不太好说话，不行的话我让学校补贴你住酒店去。”

“谢啦老师。”方砚唯说。

王老师：“不谢，代我向你妈妈问好。”

月城大学今年第一次开办国际交流项目，方砚唯报了名。

方嘉弥送他到机场，不太放心，显然就是为了他和路执的事情。方嘉弥几乎不和他提路执，他也不主动说，但方嘉弥知道，当初的事情他仍有遗憾。

高考成绩公布的那天，方砚唯在鹭屿中学的官方网站上第一时间看到了消息，站在公园河边发泄般地傻笑了很久。有路人经过，却无法理解他这样大喜大悲的表现。

夏天结束了，路执终于迈过了第一道坎，去看远方的山海了。

看见月城大学交流项目的第一时间，方砚唯想都没想就递送了申请，却没告诉路执。

“方砚唯！”院子里冲进来一个二十多岁的女生，“快给我帮忙。”

段芸是方砚唯在网上认识的。他有个社交账号，不露脸，只偶尔隔着半透明的帘子录几段自己弹的琵琶曲子，不知不觉累积了将近10万的粉丝。段芸是弹古筝的音乐博主，跟他聊过不少次民乐，这家评弹馆就是段芸的妈妈新开的。

方砚唯刚到月城，没找到住处，就暂时把行李放在了段芸这里。

“我能帮什么吗？”他慵懒道。

“弹琵琶的姐姐今天临时有事来不了了。”段芸说，“我妈也不在，我那往死里修音才敢上传的古筝水平撑不住场子，你上。”

手机振动一声，王老师把107倔驴的联系方式推了过来。方砚唯没来得及看，站起身道：“你是不是看准了这趟我带了琴？”

如今喜欢听评弹的年轻人不少，小茶馆里坐了不少附近大学的学生，除此之外，也有路过的人进来休息听曲。

“我为什么要穿这个？”方砚唯走出来，扯了扯自己身上的月白色中式长衫。

段芸：“想让你低调点……”

先前段芸在冬市街头演出时，第一次在线下见到方砚唯，才知道一个男生原来可以好看成这样。招桃花的眼睛加上微微牵着的薄唇，明明是极惹桃花的长相，左手腕上永远盘着一串带着檀香味的佛珠。

抬眼看人时倦懒散漫的神情，让段芸感觉这人弹琴不露脸简直是全国观众的损失。

方砚唯穿这身长衫也不单调，只是让原本很有攻击性的长相柔和了许多，呈现出一种极具书生气质的恬静。

“就穿这个，你等会儿弹琴就好了，不用开口。”段芸说。

“好吧。”方砚唯说。

隔着评弹馆木窗的花纹，他听见外面几个同校的女生在聊天。

“死渣男，还想PUA我，但凡他有医学院路执十分之一的好看……”

“说起来都要大三了，周围人恋爱都谈了好几轮，也没见路执身边有人啊。”

“他啊，一看就是那种呆呆木木的好学生，可能也没什么朋友吧。”

时隔两年半，再次从旁人嘴里听见这个名字，方砚唯说不上心里是种什么样的感觉。他一走神，手里的小锤子敲碎了一颗核桃。

“等下要上给客人的果盘！你怎么把核桃给敲了！”段芸把人赶到院子里，“去给你那个琴调音，等下我叫你。”

方砚唯抱着琵琶，心不在焉地去了院子里。

路执从宿管办出来，又接到了室友凌佩的电话。

“新室友你给拒了？”凌佩问。

路执：“嗯。”

“拒了也好，国际交流生什么专业都有，插个建筑设计系的过来，跟我们也没什么共同语言。”凌佩说。

“设计？”

路执的眼皮微微地跳了一下，似乎有什么事情被他忽略了。

“你现在没什么事了吧？”凌佩问，“跟我去茶馆坐会儿呗，琵琶弦上说相思，段老师的琵琶弹得那叫一个好，你肯定没感受过这种耳朵都酥了的滋味。”

路执没兴趣，倒是琵琶这种乐器，他向来有些偏爱。

几个画面飞快地从他的眼前划过。两年多的光景匆匆走过，当时的记忆似乎都蒙了尘，发光却又模糊，不敢言也不敢说。

“嗯。”他点头。

“你答应了啊？”凌佩惊讶，“我竟然劝动你了，我可真是前途无量。那我在评弹茶馆这边等你，他们快开场了，你过来吧。”

路执在大学校园里的大部分时间都泡在实验室里，其余时间也是去公司的研究中心，大学城的路他并不熟悉。十分钟后他才发现自己走错了街，转身要换条路，却看见了茶馆院落的后门。

后门开着，院落里遥遥露出一片月白色的衣袖。男生抱着琴坐在歪脖子树干上，拨出了几个弦音。

满城的风都吹了起来，卷着六月的流云飘远。

“又要马儿跑，又要马儿不吃草。”方砚唯边调音边抱怨，“敲你一个核桃怎么了？敲你十个都不够本艺术家的出场费。”

他戴了琵琶指甲的右手又闲闲地拨了几下琴，差不多了。方砚唯取下左手腕上的佛珠串，一颗颗轻捻过去，看似百无聊赖地搓揉着，视野里步入一个身影。

“客人您好。”他倦懒地说，“后门不接待，你绕个路……”

方砚唯的话戛然而止，风把月白色长衫的袖口吹得摇曳。路执站在盘着紫藤花的院门下，静静地看着他。手里的佛珠串掉落在草地上，那一瞬间，他仿佛听见两年半的光阴从他的耳边匆匆流过。

男生看起来内敛而沉静，收着锋芒，目光微沉，但方砚唯知道这就是路执。

他想过很多次和路执再见时的情形，扑上去拥抱问好，或是相逢而不相识。但真正见到，他却忽然不知道该说什么才好，是要说“我终于能来找你了”，还是“你这两年过得是不是还好”？以前引路执说话时随口就能说出的话，突然像是有了千斤的重量。

方砚唯从来不因为说话胆怯，可这次话到了嘴边，他却第一次胆怯了。

“嗨。”方砚唯听见自己开口，声音轻得还不如指尖拨弄出的弦声。

路执走过来停在他面前，捡起地上的手串递给他。

“方砚唯！”段芸在窗前喊，“还有三分钟开场，你琴调好了吗？”

方砚唯不理她。

段芸：“我等下弄一麻袋核桃，你带回去慢慢敲。”

脾气那么大，谁惯出来的？

“来了。”方砚唯从恍惚中回神，一把接过路执手里的珠串。时隔两年半，他又闻到了记忆里的檀香味。

“客人，你可能要走前厅……”看见路执脸的瞬间，段芸愣了一下。

“他是……我的客人。”方砚唯说。

“那你接着。”段芸匆匆瞥了一眼就转身离开，“我先开场。”

“你自己一个人来吗？”方砚唯问路执。

“跟朋友一起。”路执冷淡地说。

朋友？哪个朋友？

“前厅从这走。”他给路执指了条路，然后问，“等下演出结束，一起吃饭吗？”

路执看了眼前人一会儿，然后说：“好。”

方砚唯这才转身离开。

两年半没见，方砚唯长高了一点儿，眉眼轮廓长开了些许，高中时期的稚气也淡了许多。那身月白色中式长衫穿在他身上，乍一看像是乖巧斯文的书生，微微笑起来时却更像是狡黠的精怪。刚才有一瞬间，路执差点以为自己误入了一幅志怪古画。

只是——路执的目光暗了一些，刚才催促方砚唯的那个女生是谁？那只爱笑爱闹的小红狐狸有新朋友了。

到了开演的时间，评弹馆里已经坐满了人。

段芸抚了曲古筝暖场，方砚唯抱着琵琶进来的时候，前排的几个女生发出了惊叹。

男生弹琵琶是少见的，更何况是这般长相的男生。

方砚唯心不在焉，弹出来的曲子却是好听的。他抬眼往馆内看去，终于在雕花窗边的位置找到了路执，身边坐了个穿着蓝色衬衫的男生。

方砚唯移开目光专注弹琴，心情似乎好了一些。

“这男生……”凌佩的目光里透着惊艳，“我没在他们家网页上看见过啊，这是邀演还是彩蛋？弹的这是什么曲子，怪好听的。”

“《塞上曲》。”一旁的路执说。

“你竟然知道？”凌佩惊讶。他以为风花雪月这些事，他这个学神室友是一样都不会沾的。

路执：“嗯。”

“我现在知道古代的帝王为什么那么爱听曲了。”凌佩架着手机录像，“这谁不喜欢啊，听听琴曲，好不自在。”

方砚唯原本打算弹个《塞上曲》就跑路，奈何前排观众过于热情，又让他多弹了两首。他弹完琴，坐在第一排的角落里，边听馆内的老师们唱歌边漫不经心地摘琵琶指甲。

他的交流学习从这个暑假开始，为期一年，宿舍没着落，还不知道该住在哪里。

“这钱花得不亏。”凌佩依旧在感慨，“国风乐器原来这么有魅力。”

一道月白色的影子闪过，他们桌边多了个人。

凌佩顿时愣住。刚刚弹琴的那个男生坐到了他们这桌？还把一杯茶推到了路执面前。

凌佩张口：“他……”

他想说路执从来不接别人递过来的食物，但他还没来得及开口，这位医学院有名的冷脸学神就伸手接过茶杯抿了一小口。那个会弹琴的男生这才露出了点儿笑模样。凌佩看不懂这两人在打什么哑谜。

午时的评弹散场，段芸过来问：“方砚唯，要一起吃饭吗？”

“不巧。”方砚唯指了指身边的路执，“我有约了。”

“那你去吧。”段芸说。

“稍等。”方砚唯起身，月白色的中式长衫袖口一振，卷起一片清风。

凌佩心中感慨这个男生是真的干净好看极了。

“我去换个衣服。”方砚唯嘀咕着，“这破衣服上厕所都要扯到裆。”

凌佩一口气卡住，险些被呛到。路执的神情倒是没什么变化，仿佛习以为常。

方砚唯出来时推了一只小行李箱。他换上常服之后的风格变化有点大，穿搭怎么野怎么来，凌佩差点没敢认。

“走吧。”方砚唯说。

路执却盯着那只行李箱没动：“你刚回来？”

“才到没多久，还在找宿舍。”方砚唯说，“你们学校真是寸土寸金，我这个交换生连个床位都没有。”

他怕路执问他为什么回来却不打招呼，但还好路执没有。他说服自己，他只是回来看路执一眼，路执过得好，不需要他，那他就走；如果路执还想留他，那就再说。

“你是交换生啊？”凌佩惊讶，“我们宿舍倒是……”说到一半，他抬头询问路执的意见。

“我那里还有空位。”路执说。

方砚唯愣了一下。可以吗？他心里本能地先是雀跃了一下，随即又有些胆怯。他其实迫不及待地想要见到这个人，想靠近，又不敢靠近。

时间是会改变一个人的，方砚唯不知道在他不在的两年半里，路执发生了什么样的改变。

可是——只把行李放过去的话，没关系的吧？

"那……我先借用一下吧。"方砚唯说。

凌佩被许教授的一个电话骂走了，去月城大学的路上只有他和路执。路执走在前面，方砚唯落后一步，推着行李箱跟在他身后。

这学校还挺大，路执就是在这里度过的两年半。路执和从前一样不太爱说话，方砚唯就找些无关紧要的话题，主动找路执说。

"你们学校的宿舍太难约了。"方砚唯跟着路执进了宿舍区，"还好你这里有空位。"

"嗯。"路执带他拐进了一楼，往东走，"宿管办的王老师想插人进来，我不喜欢，就没同意。"

"还好你没同……"方砚唯见他停下脚步，抬起头一眼瞥到宿舍号——107。

宿舍号107，宿舍长路执。

什么啊，原来你就是那个倔驴。

"进来。"路执说。他按开书桌上的台灯，放在桌上的手机屏幕亮着。

【王老师】：交换生想跟你谈谈，我把你的联系方式推了过去。

【王老师】：啊对，他叫方砚唯。

路执无言地看着手机。

方砚唯一眼扫到老王的头像，猜到了消息的内容，也有了点啼笑皆非的意思。绕了一圈，他还是住进了107，感觉有点儿微妙，又有些说不上来的高兴。

床位是干净的，上面堆了几本医学书，方砚唯把行李箱靠在扶梯边，将琵琶包放在书桌上。路执的书桌同他本人一样单调，上面除了教科书和电脑什么都没有。

1号床归路执，2号床暂时归他，他把自己的姓名牌放到了床位边。

路执把2号床上的医学书抱回自己的座位上，他的椅背上还搭着一件破了的白衬衫。

"不扔了吗？"方砚唯问。

"洗洗还能穿。"路执低头。

方砚唯的心似乎被什么拧了一下，绞成了一团。他隐约知道，因为外公外婆还有路建昌那些事，路执已经跟温雅决裂。失去了经济来源，路执在这里过得好像并不舒坦。

"去吃饭吧。"路执说。

“好。”方砚唯点头跟上。

两年半不见，路执好像又比他高了一点儿，肩膀已经逐渐有了成年男人的轮廓。方砚唯上一次见路执时，路执还穿着鹭屿中学深蓝色的校服。他在心里叹了口气。还好，他的同桌如今是别人羡慕的对象。

典型的好学生，走在路上还会跟老师主动打招呼。

“王老师。”路执说，“方砚唯这段时间就住我们宿舍了。”

王老师一头雾水：“给个床就行，不用太麻烦你。”

路执：“嗯。”他低头，手机上有一条凌佩发来的信息。

【凌佩】：啊啊啊路神对不起，我不小心把被药水腐蚀的衣服搭在你的椅背上了。

【凌佩】：真的对不起，我当时实在是拿不下了，后来就忘记了。

【凌佩】：我这就回去扔掉。

【路执】：没事，我处理。

【凌佩】：你今天很好说话啊。

路执把手机放回口袋里。

月城大学食堂的菜品丰富，许久没见到中餐，方砚唯眼睛都亮了。他已经想好要选哪几样了。

路执把饭卡往刷卡机上贴了一下，显示出余额——8.80元。

“我请你吃。”路执认真地说，“我不吃了，我下午去实验室帮忙，会给盒饭。”

这是什么勤工俭学的好学生啊，方砚唯又心疼了。他点了一份饭，多要了一副餐具，拨了一半给路执。

“一起吃。”方砚唯说。等他的饭卡办下来，虽然钱也不多，但供两个人吃饭似乎也是可以的。

“什么事？”路执扫见桌上亮屏的手机，一边接起电话一边对方砚唯说，“还剩两元，我买个葡萄冰。”

温雅向来温和的声音听起来有些愤怒：“路执，C3-3生物医疗项目为什么没有我的名字？”

“C3-3项目择优选人，温教授治学严谨，不应该比我清楚吗？”路执说。

“路执。”温雅的声音听起来咬牙切齿，“你拿了公司的股份，你架空我，你不能这样，C3-3是我几年来的心血。”

“妈你在说什么？我听不懂。”路执无辜地说，他把卡贴在刷卡机上，从冰柜里拿走最后一袋葡萄冰，“我学习很忙，午休时间很短，先挂了。”

刚从冰箱里拿出来的葡萄冰一遇到温热的空气，包装袋上立刻凝结出许多小水珠。

方砚唯这顿饭吃得小心翼翼。粒粒皆辛苦的盘中餐，是他执哥掏空家底给他买的。当初叱咤风云的学神如今勤工俭学，连饭都舍不得吃，说不心疼那是假的。

饭卡就是校园卡，路执的透明卡套里似乎还叠了几张别的。卡套很松，方砚唯刚拿起来，几张卡片就落到他的手里。

一张是月城大学生物医学实验室的门禁卡，照片上的路执穿着白大褂，冷着脸，比高中时期还要帅。还有一张是——方砚唯的手微微地颤了一下。那是一张有些发黄的旧纸，上面歪歪斜斜地写着两个名字，有人在为他保留途经鹭屿的痕迹。

方砚唯夹走餐盘里的最后一朵白蘑菇时，路执回来了，把一袋葡萄冰放在他面前，拆开了袋子。葡萄冰换了新的包装，原本的浅紫色设计换成了青色，味道好像……也淡了很多，总觉得像是掺了水，没有当初的浓烈，怎么都不是当年夏天的味道了。

“奸商啊，赚了钱就开始偷工减料。”方砚唯咬着葡萄冰含糊地说。

路执在他对面坐下来，一眼看见被他拆开的透明卡套，只是伸手把那几张卡片又叠了回去。

“卡里一分多余的钱都没有了。”路执说。

方砚唯默默地打开交换生大群，催了催校园卡的办卡进度。

暑假刚开始，学校食堂里只有留校的学生，没有坐满，他们两人都相貌出众，坐在一起更是显眼。

半个小时不到，方砚唯就上了月大的表白墙。

【我在一食堂看见了一个挺好看的男生，问问这是哪个院的。】

【照片】

1L：点开图片之前我是很不屑的，点开图片后，请把他的联系方式都给我呈上来。

2L：你为什么不过去直接问啊？

3L：仔细看图片，坐在他对面的是医学院冷脸大神路执，谁敢上前啊？

4L：小帅哥应该也是医学院的？

5L：哈哈，让我摸到表白墙了。咦，这好像是跟我同批次的交换生啊，叫方砚唯。

6L：方砚唯，我喜欢你！狗头.jpg

交换项目的暑期课表还没有公布，吃完饭后，方砚唯跟在路执身后回了107宿舍。他久违地又闻见路执衣物上的檀香味，紧绷着的神经放松了些许，终于觉得有些困了，然而空床位是字面意义上的“空”床位，上面没有被褥。

“你有多余的床单和被子吗？”方砚唯问。

路执好像怔了一下，木然地站起来拉开衣柜给他看。柜子里只有零星的几件衣服挂在横杆上，除此之外，只有一张多余的床单。

也是。他执哥现在连饭都买不起，哪里还有余钱去添置多余的被子？

“不介意的话，睡我的。”路执说，“我下午不在，你好好休息，晚上我可以带你去买被褥。”

路执的床铺整整齐齐，被子被叠成方块，一丝褶皱都没有。

“我不会打扰你。”路执又说，“快一点儿，我要去实验室，迟到了导师会骂。”

这学校的学生过得也太辛苦了，省吃俭用不说，还要给导师干活。

“那我睡了。”方砚唯光着脚踩着扶梯上去，在路执的床上躺下，很快进入梦乡，他好像许久都没有这么安心地睡过了。

下午两点，实验室门边，路执换上了白大褂，从文件柜里找出一份项目基金申请书。

“许教授，你迟到了。”他头也没回地说。

“哎，被宿管办的王老师拉着聊了会儿。”许教授揉了揉脑袋，“不对，我才是老师，我为什么不能迟到！”

“签个字。”路执把申请书推到办公桌上，“内容我都弄好了。”

“好的。”许教授说。他这个学生各方面能力都很强，办事效率极高，就是性子太冷淡，仿佛什么都看不上眼。但他知道路执远没有表面看上去那般清冷和与世无争，毕竟雅锐生物有一半的控制权在路执的手里，学校有的项目还需要同路执合作。

“你今天没去教职工食堂？”许教授问，“王老师原本还想找你聊聊。”

“没有，我去了学生食堂。”路执说。

“换胃口？”

“不是。”路执低头，轻描淡写地说，“陪许久未见的朋友。”

107宿舍掩着窗帘，窗外走廊安静，方砚唯一觉睡醒感觉骨头都有些软，长途旅行的疲惫消弭得干干净净。他按亮手机屏幕，路执连一条消息都没给他发，这课业也太繁忙了。

一个许久未见的备注出现在他的视野中——何岁岁。

当初他离开鹭屿，一到冬市就进了封闭式的语言学校，学习很忙，仅有的使用手机的时间都被他拿来苦思冥想给路执发什么消息了，顾不上其他人，跟一班同学的联系也渐渐少了。

【岁岁平安】：方哥，你是不是回国了？

【方块A】：你怎么知道？

【岁岁平安】：在小视频APP上刷到你了哈哈哈，《塞上曲》弹得不错，看了评论我才知道歌名，我一看，这不是我方哥吗！

【方块A】：……

他低估了现代网络的信息传播速度。

【方块A】：最近还好？

【岁岁平安】：还行吧，考到你老家来了。

【岁岁平安】：天天被人问是不是在学下蛊学山歌，以后谁再问我上学是不是骑大象，我跟谁急！

方砚唯暗道，你活该。

【岁岁平安】：哎，方哥，你后面有见过执哥吗？

不瞒你说我现在就在他宿舍，方砚唯心说。

【方块A】：？

【岁岁平安】：他毕业以后就和我们没有联系了。

【岁岁平安】：其实也不奇怪，他性格原本就冷，不爱搭理人，在你转学来之前，执哥就是我们高攀不了的好学生。

【岁岁平安】：也就你来了之后，执哥才有了点儿人味儿。不过后来你走了，执哥又变回了之前的样子。

方砚唯压着床单的手微微地收紧，把原本平整的床单捏出许多细小的褶皱。

【岁岁平安】：十班有个小混混被他扣了学分不满意，大课间在楼梯口找他麻烦，被执哥……过肩摔了。

方砚唯倒也不意外。

【岁岁平安】：那次过后，咱才知道执哥原来……是会打架的。

【岁岁平安】：我说不好，反正你走了之后执哥变化挺大的，更像他自己了？或者又更不像了？

【岁岁平安】：今天这台风太猛了，不说了，我要去堵店门，抽空回来看看啊，鹭屿永远欢迎你。

方砚唯攥着手机在床上躺了许久，旧时的记忆像潮水一般涌入他的脑海。鹭屿的那个台风天，他还和路执一起去超市储备食物。

宿舍门轻响了一声，有人推门进来。

“醒了？”路执问。

“嗯。”方砚唯的声音有些闷，带了点儿鼻音。天色已经昏暗下来，他睡了好几个小时。

“学生中心在哪里？”方砚唯问，“我的校园卡办好了，我要去取。”

“我带你去。”路执说。

卡上预存了三千块，是方砚唯这个月的生活费，加上他帮段芸商演得的邀请费，两个人花应该也是足够的，方砚唯暗暗盘算着。他还可以再接点儿别的工作。他的建筑设计稿风格独特，本市的雅锐生物子公司最近有个项目在启动，说不定他能投投看，万一过了，他们俩的生活就能宽裕些了。

这座城市不会刮台风，此时漫天都涌出浅粉色的云霞，把白衬衫都染上了一层薄光。

方砚唯领了学生卡，又和他执哥一起去食堂。

“不用你请我。”食堂门前，路执说，“项目盒饭，今天多给了一个馒头。”

方砚唯无言地看着他。这可不行，执哥不能饿着。方砚唯去窗口点了一份饭，多加了很多菜，两个人吃绰绰有余。

“不小心点多了，我吃不完。”方砚唯说，“执哥，你跟我一起吃。”

路执低头：“谢谢啊。”

方砚唯越想越生气。温雅阿姨也太不靠谱了，怎么连生活费都不给路执。

“你没钱吃饭怎么不找周围的朋友帮忙！”他终于忘记了那些经年的隔阂，愤愤不平起来。

“我没有朋友。”路执的声音听着冷，又好像有点儿孤独。

“刚刚那个……凌佩呢？”方砚唯问。

路执：“我们不熟。”

“老师呢？”

“也不熟。”路执说，“你一回来就有朋友家可以去。”

方砚唯想了半天，意识到路执说的是段芸。“我那是帮忙商演。”他说，“我不能住段芸家的，她有男朋友，不合适。”

路执：“嗯。”

“学校里应该有不少人想追你吧。”方砚唯想了想，问道。

“不知道。”路执事不关己地说。

“肯定有的，不可能没有！”方砚唯忽然就有点儿生气，“你再想想，比如同班同学？食堂里偶然撞见的路人？或者哪个教授的女儿？”

路执：“不认识。”

“那你找个富婆吃软饭也不至于饿死。”方砚唯更生气了，站起来要走，“你怎么能让自己过得那么难？”这是在他心里一直骄傲不羁的路执啊。

方砚唯的手腕被路执一把扣住，抓得他生疼，他挣脱不开。

“方砚唯。”路执说，“别走了。你是回来看我的，对吗？”

故人相逢云淡风轻的表象就这样被轻而易举地戳破，那些学生时代的记忆又被摆到了台面上。

方砚唯张了张嘴巴，没发出声音。

“去学校里走走？”路执问。

“好。”方砚唯听见自己说。

“你现在是升二年级？”路执问。

方砚唯：“嗯。”

读语言学校加上留学申请，他真正入学的时间比走高考要晚一年，能越级来月城大学读交换也费了不少工夫。

“那就是学弟了。”路执说。

学校里就有大的教育超市，方砚唯挑了床单和被子，往收银台走去。

“就这两样？”收银员问，“不要别的了？”

“稍等。”路执把手伸向旁边的货架，从货架上拿了一盒薄荷糖。

“午后看书很困。”路执说，“有时候靠这个提神。”

“一起付。”方砚唯举着自己的卡对收银员说。他的心情好了些许，现在的他多少有点钱了，也能给路执买糖了。路执过得好像不好，那他一时半会儿都不会离开。

回了宿舍，方砚唯艰难地把被子往被套里塞。

“给我。”路执伸手。

方砚唯退到一边，看着路执熟练地把被子装好，放到他的床位上。他竟然又跟路执做了室友。

“浴室可以用吗？”方砚唯问。

“可以。”路执说。

进了浴室，衣服脱到一半，方砚唯才发现自己没有买沐浴露和毛巾。在超市的时候他完全把这些东西给忘了，路执也忘了提醒他。

“执哥。”方砚唯把浴室的门拉开一条小缝，“你有沐浴露或者香皂吗？”

门外传来路执的声音：“有，在置物架下面的抽屉里。”

路执听着卫生间里传来的水声，坐在自己的书桌边翻了几页书。

【凌佩】：我今晚不回去了，实验室过夜。

【路执】：好。

【凌佩】：小学弟安置得怎么样?

【路执】：好。

【凌佩】：有学姐问我方砚唯的联系方式，你说我是给呢还是不给呢?

【路执】：不，别打扰他。

【凌佩】：……好的。

【凌佩】：许教授给了几张电影票，周末跟他们去看电影吗?

【路执】：不。

【凌佩】：我就说你肯定不去，他们还不信，我记得周末雅锐的股权变更会议你是要参加的。

【路执】：嗯。

【凌佩】：期末成绩出来了，你记得看。

期末考试出了成绩，路执简单扫了一眼，多项满分，总绩点第一，没有什么上升空间。

除此之外，班级群里还多发了一条通知。

【通知】：从明天开始，学校进入暑期管理模式，进出宿舍请务必带上学生卡。

他把这条消息转给了方砚唯。

窗帘被风掀起，窗外淅淅沥沥地下了场久违的雨。

“你们宿舍洗澡扣钱好快啊。”方砚唯湿着头发走出来，坐到自己的椅子上。

“确实很贵。”路执说。话音刚落，一张卡被拍到他面前的桌上。

“方哥请你洗澡。”方砚唯说。

“那谢谢方哥了。”路执拿上卡去了卫生间。

方砚唯打开自己的笔记本电脑，给雅锐生物公司投了一份作品简历。

他是个学渣，但在建筑和园林设计上还算有点儿想法。他在简历上添加自己的过往作业，点了发送。如果能通过，他就有零花钱了。

隔天方砚唯所在的交换生群里就出了课表。月城大学不愧是一流学府，连暑期交换生的课表都往死里卷，课程数量多到方砚唯震惊。

路执过的都是什么日子？他起床时往旁边看了看，路执的被褥已经被叠得整整齐齐，卫生间里传来哗哗的水声。他似乎想到了什么，匆忙下床冲去宿舍外买了早餐，拎回宿舍里。

“执哥。”方砚唯说，“吃早餐。”

以前想逗大冰块开心的时候，他也会给路执带饭。

路执坐下来敲了只鸡蛋：“好久没吃过早餐了。”

方砚唯愣住。

路执：“原来鸡蛋是这个味道的。”

太心疼了，方砚唯甚至已经开始思考自己当初离开是不是正确的选择了。

路执把他送到教室门口，教室里有学生向外张望着。

“熟悉路吗？”路执问。

方砚唯不太熟。这学校太大了，如果是他一个人，可能会找不到回宿舍的路。

“那下课就乖乖待在教室。”路执说，“我来找你。”

方砚唯：“好！”

方砚唯走进教室才发现同学好像都在看他。

“方砚唯？”前排的男生问。

方砚唯：“对。”

“你是不是会弹琵琶啊？”对方说，“我昨天刷到一段视频，上面的人好像是你。”

“那你说的应该是我。”方砚唯点头。他就弹了次琴，没想到传得那么远。

路执离开教学楼，去了月城大学的地下停车场，驾车出了校园。

月城郊外，私人精神病院。

男生抱着百合花走进来，护士认出他，礼貌地和他打了招呼。男生点点头，进了住院部走廊尽头的一间病房。

“是叫路执吗？”一个护士悄悄说，“好孝顺懂事的孩子，几乎每个月都来看他爸爸，治疗费一次交了那么多。”

“是啊，多少人把亲属扔在这里，几十年都不来看一次。”另一个护士说，“多好的孩子，课业那么忙还经常来看顾。”

“可惜他爸不争气，不配合治疗。”护士说。

路执推开门，把白色百合花放进床头的花瓶里。

“路执！”穿着束缚衣的路建昌见他进来情绪更加激动，面目狰狞。

“爸，请配合治疗，不要让我为难。”路执冷冷地说。

“我没病！”路建昌吼出声，“你陷害我，我根本就没有病。”

路执无视他的挣扎，走到床边拿起床角的住院单：“躁狂，伤人伤己倾向，建议长期住院。这是医生的诊断，不是我的。”

“你陷害我，你陷害我。”路建昌的声音越发尖锐，“我根本没病，我没病！”

“我是为了您好。”路执垂眸，给白色百合花的叶片上淋了些水珠，“就像您曾经为了我好那样。”

路执推门走出去：“祝您早日康复。”

时间差不多了，该去等方砚唯下课了。

月城大学的课程难度高，方砚唯听得脑瓜子疼，下课铃响的时候，他还拿着铅笔在草稿纸上琢磨着理论知识。有人在他的桌子上扣了三下，他抬起头看见是路执，笑了。

“放学了？走吧。”路执说。

方砚唯不知道路执去了哪里，不过路执身上好像有一点花香。他连忙收拾自己放在桌上的绘图工具，抽了张纸包着橡皮把它扔进笔袋里。

一只手阻挡了他合上笔袋的动作，路执从他的笔袋里拎出一张拍立得照片。

游乐园的摩天轮下，穿着校服的两个少年站着。路执的手压在他肩膀上，他没找到镜头在哪，眼睛里的笑意还带着点局促。

方砚唯离开后路执在自己的书房里找了很久，翻了无数次书包和口袋，都没有找见这张照片。他以为自己把它弄丢了，却在这里再一次见到。

某只小红狐狸总是觉得自己是恶人，干尽了天底下的坏事。其实狐狸做过的最大的恶事，只是偷走了这张照片。

“你当时说不要的。”路执的手指摩挲着照片，“你已经给我了。”

“我……”方砚唯一时不知道该怎么解释，“这上面也有我，这也是我的。”可怎么说都有些苍白无力。

路执在他身边坐下，他眨眨眼，还没先想好要说什么眼眶却先酸了。方砚唯猜自己应该是眼睛红了，还好路执看不见，不至于太丢脸。

方砚唯从教学楼里走出来时，脑袋还有点儿晕乎。路执帮他拿了书包，走在前面。

“温雅阿姨……最近还好吗？”方砚唯问。他曾因温雅阿姨借住在路执那里，重归故里后也该问个好，可是他有私心。

“应该还好？”路执不确定地回答，“好久没联系了。”

方砚唯心说也是。温雅阿姨看着温和，但给路执的爱始终是有限的，也是有条件的，路执不可能不在意。

“那……你爸爸呢？”他想了想，最终还是问了。

时间能冲淡很多东西，原先不可提不愿问的存在，现下也终于能问出口了。

“他身体不太好，一直在住院。”路执沉声说，“需要休养很久，短期内都出不来。”

住院？路建昌看起来不像是会住院的样子啊。

不过都过去两年半了，陈老师升任教导主任，何岁岁也爱上了菌子，发生什么都不奇怪。

这点儿困惑很快就被方砚唯抛到了脑后。他的同桌如他所愿，成了所有人羡慕和渴望的存在，丝毫不沾阴霾。

“下午有安排吗？”路执问。

方砚唯想了想，他还真有。

“你要去哪里？”路执推了他一下，让他走阴凉处，“我看过你的课表，下午没有课。”

方砚唯：“有个邀演。”

因为他上次演出的效果很好，段芸家的评弹馆又邀请了他。繁忙的课业让他的学渣脑袋濒临冒烟，但弹一两支曲子就能有演出费，他还是打算去。

“执哥，我今天演完，明天我们就可以去校外吃顿好的。”方砚唯说。

“……那我跟你一起去。”路执说。

下午的评弹馆里人很多，方砚唯背着琴走进院门时，就有人举起手机冲他拍照。

“我去换衣服，你和我一起吗？”方砚唯问。

路执：“嗯。”

上次段芸找的月白色长衫方砚唯觉得太素了，这回他想挑个稍微不那么素的。可是看来看去，衣架上只剩下一件红的跟一件绿的，他拿了红色的那一件。

路执在更衣室外等他，手里有一下没一下地敲着一把折扇。

“这颜色会不会很土气？”方砚唯揉着头发出来。

扇子的声音停了。

方砚唯的皮肤白，眼睛是偏桃花眼的眼型，睫毛微微卷翘向眼尾，瞳色是偏浅的棕。以前路执以为他只是爱笑，后来发现不是。男生的唇珠饱满，嘴角自然上扬，悠闲地侧着脸看人时，永远让人觉得有点挑衅和逗弄的意思。红色把男生的皮肤衬得更白了，手腕上佛珠的玉坠延至他的手心，点缀的璎珞更像是贴在指间的落花。

“方砚唯，你好了吗？”段芸在门外喊。

浅黛色的帘幕被拨开，段芸跟屋子中间冷着脸的路执对视了一下。上次演出结束她才听朋友说这位就是传说中月城大学的校草，据说人很低调，成绩超级好，性子寡淡得像在修行，独来独往，是典型的高岭之花，却跟方砚唯聊得来。

“你这身穿得……”她愣了一下，点评道，“跟妖精似的。”

方砚唯今天没弹什么气势磅礴的曲子，选的都是些温婉雅致的小调，像是能把人带到细雨迷蒙的江南。

演出结束，方砚唯换完衣服，抓了把折扇坐在四四方方的院落里等。等下回去他就把这笔钱全充到路执的饭卡里，让路执每顿都能吃上食堂最贵的盒饭。

“你好。”有人停在方砚唯旁边，“你是月城大学的学生吗？”

“目前……算是。”正在擦琵琶弦的方砚唯抬头。

“我也是！”对方很高兴，“我在学校表白墙上见过你，你叫方砚唯。我还是第一次见到会弹琵琶的男生。”

“谢谢啊。”方砚唯挑了一下琴弦。

“你能再给我弹个曲子吗？”男生问，“我记得你们这里加钱可以点曲子。”

“二十万。”方砚唯说。

男生愣住。

“二十万，我给你弹。”方砚唯把琴收进琴盒里，“我比较贵。我不是这里的员工，不给人单独弹琴。”

方砚唯说着，看向走廊尽头：“是吧，路执？”

路执背靠着一根雕花立柱，身影高挺又修长：“嗯。”

来搭讪的人脸色瞬间变差，转身离开。

“他要是给你二十万呢？”路执问。

方砚唯愣了愣，那得是什么极品冤大头。他坐在藤椅上，闲来无事，伸着脚尖去踢地上的落花，却被路执俯身压住了脚踝。方砚唯愣了一下，却见路执从他的脚踝边摘走了一段尖锐的短树枝。

“转你了！”段芸气喘吁吁地跑来，把一纸袋的茶点塞到他手里，“请你们吃。”

“谢谢。”路执替他说。

“晚饭想吃什么？”出了评弹馆，路执问。

“带我去你们学校食堂最贵的一层！”

路执没来得及吃晚饭就被一个电话叫走了。雅锐的股权近期在进行变更，公司的研发和生产线上很多决定都需要有人拍板。

“我马上到。”路执说，“我要去一趟……”

“许教授又喊你干活吗？”方砚唯问。

这教授好烦，怎么这么能压榨学生。

“我很快回来。”路执说。

方砚唯：“那我等你一起吃晚饭，我先吃小零食。”

方砚唯先回了宿舍。路执的室友凌佩正在收拾行李，和他热情地打了个招呼。

“你要走吗？”方砚唯问。

“对，我有暑期实习。”凌佩说，“你跟路神好好相处。”

凌佩提醒：“衣服不可以乱扔，东西要摆整齐，卫生间用完要打扫干净，电脑声音不可以外放，这些都做到，路神还是很好相处的。而且他经常泡实验室，有时候会彻夜不归，你放心住。”

方砚唯：“好。”

他怎么不知道路执还有这么多毛病？他以前经常去路执的房间串门，衣服没少乱扔，漫画书也经常看一半就落在路执的桌上，也没见路执把他过肩摔啊。

“我知道了，谢谢提醒。”方砚唯说。

他洗漱完，坐在书桌前开了电脑，桌面显示收到一封新邮件，来自雅锐生物。

“方同学你好，我们对您的过往作品很感兴趣，恭喜您通过第一轮筛选，现将场地图纸和要求发给您，请您参与第二轮测试。”

邮件下方附带一个文件包，里面是供下载参考的资料。

方砚唯惊喜地瞪大眼睛。他的摇钱树冲他招手了！他决定先不告诉路执，如果能参与这个设计，他再说也不迟。

路执开车回来时刚过晚上十点，他穿着黑色的低领衬衫，外面罩着一件白大褂，鼻梁上架着一副眼镜。

路执一进宿舍就闻到了沐浴露的清香，伴着潮湿的水汽。他把两份饭和一盒葡萄放到一边。书桌上的书被翻乱了，倒扣在桌面上，垃圾桶也被踢到了门边，他只扫了一眼，没在意。

方砚唯坐在他的椅子上咬苹果，见他进来，眼睛不住地往他身上打量，心说白大褂也太适合路执了。

第七章

琴声

隔天是周末，交换生没有课。难得的休息日，方砚唯接了雅锐的邀请去实地考察。

路执一早就去了校内的实验室，他自己用手机查月城的地图，坐地铁去了雅锐生物。负责接待他的是公司的HR，叫李佳，三十来岁，个子很高，穿着白色的西装和高跟鞋。

因为路执昨天那身白大褂，方砚唯今天对白色很有好感。

“方同学你好。”李佳说，“我带你看看我们需要设计规划的区域。这个项目有一百多人投递了简历，目前只留下了十三人。你是月城大学的学生，应该很厉害？”

方砚唯：“没，是我高攀，我就是个交换生。”

“我们新任的研发总监也是那里的学生。”李佳说。

那应该是一位毕业很久的值得敬重的老前辈吧，方砚唯心说。

雅锐需要重新规制设计的是他们的待客区，占地大约一百平方米。

“雅锐改名前的风格比较死板，最近上层发生了点儿变动，很多部门重整，周围的环境也想相应地动一动。”李佳说。

“好的，我看看这里。”方砚唯说。

“那我先去忙别的了。”李佳说，“一楼尽头的小房间里有茶歇，零食和茶水可以随意取用。”

方砚唯应声，在附近找了张凳子坐下，修改自己的想法。

路执把车停在雅锐的地下车库，坐电梯一路到四楼，刚从一楼回来的李佳敲了敲门。

“进。”

“温教授想见您。”李佳说。

路执俯身从文件夹里，抽出了一份报告单。温雅站在办公室里，跟他相隔几米的距离。

“妈，有事吗？”路执说，“我今天很忙。”

温雅自嘲地笑了一下：“你也可以不忙，这公司原本是我的。”

“温教授辛苦了半辈子，休假不好吗？”路执说，“您容易低血糖，不能熬夜，右手手骨在路建昌那里受过伤，阴雨天会疼。”

温雅愣了一会儿。她的身体状况这个儿子倒是很清楚，但也只是虚假的问候罢了。

她太清楚路执的性格了，虽然跟路琢是双胞胎，但路执从不爱笑，也不亲近人。

“你不用虚情假意地说对我好，我知道你是什么样的人。” 温雅说到这里又有些泄气，“无非是你恨我当初那样对你……”

“没有。”路执说，“我很感谢你。项目已经启动，不会临时添加人选了，温教授请回吧。”

温雅颓然地转身离去。

“7月1日那批药品跟临床研究所合作的受试者招募，进展怎么样了？”路执对李佳说，“让研发1组的负责人过来，谢谢。”

他声音不带什么感情，举止礼貌，李佳却知道这位空降的研发总监绝非善茬，她礼貌地点点头，转身离开。

路执将近期的实验数据一一核对好，签上字。

手机屏幕暗了一上午，方砚唯一条信息都没有发来。

红狐狸很忙？

【路执】：起床了？

【路执】：还好？

方砚唯根据实地考察的结果改了改方案，眼看着到了中午，他出了雅锐，在附近的公路上拦出租车。

因为有小时候的美术功底，方砚唯在建筑设计上对审美的注重程度大于技巧。学渣以前蒙混的次数多了，遇上这种需要比真本事的情况，头疼得要命。他顶着将近四十摄氏度的高温回了月城大学，忽然有点儿想念鹭屿的台风季，能往月城这边分点儿吗？

方砚唯到了宿舍才在烫手的手机上看见路执发来的消息。

【吱吱】：黄豆抹眼泪.jpg

【吱吱】：怎么不回消息？

【方块A】：去挣钱了。

【吱吱】：下午有空吗？

【方块A】：有的。

【吱吱】：黄毛他们来月城了，见见？

【方块A】：好啊。

黄毛下午就把库里南开到了校门口。方砚唯上车时，校门口路过的人频频回头。

“嗨。”黄毛咬着烟，大大咧咧地打招呼，“方哥。”

时隔这么久，再一次从对方口中听见这个称呼，方砚唯竟然有些想念。黄毛的头发一看就是新染的，金灿灿的，颜色足，今天应该叫金毛。

“我们去哪里？”方砚唯问。

上一次这伙人这么大张旗鼓地接他时，好像是把他拉到悬崖上跳滑翔伞，让他如今回想起来都忍不住心跳加快。

“我哥把火锅分店开到月城来了，请你跟执哥吃火锅。”黄毛说，“执哥有点儿事，等下就来，让你先吃。”

“白雪，路执他……”方砚唯想问问路执在学校的情况。

黄毛摆摆手：“我改名了，白雪太不符合老子的气质了。”

黄毛：“我现在叫白大雪。”

那你还不如不改，方砚唯心说。

方砚唯原本以为只是一场平平无奇的老朋友聚餐，没想到这是家高级自助火锅店，设在月城最高楼的观景层，餐厅自动旋转，窗外是月城的景色。

“我得背对着窗边。”黄毛说，“不然我会害怕。”

“好久不见啊。”一头短发的顾甜在方砚唯身边坐下，脱掉黑色的皮质外套，露出黑色的吊带裙，还有肩膀上的大片文身。

“好学生不可以文身哦。”她说。

方砚唯跟他们聊了一会儿天，才知道顾甜如今是一支知名乐队的鼓手，所在乐队跟正当红的梦镀齐名。

“你们学校，九班那个小姑娘，叫程静萱是吗？”顾甜说，“我们以前还一起出去玩儿过对吧，她现在跟我同公司，爱豆路线，小姑娘野得很。”

这个方砚唯之前听何岁岁提过。

“之前拍戏，男主角背不熟剧本还骚扰场记，当时就被她扇了一巴掌。”顾甜给大家分享八卦，“公司原本给她设计的是甜美人设，但现在谁不知道她是娱乐圈大小姐啊哈哈哈。”

方砚唯跟着笑了笑，不管过了多久，听起这些人和事都会有熟悉的感觉。他余光瞥见一个身影坐下，路执过来了。

路执面前有个碗，堆了一整碗菜，都是他喜欢的。

“执哥，不要钱的，多吃点儿。”方砚唯用力地拍了拍他的肩膀。

路执的目光从桌子中央的大锅一路移到方砚唯面前的玻璃酒杯上。

“谁给他喝酒了？”他问。

也就路执还记得，某人一杯就能醉到意识不清。

“没醉。”方砚唯把手里的酒杯递到路执面前，“这是水，你尝尝，多喝，不要钱。”

酒杯歪倒，透明的酒液沿着男生的手背没入袖口中，水珠在白得近乎透明的手背上留下一道道水痕，空气里都是酒香。这红狐狸喝的还是白酒。

“洗一下手。”路执拉着他站起来。

员工私用的卫生间里没有人，路执推着方砚唯站到水池边，拧开了水龙头。

两人从洗手间里回来，路执找了个机会，把酒杯推远。

黄毛：“我哥的滑翔伞基地做大了，现在可以玩儿高空跳伞了，执哥你有空的话……”

方砚唯推了路执一把：“你站着。”

路执疑问地转头看他。

“方哥吃饭，小弟要在旁边看着。”方砚唯说。

这是记忆蹿到刚转来鹭屿的时候了吗?

方砚唯放在桌上的手机屏幕亮了一下，显示来电人的备注是“小仙女”。

这是谁?路执不着痕迹地皱了皱眉。

电话那边是个稚气的女声，生涩地说着中文：“方砚唯……哥哥，我想学你那个琴，你能教我吗?”

“Lirica?”路执想起了这个名字。

“咦……不是哥哥。”Lirica喊道，“妈咪，有野男人接了哥哥的电话。”

电话那边传来一阵混杂的声音，Lirica被教训了一顿，电话换了个人接。

“别乱说话，应该都是你哥哥的朋友。”

“是路执吗?”方嘉弥哭笑不得。

“是的，阿姨。”路执回答。

“抱歉，Lirica乱说话，我等下教训她。”她说，“我都跟她说哥哥回国读书去了，她非要闹。”

路执：“没事，她很可爱。”

“怎么是你接的电话?”方嘉弥问，“方方在做什么?”

路执把手机递到方砚唯眼前。

“你谁啊?方哥要打你了。”方砚唯说，“叫方哥，厉害的那个就得被叫哥。”

“……可能是体质问题。”方嘉弥说，“他不太能沾酒，碰了就会醉，大部分时候都是安静地睡着，只有在熟悉或信任的人面前才会闹几下。”

“没事。”路执说。

方砚唯是在回程的车上醒来的。

黄毛在副驾驶，路执坐在他身边，似乎在打量他手腕上的珠串。

“去吃火锅吗?”方砚唯问。

路执：“……已经吃完了。”

吃了吗?没印象了，亏了。

方砚唯发现自己的手机上有一条通话记录，通话时间十分钟。

Lirica?他没有接这通电话的记忆，是路执接的吗?

车停在月城大学的校门口，有学生频频回头观看，议论着车标。

“执哥，你们有空就过来坐。”黄毛从车窗探出头来跟他俩道别。

“好啊。”方砚唯说。

库里南调头汇入车流。

“执哥不是在附近买了大平层吗？”黄毛问顾甜，“学校住起来更香？”

顾甜：“你懂什么。”

方砚唯目送库里南远去，倏地看见黄毛差点儿把车开上马路牙子，他毫无顾忌地笑出了声。路执的嘴角也跟着弯了弯。

“我得给Lirica回个电话。”方砚唯说。

“不用。”路执说，“电话给了你妈妈，我和她简短聊了几句。”

暮色降临在这座颇有水乡风情的南方城市，粉紫色的云霞一层层在天边浮开。

方砚唯有些说不上来的紧张。方嘉弥和温雅是朋友，而路执和温雅如今的关系冷淡，他不知道该如何开口。

“执哥。”方砚唯问，“我妈妈有说什么吗？”

“没什么要紧事。”路执看向他拿着手机的手。

时间能愈合很多伤口，方砚唯指尖上的刀伤早已淡得快看不出来了，只是无名指的指侧上还留着一道很淡的白痕。当年扑过来的少年像是不知道疼似的把手按在了刀锋上，不论过去多久，每次回想起那个画面他都不禁胆战心惊起来。

两人往月城大学大门外的林荫路上走，沿着这条路往前走是一个小商品集市，附近有一个风景清秀的园林，很适合傍晚散步。

这时候回学校尚早，时逢盛夏，路执的本意是带方砚唯去看看荷花，画舫新上的淡茶和莲子，方砚唯应该会喜欢，毕竟这只看上去不着调的狐狸爱的都是些风雅又有清韵的东西。然而方砚唯却在小商品集市的大门前停下脚步，若有所思地看了看路执。

这种设在校园附近的商城，不管是衣服还是日常用品价格都比较低廉，仔细淘一淘，能买到相当不错的物件。方砚唯在云城读高中时就和林与宋逛过校门外的这种小商城。

方砚唯懂了，温雅阿姨不再管路执，住院的路建昌还在烧钱，所以路执现在很穷。上次他就发现路执放在宿舍里的洗衣液和沐浴露都是小份装的，衣服也少得可怜。曾经叱咤风云的校园大佬如今成了清贫努力的大学生，他得维护他执哥的自尊。

“走吧，执哥。”方砚唯往前走，“我们逛这个。”

平价小超市门口，路执脸上已经没有表情了。方砚唯买了两个盆、两盒半价酸奶和一袋八折饼干。

“明天晚上十二点过期。”方砚唯盯着包装袋上的字，“在这之前吃完就可以。”

路执：“其实我……”倒也不必如此节省。

“我们再去看看衣服！”方砚唯抓着他往对面的店里走。

“两位小帅哥想看看什么？”老板一看见他俩，眼睛都亮了。

这种藏在边角的小店铺很少有颜值这么高气质还如此好的学生来。

“给他买衣服。”方砚唯指了指自己身边的路执。

“那可太多了！”老板说，“放心试，我们家的衣服单件绝对不会超过五十块。”

路执忽然觉得，自己先前的某些言行可能过分夸张了，方砚唯怎么就信得这么彻底呢？

“执哥喜欢白色，要这个，还有那个。”方砚唯按照自己的审美挑衣服，然后把衣服递过去，“你去试试。”

路执没接。

“执哥。”方砚唯想起了什么，形状好看的嘴角浅浅弯着，“以前在鹭屿的时候，你也帮我挑过衣服。”

路执一声不吭，抓起衣服进了试衣间。

方砚唯在外面等，刷朋友圈时跟何岁岁聊了几句。

【方块A】：鹭屿现在应该很凉快吧。

【岁岁平安】：还行，这次的台风有点儿厉害，海边的浪很大，小渔村都被淹掉了一点儿。

【岁岁平安】：我家屋顶还少了一块呢。

【方块A】：……

【岁岁平安】：打游戏吗？

【方块A】：我在外面呢，陪执哥买衣服。

【岁岁平安】：行啊你。

“换好了。”微冷的声音在方砚唯耳边响起，他把手机放进口袋里，抬头看见换了一身衣服的路执。

路执穿了一件白色的外套，领口半敞着，挺拔端正地站在灯光下，骨节分明的手正把拉链往上推，看起来禁欲又冷淡。

不愧是到了月城大学还能稳坐校草位置的脸，即便是价格便宜设计单调的衣服，穿在路执身上也依旧是好看的。

“我们就要这件。”方砚唯对店主说。

“下次再来啊。”店主热情地送走了两个人。

天空暗了下来，远空垂着银色的月牙，再往前走，街道末处是看不到尽头的荷塘。

方砚唯还是第一次看见这么多荷花。挂着灯笼的画舫摇晃着在荷叶中穿行，附近有不少游客在拍照。

路旁新开的写真店有抽奖活动，安慰奖是两瓶矿泉水，中奖率很高。方砚唯刚好觉得口渴，从穿着汉服的店员手里抽了一张便签。

特等奖：写真一张。

写真主题：吹笛的少年。

方砚唯：“你们这玩意儿真的是随机的吗？”

穿着汉服的小姑娘把他往店里迎：“小哥哥，你长得这么好看，拍这个系列肯定好看极了。”

“我……”方砚唯刚要开口拒绝。

“可以。”路执说，“拍吧。”

啊？什么玩意儿？

服装店里有现成的，是经过改良的民族服饰。方砚唯被抓着套了身蓝紫色的古典服装，袖口和颈间缀着各种银色的饰物，走路时都叮当作响。

“小哥哥，我给你加个发片。”化妆师追出来。

这家店对特等奖还挺用心，甚至给他上了妆。

“你的手腕上……”化妆师扫见他左手腕上的佛珠。

“要摘吗？”方砚唯问，要摘他就不拍了。

“戴着吧。”摄影师说，“倒是更有故事感了。”

七月的晚上温度也没有降下来，好在拍摄地点在室内，空调的冷气很足。

方砚唯坐在石头造景上，按摄影师的要求微微向前伸手，手心悬着一串佛珠。

画面定格，路执在不远处静静地看他。

回到宿舍，路执交了许教授那边的实验报告，又打开邮箱查看雅锐那边的工作邮件。

待客区的修缮还处在设计阶段，公司那边把目前的合作策划给管理层群发收集意见，有一份邮件也给到了他这里。

路执不想管，公司爱选谁选谁，这不属于他的工作范畴。

“无参考意见，方案择优。”他未点开附件，只敲了几个字回复。

或许是玩儿累了，方砚唯已经睡着了，侧脸压在枕头上，额前的碎发垂着。

路执想着，他得早点儿把许教授那边的项目做完，大三开学前还能带方砚唯回新买的房子住上几天。

这天晚上，方砚唯梦见了鹭屿。应该是高二下半学期，周五放学，学校对面的书店新上了许多漫画书，他想看，就非拉着路执一起。路执冷着脸说不，但最终还是被他强行带进了店里，手里捧着课本倚着墙等他。这样的场景，在记忆里仿佛已经上演了百次千次。

方砚唯醒来的时候，路执已经不在宿舍里了。他翻看手机，发现一个小时前路执给他留了消息。

【吱吱】：我要去实验室，早饭给你放在桌上，我猜都是你喜欢的。

方砚唯打字回复。

【方块A】：看起来都很好吃，执哥，你很会买啊。

路执大约是在忙，没有回复他，方砚唯又在床上赖了半小时才慢悠悠地爬起来。

路执买的早餐……好丰盛，玫瑰拉糕、小馄饨还有酥心饼，全是本地早茶常见的点心。这一顿算下来就得一两百，路执的钱还够吗？

方砚唯大二了，快到自力更生的时候了。他打开电脑，开始准备给雅锐的方案。

这次他才注意到同期的竞争者有的是已经毕业的知名设计师，有的是名校的优秀学生，他感觉自己的方案被采用的难度挺高。不过因为是竞选，雅锐承诺给最后一轮被退的设计一定的补偿酬劳。方砚唯觉得这笔钱也是可以拼一拼的。

方砚唯在宿舍里待了一整个上午，学渣的脑袋思考到快要冒烟才堪堪有了初步的想法。

时间指向中午十一点，路执仍没有回消息，要不……他先去等路执好了。

校园很大，从入学到现在，方砚唯只摸清了去建筑学院的路，路执所在的医学院他还没去过。他问了个学姐，对方给他指出去医学院的路，路程有点儿长，他就坐了校内公交。

正值暑假，公交车上只有方砚唯一个人，他戴上耳机，低头点开自己的短视频APP主页。有人留了私信，问他最近怎么都没有弹琴。

方砚唯顶着“方块A”的账号ID回复：“最近回国当交换生了，有点儿忙。”而且他每次录琵琶曲都是不露脸只露身影，宿舍里不方便拍摄。

又有人在他最新的一条视频下面留言：想听琵琶，去看@芸想评弹，他们家最近来了个小哥哥，人好看琴弹得也好，怎么看都比咱们这个不露脸的号主强。

方砚唯无语地看着这条留言，那不就是老子吗？

“同学，医学院大楼到了。”司机提醒他。

“谢谢。”方砚唯把手机揣进口袋里，踩着台阶下车。

不愧是月城大学的王牌学院，连教学楼都有好几栋。

【方块A】：我来接你了。

学院楼一楼的两侧是公告栏，展示的是学院内的优秀学生，方砚唯在好几项奖学金项目的嘉奖栏下看见了路执的名字。路执用的照片显然是在实验室里拍的，照片里的他穿着白大褂，坐在实验台边，眼睛只是透过金色边框的平光镜淡淡地瞥向镜头。

方砚唯举起手机“咔嚓”一声拍了一张，留作纪念。一只手搭在方砚唯肩上，他回头，看见路执正站在自己身后，身边还站着一个两鬓斑白的中年人，看起来是医学院的教授。

“许教授。”路执开口，“我就不陪您一起吃饭了，我们先走了。”

终于下班的许教授愣了一下，然后说：“好。”

许教授目送两个男生离开。这个男生……就是路执的那个好朋友吗？长得不错，就是刚才那几十秒的时间，为什么甩了他两三个白眼？

“你们专业好忙。”方砚唯说，“那老头很喜欢压榨你们吗？”

其实是路执想尽早弄完基金项目，才让许教授多留了一会儿。

“下午没事了。”路执说。现在毕竟是暑假，再忙也不至于天天泡在实验楼。

“那我想出去玩儿。”方砚唯说，“可以吗？”

路执点头：“想去哪里？”

方砚唯思考了片刻，说：“看电影吧。”他还没有和路执一起进过电影院。

“好。”路执同意。

“我查查公交怎么坐。”方砚唯打开手机地图。

方砚唯挑的电影院在市区，坐地铁过去大约要四十分钟。

“执哥，你放心读书。”方砚唯说，“等我赚钱了就给你买车，你就再也不用挤地铁了。”

路执决定跟他谈谈。

“你知道吗？”方砚唯说，“我小时候是个很自私的人，可能是被宠坏了，爸妈离婚之后，就算没人再惯着我，我也依旧我行我素。可是后来就变了，我有什么好东西，都想分给你一半。”看见新奇的花会想拍给路执看，吃到了味道不错的食物也会想让路执也尝尝。

“我说过，我是真的想对你好。”方砚唯说，“我给你的都不用回报。”

地铁上人来人往，他的声音只有路执听见了。

电影是新出的，过来看的人很多，票买得迟，两人的座位比较靠边。前台围了不少人在买爆米花，焦糖奶油的香味儿让方砚唯频频回头。

“少吃。”路执说，“会上火，对身体不好。”

方砚唯：“好的。”懂了，他们没钱。

“想喝果汁吗？”路执又问。

方砚唯从背包里捞出一个透明的大水壶：“咱们带水了，不花冤枉钱。”

电影是科幻片，改编自一本热度很高的网络小说。

曾经的九班小太妹如今的娱乐圈小辣椒程静萱在里面友情出演了十五秒，扮演了一个被陨石砸死的人。程静萱给鹭中的好友都发了消息，要求支持电影，所以方砚唯贡献了两张票。

灯光渐渐暗下来，电影开始播放。

字幕上显现制片和主演团队的名字。领衔主演是啥玩意儿来着，划过去太快方砚唯没看清。

屏幕上出现新的字样——

领衔主演：付珩遥。

“珩”是玉，“遥”是不可及，这名字相当符合方砚唯的审美。

“演员好小啊。”他转头对路执说，“看上去最多十七岁。”

路执：“嗯。”

这电影的团队厉害，剧情环环相扣，特效看起来值五个亿。

“我怎么没看到程静萱。”大概一个小时后，方砚唯转头问路执。

“……她出现过了。”路执说，“三十分钟的时候。”

方砚唯：“……她有台词吗？”

路执：“有，有一个‘啊’。”

方砚唯本身对这些大片里的回忆杀兴致不高，但这一部中的回忆还是吸引了他的注意。

影片中，少年站在一片废墟里，蓦然回想起在校园里的时光。穿着校服的少年选择离开，把心事藏在心底，从此山高水远，再难相见。

文艺作品是会引起观众共情的，至少银幕外的方砚唯觉得是这样。尘埃落定，他不禁有点儿后怕。世界太大了，几乎每一秒都有人走散。

“想什么？”路执的声音闯进来，把他从莫名腾起的惧怕情绪中带离。

“没。”方砚唯说，“就是突然怕再也见不到你，害怕失去你这个朋友。”

“但你已经在我面前了。”路执沉声说，“无须再去想另一种可能。”

方砚唯笑了笑，也是。

整个暑假，方砚唯都在尝试完成雅锐的项目。

学渣第一次这么努力，用课余时间翻阅了不少参考书，同时参考了月城大学任课老师和他自己的老师的意见。距离开学一星期，他的设计草稿终于要完工了。

九月一日开学那天是方砚唯的生日，还好这学校没什么暑假作业，他终于不用在开学当天埋头赶作业了。

十八岁生日的时候，路执带他去骑了摩托艇，他至今仍记得被划破的海面和四溅的水花。今年会怎么过？方砚唯很期待。

因为考虑到他们两人现在的经济状况，他从一个月前就开始提醒路执。

“我的生日要到了，你一定不要给我买礼物。”他是这么说的。

路执是用沉默回答的。

所以一直到八月三十一日晚上，路执都没拿出什么礼物来，方砚唯又有些着急。

“路执，你真的没有给我准备礼物吗？”

“到时候告诉你。”路执说。

九月一日，月城大学的暑假结束，本校学生返校。完成暑期课程的交换生按专业被插入各个班级，正式开始为期一年的交换学习。

方砚唯进的是建筑设计五班。早晨第一节课，辅导员和班主任老师都到了，对返校学生进行介绍。

“介绍一下，咱们班这学期来了个插班生，方砚唯。”辅导员说，“大家欢迎。”

跟高中时的转学不同，大学显得比较随性，既不用自我介绍，也不用发表好好学习感言，但还是有许多人转过头来，打量坐在后排的方砚唯。

“别看了，上课了。”方砚唯后背舒服地抵着椅背，懒洋洋地说。

偌大的阶梯教室里，同学们松散地坐着，再没了同桌的概念。

高中紧凑的学习节奏，路执盯着他做试卷盲盒的日子，一瞬间似乎已经过去了好久。他的世界里再没有写不完的试卷，也没有黑板上日渐减少的高考倒计时。

【吱吱】：下课来医学院找我。

【方块A】：好。

坐在他旁边的男生也是交换生，此时正单手撑着头，昏昏欲睡。

“朋友，这才开学第一节课。”方砚唯忍不住说，“你怎么困成这样？”

“咱们学校的早晚跑太变态了。”男生说，“我六点就起来跑操了。”

有吗？他怎么不知道月城大学还有这要求。方砚唯仔细回想，似乎刚来的时候辅导员是提醒过一次，后来也没人要求他。

“你没跑？”男生问，“那你完了，你上你的学生系统看看，肯定被扣分了，我上次缺了一天，扣了我2分呢。”

方砚唯忐忑地打开学生中心，却发现自己的课外体育分还是满的。怎么，上天最近格外偏袒他吗？方砚唯想起什么，打字问路执。

【方块A】：我是不是也要去晨跑晚跑啊。

【吱吱】：这两个一般只要跑一个就好了，早晚，你挑一个。

【方块A】：那我挑晚上，早起傻一天。

【吱吱】：没必要，你不用挑。

【吱吱】：跑操的最终打卡点就在医学院的门口，我每天来实验室，已经顺便给你刷了。

【方块A】：！

路执也太好了。

【方块A】：你先忙！我等会儿下课就去找你！

【吱吱】：嗯。

应该是受路执的影响，方砚唯上课不爱拍PPT。路执说过，拍这种东西占手机内存，还不如现场多记一两行字。方砚唯扫了一眼PPT，画了点儿草稿。手机提示他收到了一封来自雅锐生物公司的新邮件。

“方砚唯同学你好，我们已经收到了你的初步设计，恭喜入围，请于下周日上午八点半准时到达雅锐生物，设计稿将由公司内部投票后择优采用，您的竞争对手有三人。”

竟然……能走到这一步。在去医学院的路上，方砚唯还在想这件事。

新生入学，校园里到处都能看见拖着行李箱的学生。

“那个……同学，能问问医学院应该怎么走吗？”几个拖着行李箱的女生走过来。

“去医学院要坐车，我刚好要去，你们可以跟我一起。”方砚唯说。

校内公交停在标着医学院的站台边。

“学长也是医学院的吗？”有个短发的女生问。

“我不是，我来找人。”方砚唯说完，熟练地往实验楼的方向走。

“许教授好啊。”方砚唯跟迎面走过来的中年男人打招呼。

许教授：“……同学好。”如果这孩子打招呼时没有顺带白他一眼，那就更好了。

“路执……很快就出来了。”许教授说，“还有十分钟这节课就下课了，你可以去办公室里等。”

方砚唯没去办公室，而是溜进了上这节课的多媒体教室。最后一排的座位空着，他在后门边靠墙的位置坐下，悄悄瞄坐在第一排中央的路执。然而他没看多久就被开小差回头的凌佩看见了。凌佩拍了拍路执的课本，路执回头一眼就扫见了他。

正在讲课的老师也看到了。

“哪个同学的朋友来等下课了？”老师问。

班里一阵哄笑。

“还有五分钟，我也急着吃午饭。”老师翻转手腕看时间，“刚好基本都讲完了，先下课吧。”

班里零星地站起来几个人，收拾课本离开教室。

方砚唯坐在最后一排，刚刚还装模作样地听了会儿课，在草稿纸上胡乱画了几句笔记。路执把纸收过去扫了一眼，学渣听的都是谐音，药物名字错得一塌糊涂。

“走吧。”路执说。

生日这顿午饭是方砚唯安排的。

“就是这里。”大概绕了百八十条街，方砚唯推开了一家店门，“月城最便宜最实惠的自助餐，执哥，今天我们吃到横着走。”

路执再次陷入沉默。

方砚唯付了两个人的钱，拿着餐盘去挑了几块小蛋糕。

“执哥，祝我生日快乐。”方砚唯推了杯可乐过来，“你多吃点儿，晚上我俩就不用吃了。”

路执在考虑，要怎么跟方砚唯说其实他们不用这么担心钱。

“少吃点儿。”路执说，“下午带你去跳伞。”

方砚唯惊喜地张大眼睛。

他可太想去了！当年那一回他一直都忘不掉。在冬市的时候他曾经想尝试，但最终还是没去。他只信任路执。

顾甜把车开到他们吃饭的店门口，看着门上的“50元一位不限时”愣了好久。

“我有时候不太懂他们两个。”顾甜转头看向脸色苍白的黄毛，“白大雪，还没上飞机你就开始吐了？”

月城位于平原地带，少山，方砚唯一路上都在想上哪儿才能找到适合飞滑翔伞的山坡或悬崖。到了地方之后他才知道根本不用找，这次是真跳伞。

“怕就不跳。”路执看出他的紧张。

“还是想的。”方砚唯小声说，“反正你和我一起。”

“执哥大一那年就拿到证了，别怕。”顾甜说，“为了带你过来玩儿，他前几周都练习过。”

方砚唯都不知道路执来过这边。路执似乎只是不说，但在有关他的事情上总是格外上心。

路执俯身把伞兵裤的裤腿压进黑色短靴里，上衣掖进皮带内，腰腹的肌肉线条流畅有力。

跳伞俱乐部的专用飞机起飞，黄毛站在俱乐部门口吐得很大声。

“他又不跳，他怕什么？”方砚唯问。

“被自己想象的画面吓到了吧。”顾甜也很无语。

“我之前跟他吵架。”顾甜说，“我从来不动手，直接把他骗到高处我就赢了。”

方砚唯心说，这也太狠了。

飞机大约飞行了二十分钟就到了跳伞高度。

“跳吧，小帅哥。”飞机上一个俱乐部的教练冲他们笑，“我给你们拍照。”

路执点头，方砚唯绑好安全带，被他带到机舱门边。路执伸手把风镜给他扣好，让他抬头。

方砚唯：“等等！拍照要加钱吗？！啊啊啊啊啊——”

白色降落伞在他俩的头顶打开，降落速度骤减。同时跳出来的摄影在不远处开伞，给他们拍照。

“执哥！现在停拍能退钱吗？”呼啸的风声里，方砚唯问。

“看下面。”路执说。

脚下是湖光山色，万里山河，地平线浸在澄澈的浅蓝色光里。方砚唯一时间忘了去计较那笔摄影巨款。他们做到了，前路广阔，遍览山河。

方砚唯落地后才知道高空摄影要四千块。他的生日午饭也才一百块啊。心疼归心疼，不过这生日礼物他确实喜欢。

不知道是因为心疼钱还是因为吹了风，第二天上课时，方砚唯有点儿咳嗽。他不觉得有什么，中午路执就发现了不对。

“有一点儿低热。”路执碰碰他额头，“嗓子疼吗？”

“疼。”方砚唯老实说。这周还得弄雅锐的设计，他想快点儿好。

路执：“疼得厉害吗？”

“我想去趟校医院。”方砚唯说。

“可以。”路执点头。

校医院就在月城大学医学院旁边。

“同学，哪里不舒服？”医生问方砚唯。

方砚唯：“我……”

路执从桌上拿起诊断单，写了个药方。

方砚唯愣愣地看着他。

医生抬头认出路执来：“哦，是路执啊。那你自己带来的人，自己照顾吧。”

路执：“嗯。”

方砚唯跟在路执身后，看着他进入药房拿了药，又把自己领到了输液区。

“路执？”实习护士看见路执愣了愣，然后说，“那你自己扎吧。”

方砚唯：“等……”

路执抓过他的手。

“没事。”实习护士是学院里的学姐，看他的反应差点儿笑出声，“我们都上过课，他应该比我熟练，不会疼的。”

手背似乎只是被针尖轻轻地刺了一下，方砚唯抬头，看路执把吊瓶挂在一旁的架子上。

校医院里的空调温度开得低，路执问学姐借了张毛毯，递给了他。

“你还会这个。”方砚唯往路执身边靠了靠，“我同桌真厉害。”

“以后不跳伞了。”路执在他身边坐下，翻开一本书陪他，“晚上应该就退烧了。”

方砚唯往校医院跑了两天，感冒好得十分彻底。学校新学期的课程排得还挺满，临近周末，雅锐那边通知他过去一趟。这通知来得突然，方砚唯记得路执有晚课，就没有告诉他，自己坐公交去了雅锐生物。

方砚唯到时几个参与项目的竞争者都到了，坐在会议室里讨论项目方案。其中两位都是业界大牛，阅历丰富，经验也多，说的很多专业名词方砚唯都听不太懂。

大约看他是还未毕业的学生，几人聊起项目来也不爱带他。话题眼看着已经从设计跑到预算了，听得他云里雾里。

因为有工作，方砚唯把手机静了音，过了三个小时，从雅锐生物出来时他才看见路执的消息。

【吱吱】：今天不回宿舍，我们去别的地方住。

【吱吱】：方砚唯，你人呢？

【吱吱】：方砚唯，回消息。

还有两个未接电话。

“路执？”方砚唯回了电话，“我有点儿事，现在回去。”

“嗯，学校门口等你。”路执的声音听不出喜怒。

方砚唯直觉路执有些不高兴，因为自上车起，路执一句话都没有跟他说。

“你开的是……黄毛的车？”方砚唯问。

路执不说话。

“我们今晚住酒店吗？”

路执还是不说话。

好吧，那应该是了。方砚唯委委屈屈地缩进座椅。

车开进了一个高档小区，保安目送着车开进车库。

哦，不是酒店，是民宿。

路执用房卡刷开门，把方砚唯推进去。房间里的灯光同一时间全部亮了起来。

“坐吧。”路执忽然放松了许多。

方砚唯忽然懂了路执的顾虑。他以前说过怕路执嫌弃他这样的学渣，其实路执好像比他还没有安全感，怕他不告而别，怕他不回消息，怕他再一次像当年那样从他的人生里走失，只留下不确定的可能性。

“执哥。”方砚唯坐在沙发上，仰望着站在他面前的人，“我不会再离开了，鹭屿也好，月城也好，都是我的家。”

路执似乎松了口气，拉开冰箱门，取了瓶未开封的葡萄果汁抛给他。

这民宿这么好？还供应葡萄汁。

高层建筑的落地窗外，斑斓的灯光装饰着城市的夜景。

“这房子一晚多少钱啊？”方砚唯忍不住问。

“不要钱。”路执说。

算了，不问了，方砚唯心说，先享受大房子吧。他拧开果汁瓶盖，空气里有淡淡的葡萄香。

隔天早晨，阳光透过窗帘的缝隙照进来，蜷缩在被子里的男生缓慢地睁开眼睛。

大房子就是不一样，睡得好舒服，方砚唯久违地想睡懒觉。他盯着天花板看了片刻，忽然从床上坐了起来。

完了，雅锐的稿子今天要投票。方砚唯套上衣服就往门口冲。

路执一早就到了雅锐生物，待客区设计方案需要高层投票。

发现路执一直在看时间，助理忍不住在心里嘀咕，不知道这位年轻的工作狂上司为何今天看起来有些心不在焉。

路执抿了口清茶，又揉了揉眉心，问："3号候选人还没到吗？"

助理面露为难："3号候选人是学生，可能早晨有课。"

"我也还是学生。"路执毫不留情地说，"随便哪家公司都不喜欢没有时间观念的人。"

助理："是……"

"你比你妈妈果断。"旁边质检部门总监说。

路执又看了一眼时间，冷声说："3号就当是退出……"

会议室门猛地被打开，男生出现在门边："抱歉，我来晚了，我……"

突然撞见的两人同时愣在原地。

方砚唯从小区打车过来花了五十九块，扫码付钱的时候心疼得要命。

哟，这谁啊？白大褂穿得这么标致，脸长得怎么这么像路执呢？

迟了吗？要不他走？

"但是……"路执沉默了许久，话锋陡转，"我只是公司的实习生，我说了不算，请不要介意，好吗？"

其他四个部门的总监转头看他。这是啥啊？哪家实习生上手指点这么大的事儿啊？温雅的小儿子这么深不可测吗？难怪直接把温雅架空了。

质检部门的总监是聪明人，一下子就看出来路执这小子是在唱黑脸呢，这一手应该叫下马威。"来了就坐吧。"他说，"我们准备开始了。"

方砚唯准备先找位置坐，等下再问问是怎么回事。然而他还没动，那边路执就将手握拳抵在唇边低声咳嗽了两下。

“怎么了？”质检的人问。

“没事，窗口的风有点儿凉。”路执对方砚唯招了下手，“你坐我右边，帮我挡挡风。”

窗帘纹丝不动啊，执哥。方砚唯无语地坐了过去。

路执往桌上的方案上扫了一眼，这次细看了上面的信息。

03号方砚唯，冬市大学建筑系交换生。

怎么参加了这个？方砚唯知道这个项目开启后需要花费大量的时间和精力吗？

“要不大家先介绍一下自己的……”助理开口。

“可以直接投票吗？稿件大家都看过了，我觉得这样效率可能会高一些。”路执说完，接着低头问，“我是实习生，只是提一个意见，如果不好，请……”

“直接投直接投。”其他部门的负责人连忙说。

方砚唯简直要在心里叹气了。这股说话的白莲味儿，是路执没错了。他刚进来的时候好像还听员工喊了声路总监，一个月工资多钱啊？鸡蛋吃得起吧？

方砚唯悄悄开手机，在月城大学的论坛上发了个帖子。

【呜呜呜要找工作了，有人知道雅锐的待遇如何吗？】

1L：医学院的？

2L：挺好的，要么有学历，要么手头有成果，才能进。

3L：他们的合作方都是大佬。

4L：啊，我记得他们主管的年薪是百万起的。

5L（楼主）：……

光主管就百万，那总监得赚多少啊。

在方砚唯走神的短暂时间里，投票结果已经出来了。方砚唯还没坐舒服就感觉自己已经可以走了。

“章平波老师还有方砚唯同学，你们两位留一下。”会议助理说，“这是我们的最终选择。”

看着其他人离开，方砚唯回神，他还有戏？

“两位提交的方案各有特色，章老师能帮我们节省不少预算，方同学对‘幽静典雅’的概念拿捏得很准确……”会议主持人说。

方砚唯听懂了，雅锐需要设计的地方不止一块，所以留下了两个人。

“后续再和两位联系。”主持人说。

方砚唯随后离开，没等路执。他刚走出雅锐，手机就振动了一声。

【吱吱】：等我。

【吱吱】：我马上来。

方砚唯等了大约两分钟，路执开着昨天的那辆车出现在他面前。方砚唯自己拉开车门，坐进了后排。他昨天坐这车时还有些拘谨，今天干脆直接躺下了，反正不是借的。

“实习生？”方砚唯问。

路执沉默了片刻，回答：“按照公司规定，大学毕业前都是实习生。”

“月薪多少？”方砚唯问。

路执顿了顿，说了个数字。

“……执哥，你的良心不会痛吗？”方砚唯由衷地问。

高二的时候他就误以为路执是单纯骄矜的小白花，结果小白花是大白鲨，一打五毫不费劲儿。现在他以为他们都很穷，没想到只有他穷。他还带路执去买便宜衣服，吃便宜自助餐。

方砚唯翻了个身，趴在座椅上，感觉脸都丢尽了。他怎么能连栽两次。

“昨天那房子……”方砚唯问。

“我的。”路执说。

“……路执。”方砚唯说，“你是不是觉得我忙前忙后，给你精打细算地省钱很好玩儿？”

“我想告诉你的。”路执说，“而且我不知道你报了……”

“那你说啊。”方砚唯气炸了。

他早晨一路赶过去，就听见路执说什么“迟到”“退出”“没有时间观念”。他第一次知道，路执说话原来可以那么冷。连他刚刚见路执的时候，都不是这种待遇。方砚唯忽然有点儿委屈，也不说话了。

“我真不知道你参加了。”路执说。

“我是为谁参加的？”方砚唯问，“是谁摆出一副过得不好食堂饭卡只剩八块八的惨样儿？”这就是朵黑心莲，只有他一直上当。

车停在小区的地下车库，方砚唯靠在后座上没动，把玩儿着腕上的珠串。

“到了。”路执说。

“路总监，请自己回。”方砚唯说。他懒洋洋的，一副不想理人的样子。

“是我不好。”路执低声说。

方砚唯：“嗯？”

清冷骄矜如路执，曾经扣过无数人的学分，面对各种质问连个眼神都不愿意给，这么骄傲的人也会向人道歉吗？

这个台阶给得相当舒适，方砚唯乖乖下车。

“你什么时候买的？”进了屋，方砚唯问。

“大二刚开学时。”

这么早？都没告诉他。

“车是什么时候买的？”他又问。

“大一刚过来时。”

好嘛，只有他方砚唯最穷，穷且志气大，还想包揽路执的生活花销。方砚唯四处转了转，发现路执这个住处倒是很符合他的审美。

路执把车钥匙扔进抽屉，去中岛台接了一杯水，走过来把玻璃杯递给他。

好像是有点儿渴，方砚唯接了。

“你刚才给我投票了吗？”方砚唯问。

路执：“投了。”

“那多不好啊。”方砚唯眯着眼睛笑，“要是他们知道我们认识，会不会以为你偏袒我啊。”

他这个样子像极了得了便宜还卖乖的狐狸，背后摇着红色的漂亮尾巴。

“没偏袒。”路执说，“看作品选的。”

“真的吗？”方砚唯问。

“我要写个实验报告。” 路执站起来走到桌前坐下，“你要是没睡好就去补觉吧。”他戴上眼镜，打开笔记本电脑，看着电脑屏幕一点点亮起来。

“雅锐，我之前还没想起来。”方砚唯说，“是温雅阿姨的公司吗？”

路执打字的手停在半空中。他不知道方砚唯会不会介意。少年人的冲突最严重也不过是拳脚，打赢了就有威望，都是摆在明面上的。可长大后，大部分问题是不能用拳打脚踢来解决的。

温雅当初袖手旁观，教育他“处理问题的方式不够成熟”时，不知道有没有想过会有今天。时至今日，外公外婆也终于认清现实，说他跟路琢没有半点儿相似。好像只有方砚唯，自始至终都觉得他好。可现在，方砚唯会怎么想……

“那执哥你还挺孝顺。”方砚唯打了个哈欠，“温阿姨提前退休，爽死了。”

随便吧。时间久了，方砚唯渐渐发现是非功过是可以出现在同一个人身上的，人的好坏也并非三言两语就能评价。其他人他无暇顾及，但路执于他而言无须评判。

路执刚刚悬在半空的心骤然落回，方砚唯不在意他有多不堪。

手机屏幕上方跳出来一条消息，方砚唯点开他的短视频平台账号，几天没看，多出来不少艾特。

@流苏台节目编导：@方块A，老师您好，很欣赏您的作品，您的琴弹得很好，我们的中秋节目想邀请您，期待能收到您的回复。

这条是发在他最新一期视频下面的，几乎所有点开视频的网友都看见了。

@柯基：中秋节目找嫦娥啊，找方块A干吗？狗头.jpg

@泰迪：不是吧，这么大的电视台，找网红弹琴啊。

@哈士奇：是季绥老师不配吗？@季绥，懂了，破电视台经费不够。

@博美：哪来的这么多路人喷啊，博主的琴弹得很好啊。

@捷克狼犬：@流苏台节目编导，可以找最近月城评弹馆火的那个小哥哥颜值很高，琴弹得也很好。

方砚唯打开私信，果然有一条来自电视台编导的消息，他以学业繁忙为由婉拒了。他们现在不缺钱，他不用出去卖艺了，忽然闲下来的感觉真不错。

方砚唯翻身侧躺在床上，外放音乐听歌。舒缓的音乐有催眠的效果，方砚唯很快就睡着了。

路执看完一份新药临床试验的实验报告，把鼠标推到一边，合上笔记本电脑，摘了金色边框眼镜。虽然不近视，但因为读书时留下的习惯，他在办公和学习时还是会往脸上架一副眼镜。

方砚唯睡着了，被子只盖了一角，一大半都悬在床边。路执帮他把被子盖好，坐在床边看了好一会儿。

一下午的时光匆匆而过，方砚唯是被路执叫醒的。

“你有晚课。”路执说。

哦，对，差点儿忘了。

“需要我帮你请假吗？”路执问。

“哎，不用。”即便是方砚唯努力当坏学生那段时间，他都没想过缺课。

“那起来。”路执说，“我送你去。”

一夜之间，方砚唯有房有车了。

方砚唯上车自己接了车载音响，听一场电竞比赛的实时直播，也不知道战队打出了多天秀的操作，车内都是解说声嘶力竭的吼声。路执完全没受影响，双手打满方向盘，把车从地下车库开出去。

路执把车停在建筑学院楼下：“去上课吧，下课我来接你。”

“你平时把车停在哪里？”方砚唯问。

路执：“……学校的地下车库。”

真行，开着百万档的车还能跟他逛路边摊，不愧是从高中就开始装小白花的人，方砚唯心说。

路执的时间卡得很准，方砚唯到教室刚坐下，上课铃就响了。晚课容易犯困，他睡了大半天，这会儿精神状态倒是不错，课都比平时多听了一点儿。

过了晚上八点，鹭屿中学曾经的班群，现在的高三（1）班毕业生群忽然热闹了起来。

【何岁岁】：家人们，搞个同学聚会吗？

【陈辰】：可以有。

【吴月】：那搞。

【莫莉】：等十一放假吧，应该大部分人都会回鹭屿？

【何岁岁】：@方砚唯，我方哥现在在月城大学，要过来吗？

群聊瞬间把方砚唯拉回了在鹭屿中学读书的那段时光。

要回去吗？路执对鹭屿应该早就没有留恋了，但他有。他的不舍，都始于那个叫鹭屿的南方小城。

【路执】：他在上课。

【何岁岁】：咦，路神。

【何岁岁】：你对我方哥的行程好清楚。

【何岁岁】：执哥你来吗？

【路执】：好。

嗯？路执答应了？是因为……他想去吗？

手机屏幕上弹出一条新消息——

【吱吱】：方狐狸，好好听课。

方狐狸？这什么破名字。不过方砚唯还是把手机放回桌面下的抽屉里，抬头听老师讲课。

自打他在鹭屿机场登机后，鹭屿的所有消息对他而言都只是朋友圈里一闪而过的只言片语。

要回去了吗？

下课铃响了，任课老师留了作业，学生们纷纷拿出手机对着讲台上的ppt拍照。

“听会了吗？”路执走进教室，停在方砚唯身边。

“不会，我是文盲。”方砚唯习惯性地说。

两人一起往教学楼外走，途经自动售货机，方砚唯刚要走过去买水就被路执叫住了。

“我给你买过了。”路执说，“在车上。”

方砚唯这才想起来问：“我们不住宿舍了吗？”

路执：“偶尔吧，还是我那里更舒适。”

方砚唯当然更乐意住大房子，而且那是路执的房子，他很自在。

路执买的果汁就放在车内，青葡萄汁，刚从冰箱里拿出来，瓶壁上还沾着小水珠。和高中时一样，路执还是喜欢给他买这些小孩儿才喜欢的东西。

有个电话一直打进来，来电人是季绥，方砚唯想了好久才反应过来这个季绥到底是他那血缘关系上的爸。

怎么着，将近三年没联系了，这是回光返照了啊？

“什么事？”方砚唯懒懒地问，“不出生活费不养老。”

电话那边沉默片刻，季绥问：“……你现在在月城大学读建筑设计吗？”

“我是交换过来的。”方砚唯说，“我这个学渣侥幸被月城大学捡了。”

“程骋想转建筑设计专业，你有没有什么资料给他？”他爸问。

“你不是让他跟你学琵琶吗？”方砚唯问，“继承人培养失败了？资料网上都有，比我脑袋里的库存大。”

明摆着没话找话，方砚唯就想等他爸的后文。

季绥果然说：“方砚唯，当初我跟你妈妈离婚后，你的监护权一直在我这里。你一个人……过得可能不好。你回来，家里的房子……”

“我有地方住，你那里才不是我的家。”方砚唯把电话挂了，朝路执抿唇笑了一下。

“他发什么疯，做慈善吗？”方砚唯转头就给方嘉弥打了个电话。

“我好像知道一点儿，程骋他妈妈出轨了。”方嘉弥说。

方砚唯愣了愣，心里说不上是个什么滋味儿。

算了，这些都跟他没关系，迟来的关心比路边的杂草还不值钱。

仅过去了一个下午冰箱里就被填满各种零食，新鲜的阳光玫瑰葡萄、葡萄味布丁还有各种果冻。方砚唯曾说自己吃不到葡萄说葡萄酸，路执就想把全世界的葡萄都买给他。即便过去了这么久，路执都还记得。这个人对旁人都冷，在他这里却是暖的。曾经的十三中大佬于他而言已经没有什么威胁了，他能明目张胆地去挑衅，路执也一味地纵容。

隔天晚上，路执要去公司加班。

方砚唯斜躺在沙发上，打开短视频APP时又看到了那家电视台的消息。

@流苏电视台：方块老师，大颗黄豆爆哭.jpg，我们策划的舞蹈节目真的很需要一个像您这样的琵琶老师镇场子。

@流苏电视台：如果您不想露脸，我们就只呈现一个剪影。

露不露脸方砚唯倒是无所谓，他就是懒。

这邀请不知道是动了谁的蛋糕，评论区一直在吵，一会儿说哪个小明星琴弹得棒人长得好，一会儿又说不如去找评弹馆最近火的那位会弹琵琶的小哥哥。

有一条评论映入了方砚唯的眼帘。

@狗都不吃你们吃：拜托这种弘扬传统文化的节目就别找网红了好吧，尊重一点儿传统文化吧，找@季绥老师不好吗？

这位说的不是他爸吗?

@流苏电视台：哎，说句心里话，关注你挺久的了，我觉得你的琴音里有故事。你可能比你自己想的更喜欢琵琶。

@方块A：时间地点发我。

精神病院，一楼大厅。

路执捧着一束新鲜的白色百合走进来，冲前台的护士点点头。

病房门打开，路建昌一脸颓废地坐在病床上。

“小兔崽子。”路建昌说，“你还不如送老子去坐牢。”

“谬赞了，我没那本事。”路执把花放在床边，“爸，我以后不会来看你了。”

“什么？”路建昌原本平静的神情顿时狰狞起来，瞪起的眼睛里遍布血丝，“你是想把我扔在这里一辈子?”

“我没有。”路执说，“如果您康复，您就能出院。”

“我压根没病，你要我怎样才能康复！”路建昌怒吼。

“没病的人始终理智，你的情况医生会判断。”路执说，“我要走了，我现在学习很忙，不会再来了。”他把手放到门把手上。

“路执。”身后传来路建昌的低笑声，“你以为当年的事是我一个人造成的?”

路执停住脚步。

“你毕竟是我儿子，我拿烟头烫你，我是泄愤，但你也不能否认，你小时候温雅忙工作，把你从高烧中救下来的也是我。”路建昌说。

“我出狱后，第一时间就告诉了温雅，我要钱。”路建昌扯着嘴角笑。

“我说过，她不给我就会去找你。”路建昌说，“这是她默许的。”

路执抓着门把手的手逐渐握紧。

“没有我，你的人生也就那样。”路建昌说，“她最后悔的事情或许就是把那孩子送到你身边，你不再‘听话’了，不再如她所愿扮演路琢。一个久居黑暗里的人看见了光，怎么还会心甘情愿地待在原来的世界里?”

“所以你就掐着方砚唯的脖子来威胁我吗?”路执扔下一句话，合上门离开。路建昌的大吼被关在身后，几个护士冲进病房里给他打镇静剂。

路执站在医院门前的树下，指间把玩儿着车钥匙。

【小红狐狸】：你什么时候回来啊？

【小红狐狸】：你已经离开了五个小时二十四分钟了。

【路执】：想要我带什么？

【小红狐狸】：我想吃烤鸡。

【小红狐狸】：学校附近商场负一楼，给我叉一整只蜜汁烤鸡回来。

【路执】：嗯。

看似满肚子坏水，其实比谁都要单纯。这个世界上，还有一块他不用暴力和心机就能争取到的净土。

商场负一楼，各家餐饮店都在营业中，进门就是一股沸腾的烟火气。

“帅哥。”店员问他，“要多少？”

路执说：“半只，谢谢。”

“好的。”店员说。

路执用指纹开了电子锁，推开门就听见了琴声。

方砚唯坐在沙发扶手上弹琴，没有穿袜子的脚踩在地毯上。

见他进来，方砚唯抬头笑了一下，琴声没停，右手轻巧腾挪，弦音如雨，振声飒沓。片刻后，十面埋伏弦音一转，又换成了柔软的江南小调。

“有邀演？”等方砚唯弹完，路执问。

“方哥要上电视了！”方砚唯说，“本市电视台邀请我中秋去弹琴了！”

方砚唯手脚并用地给路执描述了舞台构想，然后问：“你不高兴吗？”

路执只是在想，方砚唯要被更多人看到了。

“我爸在隔壁台乐团弹琴。”方砚唯说，“我出息了，我这可是独奏。”对方让他在正式排练前多练练琴。

“你为什么只买了半只？”方砚唯扫了一眼路执带回来的透明餐盒。

“晚上了，少吃。”路执说。

“你们专业也太养生了吧。”方砚唯抱怨归抱怨，但路执的话还是都听了进去。

流苏电视台邀请方砚唯参加的节目刚好在中秋节当天。方砚唯短视频账号的后台这两天都要被网友冲烂了，各种言论，五花八门什么都有。

@橙汁：网红琴手也配上大舞台了，流苏台真的没钱了，越来越没落了。

@雪梨汁：搞不懂你们这些人，年轻人就不配弹琵琶了吗？好听不就行了？

@木瓜汁：果然一红就想上大舞台，你不是我关注的那个安心弹琴的号主了。

@苹果汁：都给我去看隔壁台，请了著名民乐演奏家季绥，冲鸭。

@荔枝汁：加油。

这个“荔枝汁”混在鱼龙混杂的评论区里显得格格不入，方砚唯回头，路执正在阅读灯下翻书，还往笔记本上记了什么。

错觉吗？

流苏台编导见到他的那天分外激动。

“咦，你不就是我们市评弹馆火的那个会弹琵琶的小哥哥吗？”编导问。

方砚唯：“是我。”

“太好了。”编导说，“我要改一下节目的形式！方老师对演出酬劳有什么想法吗？”

酬劳？方砚唯想了想，说：“那给我一盒月饼吧。”

中秋节当天，月上枝头，流苏台的晚会开始了。

何岁岁在自己的大学宿舍里打开了电视直播。

“你还看这个？”室友问。

“我大哥今晚有表演。”何岁岁骄傲地说，“我必须刷两条弹幕捧场。”

室友看着屏幕上一排婀娜多姿的古装女子：“……这里面有你大哥？”

画面瞬间暗下来，特效做成的月亮于云端升起，一点点照亮舞台。画影重重，几十双手叠成花映在画面中央，花开花谢，一道剪影出现在舞台正中央。

周围像是起了雾，朦朦胧胧，仿佛遮着一层纱。剪影的衣袂随风翻飞，让人不禁联想到隐于山林的仙人。剪影抱起琵琶，悦耳的琴声随之响起。舞台灯光渐渐亮起，背景切换成琼楼玉宇，仙人抚琴间偶尔抬头，仿佛往人间顾盼。

虽然穿了古装，但观众能从影子上看出这是个男生。

“行啊，方哥。”何岁岁自言自语，“这逼格上去了啊。”

屏幕上的弹幕也多了起来。

啊，这是那个博主方块A吗？

不得不说，这个出场还是很惊艳的。

啊啊啊啊啊我对剪影心动了。

说不定是提前录好的音呢。

编导神了，节目画面设计得好美，我真的感觉到了月宫，小姐姐们的舞也好绝。

是动画特效吧，谁能拍出这么好的效果？

像是在回应一般，舞台场景突变，云雾散开，一层层薄纱褪去，拨动琴弦的男生出现在观众眼前。男生身着汉服，坐在秋千上，低垂着目光，右手灵巧地在琴弦上翻飞。

好帅！

评弹馆火的小哥哥原来就是方块A啊，有些人白愤怒了。

好听，收视率上来了，这一看就不是假弹。

真的哎，这边的实时热度好高。

天哪，我爱上民乐了，琵琶太好听了，又很有氛围。

呜呜呜会弹琵琶的男生原来这么惊艳。

方砚唯！我是鹭屿中学的！

咦，我是鹭屿十三中的，我记得这小子，他来我们学校弹过琴，特地从重点高中请来的。

一曲结束，方砚唯抱着琴下台，走向路执。

“记得这首歌吗？我猜你会喜欢。”

第八章

鹭　屿

【岁岁平安】：牛啊，方哥，直接上电视，太给我们一班长脸了，老陈都高兴死了，发朋友圈吹。

【方块A】：我刚还给他点赞了。

陈老师还是从前的样子，学生有点儿小成绩就高兴得不行。

【岁岁平安】：嘿嘿。

【岁岁平安】：过几天回鹭屿啊。

【岁岁平安】：最近天气好。

【方块A】：OK，会回去的。

“跟谁聊天？”前方有辆车横挡着出地下车库的路，路执按了一下车喇叭。

“何岁岁。”方砚唯丢开手机，半闭着眼睛舒舒服服地靠在椅背上，“好久没见老陈了。”

一班班主任陈桑榆是位挺好的老师，这位班主任在他出国读语言学校后还经常深夜给他发来一两套英语题，说对他有帮助。作为感谢，方砚唯上周还托人给老陈送了十来斤的冰鲜野生菌。可能是菌子太鲜了得藏起来吃，老陈有一周都没发朋友圈了。他把这事说给路执，路执让他悠着点儿，以后换别的礼物送。

刚过晚上十点，市区还很热闹，很多趁着节日出来聚餐的小家庭在广场上借着商场的布景拍照。很小很小的时候，季绥会把他举得高高的，让方嘉弥拿着手机给他和月亮拍合照。

“执哥，中秋快乐。”方砚唯说。

“你也快乐。”路执回答，“想下车看看吗？”

月城是典型的江南城市，小桥流水，一笔一画都是清秀的江南景。仿古的园林建筑间种着修长的竹，竹叶青翠，在夜风中轻轻摇荡。

“好像不太圆。”方砚唯点评月亮。

他打开相机，对着天空调整拍照角度。路执往前走了几步，坐到长凳上，手肘搭着椅背，偏过头去看拍月亮的男生。

方砚唯的脸上还带着电视台化妆师化的淡妆，因为是仿古的打扮，眼妆画得很细，眼尾还特地点了一颗泪痣，显得那双眼睛越发明艳起来。

“执哥，送你。”方砚唯把刚拍好的月亮照片递过来，然后换了另一张照片，“这个也送你。”

他送了路执两个不同角度拍下的月亮：“没和你在同一座城市过的两个中秋，月亮补给你。”

佛珠串缠绕在方砚唯的左手腕上，洒下一股冷香。

方砚唯隔天才知道，他前一天在流苏台助演的节目收视率远超季绥的节目。短视频APP的后台收到了零星几条道歉，之前攻击他的很多人都不见了踪影。

信息数据暴涨的时代，太多人喜欢在口诛笔伐时一拥而上，事情的真相如何，当事人又如何，其实没有多少人会关注。

他爸还特地给他发了一条消息，似乎很惊讶他如今还会弹琵琶，甚至弹得很好。方砚唯没回复。

假期还剩一天，方砚唯原本约了何岁岁玩儿游戏，结果收到了雅锐的工作邮件。

“团队会配合你，完善你的想法。”路执把自己知道的告诉他，“你提供创意，他们帮你补足。”

方砚唯懂了。这应该是路执额外帮自己争取的实习机会。那他现在应该算是路执的下属了？

“路总监？”方砚唯试探着问。

“嗯。”路执还真答应了。

隔天路执就开车把他带到了雅锐，送他去雅锐临时提供的工位。

“有事就打电话叫我下来。”路执说。

方砚唯：“好。”

路执乘电梯去了楼上，路过质检办公室时，半掩的门内传来说话声。

“温教授，你不用再来了。”男声说，“路执是月城大学的许教授推荐进雅锐的，雅锐购买了他们课题组的项目，而且……

“四年前，你手下研发的一批药物双盲实验的数据并不好，但你未进行二次实验就让药品直接通过质检，导致十几名患者出现原本可避免的副作用反应。

“这十几人的安抚与赔偿都是路执进了雅锐之后帮你做的。如果不是他，你可能要面临十几桩官司，他对你已经算是仁至义尽了。”

门外有轻微的响动，温雅似乎有所觉察，抱着自己工位上的科研文件推开门，却见走廊上空无一人。

四年前，她趁着路建昌坐牢把路执接回自己身边。她向眉眼冷淡的少年温声许诺了一个家，这个家里有疼爱他的外公外婆，还有妈妈。她不知道路执信不信，但路执跟着他走了。到头来，全是一场精心编制的骗局。

路执是恨她的吧？可为什么还会帮她呢？她路过研发办公室，抬手想敲门，最终还是放下手，离开了公司。

方砚唯先前觉得在公司画稿会很无聊，然而跟他想象中不同，合作团队很专业，竟然能将他自认“异想天开”的很多地方意义合理化，进而实现。

茶歇时间，方砚唯给自己拿了曲奇饼和葡萄汁。

【方块A】：路吱吱，我现在要是上楼去找你，算不算翘班摸鱼？

【吱吱】：209，你上来。

【方块A】：不来了。

【吱吱】：？

【方块A】：我敬业。

【吱吱】：……

方砚唯真的没有上楼，路执一直在办公室里待到下班都没有看见方砚唯的身影，于是只能下楼去找。方砚唯一分钟的班都没给他加，此时正坐在院子里的花坛边，隔着玻璃墙看见他，抬手朝他挥了挥。

“我们路总监下班了。”方砚唯说。

“怎么不来？”路执问。

“我这不是被选上了吗？”方砚唯说，“你再跟我走得近，别人可能会说我是凭关系拿的项目。”

路执：“就因为这个？”

“对。”方砚唯点头，“还有可能会说路总监作风不正，年纪轻轻的就给人走后门。”

路执侧头哂笑了一声。

“走了。”路执拍拍他的肩膀，“下班。”

方砚唯的担心好像是多余的，有一两个证件上印着研发部门的员工路过，只是不远不近地和路执打了个招呼，对他们走在一起这件事视若无睹。这儿的大部分人都冷着脸，戴着厚厚的高度数眼镜，茶歇时聊天的话题都是项目。

方砚唯后知后觉，他好像捅了书呆子的窝，这次是货真价实的真书呆子窝。

方砚唯隔天七点有早课，早晨开车过去可能会来不及，路执直接把车开到了月城大学的学生宿舍。难怪路执放在宿舍里的衣物那么少，敢情是把宿舍当旅店住了。

凌佩也在学校，约了他们打篮球。

“打隔壁体育学院，他们很厉害。”凌佩说，“我们打着玩儿，输赢不重要。”

方砚唯还没和路执一起打过篮球，在鹭屿中学那次他受伤不能上场，还是路执上场替他打的。

“执哥？”方砚唯问路执。

路执只说了一个字：“打。”

比赛开始前凌佩特地买了三箱冰水，跟对面体育学院的队伍谈妥。

“悠着点儿，友谊第一，比赛第二。”凌佩说，“我们这儿有交换生学弟，让着点儿。”

“好说。”对方队长一手拎着一箱水，“我们毕竟是学这个的，肯定让着你们。”

开打之后，体育学院的篮球小队不淡定了。

怎么回事？医学院大神竟然会打篮球？打法好像还很野。还有那个点名让他们照顾的交换生学弟，怎么跳起来就是一个带球上篮？

凌佩来回蹿了十几圈后，发现体育学院的这帮人开始认真了，说好的节假日友谊赛突然就有了剑拔弩张的氛围。

方砚唯从对方球员手中截过球丢向路执，路执借着凌佩的防守小跑几步，扬手将球扔进篮筐。

九月傍晚的阳光依然艳烈，路执在一众叫好声里回头，看见方砚唯正双手抓着红色球衣的下摆给自己扇风。哨声吹响，新一轮的比赛又开打了。方砚唯胡乱地用手背擦了擦汗，又冲进了人堆。

一场比赛结束，方砚唯坐在看台上喘气，红色球衣和腕带都被汗水浸透了，额发半湿。他脚踩在下一级台阶上，扬手接了体院学长递过来的瓶装水。

“谢谢。”他说。

“学弟是交换生？”学长问，“哪里的？”

方砚唯报了个学校的名字。路执把毛巾扔到方砚唯头上，他抬手抓着毛巾擦了擦自己湿掉的头发，把头发揉得翘起了几根。

“渴？”路执问。见方砚唯点头，他把手里的半瓶水拧开递过去。

体院的学长被凌佩叫走了。方砚唯仰头喝了几口水，放下毛巾，用手背抹了下嘴角。

“路神。”他狡猾地笑，“你刚刚打得真好，全场最耀眼。”

第九章

海　风

晚饭是两个学院的人一起吃的，在学校附近的烧烤店。窗外是荷塘，临近十月，荷花已经谢了，水面上偶有游船经过，船头有人在弹琴。

体院的学生们搬了两箱啤酒，推了一罐给方砚唯：“学弟喝酒吗？”

“他喝不了。”路执代他拒绝。

经过这几次后，方砚唯也知道自己是什么体质，所以他摇摇头：“我就不喝了。”

“我中秋的时候在电视上见过你。”体院学长说，“那一身古装跟从水墨画里走出来似的，下午打球时刚看见你，我还在想你会不会打球，结果……”

“结果说好的要让两分，你们一点儿都没让！”凌佩怒道，“把我买的矿泉水都还给我！”

“这……”对方仿佛才想起这件事，也不好意思起来，“你们打得太凶了，尤其是路神，球打得太野了，我们体育生还要不要面子了。”

“我也确实没想到方砚唯会打篮球。”凌佩也说。

方砚唯被他们夸得有点儿飘：“小看我啊，我高中时可是校园一霸……”

方砚唯话说到一半卡住了。霸什么啊，高配大佬就坐在他旁边没说话呢。

好在几人并不在意，夸了几句之后又换了别的话题。

晚风习习，微凉的空气从竹制窗帘的缝隙漫进来，方砚唯枕着左手臂半倚在窗台上，望向远处的湖光山色。

“下个假期我们打算去山上露营。”体院的人问，“你们要一起吗？”

“我们就不去了。”方砚唯把目光收回来，“我跟执哥约了高中同学聚会。”

“你们还是高中同学？”凌佩惊讶。

“同桌。”一直没说话的路执开了口。

吃完烧烤，方砚唯说想去坐游船。

“这船一百二一个人。”凌佩说，“可贵了。”

那太好了，方砚唯心说，给路执一个表现机会。

这个码头有些偏，坐游船的人不算多。画舫晃晃悠悠地驶离了岸，在江南小调里往湖心漂。

凌佩被导师一个电话叫走了，没和他们一起。

“他俩的性格差挺多的。”刚刚一起打球的体院学长路上说，“竟然也相处得很好，一看就认识了好久。”

凌佩也这么觉得。很长一段时间里，他都觉得路执完美得不像个真人，不但以市第一的成绩考进月城大学，而且一进学校就凭借优越的科研能力得到了众多老师的厚爱。除此之外，他还能在短时间里完成大量的学习任务，成绩在学院内赫赫有名。

然而抛开这些耀眼的光环，路执的脸上从来都是毫不掩饰的冷淡。有时候同路执说话，他甚至会觉得路执没有看他。这人好像被剥夺了七情六欲，孑然一身，什么都不在乎。

但方砚唯来了以后，路执变得鲜活了。他依旧高高在上，依旧是学院里学生眼中最为钦佩的人，却仿佛有了点儿人情味，就像银河扑朔，月光翻涌，这个人终于在万家灯火里寻到一盏点给自己的微光。

方砚唯估摸着路执这会儿可能是有点儿无聊。他执哥上能高空跳伞，下能海里飙摩托艇，这个小画舫摇摇晃晃了半晌还没磨叽到湖心，没有速度，也没有激情。

不过方砚唯倒是挺喜欢这种环境的。船头的琵琶小调听着有些熟悉，想不起来歌名，但他练习的时候弹过。他打开短视频APP后台，想找找看这首歌的名字，一个熟悉的ID跳入他的眼帘。

@荔枝 等11896人给你的动态点赞了。

上次好像是叫荔枝汁吧，乱改什么ID。

方砚唯忽然想起了什么，在自己主页往下翻了翻，找到了过往的视频。

早期视频人少，评论只有寥寥几条。他那时心情不佳，传了曲子就退，从不回复网友的评论。

一年半以前——

@荔枝：长高了一点。

两年前——

@荔枝：头发有点长。

两年半以前——

@荔枝：戴琵琶指甲。

两年半以前——

@荔枝：歌很好听。

方砚唯一条条往下翻，想在回忆的沙砾里一条条翻捡出路执的消息。

“湖不好看？”路执问，“一直看手机。”

“你为什么翻我动态？”方砚唯问。

画舫驶过湖心，天空洒了阵细雨，水雾缱绻，湖面上绽着涟漪。

方砚唯以为路执不会回答自己，却听路执说：“很灿烂，忘不掉。”

终于等到了七天长假，方砚唯拖着自己的小行李箱和路执一起登机。

“大约两个小时能到。”路执提醒他。

“我们住哪里？”方砚唯想起来这件事。

“我提前订了酒店。”路执说，“或者，你想住Release楼上的小阁楼？”

“听你的。”方砚唯坐下，拉上眼罩。

月城到鹭屿不远，方砚唯没睡多久就被路执拍醒了。出了机场，湿润熟悉的海风扑面而来，一下子把他拉进当初在鹭屿的回忆，他本以为很多事自己已经忘记了，至少不会如当年那般清晰。

“小帅哥来鹭屿旅游啊？”路边招揽客人的出租车司机招呼他，“上车，去哪儿？”

“不旅游，我回老家看看。”方砚唯说。

司机哦了一声，转头寻找下一个招揽对象。

马路边停着一辆车，看见他们走过来，车窗降下，露出一个乱蓬蓬的脑袋。

“执哥！”那人招招手，“可算来了。”

方砚唯对这个人有印象，是路执作为十三中大佬时期的小弟之一，某黑网吧网管。

“最近还好？”路执问。

“还行。”小弟说，“改行做电竞酒店了，生意不错，执哥跟方哥厉害啊，都是月城大学的学生了。”

“我那是交换生，不算数。”方砚唯说。

“你们鹭屿中学出来的，怎么都不会太差。”小弟驾驶着车穿过车流，“那年高考，鹭中重本率全市第一，不像十三中，重判率高。”

十三中这么野的吗？

“开个玩笑。”小弟说，“现在的十三中换了校长，在抓学风了，不过生源也就那样，扶不起来。”

方砚唯心有余悸地转头看了路执一眼。还好路执走出了那片雾霭，虽然没同过去和解，但也没有深陷过去的泥潭。

小弟跟路执聊了几句，话里都是鹭屿这些年的变化和大家的去处，方砚唯安静地听，有时候好奇了，也插话去问，路执耐心地一一回答。

车在鹭屿新城区停下。

“执哥，到你订的酒店了。”小弟先下车，从后备厢帮他们拎出行李。

“谢了。”路执说。

他们的房间在高层，往外俯瞰，不远处就是鹭屿中学的操场。

【方块A】：我到鹭屿了。

【岁岁平安】：我也刚回来，好多游客，公交车挤死我了。

【岁岁平安】：晚上开黑吗？约了莫莉他们，网吧五黑？

【方块A】：你自己黑，我跟执哥去海边走走。

【岁岁平安】：……

【岁岁平安】：说起来，我毕业后就没见到执哥了，你我前两天在电视上见过了，执哥现在如何？

【方块A】：校草，帅得没边儿。

“刚到就在聊天。”路执从他手里抽走手机，扫了一眼屏幕上的字，“乱说什么。”

“我还没聊完。”方砚唯伸手去抢手机，路执不给。

手机振了一声，路执扫了一眼，看到这次发消息的人是方嘉弥，就把手机还给了他。

【方块A】：？

【方嘉弥】：乖儿子，不找你，找路执。

【方嘉弥】：我问他个专业问题，Lirica的用药需要。

方砚唯一头雾水地把手机递了回去。怎么还使唤上路执了。

不知道是遇上了什么复杂的问题，两人还打了个电话。方砚唯闲了下来，走到窗边，隔着落地窗往下看。当年他说想跟路执一起旅游，最终也没来得及，现在他们算不算是一起旅游了呢？

“知道了阿姨。”路执说，“我们在鹭屿，正要出去走走。嗯，好的，您放心。”

路执那边刚挂了电话，内线电话就响了，方砚唯刚好就在旁边，伸手接了起来。

“路先生，您订的花到了。”酒店前台说，“我给您送上去？”

花？看个海怎么还买花？

“我下来拿！”方砚唯说。

路执愣了愣：“等……”

方砚唯已经开门出去了。

几分钟后，路执在房间里等到了茫然的方砚唯。

“你为什么要买一把菊花？”方砚唯问。

路执：“看望。”

看望谁啊？这合适吗？

很快他就知道路执要看望的是谁了。路执原本想让他在家里休息，但他执意要跟着，路执没办法，只好让他上了车。

路执的小弟又来载他们，车在鹭屿郊外的一处墓园边停了下来。

郊外幽静，方砚唯跟着路执往山坡上走，直到路执在一处墓碑前停下脚步。

方砚唯愣了一下，随即明白过来。照片上的少年眉眼温和，眼睛和嘴角都带着笑，气质像春夏之交的云。虽说是同一张脸，但怎么看都不像路执。

“这是……路琢？”方砚唯问。

“嗯。”路执说，“是我哥。”

墓前空荡荡的，似乎许久没有人来过了。路执俯身把花束放下。

“哥你好啊。”方砚唯对着照片上的少年说，“你弟弟路执，我会代为照顾。”

路执哂笑了一下，说：“走吧。”

方砚唯：“嗯。”

那场荒唐的家庭闹剧早已在无声无息间落幕，没有谁应该被遗忘，也没有谁生来就要成为别人的替代品。

“你小时候爱笑吗？”方砚唯问。

路执看了他一眼：“不爱。”

方砚唯：“那你现在笑一个。”

路执面无表情。

“还得是我找上你。”方砚唯得意地说，“要不是我主动，你就继续当你的大冰块儿吧，没人搭理你。”

路执抬手在他脑袋上拍了一下。

“你打我？”方砚唯问，“那我今晚跟何岁岁玩游戏去了。”

路执牵了一下嘴角，脸上终于不再只有冷淡。

同学聚会安排在下午，地点是何岁岁选的，就在鹭屿中学对面。

【何岁岁】：听我的朋友们，这家的主厨是从咱们学校食堂混出来的，菜的味道一秒让你梦回我们鹭中。

【莫莉】：你猜我在学校的时候为什么喜欢点外卖？

【何岁岁】：@方砚唯，我方哥到了吗，就等你们俩了。

【何岁岁】：@班主任-陈老师，老陈呢，搞快点儿，酒都给你开了。

【班主任-陈老师】：等下，在骑车。

方砚唯远远地看见鹭中的校门，昨天隔着落地窗看，街道都还是原先的模样，现在身在其中，其实能感觉到一些改变。学校门前的文具店改成了奶茶店，原本拿来写新到书目的小黑板上用粉笔歪歪斜斜地抄了不少奶茶的名字和价格。

“你喜欢0.7mm的笔芯。”方砚唯指着店铺说，“我每次出校门，你都让我带笔芯，还让我买草稿纸，不带鹭屿中学标志的你还不要。”

路执：“嗯。”

即便是过去了这么久，方砚唯还是一丝不落地记着他的喜好。

“咦……”方砚唯一路看过去，“卖蚵仔煎的小摊位变成店面了，阿姨实现了她的梦想，她有店了。”

路执：“嗯。”

卖蚵仔煎的阿姨已经不认识他们了，看见他们路过，大约是觉得脸生，把他们当路过的游客招呼。

“快上来！”二楼推开一扇窗户，何岁岁冲他们招手，“菜都点好了。”

“来了。”方砚唯也冲他喊。

假期只有七天，一班的学生没全到，但大部分都来了。分开的时间不算太久，每个人的名字方砚唯都还记得，只是大学一上，大家的变化似乎都不小。原本班里每天都低着头抱着书啃的女生烫了漂亮的卷发，自信地跟身边的人聊从前的事情，原先前排瘦小的男生胖了大概有三个自己那么多。

“你怎么黑了这么多？”这是方砚唯见到何岁岁的第一句话。

“晒的，我在你老家上学，可太晒了。”何岁岁说。

“可是方方也是云城来的啊，他那么白。”莫莉说。

“我吃菌子还不中毒呢。”方砚唯朝剩下的那两个空位走去，转了一下桌子，把果汁拨到自己面前，扫了一眼配料表。

“有别的果汁吗？”方砚唯问，“执哥橙汁过敏。”

“有、有的。”徐正义站起来，“我去问服务员要。”

“谢啦。”方砚唯说。

房间里说话的声音小了些，不少人的目光都悄悄地飘向他和路执这边，都在惊讶当初针锋相对看似水火不容的两人如今关系竟然这么好。

“葡萄汁。”徐正义回来了。

“这次倒是我迟到了。”陈老师推开包间门，满满一屋子高三（1）班的学生让他瞬间有点儿感动，眼睛都红了，“来这么多人呢。”

他的目光在房间里绕了一圈，最后落在路执身边方砚唯的身上。

“都来了就好。”陈老师喃喃地说，“都来了就好。”

方砚唯明白了陈老师的意思，所以他趁此机会倒了一杯酒，递到陈老师面前：“老陈，敬你一杯。”

一只手从方砚唯手中截走酒杯，跟陈老师手中的玻璃杯轻轻碰了碰，路执将杯中的酒一饮而尽。

“前两天在电视上看见你。”老陈一杯酒下肚，话更多了，“我特骄傲，我就跟周围的人说这是我的学生，当初你上台弹琴还是我逼的，我们鹭屿中学就是能出人才。你也是鹭中毕业的，你永远都是我的学生。”

一群人吵吵嚷嚷地闹了一场，又三三两两地说着话散了。

“阿姨还好吗？”方砚唯问徐正义。

在鹭中的时候，那位他帮过忙的保洁阿姨就经常让徐正义给他塞一些小零食。当时离开得太急，他都没来得及和阿姨打招呼。

“挺、挺好。”徐正义说，“她换了工、工作，还经常提起你，说你是个……挺好的孩子。”

曾经努力当坏学生的方砚唯顿时有点儿不好意思。他跟徐正义道别，走出喧闹的人群与街巷，长街尽头，路执背靠着一棵树在等他。

街边小旅馆破旧又艳俗的广告牌瞬间将方砚唯的记忆拉回从前。好像那时，他就是在这里压着心口的刺痛，和路执说要离开。

小旅馆还是从前的样子，那个沉郁的晚上逐渐没入时间的洪流，藏在回忆里。他们站在这里，像是在弥补曾有过的遗憾。

“你那天问我为什么悄悄给你留评论。”路执忽然开口。

方砚唯：“……嗯？”

“那你呢？”路执说，“你为什么回来？”

因为我——我想看看你过得好不好，如果好，我就离开；若是不好，我就留下来。

可是后来我发现，自己没那么想离开。

“可能是因为……”方砚唯想了想，“你一直都是独一无二的路执吧。”他们两个曾经都被世界抛弃，又彼此证明存在。

鹭屿初秋的海风习习吹过，海鸥振翅，划过月影。听见这个答案，路执笑了一下。

月色刚好，海风温和。街边的灯光渐次熄灭，远处海面上的灯塔播撒着零星的微光，与远空的天星连成一片。街角古老的烟酒店没关门，玻璃柜子上陈旧的收音机咿咿呀呀地唱着一首老歌。

“方狐狸，你比全天下所有妖精都聪明。”路执说。

方砚唯没听清，追着路执跑过去：“什么？”

海风微扬，散去远方。

番外一

对　手

假期一过，天气转凉，学校的秋季运动会就来了。通知刚发下来，方砚唯就收到了好几条运动会参赛邀请。

刚入秋的校园里枫叶刚红了一半，银杏叶也还高悬在树梢上，分割着太阳的光晕。路执穿着白色长袖衫和卡其色的长裤，斜背着一只棕色的书包，抱着书走在校园的主干道上，修长的影子从零星的落叶上漫过去。

一阵自行车的铃声响起，由远及近。路执没回头，铃声响得更过分，叮叮当当个不停。

方砚唯骑着学校的共享单车从坡道上冲下来，踩着刹车停在路执眼前。

"执哥。"男生的长款薄风衣微微扬起，肩上还有片不知从哪里来的树叶，"按了半天铃连个反应都没有，无情啊。"

"我不知道是你。"路执说，听起来还有些无辜。

"连我都认不出来？"方砚唯用脚撑着地往前荡了两下，车轮滚动，他跟上路执，"这么多年的交情，白瞎了啊。"

路执侧过头，淡淡地瞥了他一眼。

"我收到了运动会的参赛邀请。"方砚唯被他看得心里一跳，把手勾在路执的书包带子上，让路执牵着自己往前，"你会参加项目吗？"

路执：“今年有，帮学院跑个接力赛。”

自打上次和方砚唯一起打篮球暴露了实力，运动会的通知一下来他就被辅导员叫了过去，拿出好几个项目问他要不要参加。路执挑了个接力跑。

“这么巧？”方砚唯说，“那岂不是稳赢？我也跑接力，那我俩怎么分？最后一棒你来还是我来？”

“……方砚唯。”路执思考了片刻，似乎是在考虑要怎么解释，“我们不是一个学院的。”

方砚唯的笑容僵在脸上。

对哦，他俩不是一个学院的，所以比赛的时候也不会在同一条跑道上。他总是下意识地觉得他俩必须是一伙的，然而这次，路执和他是对手。

“到时候跑道上见。”路执说。

方砚唯无言地看着他。

月城大学新闻板块：今日投稿

【我看了今天的接力决赛赛程，医学院和建筑学院都进了，这两个学院的最后一棒太有意思了。】

评论区：

1L：我看看，医学院路执，建筑学院方砚唯，哈哈哈哈，打起来打起来。

2L：他俩不是关系很铁吗？而且体育都挺牛的，真是大水冲了龙王庙，自家人就打自家人。

3L：几点开始？我立马去操场围观，论文算个屁，不写了。

4L：我也来。

5L：这也太精彩了，我马上来看！

方砚唯站在建筑学院的队伍里，从同学手里接过一瓶水，仰头喝了两口。他穿着黑色的短袖衫，后背上贴着学院的号码牌。

医学院的帐篷离得远，从他这里看过去，只能看见一群人围着路执。

“方哥等下千万别手下留情。”同学说，“给他们这帮人点儿颜色看看。”

方砚唯还是第一次跟路执做对手，这些人压根儿不知道当路执的对手有多紧张，不过话说回来，和路执互为对手的感觉还挺奇妙的。

【吱吱】：不要紧张。

【方块A】：我不紧张。

【吱吱】：真的吗？那你加油。

操场那边传来一声发令枪响，医学院的趣味跑开始了，方砚唯往操场边缘走了几步。

趣味跑是医学院的特色项目，两个学生扛着担架抬着另一个学生跑。

方砚唯一眼就认出了凌佩。凌佩就是那个躺担架的，赛道刚跑了一半就被两个队友抖出来摔到地上，然后爬起来跟着担架往前跑。

许教授在跑道内侧给自己的学生喊加油。这些医学院的学生老师们平时严谨认真，这种时候却玩儿得比谁都疯。

“下一场上4×100米决赛。”旁边有人提醒。

“知道了。”方砚唯捻着左手腕上的佛珠串。

比赛进入准备阶段，方砚唯跟队友在一群人的簇拥下进了跑道。他和路执都是学院的最后一棒。他在跑道的最内圈，路执在他隔壁，两个人离得还挺近。

看台上的吼声震天响，不知道这群人在激动什么。喊加油的可以理解，喊名字的也可以理解，但那几个喊“路执弄死方砚唯”的是不是不太礼貌？

还没开始跑，刚好路执回头看他，他给路执比了个挑衅的动作。

发令枪响，几个学院第一棒的选手瞬间冲了出去。

带有竞争意味的赛事能激发人类的兴奋情绪，方砚唯现在就挺兴奋的，时间像是凝成了缓慢的画面，他看着第三棒选手一点点接近他，向他递出接力棒，他伸手握住。时间瞬间加速，男生像离弦的箭一样冲向终点，几乎同一时间，路执那边也起跑了。

方砚唯一点点调整呼吸节奏，感受到路执跟他的距离在一点点拉近，他抓紧接力棒，让自己冲得更快。

没想到有一天，他竟然能跟路执较量一番。两人一前一后地冲过终点，相差的时间很少。

方砚唯停在原地喘气，不远处的路执白衬衫上缠着刚刚代表终点线的红色长丝带，丝带被风扬起，看台上爆发出一阵高呼。

“别突然停下来，对身体不好。”路执说，“走两步。”路执拉着他往前走了一步。

看台上又有人在叫，他就这么被路执拉走了。

看台上凉风习习，路执从箱子里拿了一瓶矿泉水，扬手抛给他。

方砚唯拧开瓶盖仰头灌了一口，然后赞道："厉害了啊。我是真跟不上你，高中那会儿你不参加运动会，敢情是不屑于虐菜啊。"

方砚唯刚跑完步，气还没喘匀就忙着说话。

路执有些无奈地扫了他一眼。那时不参加是觉得没趣，现在心境不同了。

"胳膊怎么了？"路执翻过他的手腕检查。

"啊？没事。"方砚唯扫了一眼。开跑前他去跳高那边参加了预赛，不知道被什么东西划伤了。

"处理一下。"路执拍了一下方砚唯的肩膀，催他站起来，把他赶到了医学院的帐篷里。

运动会的医疗工作是医学院的老师和学生们负责的，帐篷里坐着的都是大三大四的学长学姐。

一个学姐问："这发色是天生的吗？好浅好好看。"

方砚唯点头："还真是。"

"跑得很不错了。"另一个学姐说，"医药箱拿过来一下。"

"我处理。"路执接过医药箱，让方砚唯坐下。

"这点儿小伤口不用管的。"被这么多人盯着，方砚唯很不好意思。

胳膊上凉凉的，路执用棉球蘸了碘酒，轻擦着伤口给他消毒。

帐篷外面，许教授和凌佩正在痛骂一起参加趣味跑的另外两个队友。

"人都掉了，还跑！"凌佩怒不可遏，"追得累死我了。"

方砚唯被逗乐了，跟着帐篷里的人笑。

这样真好。他和路执都在热闹的人群里，都好好的。

接力赛体院是不参加的，医学院拿了第一，建筑学院拿了第二，当天下午奖品就送到了方砚唯的手上——印着月城大学建筑学院LOGO的笔记本，还挺厚实。

"我也想要你那个医学院的。"方砚唯说，"那个好看。"

路执扬手把医学院的笔记本扔给他，毫不留恋。

"跑第一有什么用？"方砚唯把笔记本翻得哗哗响，"奖品还不是得上交。"像是在做什么记号似的，他一笔一画工整地在笔记本上写下自己的名字。

"明天还有跳高？"路执问。

“有。”方砚唯点头，“明天争取拿个第一。”

当天的赛事基本结束，操场上的学生正在零星地散去。

“跟你一起跑的感觉挺好的。”方砚唯忽然说。

在赛道上，他们有相同的起点与终点。

“我想吃葡萄。”方砚唯说。

刚好学生超市就在路边，路执从书包里找到卡：“我去买。”

“我跟你一起。”方砚唯追上去。

吃不到的葡萄才是酸的，他是能吃到葡萄的狐狸。

番外二

礼　物

运动会持续了三天。第三天下起了小雨，方砚唯在雨中完成了他的跳高比赛，拿了不错的成绩。

学校的广播正播报着本次运动会获奖学生的名单，4×100项目同时出现了他跟路执的名字，他不自觉地笑了。

“明天没有早课。”方砚唯坐在椅子上敲着自己有点儿酸疼的小腿肚，“去家里睡。”

“可以。”路执说，“你坐着，我去取车。”

路执把车一路开到操场边，方砚唯和周围的同学道别，上了车。

“帮我撕一下后背上的参赛号码牌。”方砚唯背对着路执，“忘了摘了。”

路执：“嗯。”

手指隔着薄薄的衣服抵在方砚唯后背上，轻轻拆走了那张写着他名字的号码贴。

路执把车开上校园的主干道，副驾驶位上，方砚唯开了个通话视频，接电话的是个小女孩儿。

“方砚唯哥哥，我会弹了，会了好几首曲子呢。”混血小女孩儿骄傲地用中文说，“我弹给你听。”

“你这个月掐断了几根弦？”方砚唯用英语问。

“十几根吧。”Lirica说。

路执的余光从方砚唯的手机屏幕上扫过。这两个人一个英语烂，一个中文不熟练，偏偏都要用不擅长的语言沟通，愣是把交流效率拉低了数倍，真是……说不上是关系好还是关系差。

“路执哥哥在吗？”女孩子的声音传来，“妈妈说要找他。”

“找你的。”方砚唯把手机侧了侧。

“谢谢，上次帮了我不小的忙。”方嘉弥对路执说。

“没事。”路执说。

方嘉弥：“方方，我看到你朋友圈发的视频了，你跟路执在学校运动会上的表现都挺棒的。”

“我那是必须棒啊。”方砚唯最不禁夸，“得亏我交换过来，给学院争光。”

“美死你得了。”方嘉弥跟他又聊了几句才挂上电话。

手机屏幕上弹出几条快递提醒。

“执哥，我要拿快递。”方砚唯说，“不愧是月城，东西到得好快。”

“你买什么了？”路执问。

方砚唯买了一排花盆，用来做室内观赏盆栽。路执看不懂他的各种操作，但不加干涉，由他去了。

方砚唯铲了半个晚上的土，把花盆放到了避光的地方，说是下周就能长出蘑菇来。

“这样我们室内的氛围就没有那么冷硬了。” 他说。

“……往外放点儿。”路执说，“放室内对身体不好。”

“那我放户外。”方砚唯说，“等它们长出来，一定很好看！”

“嗯。”路执看着方砚唯忙前忙后的身影，嘴角微弯。他的世界再也不单调了。

隔天早晨，路执早早地去了公司，在办公室里收到了方砚唯的消息。

【方块A】：路吱吱。

【方块A】：路神。

【方块A】：路总监。

【吱吱】：嗯。

【吱吱】：什么事？

【方块A】：我想吃烤鸡。

【吱吱】：那么好吃吗？

【吱吱】：行，我回来时给你带。

【方块A】：要两只。

【吱吱】：不可以。

【吱吱】：高油高盐，肉质也一般。

【方块A】：……

不买就不买吧，也没有那么想吃，他就是睡醒了无聊，想找路执说说话。路执不在，他一个人待在这么大的房子里还挺无聊的。

方砚唯正想着，门铃声响了。

这么快？

方砚唯拖着黑毛绒拖鞋缓缓走到门边，开了门。一只狗冲他撞了过来，速度快成了一道黄色闪电。

方便面？他的狗怎么在这儿？方砚唯像是做了个美梦。

“是……路执、路先生家吧？”送货人问，“这是他托人送过来的狗。”

“对。”方砚唯抬头，“谢谢。”

他盯着在家里撒欢的方便面看了片刻，确定这不是个梦，然后给姑姑拨了个电话。

“我是挺舍不得的，毕竟养了几年。”姑姑说，“不过我觉得它还是更喜欢你，你是陪它度过童年期的人，你现在有能力也有空间养它了，还是让它回到自己主人身边更好。”

“方嘉弥还有那个姓路的男生问过我好几次了，这两年，方便面的狗粮玩具都是你那个朋友在给。”姑姑说。

路执吗？前阵子在鹭屿，他说想趁假期最后几天飞去云城看看狗，路执没同意，说不着急，当时他还有点儿失落，单方面和路执辩了好几句。原来早就安排好了。

方便面是他一手带大的狗，当初他无能为力，只身去鹭屿读书时悄悄难过了好久。

方砚唯还没感动完，一转头就看见方便面已经开始啃路执的桌角了。

“逆子。”他扑过去，“吃了我多少狗粮，你就是这么报答我的吗？！”

刚穿好白大褂，准备进实验室的路执收到了一条来自方砚唯的消息。

【方块A】：执哥，你太好了！

番外三

批　评

“今天晚自习当堂生物考试啊，出去吃晚饭的早点儿回来。”下午最后一节课开始前，班主任陈老师过来提醒。

方砚唯把手从路执的口袋里收回来，捏着一颗牛奶糖。路执每次路过小卖部都会买零食，以前是路执悄悄放他的抽屉里，现在他知道自己扒拉了。

“不是吧，又考？昨晚才考过。”何岁岁第一个抱怨，“我作业都要写不完了。”

“虽说是高三了，但最近的作业也不多啊。还有你，何岁岁，你抄作业我就不说你了，你好歹抄对位置。”陈老师通知完，拎着自己新买的文件包走了。

“方哥。”何岁岁找了支笔，戳了戳前排的方砚唯，“晚上考试借你抄啊？”

方砚唯心说你生物还没我好，你热情个屁。

“不抄。”方砚唯说，“我们学渣不在乎考试成绩。”

“哎，羡慕，我没那么大胆子，考砸了回家又是一顿骂。”何岁岁说。

“谁、谁让你上次跟你爸说，你考不到好成绩是因为他、他的基因不行。”徐正义在一旁说。

活该。

下午放学，教室里的学生陆陆续续去吃饭，路执还坐在原处，左手压着张白纸，描方砚唯的字。说来也奇怪，这世界上那么多书法大家，那么多好看的字形，路执非要仿他的练。

“路神，执哥，路执。”方砚唯用只有两人能听见的声音说，“别学了，你不饿吗？出去吃饭吧。”

路执闻言，放下了手中的笔。

“想去哪里吃？快要上晚自习了。”

“我想吃烧烤，再加个葡萄冰，可以吗？”方砚唯说。

“不太健康，少吃。”路执站起来，“走吧。”

离鹭屿中学稍远的一家烧烤店里挤满了人，里屋还有座，两个身穿鹭屿中学校服的少年一前一后地挤了进去。

“要半个烤鸡，两串烤馒头……”方砚唯点了单，拆开葡萄冰的塑料袋子，“多加……算了，不要放辣。”

周围人吵吵闹闹，各自聊着琐事。

方砚唯很喜欢这种有市井氛围的小店，生活气息浓厚，身在其中总会让他感觉似乎他也是在鹭屿长大，在鹭屿有一个家。

店里的温度高，没有空调，挂在墙壁上的小风扇年龄有些大了，发黄的扇叶有气无力地转着。路执脱下来的校服外套和他的交叠在一起，整整齐齐地摆放在椅子上。

鹭屿中学的教导主任就是这个时候领着几位老师进了这家烧烤店。

“老板，团了个四人餐。”主任冲老板喊完，一眼就看见了坐在风扇底下的方砚唯。

方砚唯愣住。

“这次终于让我逮着了吧。”教导主任脸上露出笑容，“不好好复习，出来吃烧烤。别带坏你同桌，不然你同桌肯定扣你学分。”

路执：“好。”

方砚唯震惊地转头看向路执，你怎么还答应了！

回学校的路上，方砚唯落后路执七八步。

“生气了？”路执停下等他，“我不会扣你的分，主任记性不好。”

方砚唯被问住了，他倒也不是生气，就是觉得这事儿实在是有点儿邪门。可他没办法，只有他见过书呆子的本性，还挺懵得慌。

"你往哪里走？"他看见路执换了个方向。

"回主任面前告诉他是我把你拉出来的。"路执木木地说。

"也行……"方砚唯反应过来，"别，你回来！"回头又该说是他把人给揍了。

方砚唯追上去，被路执一把抓住衣领，脚步一顿，他才意识到自己又上当了。

"方砚唯，别生气。"路执说，"他们都不了解我。"

方砚唯心说也是，一般人真不配见识这位的真面目。

"周末能带我出去玩儿吗？"方砚唯问，"我想开越野卡丁车。"

"可以去冲浪，黄毛新买了几个冲浪板。"路执说，"我让他给你留了一个。"

"好！"方砚唯同意了。

路执好像每次都能带他找到新的乐趣。

晚自习因为要考试，教室里的桌椅都被拉开了一段距离，成了单人座。学生们都埋头在试卷上沙沙地写字答题，监考的生物老师出了教室，上空偶尔飞过一两个小纸团。

方砚唯翻过试卷往答题卡上涂答案。时间一分一秒地过去，他扫一眼题目，没有眼缘的直接放弃，脑袋枕在臂弯上昏昏欲睡。

一个小纸团砸在他的脑袋上。

"谁砸你爹？"方砚唯坐正，周围一片安静。

方砚唯拆开纸团，上面是路执的笔迹，纸上画了个哭哭的表情，挺丑。

他执哥还真是管得挺多。方砚唯坐好继续答题。

"方砚唯。"有人推了推他，"醒醒。"

方砚唯在明亮宽敞的办公室里睁开眼睛，盯着墙上雅锐生物的LOGO看了许久，才依稀想起来自己在哪里。

他正在雅锐实习呢。之前参加的设计项目，他的创意被采用，每周需要来雅锐这边跟雅锐请来的团队一起完善设计细节，不知道是什么时候他就睡着了。

团队里的人都是刚毕业不久的学生，年纪轻，跟他聊得来。

"吓死我了。"叫醒他的那个人说，"刚才他们研发中心的总监推门进来一次，还好没说什么就走了，他都看见你在睡觉了。"

"姓路的那个是吧？冷脸大帅哥，就是看起来特严谨，经常揪着细节不放。"另一个人说，"不过研发那边应该也管不到我们这种外包项目，安心啦。"

话音刚落，有助理过来敲门。

“方砚唯？”助理问，“路总监让你过去一趟。”

“完了完了。”周围人说，“要被批评了。”

“不是什么大事，谁不摸鱼啊，态度好点儿道个歉就好了。”

“他那是摸鱼吗？睡了半小时，人进门那么大的动静都没醒。”

“一个研发的来看我们外包，还得特地醒过来迎接？”

无语地看他们，这几个人似乎不知道方砚唯和路执是朋友啊。

“我自己上去吧，不用跟着我。”方砚唯说。路执最近挺忙，学校跟公司两头跑，他今天过来到现在还没见过路执呢。

办公室的陈设十分简单，桌子上堆的全是各个组送过来的实验申请与报告。

“你昨晚没睡好？”路执问。

“还好，下午容易犯困。”方砚唯反手关门，“你刚过来？”

“对，从学校来。”路执指了指茶几上的果篮，“我买了葡萄，刚才想叫你，结果你在睡。”

葡萄是刚洗好的，青翠圆润，捏在手心像是令人赏心悦目的碧玉，上面还缀着晶莹剔透的小水珠。

方砚唯往自己嘴巴里塞了好几颗，甜的。

“下次困就来这里睡。”路执说，“趴在桌上可能会胃难受。”

“困了就睡过去了，来不及思考啊。”方砚唯端起茶几上的果盘，放在路执面前，“我梦到你了。”

路执咬破葡萄，尝到微凉的甜：“梦见我什么？”

“高三上学期我们一起去烧烤店，主任非说是我带坏了你。”方砚唯说，“我冤枉死了。”

那次啊，路执也记得。

“笑什么？”方砚唯又捏了颗葡萄，“我给你背了口锅，你也没补偿我。”

当时是补偿过了的，这狐狸忘得一干二净，又来讨好处了，但现在的路执不跟方砚唯计较。

“我错了。”路执说，“我不该装品学兼优的好学生。”

他继续说：“不该自己有问题，还挑你的毛病；不该私底下威胁你、欺压你，表面上做好学生。”

“你心里清楚啊。”方砚唯冷笑。

“还有什么？”路执寻着记忆搜索，“我再想想。”

这态度实在太诚恳了。

“原谅你了。”方砚唯说，“我就欣赏你这种面不改色的骗子。”

方砚唯在路执的办公室待了好久才回去，吃了好多葡萄，对桌上的下午茶一副兴致缺缺的样子。

“批评你了？”同事说，“真够狠的，训这么久。”

“嗯……”方砚唯眯了眯眼睛，“批评过了。”

番外四

飞鸟

过了十二月，春节的氛围逐渐浓厚，街边的商场都挂上了迎接新年的红色装饰品，还搬来了人工造雪机。寒假刚到方砚唯就往商场跑了好几次，没用的好看东西买了几箱。

“很喜欢过年？”路执捧着一本书站在书架边的阅读灯下，侧目看他。

“还行。”方砚唯说，“以前跟我爸一起过年，没什么意思，这次倒还挺期待。”高三上学期他仓促离开，没来得及跟路执一起过一个新年，也没来得及听见鹭屿的钟声。

路执闻言顿了顿，似乎明白了什么，点了点头。

方嘉弥给方砚唯打了个电话，问他新年要不要去她那边过年。

“我这里……更有氛围。”方砚唯想了个理由，“我喜欢这个……城市。”

“我就知道。”方嘉弥说，“算了，随你吧，好些年没回去了，我也觉得还是那里好，你们出去玩儿的时候多给我拍点儿视频吧。”

“好啊。”方砚唯答应。

电话那边，Lirica抢过手机。

“方哥哥！”小姑娘的声音脆生生的，“吱吱哥哥呢？”

“是路执哥哥。”方砚唯纠正。

“路执哥哥。”Lirica说，“什么时候再陪我打游戏啊？”

方砚唯瞪大了眼睛，转向路执。

“明晚吧。”路执说，“明晚八点。”

小女孩捏着嗓子：“那我等你哦。”

Lirica开心地挂掉电话。

“你什么时候收买的小屁孩儿？”方砚唯问。这手段也太厉害了。

“没收买。”路执说，“她邀请我玩儿游戏。”

算了，方砚唯想，路执玩儿游戏那么厉害，谁都想被带着。Lirica跟他关系好，也就自然而然地和路执玩儿到一起去了。

“我们去逛商场吗？”方砚唯问，“我想买春联纸，还有墨水。”

路执：“想自己写？”

“对。”方砚唯得意，“以前在云城都是我自己写，学校里的老师还想找我买。”每逢春节他总能赚上一大笔零花钱，方便面就是那时用他赚来的钱去宠物店里挑的。

方砚唯站在门边，方便面很聪明，觉察到他要出门，隔着五六米就开始冲刺，往他的身上一扑。

方砚唯一把将它抱起来：“你要一起吗？”

“可以带。”路执说，“市区那家是宠物友好商场，让它跟着吧。”

“那走。”方砚唯揪着方便面的耳朵说，“你执哥同意了。”

路执指尖勾着狗项圈和牵引绳，跟在一人一狗的身后，嘴角带着笑。

方砚唯抱着狗坐到副驾驶位，熟练地打开车载音乐。柴犬在他的怀里扭过头，眯着眼睛，拧着飞机耳，冲着路执贱笑。方砚唯的手在它的后背上摸了摸，低头看了它两秒，转向路执，想了想，模仿出一个柴犬微笑。

路执无语地勾了勾嘴角。

“执哥现在还是很好逗的。”方砚唯拍着方便面说，“看这不就笑了。”

方便面被摸舒服了，哼唧了两声。

“还要不要逛商场了？”路执沉声问。

那还是要的，方砚唯想买的东西还不少。如今电商发达，很多东西都能通过网上购物得到，既快捷又便利，但他还是喜欢线下购物的仪式感，尤其是跟熟悉的人一起走过长街，走过琳琅满目的商品柜台，会有真实的安心感。他的少年时期称得上颠沛流离，如今对安稳生活的向往更是超出了很多同龄人。

前几天刚下了雪，江南的园林上覆着雪被，散发着寒意。出门的时候方砚唯给方便面套上了狗狗冬装，这会儿配上它的奸笑，看起来像是个扛着包裹准备离家出走的小柴。

因为是节假日，地下停车场里已经停满了各种车，方砚唯和狗趴在车窗边看车标。

很好，一路看过来，没有一辆比他执哥的车贵。男生虚荣的小心思又一次得到了满足。

“是柴犬吗？”商场的工作人员问，“好可爱，它一直看着你，它很喜欢你。”

“是。”方砚唯把方便面放进宠物小推车里，“我养的狗子当然喜欢我。”

春联纸和笔墨属于季节商品，放在较远的柜台。

方砚唯也不着急，推着宠物小推车和路执慢慢地逛。

路执把需要的东西一一放到篮子里，听见方砚唯在他身边哼唱着一支奇怪的儿歌。

“我有一个美丽的愿望，长大以后要播种太阳……”

什么歌？

“从Lirica那儿学来的，应该是我妈最近教她的吧。”方砚唯哼着歌，“冬天唱这个还挺暖和的。”

两人相貌出众，狗的品相也好，时不时就有人看他们。

“儿子你看，那是泰迪。”方砚唯指着别人小推车上的狗和方便面说话，“记得吗？以前在咱们家小区，你上上上个女朋友就是泰迪。”

路执哂笑。

卖春联的柜台前聚集了不少顾客。

“不直接买春联吗，小帅哥？”商场的售货员说，“我们今年的春联都很好看。”

“不啦，我可以自己写。”方砚唯说，“执哥，我要那个带金粉的墨水，那个写着好看。”

路执点头：“嗯。”

方砚唯的零食，方便面的狗粮，该买的都放进了篮子里，路过烟酒柜台时，方砚唯停了一下。

“执哥，你要买烟吗？”他问。

“不买。”路执说。

“家里还有是吧。”方砚唯推走了小推车。

男生今天穿了一件红色的毛衣，张扬又显眼，这么推着一只高颜值柴犬往前走，很多人都在看他。

最近降温了，刚入冬的时候方砚唯感冒了一次，最近还有些咳嗽，闻到烟的味道就会咳嗽得更厉害，路执每天盯着他吃药，已经好几天没有碰烟了。

户外没下雪，商场外的造雪机开着，空中飘着小雪花。

方便面是养在很南方的狗，几乎没见过雪，这会儿在纷飞的雪花里冲着方砚唯一直笑。

“你笑得好傻。”方砚唯蹲下来拧了拧它的耳朵。

雪花飘下来，从围巾的缝隙里落进男生细腻的脖颈间，浅棕色的碎发上也沾了许多晶莹的雪片。

相机的快门声响起，方砚唯回头，发现路执正一本正经地拿着手机拍他。

“偷拍我？”方砚唯问，“给出场费了吗？”

原以为路执不会搭理他，结果路执说：“等下回去补给你。”

“真的给啊？”方砚唯问，眼睛里尽是丝毫不掩饰的狡黠。

路执趁机又多拍了几张，发给了方嘉弥。

【方嘉弥】：方便面也太可爱了！！！

【方嘉弥】：我儿子也还行。

【方嘉弥】：谢谢路执。

【路执】：方砚唯好像很喜欢雪。

【方嘉弥】：也没有。冬市这边的雪很大，他几乎都不出门，好像很不喜欢。他来这边后，我都没见他活泼过。现在这个样子倒是像小时候的方方了。

【方嘉弥】：我最后悔的事就是当初让他离开鹭屿，往后的那几年他一直很想念鹭屿，他不说，但我知道。可我作为一个妈妈，有的时候我必须保护他，你能明白我的感受吗？

【路执】：嗯。

【方嘉弥】：还好，你们都长大了。

【方嘉弥】：海阔凭鱼跃，天高任鸟飞。

【方嘉弥】：去看你们喜欢的地方吧。

路执放下手机，发现方砚唯跟狗一起不知道跑哪儿疯去了。他没打电话，在原地等了片刻，穿着红毛衣的男生牵着狗回来了，手上还举着一只冰淇淋。

“哪来的？”路执问。

“超市门口扫码送的。”方砚唯咬了一大口，又张开嘴巴哈气，冰冻的糖霜把他的嘴巴弄得微红。

扫码还送这个？也就方砚唯会信。路执远远看见发传单的摊位，几个女生还在冲方砚唯这边瞧。

“我家里那么多零食，不够你吃吗？”路执抽了张纸巾递过去。

“可这个看起来真的很好吃。”方砚唯说。

车的后备厢里载满了年货，路执猜，有些东西方砚唯到明年都不会记得打开。但他也不在意，这个把后备厢一点点填满的过程，他们两个人都很喜欢。

到家时，路执接了个电话，接完发现方砚唯铺了春联纸，正坐在案前苦思冥想。

地上写废了几副春联，路执捡起来看——

路执岁岁平安

狐狸一定暴富

这是什么东西？

“我是学渣，我没文化。”看见路执的表情，方砚唯说，“我是文盲，我想不出内容了。”

所以要写些什么呢？方砚唯沉思。路执坐到他身边思考了片刻，从笔筒里抽了支钢笔，潦草地在纸上写下一行字——

海阔凭鱼跃

天高任鸟飞

方砚唯会意，手中毛笔沾了金墨，在纸上印下字迹。笔锋停留在最后一字上，路执指尖摩挲字迹，眼眸深黑。

红色的春联纸飞了满地，金沙簌簌地落在空气里，闪着微光。

番外五

新　年

这是方砚唯跟路执一起过的第一个新年。自从方嘉弥和季绥离婚，他就没好好过过年，年夜饭也没怎么认真地吃过，多数时候他都是跟林与宋他们出去疯玩儿，或者一个人待在房间里听一整个下午古典音乐。而路执很小的时候就被路建昌带走了，路建昌平日里喝酒，逢年过节喝超级加倍的酒，更不用说好好过年了。

所以，第一次一起过春节，没有太多经验的两个人是有些不知所措的。

除夕夜前一天，方砚唯团在沙发的角落里看电视，路执端了一盘葡萄过来，他往嘴巴里丢了一颗。

天气寒冷，路执用温水洗的葡萄吃起来没有那么冰，口感很好。

“执哥。”方砚唯问，“我们明天该做些什么？要怎么过？”

“回老家，吃年夜饭。”路执给了个标准答案。

“没有老家了。”方砚唯说，“‘回’这一步就省了。”

那么这顿年夜饭，今年就只有他们两人一狗来吃。

“我要吃鸡。”方砚唯打开食谱APP找菜单，“菌子烧鸡，菌子炖鸡，菌子煲鸡……”

“嗯。”他点了好几样，路执一一记下来。

“方便面明天可以多吃半个罐头。”方砚唯说，“然后，压岁钱……”

两人不约而同地想到了近三年前的那个除夕夜。

北半球的冬天，冬市大部分地区都下了雪，雪在窗外堆了厚厚的一层。

方砚唯坐在火炉边盯着小火苗发呆。

语言学校放了短暂的几天假，他暂时多了些空闲时间，打开微信来回翻看的，都是和置顶那个账号——吱吱的聊天记录。

他又想到路执了，陪他写作业的路执，跟他说“不度笨蛋”的路执。

要说些什么吗？除夕快乐？可他现在好像不那么快乐。好久不见？说完就能见了吗？

方砚唯输入了好几次，最终又全部删除。

屏幕上方却显示出“对方正在输入中”的字样。

不会吧？这么巧？路执也刚好想给他发消息？

然而那行字出现又消失，反复好些次后，屏幕上也没有出现新的消息。

在搞什么？十三中的大佬原来也是会犹豫的吗？

方砚唯耐不住丢了个问号过去。

对面弹过来一个红包，不知道路执从哪里找来的红包封面，上面有一只在玩儿球的小红狐狸。给方方的压岁钱——红包上是这么写的。

那天晚上他高兴了许久，给路执发了好多自己近期的照片，也没个主题，一股脑地想把和自己有关的都倒给对面的那个人。隔着手机屏幕，他说了好久才在不知不觉中入睡，路执一直都在听。

眼下，又是一年除夕夜要来了。

“压岁钱明天再给。”路执说。

“好啊。”他抬头迎上对方的目光，“明天我们一起过年。”

两个人的除夕就这么来了。

下午，方砚唯把电视的声音调得很大，追着方便面在房子里跑来跑去。他开了手机录像，传了一段弹琵琶的录像到自己的账号上，弹的是家喻户晓的喜庆歌谣。

自从他在流苏电视台演出后，他就没再借帘幕制造剪影，都是直接录像。今天的背景是路执的房子，视频刚发出去就多了几千赞。

噗，瞬间有了过年的氛围，这歌也太欢脱了。

我发现我们方老师的表情真的很到位，平时比较有书卷气，弹今天这个曲子的时候就很有俏皮的感觉！

后面跑过去一只柴犬？好奸诈的笑脸啊哈哈哈，是我们方方的狗吗？

原来你喜欢这种狗哈哈哈，还挺可爱。

咦，朋友们，调到1分17秒，沙发边走过去的那位是？

我看看我看看，刚才光顾着听琴了，这妖精弹琴太勾人了。

好帅？这也太帅了呜呜呜，盐系冷脸男神。

是他朋友？医学院学神，某药企的实习总监，挺厉害的一人，学霸啊，一看就是文化人。

你们今年一起过年啊。

同学校的告诉你们，他们经常一起行动。

“方砚唯。”路执叫他的名字。

“来了。”他把手机扔在沙发上，小跑着过去。

“试一下咸淡。”路执给他夹了一只鸡腿，“可能会烫。”

方砚唯对着白瓷碗吹了好半天，咬了一小口鸡肉。“有点咸了。”他说，“但可以吃。”

路执：“嗯。”

路执给他倒了杯葡萄汁。

这顿不能让路执一个人忙，方砚唯来来回回地跑，把菌子都处理好。两个人都不太熟练，好不容易收拾出一桌年夜饭。他们笨拙地学着已知的过节的方式，一点点让自己的生活更有年节的气息。等到两人坐在桌边的时候，已经过了下午五点。

方便面吃到了罐头，在家里跑得欢快。

冬天的天幕黑得早，片刻的工夫，落地窗外的城市已经渐次亮起了灯火，万家灯火连成了一片耀眼的人间。

“真好。”方砚唯说。他寻着记忆中过年的方式，说了声新年好，然后把筷子伸向桌子中央的那盘鸡。

路执推了个红包过来。

嗯？好像有点薄？但还挺沉，很有分量，是什么东西？方砚唯捏开红包的口子，往桌上倒，一把机车钥匙滑了出来。

“给我的？”方砚唯瞪大眼睛，“真的可以吗？”

路执：“嗯。”

体院的学长有一辆挺炫酷的机车，每次从操场边风驰电掣地如流星般划过，方砚唯都能盯着看上好久。于是，前阵子路执就托黄毛他们买了一辆，刚好拿来做新年礼物。

“明天就出去骑！”方砚唯收下钥匙，也递出一个红包。

“我把我这个月所有的实习工资都给你当大红包，他们不给你发，我给你！”

路执牵了牵嘴角。方砚唯挣得快花得也快，钱几乎留不到下个月，说是要给他，红包里也只有薄薄的几张纸币。

“那收下了。”路执说，然后起身去了厨房。

“你去厨房干什么？”方砚唯问。

“还有一样吃的。”路执说。

见路执端回来一份热气腾腾的八宝饭，方砚唯愣了愣。这是他在云城时爱吃的东西，这是他们那边的习惯，逢年过节基本都会做。方嘉弥忙，在冬市时懒得弄这些，他已经好些年没有吃过了。

在冬市的时候，方砚唯有天半夜醒来，想起在那座小城里遇见的他和他们，忍不住发了一条朋友圈，内容却变成了想吃八宝饭，第二天早晨他就删了。原来路执连这个都记住了。

“味道还可以？”路执问。

方砚唯拿勺子尝了一小口，跟小时候吃过的味道完全不一样，只有外观长得像八宝饭，然而这却是他目前为止尝过的最好的一份。

电视机的声音让房间里热闹非凡，两个人吃完饭，方砚唯对晚会兴致不高，找了个喜剧电影，窝在沙发上和路执一起看。

电影的评分一般，笑点生硬，剧情胡拼乱凑，但奈何某人的笑点奇低，电影开始播放没多久就开始嘎嘎乱笑。

“哈哈哈哈他竟然走错了房间……”

“哈哈哈他穿的是什么衣服啊，他说话好好笑哦。”

“哈哈哈哈不行了，肚子好疼。”

“快点儿笑。”方砚唯用胳膊肘撞了一下路执，“快点儿，这里我看谁能不笑。”

路执扯了一下嘴角。

“真的不好笑吗？”方砚唯问，“是不是因为我文盲？”

“好笑。”路执面无表情地说。

一部降智搞笑片看得方砚唯乐倒在沙发上。

室内灯光温和，飘荡着淡淡的檀香，电视里一片欢笑热闹。

番外六

校　服

“执哥，吃葡萄干吗？”

“不吃。”

“执哥，这个季节的菌子好难吃。”

“哦。”

“执哥，我种的蘑菇挂掉了，我以为会很好种。”

“再买。”

“执哥，你说天上的星星到底有几颗？”

路执把写了一半的实验记录保存，合上笔记本电脑，问一直在自己眼前晃悠的人：“无聊了？”

“还好。”方砚唯说。

正逢走亲访友的年节，可两人都没什么值得拜访的亲戚，所以也没怎么出门。

这么好的天气，他想出去玩儿了。

“黄毛和顾甜最近在这边吗？”方砚唯问。

“顾甜他们乐队最近有演出。”路执说，“黄毛应该在，他很闲。”

“那我们把黄毛喊出来玩儿吧。”方砚唯把手里的平板电脑推过来，上面是一条商家的广告，“我想玩儿这个。”

新店开业，角色扮演加密室逃脱，给你不一样的刺激体验。

这家开业才三天，评价区都还没有内容。

“你想要刺激体验？”路执问。

“想。”方砚唯说。

“那就去。”路执说，“明天下午可以，不那么冷。”

方砚唯去约了黄毛。

【方块A】：出去玩儿？

【黄毛】：来咯。

【方块A】：恐怖屋，敢去吗？

【黄毛】：不在话下。

【方块A】：不知道会不会有吸血鬼和南瓜。

【黄毛】：嘿嘿嘿，还有巫婆和猫头鹰。

【方块A】：那我去买票。

“何岁岁最近在这边走亲戚，我可以叫上他一起吗？”方砚唯问。

路执：“嗯。”

方砚唯拉了个小群，让何岁岁也入了伙。

隔天下午，已经买好票的四个人到达恐怖屋前台。

“中式恐怖？”方砚唯看着手里的门票，犹豫着问。

“对，我们家的中式恐怖元素很足。”店员说，“场景很真实。”

方砚唯：“全程……多少分钟？”

店员：“二三十分钟，害怕的话你们可以购买手环，避开NPC……”

方砚唯：“不……不怕。”

何岁岁：“唔，不买。”

黄毛：“没必要，应该还好。”

“那大家去换衣服，准备进入游戏。”店员说。

这家店的布置做得确实上心，光是更衣间就很有氛围了。

“方砚唯？”路执站在更衣间里叫站在门口的方砚唯。

“来了。”方砚唯缓慢地挪进去，背后跟着何岁岁。

“这是……校服？”他看着柜子里的衣服，还是深蓝色的，很像鹭屿中学的校服。

“不错啊，毕业几年了，还能再穿一次校服。”黄毛很兴奋。

几人换上校服，被店员带去看故事背景视频。

故事没什么新意，几个作死的高中生非要去废弃的旧宿舍探险，还开了直播。

拍摄视频的镜头摇摇晃晃，背景音乐让人毛骨悚然。

“你是不是害怕？”路执问。

“怎……么可能。”方砚唯回答。

一道白色光闪过，相机的咔嚓声响起，随后，小房间的门自己开了。

“开始了。”黄毛第一个蹿了出去，“还是个迷宫，我来探探路。”

昏暗的长走廊里闪着几道微弱的红光，墙壁上隐约能看见形状怪异的涂鸦，窗户被封死，不知道是从哪里传来的滴水声，声音大得吓人。

路执发现，从进这条走廊开始，方砚唯好像就没说过话。

被封印了？他抬起手，食指在方砚唯的肩膀上点了一下，某人似乎腿软了。

“你、你你害怕？”方砚唯问。

“……可能有一点吧。”路执说。

话音刚落，不知道黄毛在哪个房间里招惹了NPC，鬼叫和惨叫交叠，何岁岁也嗷了一声。

“从这里走！”黄毛喊他们，“一般有NPC出没的地方都有路。”

一边是勇闯恐怖屋的黄毛，另一边面无表情看似在说“就这”的路执，十三中出产的果然都不是一般人。

这家恐怖屋的NPC很给力，工作热情很高，专门挑害怕的吓。

何岁岁刚进去就被两个“鬼”一前一后地拉上了，叫得很惨。方砚唯看呆了，忘了往前走。

“方哥。”路执叫他，“跑两步。”

他本能地信任这个声音，循着声音的方向跑出了这条通道。

NPC完成吓人任务才放走何岁岁。

“我靠，不愧是方哥选的地方。”何岁岁惊魂未定，“好吓人啊，但好爽。”

下一关是阴森的大澡堂，地面湿滑，墙壁反射着冷光，还能听见很重的呼吸声。

方砚唯半个魂还在后头没跟上来，路执拍了拍他的手，指着墙壁上的一处给他看。

哦，这里原来有一个很小的播放器，那些吓人的怪声都是从这里传来的，那也没什么可怕的。

路执曲起手指弹了弹他左手腕上的佛珠，檀香味淡化了恐怖的氛围。

“怕就想想它。”路执勾了一下珠串。

方砚唯怔了一会儿，点头：“……哦。”的确会觉得安心。

这恐怖屋的质量确实挺好，一路各种惊吓不断，道具逼真。最后一关是追逐，他们被NPC追到一个小房间里，扮相怪异的NPC逐渐靠近。

寝室的桌上放着一张纸——

“你们出不去的……除非……做完桌上那张试卷。”

试卷？方砚唯从桌上拿起一张卷子。

××年高考数学题

这是真恐怖，太恐怖了，鬼哪有考试恐怖啊，大半个屋子的学渣都在颤抖。

黄毛：“经典流程，最后给咱们吓唬一顿走人，来吧，我准备好了。”

路执扫了一眼躲在角落里快要团成团却还强装淡定的某个人。

“有笔吗？”他问。

恐怖屋的最后一关明显是刁难，目前还没有人真的尝试去写题。老板一头雾水地看着监控下的画面，男生淡然地握着笔往试卷上填答案，答题的速度很快，几乎不需要演算，试卷上的字迹潦草到飞起。

大概是瞎填的吧，老板心想，直到有个NPC传来消息——全对。

NPC也傻眼了，愣在原地不知道要不要继续吓人。

这算什么？开个店遇到活的高考状元了吗？

跨出恐怖屋的那一刻，何岁岁立马眉飞色舞起来：“狭隘了吧，这可是我们鹭屿当年的高考状元。”

“执哥必须厉害。”黄毛在一旁笑。

“不愧是我同桌。”方砚唯骄傲地说，“我们年级第一。”

“你们的照片出来了！”老板招呼他们，把平板电脑递过来，“拍得不错，喜欢的话可以帮你们打印出来。”

还有照片?

哦，对。一开始看视频的时候，房间里确实闪过了白光，照片明显是趁他们毫无防备的时候拍的。

方砚唯从路执手里抽走平板电脑，然后陷入沉默。这是什么？他怎么看起来这么㞞?

黄毛一脸凶相，叉着腿坐着，一身腱子肉显得人高马大。路执微侧着脸，似乎是在看他，嘴角压平，半点儿没受到视频的惊扰。鹭屿十三中到底是什么鬼地方，这都不怕?

反观何岁岁跟他，几乎是把害怕写在了脸上。何岁岁直接吓得瘫软在地上。他好一点儿，挨在路执的身侧，把路执的衣袖抓成了一团，目光看上去有点儿涣散，嘴巴还微张着。

难怪刚进去的时候，路执一直旁敲侧击地问他怕不怕。

“拍得很好。”路执说，“打印一张，谢谢。”

这还好？这叫方哥的黑历史。算了，路执觉得好，那就留吧。而且他和路执穿着校服的合照真的太少了，他都没来得及穿着鹭屿中学的校服和大家一起拍毕业照。

方砚唯看过路执在鹭屿中学拍的那张毕业照。少年穿着一身深蓝色的校服，站在后排的边角，脸上没有笑意，目光似乎越过镜头看向遥远的彼方。

时隔这么久还能一起穿着校服拍照，的确值得珍惜。

从昏暗的地方走出来，户外的晴空就显得比平时还灿烂。

“太刺激了，方哥。”何岁岁说，“我过年来这边走个亲戚，还能玩儿上恐怖屋。”

黄毛约了人喝酒，何岁岁家里还有春节的活动，两个人各自离开了。方砚唯暂时不想回家，路执就跟在他身后，两个人漫无目的地往前走。

冬天没过，户外还是冷的，男生的小半张脸都藏在围巾里，只露出鼻子和眼睛。

这只来自于南方的小红狐狸很害怕冷天，路执不知道，方砚唯都是怎么度过冬市的那些冬天的。

“我想吃烤蘑菇串。”方砚唯做了个恳求的手势，“可以吗，路医生？虽然不健康，但我这个月保证就吃这一次。”

“走吧。”路执领着他一路向前，两人一起走进了冬日清澈的阳光下。

番外七

琴 弦

“明天有邀演？”路执问沙发上正在换琴弦的人。

方砚唯抬头：“有，段芸家的，去弹琴。”

自从知道路吱吱不缺钱以后，许多兼职方砚唯都不去了，出于爱好，也就评弹馆他经常过去。因为在短视频平台和电视上广受关注，有时候还有人特地从别的地方赶来看他弹琴，给评弹馆带来了不可忽视的人气。

“是新曲子？”路执拾起桌上的谱子。

“是，你要不要先听？”方砚唯抱起琴。

路执毫不客气地点头：“嗯。”

方砚唯以前不喜欢琵琶，觉得自己只是会弹，遗传了一点儿季绥的基因。但后来他渐渐发现不是这样的，他周围的人都喜欢听他弹琴，尤其是路执。

琴弦被方砚唯拨出清凌凌的声音，路执安静地听着。

“我刚刚弹错了两个音，你听出来没？”方砚唯抱着琵琶问。

这把琴他用了好几年了，有些旧，当初是他去琴行随便买的，很便宜，琴很一般。

路执：“嗯。”

“真的假的？”方砚唯不信。

“琴我不懂，但弹错的时候你为了看我的反应，抬了一下头。”路执说。

观察得这么仔细？看来有认真在听。方砚唯心说。

“邀演是明天上午？”路执问。

“对。”他说，“你也来听吧。”

隔天，方砚唯带着路执去了评弹馆。

“路神也来了啊？”段芸跟他们打招呼，“我把第一排的雅座留给你，方方快去给路执上茶。”

方砚唯：“不是有服务员吗？你为什么使唤我！”他往雅座的方向看去，路执已经在屏风前就座，把玩儿着桌上的折扇，神情冷漠清隽。

算了，他去。方砚唯换了身演出要穿的长衫，拿着单页慢悠悠地踱到路执面前。

“客人。”他拉长了音调，尾音带着点儿逗弄的意思，“听曲的时候想点些什么？”

路执抬头看了他一眼。

本场演出的时间临近，预定了雅座的客人都在依次进场。人来人往中，方砚唯双手慵懒地撑着桌面，俯身去看路执的眼睛，嘴角带着淡笑。

路执拿着折扇，原本要停在茶水单上碧螺春的位置上，却又拿远了，然后问：“有什么？”

没来几百次也来了几十次了吧？果盘里多少颗瓜子你都知道，搁这装什么新客呢？

“客人，我们有各种茶水，无限续杯。”方砚唯惫懒地回答，“坚果零食，如果你喜欢，还能点曲子。你刚要点的那个800，我给你上一壶。”

“点你弹曲多少钱？”路执问。

“我……”方砚唯的声音顿住，声音极小地说，“我不要钱，你要听什么我随时给你弹。”说完，他装模作样地在茶水单上画下几笔，转身要走。

旁边雅座的屏风里有人探出头来，是一个男人带着几个女孩子，似乎已经打量他们很久了。

“小帅哥。”有人招呼他，“过来坐，我们这里也点单。”

“好的。”方砚唯说，“桌子右下角，扫二维码就可以啦，线上就可以结账，很简单的。”

“不可以跟你点吗？”那人问他。

段芸走过来：“我给你们点吧，他不是服务员，是馆内花大价钱邀请来弹琴的，你们旁边那桌是他朋友，两人闹着玩儿呢。”

几个女生“哇”了一声，冲路执看了许久。

演出的时间快到了，场馆内停止进人，逐渐安静下来，路执面前的红木桌上，有人送来了一壶茶和一小碟瓜子。瓜子被摆成了一个狐狸脑袋的形状，一看就是某个人的杰作。茶应该也是方砚唯亲手泡的，生怕他吃亏似的，一壶茶里有半壶都是茶叶，茶香里浸泡着苦味。

他端起茶杯，抿了一小口。

台前的屏风下，方砚唯低头抚琴，偶然抬头，目光与路执交汇，他就浅浅地笑。

完成邀请演出，方砚唯将琴放入琴包内，和路执一起从评弹馆的后门出去。深冬已过，院落里的枝条上有了浅淡的绿意，隔着雕花的窗，迎面而来的风是暖的。

番外八

体　检

下半学期要开学了，学校安排了交换生的体检工作。

通知短信发到了方砚唯的手机上，他没注意，隔了一周才看见，已经过了集体体检的时间了，学校让他自己去补。

“执哥，我忘了要体检了。”方砚唯问，“需要补检，校医院那边需要预约吗？”

正在削苹果的路执抬头：“不用，我带你去。”

他苹果削得光滑漂亮，苹果皮连成一条悬着。

“嗯？随时都可以吗？”方砚唯张嘴咬走一块苹果。

隔天他才知道，路执为什么跟他说不用预约。校医院是属于学校医学院的，就在实验楼旁边，路执作为医学院的学生，随时都能过来。除了大的专精仪器，一些简单的体检项目路执就能完成。

午间下课铃刚响，方砚唯坐上校车，一路往医学院的方向去。学校里的花开了，随风扬了他一身。

方砚唯到时路执已经等在了在校医院门前，还穿着日常在学院穿白大褂，严谨地扣着扣子，胸前的口袋里别着一支钢笔，手上拿着一张体检表。

“你都给我打印好了？”方砚唯接过来。

"嗯。"路执说，"走吧。"

方砚唯跟着他去量身高和体重。

"最近好像瘦了一点儿。"路执在体检表上记了两个数字。

"瘦了吗？"方砚唯对这个没有概念。雅锐生物的设计项目在收尾阶段了，需要整合很多细节内容，加上开学，他这几天稍有些忙。

接下来是测视力，路执把他带到视力表对面，让他站好，遮住一只眼睛。

"看见什么？"路执随便指了一处。

"路吱吱。"方砚唯说。

路执："让你说E的朝向。"

路执又换了一个："看见什么？"

"路吱吱。"

路执再换。

方砚唯："暴走边缘的路吱吱。"

他倒是很清楚，清楚还要挑衅，乐此不疲。

"路执，执哥，你又不是不知道我视力没问题。"方砚唯先笑了，"最后一排我全念给你听，行吗？"

"算了，走吧。"路执说，"你去拍X光片，我在检验室那边等你。"

方砚唯听话地去了，因为路执，这边的老师和学生都认识他，还跟他聊了几句。体检表上的数据栏逐渐被填满，他去找了路执。

"还差个抽血。"方砚唯说，"还有外科。"他对压脉带的材质过敏，这个还得路执来操作。

针刺进皮肤的时候有点轻微的疼，旁边实习的护士学姐饶有兴趣地看着他们两个。

"你们是高中同学？"学姐问。

方砚唯："对，是同桌。"

"能跟路执同桌，你的成绩应该也很好。"学姐夸他。

"没，我是学渣。"方砚唯说，"你懂那种吧，让成绩好的盯着成绩差的，我就是成绩差的那一个。"

方砚唯继续说："他那会儿还给我写什么试卷盲盒，你懂吗？学霸的凝视只有我承受得起……哎哟。"

"路医生。"方砚唯问，"今天扎得有点儿疼啊。"

路执拔针，把止血棉给他压好。

“很疼？”路执问。

不应该啊，方砚唯皮肤白，很容易留伤痕，他扎针的时候已经很小心了。

“疼，除非你跟我一起上晚课。”方砚唯说。

这是无聊了，想拉人一起的意思。

“可以。”路执把东西收拾好，去办公室把他的体检单填满。

学校要求交换生上选修课，方砚唯选的是音乐鉴赏，今晚刚好有课。

“教室发我微信。”路执说，“晚上我去教室里找你。”

方砚唯哼着歌走了。

因为是选修课，音乐鉴赏课的上课形式很自由，老师喜欢挑一些传播范围广的视频或者音频，让全班一起欣赏，有时是近期的流行歌曲，有时则是通俗民乐。

晚上，路执准时到了教室，手上还抱着一本厚厚的书。方砚唯用葡萄果汁的瓶子给他占了座位，见他进来，站起来冲他招手。

“执哥，这里！”

“你吃晚饭了吗？”路执问。

方砚唯下午跟凌佩他们去打篮球，把这事给忘了。

路执冷淡的目光看得他后背发凉。

“我等会儿一下课就去吃。”方砚唯说，“保证不会忘。”医学生什么都好，就是太养生。

选修课的老师是学校外聘的，老教授头发花白，人却意气风发，把电脑往投影上一连，电脑屏幕上有一只卡通猫。

“我们老规矩，听几首曲子。”老教授说，“我放完，找人点评。”

然后他放了个最近大火的RAP。

方砚唯对快节奏的歌欣赏不来，他转过头打量路执。好久没跟路执当同桌了，他还是和以前一样坐得端正笔直，专心翻看手里的书。

“太土了！”被点名的学生义愤填膺地说，“一点儿内涵都没有。”

老教授笑了：“我倒是觉得还好，大俗大雅，歌词平实朴素，很容易引起共情，唱起来也有记忆点，不过鉴赏本身就是因人而异的，每一种看法和偏好都应该得到尊重。”说完他又播放了其他视频。

方砚唯在走神，他发现这个教室里的灯光角度特别好，显得路执的侧脸更好看了。

“倒数第三排，穿白色卫衣的那位同学。”讲台上的老师说，“就你了，你来点评下一段。”

方砚唯：“我？”

“不是。”老教授摇头，“你右边那个。”

右边那个？那不是路执吗？这是什么运气，陪他上个课还被点中了。

路执推开桌上的书，站起来，老教授播放了视频。

雕花的窗格旁是淡色的水墨屏风，穿着月白色长衫的少年抱着琵琶坐在红木桌椅间，弦音撞出明快的小调，是一曲《阳春白雪》。

方砚唯张大眼睛，这不是他的视频吗？

“你觉得怎么样？”一曲播放完，老教授问。

路执：“好看。”

老教授愣了好一会儿。

班里响起一阵哄笑。有人回头认出这是医学院的大神，交头接耳地说了几句什么。

老教授不计较，笑眯眯地说：“人好看，那曲子呢？”

“好听。”路执说，“清新明快，不落俗套。”

“再详细一点儿呢？”老教授还没放弃。

再详细一点儿就是学神的知识盲区了。

“老师。”方砚唯举手，“你瞅我跟视频上那位是不是有点儿像？”

刚刚安静了些的教室里又扬起一阵笑声，这次还带上了点儿起哄的意思。

老教授推了推眼镜，仔细一看，愣住了。

“你们学校还真是……人才辈出啊。”他说。

“我帮他回答。”方砚唯站起来，“不落俗套是真，清新明快参半，最后收尾那里弹得不太走心，原因是……我走神了。”

教室里的起哄声和笑声织成一片。

男生的耳朵微红着：“别笑了，既然刷到了，好歹给我点个赞。”

“行行行。”教授好脾气地说，“我这就去点，大家都给你点。”

方砚唯这才满意。

番外九

少　年

段芸认识方砚唯一两年了，在冬市初见时，她感觉这人无牵无挂，桀骜不驯。那时的方砚唯在街头看她演出，还顺手帮她解决了一个挑事的人。那时她觉得方砚唯看起来自在，眼睛里却很空。

而现在，她看向眼前的男生穿着红色长衫，坐在红木椅子上低头研究茶叶的用量，眼睛里再也不是虚无空洞毫无情绪的样子了。

“这个糕点好难吃。”方砚唯咬了一口手里白玉色的方糕。

“那你别吃！”段芸怒道，“那是我们家招牌点心，客人都喜欢。”

“不吃就不吃。”方砚唯擦了擦手，站起身，“卖艺去了。”

“不着急。”段芸说，“天气不好，有几个老师还没过来，要延时开场了。”

方砚唯又坐了回去。

雅锐生物的设计项目结束了，邀请他周末去参加庆功宴，他在工作群里回了个“收到”。

“我记得你是交换生？”段芸问他，“过完这学期，你是不是还得回你之前的学校把大学读完？”

“是啊。”方砚唯说，“不过执哥申请了冬市的合作项目，需要过去待半年。”

“那你这次倒是有人陪了。”段芸笑道。

今天户外下了暴雨，小评弹馆内人气不减，有的是不远万里前来打卡的游客，还有趁着闲暇来喝茶听曲的本地人。雕花的窗格半掩着，宾客来往，带起的风轻穿过帘幕的流苏，携来雨水和泥土的味道。

暴风疾雨中，方砚唯的琴声也跟着肃杀萧瑟起来，一曲结束，他微偏过头，透过雕花的木窗望向庭院。雨水如珠，织成透明的水幕，系了满树红色许愿流苏的树下，路执撑了把伞，正缓步走来。

路执今天穿着一件浅蓝色的卫衣，气质看上去不像平日里那么冷，借着雨幕的遮挡，竟然还显出几分温和。

方砚唯看见路执停在檐下，收了伞回头看他。

嗯，气质还是冷的，看向他的时候眼睛里却有点儿无辜和探寻的意思。

恰逢一曲结束，方砚唯抱着琵琶跑了出去。

“你怎么知道我在这里？”他问。任课老师今天临时请假，他空了段时间就来这里帮忙，没想到演出时间也推后了。

“你很好猜。”路执说。

这雨下得太大了，一把孤零零的伞遮挡不住雨水，路执的头发被打湿了一些。

“你这样说我很没面子啊。”方砚唯接过他手中的伞，挂在伞架上。

确实好猜，心思都摆在脸上，路执心说。而且方砚唯自己都没意识到，他很没有安全感，成天说着要满世界去玩儿，其实会自己跑的地方只有教室和琴馆。

“等下还有演出吗？”路执问。

“还有一个。”方砚唯抱琴说，“马上结束。”他把路执引到台前屏风下的雅座，又回了台上。

路执品着茶听曲，无意间柳树抽芽，草长莺飞，转眼又是一年暮春。

方砚唯在月城大学的交换学年结束，需要回冬市完成剩下的学业。路执参与的项目尚未启动，加上雅锐这边还有工作要忙，出发的时间比他晚一个月，路执送他去登机，又带方便面去登记。

方砚唯过了安检，坐在自己的位置上给路执发消息。

【方块A】：困了。

【方块A】：你快点来哦。

【吱吱】：嗯，睡吧，一个月后见。

路执送完方砚唯和狗，回学校上晚课。方砚唯不在，整个校园似乎都变得有些黯淡了，他加快脚步往医学院走。

傍晚已至，校园之声接近尾声，校园趣闻结束后就是今日的点歌时间。

“下面这首歌来自已经结束交换学年的交换生方砚唯……

“……送给医学院01班的路执同学。留言是……路医生，我期待在风来的每个方向遇见你。”

路执抬头，校园里的主干道上早已绿树成荫。

七月末，大四前的暑假，路执乘飞机前往冬市。

方砚唯在机场等他，见面就给了他一个拥抱。

机场外的狂风吹乱了男生的头发。

“我把房间收拾好了！”方砚唯说，“我第一次把它收拾得这么整齐。”

路执推着黑色的行李箱，方砚唯带人上车，往自己的住处去。

“这个街角的炸鸡很好吃，我每个月都买。

“那个喷泉边有个老爷爷拉手风琴，每天都在，他说是在以这种方式纪念他的亡妻。

“还有那个广场……我好像还没跟你说过……我在那里，不小心弄断了珠子的编绳。

“我蹲在那里捡了很久，有的滚到了角落里，很难找。那时候我感觉天都要塌了，我从来没有过这种感觉。”

“爸妈离婚的时候我无所事事，程骋打我我就更狠地打回去，可是珠子断了线，我却感觉整个世界都对不起我。”他说到一半，拿目光去瞄路执，“执哥，你会不会觉得我很好笑？”

“不会。”路执说。

方嘉弥提前准备了丰盛的晚餐，Lirica一见到路执就喊“吱吱哥哥”，被方砚唯拎到一边讲道理。两个人鸡同鸭讲地吵了半晌，方嘉弥跟路执聊了几句温雅的近况。

“她去了私人研究所。”方嘉弥说，“因为曾经有过重大失误，很多药企不敢用她。”

路执和温雅没什么联系，但对此也有所耳闻。

“她最近大概是有些想开了，找了我好几次，说对不起你，不该丢下你，也不该骗你。”方嘉弥说，“毕竟我跟她曾经是校友，她也……帮过方方，我和她一直有联系。”

路执：“嗯。”

“我和她说，不去打扰就是最大的成全。方砚唯在你那里有捣乱吗？”方嘉弥问，“他总这样，高中刚转过去那会儿是不是没少给你惹麻烦？”

路执摇头：“方方很好。”

方嘉弥笑了笑：“我知道。”

“执哥。”方砚唯倚在楼梯的扶手边朝楼下喊，“你快过来，方便面在叫你。”

“这孩子真是长不大。”方嘉弥笑骂。

“我离开他太早了，后来再联系他，他一身棱角，在学校里成了老师跟同学都不敢招惹的‘坏学生’。”她说，“我知道为什么，可我不知道要怎么办。当时我还担心，他住你那里会欺负你，还好现在……”

坐在楼梯台阶上逗狗的男生正拿梳子给方便面顺毛，嘴角带着笑，眼睛里有温和的光。

“没有。”路执说，“他一直都很乖，一直都是好学生。”

“说我坏话吗你们？”方砚唯问。

“没有。”路执一本正经地回答，“是好话。”

路执说他是好学生，也带他这个“好学生”做过不少有意思的事。

方砚唯还记得在鹭屿时，某个盛夏的午后突降暴雨，他跟何岁岁值日，在公告栏边打扫主干道，被雨淋了一身。

“真男人不怕淋雨，哈哈哈哈。”何岁岁抓着扫帚狂妄放话。

“这么点儿小雨，怕个屁！”方砚唯也说。

两个半大的少年也不回教室，就在暴雨中奔跑。

湿漉漉的方砚唯撞进了路执的伞下，抬头问：“路神，你怎么下来了？”

路执冷着脸，把他抓进一旁放体育设备的器材室，扔给他一条毛巾。

“没事，夏天呢，等下就干了。”方砚唯满不在乎地说。

路执抓着毛巾把他的头发揉得乱七八糟。

“我这全身都是水。”方砚唯说，“擦不干净的。”

路执大约觉得也是，扔开毛巾拉着他走出去。

“回家。”路执说。

方砚唯：“啊？不是吧！哎，你认真的啊！”

雨下得太大了，让人睁不开眼睛。老陈刚把车停在校门附近的自行车棚里，转眼看见两个穿着校服的身影蹿了过去。个子高的三两下踩上了墙，伸手拉上另一个，两人很快消失在他的视野中。

“哪个班的，还挺灵活。”老陈嗤笑一声，“我们班学生就不会干这种事。”不过年轻还真好啊，他年少的时候也没少干这种事情。

永远有人正年少。

“我靠，执哥。”方砚唯边跑边喘气，“我刚好像看见老陈了，你这是带我在他眼皮子底下翘课啊！”

太野了，以前怎么没发现这学神这么勇呢？

“没事，雨太大了，他看不清。”路执停下来，在公交站边等他。

这还是方砚唯第一次见路执被雨淋得这么狼狈的样子。狭窄的公交站只有一线避雨的空间，几乎遮不住狂风暴雨，共享这空间的还有一只躲雨的猫。他和路执挨得很近，湿透的校服贴在一起。

“路神，跟你一块淋雨，还挺难忘的。”方砚唯说。

盛夏转瞬即逝，时光如白驹过隙。

希望与我同行的少年荡平险壑，往后无风无浪。

图书在版编目（CIP）数据

限定天真 / 毛球球著. -- 沈阳 : 沈阳出版社,
2023.9

ISBN 978-7-5716-3624-1

Ⅰ. ①限… Ⅱ. ①毛… Ⅲ. ①长篇小说—中国—当代
Ⅳ. ①I247.5

中国国家版本馆CIP数据核字（2023）第147212号

出版发行：沈阳出版发行集团|沈阳出版社
（地址：沈阳市沈河区南翰林路10号 邮编：110011）
网　　址：http://www.sycbs.com
印　　刷：三河市中晟雅豪印务有限公司
幅面尺寸：165mm × 235mm
印　　张：20.75
字　　数：360千字
出版时间：2023年9月第1版
印刷时间：2023年10月第1次印刷
责任编辑：张　磊
封面设计：马顾本
版式设计：佳睿天成
责任校对：郭亚利
责任监印：杨　旭

书　　号：ISBN 978-7-5716-3624-1
定　　价：49.80元

联系电话：024-24112447
E - mail：sy24112447@163.com

本书若有印装质量问题，影响阅读，请与出版社联系调换。